VINCENT HAUUY

DER DÄMON VON VERMONT

THRILLER

AUS DEM FRANZÖSISCHEN
VON MONIKA KÖPFER

TROPEN

MIX
Papier aus verantwortungsvollen Quellen
FSC® C083411
FSC
www.fsc.org

Tropen
www.tropen.de
Die Originalausgabe erschien unter dem Titel »Le tricycle rouge«
im Verlag Hugo et Compagnie, Paris

Printed in Germany
Cover: Zero-Media.net, München
unter Verwendung eines Fotos von arcangel/Edward Fielding
Gesetzt von C.H.Beck.Media.Solutions, Nördlingen
Gedruckt und gebunden von CPI – Clausen & Bosse, Leck
ISBN 978-3-608-50473-6

DAS ROTE DREIRAD

Jeremy Harrington steht lächelnd vor dem Rosenbusch, denn er hat allen Grund zur Freude. In zwei Tagen wird er seinen fünfzigsten Geburtstag feiern. Dann wird Iris endlich einmal aus Pittsburgh herkommen, um ihm den kleinen Lucas vorzustellen.

Auf diesen Moment wartet er schon seit drei Jahren. Und als Krönung des Ganzen muss er nicht seinen idiotischen Schwiegersohn ertragen, der die hervorragende Idee hatte, geschäftlich nach Miami zu fahren. Dieser Sommertag könnte nicht perfekter sein: vom Aroma des frisch gemähten Rasens bis zum Duft der Petits Fours, der durch das Küchenfenster herausweht. Selbst seine Arthritis, die ihm zusehends das Leben schwermacht, hat er vergessen, ebenso wie die eingegangenen Mahnschreiben, die er kurzerhand in den Aktenvernichter in seinem Büro gegeben hat. Sein Blick kreuzt den seiner Frau, die gerade Wäsche im Garten aufhängt. Sie tauschen ein einvernehmliches Lächeln. Ja, das ist in der Tat der bislang schönste Tag des Sommers. Jeremy öffnet und schließt mehrmals seine verkrampfte Hand, um sie wiederzubeleben, ehe er zur Gartenschere greift, die in der umgegrabenen Erde steckt. Und während er eine Rose abschneidet und an das lockige Köpfchen seines Enkels denkt, bemerkt er nicht das kleine rote Dreirad, das den Howard Drive hinuntersaust.

Gerade als Timothy Carter eilig den Schlüssel in das Zündschloss seines nagelneuen Toyota MR steckt, fliegt die Haustür auf und knallt gegen die Mauer. Lucy Carter streckt den Kopf heraus, winkt ihn herbei und hievt zwei große schwarze Müllsäcke vor den Eingang; einer davon ist prall gefüllt, und der Deckel einer Raviolidose ragt oben heraus. Er zieht eine schuldbewusste Grimasse und lehnt kurz die Stirn an die Fahrertür. Wie so oft hat er vergessen, die Müllsäcke hinauszustellen. Und schon hat er den dritten Rüffel des Tages von seiner Frau, diesem Hausdrachen, kassiert. Den ersten hat er bekommen, weil er die Milch auf dem Herd hat überkochen lassen, den zweiten, weil er die Ordnung der Schuhe in der Ankleide durcheinandergebracht hat, und nun den dritten, weil er die Säcke vergessen hat. Aber was soll's. Zum Teufel mit ihr, dieser eingebildeten Pute. Noch bevor sie wieder ganz im Haus ist, wird er sich wieder hinters Steuer geschwungen haben und voller Vorfreude in diesen Tag starten. Und wenn sie am Abend dann mit Lockenwicklern auf dem Kopf auf dem Sofa fernsieht und Eis aus einem Familienbecher in sich hineinschaufelt, wird er im siebten Himmel sein. Im Paradies in Gestalt eines Hotelzimmers im Days Inn & Suites. Und ihre Beschimpfungen wird er längst vergessen haben, wenn er sich mit der jungen Praktikantin vergnügt, auf die er seit einer Woche scharf ist.

Wenn das mal nicht ein aufgesetztes Grinsen und ein paar halbherzige dahingemurmelte Entschuldigungen wert ist und, sei's drum, ein Küsschen auf die Stirn seiner Frau. Und während er sich bückt, die schwarzen Säcke ergreift und Lucy ermahnt, nicht zu spät zur Arbeit zu kommen, denkt er an den runden Hintern unter dem Kunstleder-Minirock und an die vollen Lippen, die ihn in Plattsburgh erwarten. Als er zu seinem Wagen zurückgeht, ist das rote Dreirad bereits an seiner Garage vorbeigerollt.

Antonio Da Silva trinkt sein sechstes Budweiser an diesem Morgen aus und wirft die leere Flasche in den Metalleimer neben seinem Schaukelstuhl. Er pfeift auf die strahlende Sonne und die an diesem frühen Augustmorgen bereits hohen Temperaturen. Sein Bruder schwebt zwischen Leben und Tod, und schuld daran ist er. Hätte er nicht mit Jackie herumgealbert und nicht zum zigsten Mal seinen dummen Witz über Juden und Araber zum Besten gegeben, hätte er Franck warnen können, als der Gabelstapler schwankte, und so womöglich verhindert, dass der tonnenschwere Kasten ihm den Bauch zerquetscht.

Antonio greift nach dem zweiten Budweiser-Sixpack, hievt ihn sich auf die Knie, holt eine Flasche heraus und entfernt mit den Zähnen den Kronkorken.

Während er sie in einem Zug leert, denkt er an seine Grillabende mit seinem Bruder. Auf dein Wohl, Franck!, sagt er, bevor er mit der leeren Pulle auf den Metalleimer zielt und ihn verfehlt.

Hätte er nicht in diesem Moment zu schluchzen begonnen und das Gesicht in den Händen vergraben, hätte er das rote Dreirad bemerkt, das gerade die Kreuzung Howard Drive und Haynes Terrace passiert.

Rebecca Law bemerkt das rote Dreirad sehr wohl, sieht, wie es vor der Windschutzscheibe in die Luft katapultiert wird, als sie den Blick wieder nach vorn richtet, nachdem sie sich kurz zur Beifahrerseite hinübergebeugt hat, um zwischen ihren Seminarunterlagen nach ihrem Ohrring zu suchen. Gerade als sie ihn mit dem Zeigefinger ertastet, lässt ein ohrenbetäubender Knall sie hochfahren, und sie denkt, ihr Buick Grand National ist mit einem wilden Tier oder einem auf der Straße liegenden Stück Holz zusammengestoßen.

Doch leider nein. Es war weder ein Reh noch ein Stück Holz.

Sie hält den Wagen mitten auf der Straße an, lässt den Motor laufen und öffnet die Tür. Dann schreit sie los, schreit selbst lauter als an dem Tag, an dem Jenny ihr eine echte Vogelspinne auf den Arm setzte, um sie zu überraschen.

Sie drückt die Fingernägel in die Wangen und heftet die schreckgeweiteten Augen auf die grauenvolle Szene vor ihr.

Jeremy Harrington lässt die Gartenschere fallen und stürzt auf die Straße hinaus.

Timothy Carter zieht den Schlüssel wieder aus dem Zündschloss und steigt aus dem Wagen.

Antonio Da Silva hebt den Kopf, wischt sich mit dem Handrücken über die Augen und läuft zu der Stelle, von wo die Schreie kommen.

Und während die Nachbarn einer nach dem andern aus ihren Häusern gerannt kommen und Rebecca immer weiter schreit, erblicken sie das rote Dreirad, die Blutlache, die sich ausbreitet, und den kleinen Jungen, der nackt auf dem Asphalt liegt.

Das Lächeln auf Jeremys Lippen erstirbt, und er denkt nicht mehr an den kleinen Lucas, der ihn in zwei Tagen besuchen kommen soll.

Timothy Carter denkt nicht mehr voller Vorfreude daran, wie er die Hände auf den wohlgeformten Hintern in dem Kunstleder-Minirock legen wird.

Und Antonio Da Silva hat vergessen, dass Franck nur noch atmet, weil er an einer Maschine hängt.

Nein. Sie wissen, dass genau in diesem Moment ihr Leben in Peru im Staat New York aus den Fugen geraten ist und nie wieder so sein wird wie zuvor.

APHRODITE KALLIPYGOS

Noahs Blick ist auf den Monitor gerichtet, aber er sieht durch den beleuchteten Bildschirm hindurch in eine unbestimmte Ferne. Seit gut zehn Minuten sitzt er vor der Versicherungspolice von Monsieur Alvarez, nimmt jedoch nicht wahr, was dort steht. Er sieht keine Wörter und keine einzelnen Buchstaben, sondern nur schwarze Flecken auf weißem Grund. Sein Blick dringt durch den unsichtbaren Schleier vor seinem geistigen Auge.

Noah atmet tief ein, spannt das Zwerchfell an, schließt die Augen und konzentriert sich auf seine Umgebung, um wieder aus dem Dunst aufzutauchen, in den die Schmarotzergedanken sein Bewusstsein hüllen. Als Erstes nimmt er das frenetische Stakkato wahr, mit dem der Kollege in der gegenüberliegenden Bürozelle die Tastatur bearbeitet, dann das Schnurren des Lüfters aus dem Rechner zu seinen Füßen und schließlich den Kaffeeduft, der aus der dampfenden Starbucks-Tasse in der Zelle nebenan steigt. Noah atmet aus, um endgültig seine Benommenheit abzuschütteln, und öffnet wieder die Augen. Der Trick funktioniert. Die schwarzen Flecken haben sich in Buchstaben verwandelt, und jetzt erkennt er die Sätze auf dem Bildschirm.

Schnell schaut er auf seine Uhr und runzelt die Stirn. Die Medusa will die fertiggestellte Akte bis Mittag auf dem Tisch haben.

Er dreht die Tastatur um, schüttelt sie aus, pustet auf die Tasten und verscheucht die letzten Krümel, die sich dazwischen verfangen haben.

Mit etwas Glück wird sein Martyrium bald ein Ende haben, vorausgesetzt, er verliert nicht wieder den Boden unter den Füßen.

Aber Noah ist guter Dinge, seine Krisen treten immer seltener auf, und die Rehabilitation trägt allmählich Früchte. Abgesehen von den Migräneanfällen, dem Zittern und den schlaflosen Nächten ist er auf gutem Weg.

Er greift zu seinem Notizheft und kritzelt das lateinische Wort »Hilaritas« ans Ende der langen Liste von ausgefallenen Wörtern, die bereits etliche Seiten füllen.

Dann beginnt er mit zwei Fingern zu tippen.

Nachname: Alvarez.

Vorname: Eduardo.

Als er aus dem Augenwinkel sieht, wie Rachel aus dem Büro der Medusa kommt, pflegt er rasch die Sozialnummer des Kunden ein. Seine großgewachsene rothaarige Kollegin fängt seinen Blick auf, lächelt und steuert auf seine Bürozelle zu.

Noah senkt den Blick, klickt mit der Maus und stampft ärgerlich mit dem Fuß auf, weil sein Herz schneller zu schlagen beginnt: Diese Wirkung hat Rachels Nähe auf ihn … unter anderem.

Als sie sich neben ihn setzt, schluckt Noah, ehe er mit einem zaghaften Lächeln sagt: »Hallo, Rachel.«

Seine Kollegin lächelt ebenfalls, legt ihm eine Hand auf die Schulter und schaut auf den Bildschirm.

»Du solltest dich beeilen, Noah, Medusa hat ein Auge auf dich.«

Er zögert, ehe er antwortet. Ihr Haar riecht nach Apfelshampoo, am liebsten würde er es anfassen, die Finger in ihre dichte Mähne tauchen. »Ah, du nennst Mutti Wood auch so?«

»Ja, du hast da einen Trend gesetzt, der Name passt wirklich gut.«

Noah lächelt nervös. »Das stimmt, aber sie mag mich ohnehin nicht, und wenn sich das herumspricht und sie erfährt, dass ich ihr den Spitznamen gegeben habe, ist es ganz aus.«

Rachel schüttelt den Kopf. »Sie hat nichts gegen dich persönlich, sondern nur gegen dein Arbeitstempo. Und es stimmt schon: In der Zeit, in der du einen Bericht schreibst, schaffen andere zehn.«

Aus der Nachbarnische dringt Carls donnernde Stimme: »Hey, Noah, ich habe einen neuen Namen für dich: ›Angsthase‹.«

Noah langt wieder nach dem Notizheft und schreibt: *Angsthase.*

Ob Carl das wirklich nur scherzhaft gemeint hat? Denn Noah hat tatsächlich Angst, Rachel anzusprechen. Ihre Attraktivität schüchtert ihn ein.

»Schreibst du immer noch besondere und ungebräuchliche Wörter auf?«, fragt Rachel.

»Ja, genauso wie Fremdwörter; das ist Teil meiner Therapie. Meine Psychiaterin, Mrs Hall, hat mir dazu geraten. Und es hilft mir tatsächlich.«

»Und was ist mit den Schmerzen in deinen Beinen?«

Noah langt nach der Dose mit den Schmerztabletten neben dem Monitor und schüttelt sie. »Ich komme mir vor wie Dr. House.« Er deutet auf den Stock, der am Rechner lehnt. »Wie du siehst, bin ich gut gerüstet, obwohl noch gar nicht Halloween ist.« Er lacht, auch wenn er es überhaupt nicht lustig findet.

Rachel offenbar schon, jedenfalls lächelt sie. Aus ihrem Blick spricht aufrichtige Zärtlichkeit. Nicht das übliche geheuchelte Mitleid oder die beschämte Zurückhaltung, die man ihm normalerweise entgegenbringt.

Dann spricht Rachel über die Akte, an der sie gerade arbeitet, über Probleme im Büro und beklagt die mangelnde Anerkennung, die sie im Unternehmen erfährt.

Aber er hört ihr gar nicht mehr richtig zu, hat sich schon wieder ausgeklinkt und fixiert einen unsichtbaren Punkt jenseits ihrer Schulter. Dann befreit er sich aus seiner Blase, senkt die Lider und fragt sich, woran ihn ihre runden Brüste erinnern.

»Noah, hörst du mir zu?«

»Tut mir leid, *(habe gerade deine Brüste angeglotzt)*, ich habe den

Faden verloren.« Erneut schüttelt er die Pillendose. »Eine der Nebenwirkungen …«

»Nicht schlimm. Ich muss sowieso wieder an meinen Schreibtisch zurück. Auf mich wartet jede Menge Arbeit … und auf dich auch. Bis später.«

Noah schaut versonnen auf ihren Rücken, während sich Rachel entfernt.

Als seine Kollegin aus seinem Blickfeld verschwunden ist, nimmt er abermals das Notizheft zur Hand und schreibt mit zittriger Hand: *Aphrodite Kallipygos.*

Er seufzt. Der Noah von früher hätte nicht gezögert. Er hätte mit ihr gescherzt, ihr eine Kostprobe seines Humors gegeben, seine Intelligenz, seine Schlagfertigkeit unter Beweis gestellt. Am Abend wären sie auf einen Aperitif in eine Bar gegangen, dann in ein Restaurant, wo er sie erneut zum Lachen gebracht hätte. Und schließlich nach Hause in seine schöne Wohnung, wo sie eine stürmische Nacht verbracht hätten.

Aber ganz anders der Noah, der er heute ist. Für ihn gibt es nur noch verstohlene Blicke und Träume, die am Schutzwall seiner neuen Realität zerplatzen.

Und doch hofft ein Teil von ihm noch immer, dass alles wieder wie vor dem Unfall wird. Bevor er Maggie verloren hat.

Die Bürotür der Medusa wird zugeschlagen. Als sie entschlossen auf ihn zukommt, schaut Noah schnell wieder auf den Bildschirm.

Dennoch sieht er aus dem Augenwinkel, wie ihr rundes, von Make-up und Rouge bedecktes Gesicht im Rhythmus ihrer Schritte wackelt. Sie schreitet mit einem solch inbrünstigen Eifer voran, dass er fürchtet, ihre spitzen Absätze könnten den Teppichboden zerschlitzen.

Schwaden ihres berauschenden Parfums kündigen ihr Kommen an. Als hätte sie eine ganze Flasche N° 5 über sich ausgeschüttet, denkt er.

»Mr Wallace. Wir schreiben das Jahr 2016, und Sie haben kein Handy?«

»Habe fest vor, mir eines zuzulegen, Mrs Wood, aber warum fragen Sie?«

Sie verzieht abfällig die dicken Lippen. Es würde ihn nicht weiter wundern, wenn sich ihre blonden Locken tatsächlich in Schlangen verwandelten und er zu Stein erstarren würde.

Er kann sich ein Lächeln nicht verkneifen.

»Ein gewisser Steve Raymond möchte Sie sprechen, er wartet unten vor dem Eingang auf Sie. Das ist das letzte Mal, dass ich einen Anruf für Sie entgegennehme, haben Sie verstanden? Ich bin schließlich nicht Ihre persönliche Telefonistin!«

Steve?

Dann hat ihn seine Intuition also nicht getäuscht. Wenn Steve Raymond, sein früherer Kollege, ihn abholen gekommen ist, kann er vielleicht wirklich seinen Dienst wieder aufnehmen.

Noah bückt sich nach seinem Stock und steckt die Pillendose in die Innentasche seines Jacketts.

»Darf ich fragen, was Sie vorhaben, Mr Wallace?«

»Ich überlasse die Medusa ihrem Schicksal. Ich muss eine andere Schreckgestalt schnappen.«

Oder ist es eher umgekehrt? Während er das Gebäude der IFG Companies verlässt, hat Noah das Gefühl, dass sich eine unsichtbare Faust in seinen Magen bohrt.

DER WEISSHAARIGE

Die Scheibenwischer kämpfen gegen die Regenmassen an, die auf die Windschutzscheibe prasseln.

Steve Raymond streicht sich über seinen grau werdenden Schnurrbart und stellt das Radio lauter.

Ein Song von Sinatra erklingt: für ihn ein guter Grund, die Lautsprecher ordentlich aufzudrehen. Die Melodie von »New York, New York« flutet den Innenraum des Wagens, und die Stimme des smarten Schmalzsängers vertreibt die drückende Stille.

Sie fahren über die Brücke, die den Sankt-Lorenz-Strom überspannt, und Noah presst die Wange an die eiskalte Scheibe, um sich einen Moment lang in dem mäandernden Muster der daran herabrinnenden Regentropfen zu verlieren.

Steve greift nach dem kalten Hotdog, der neben dem Schaltknüppel liegt, und beißt mit den Backenzähnen eine Ecke davon ab. Er schlingt den Bissen hinunter, ohne zu kauen.

»Scheißwetter. Da muss man nur über die Grenze ins Nachbarland fahren, und schon ist es fünfzehn Grad kälter als bei uns. Dein erster Besuch in Québec?«

Noah schüttelt den Kopf. Seit er zu seinem früheren Kollegen in den Wagen gestiegen ist, hat er kaum etwas gesagt. Die meiste Zeit hat er Steve zugehört, der ihm von seinem Leben seit dem Unfall erzählt hat. Von der Vasektomie, der er sich auf Drängen seiner Frau hin unterzogen hat – die ihn zwei Monate nach der Operation verlassen hat –, bis zum letzten Weihnachtsfest in trauter Zweisamkeit mit seinem Vater, der es nicht lassen konnte, durch seinen Luftröhrenschnitt zu rauchen. Gut möglich, dass Steve ihm noch mehr erzählt hat, aber Noah hat ihm nur mit halbem Ohr zugehört.

Noah ist ganz woanders, bei Rachel. Er denkt an ihre langen kupferroten Haare, die er so gern anfassen würde. Er würde so gern mehr für sie sein als nur ein Freund …

Während sich der Wagen dem Inselufer nähert, beobachtet Noah seinen Kollegen, der sich nach vorn beugt und mit dem Handrücken über die beschlagene Windschutzscheibe wischt. Sein Blick verweilt kurz auf Steves dunkelgeränderten Fingernägeln, den nikotingelben Fingern, auf dem fleckigen Kragen seines zerknitterten Hemds.

Er sieht einen einsamen, gebrochenen Menschen. Er sieht sich selbst.

Dann fragt er sich, wie viel Zeit seinem Freund wohl noch bleiben wird. Sein von der Couperose gerötetes Gesicht, der Schweißfilm auf seiner Stirn und die tiefen Ringe unter seinen Augen: Ob es wohl das Herz ist oder sind es die Nieren?, überlegt Noah. Vielleicht beides. Zu viel Salz, Stress und Cholesterin; allzu lange werden es deine Arterien nicht mehr machen, Steve, denkt er, während sein Blick zu dem halb aufgegessenen Hotdog wandert, den sein Kollege wieder neben dem Schaltknüppel deponiert hat.

Wie, um alles in der Welt, konntest du dich bloß so gehen lassen? Der Steve von früher war gut in Form, voller sportlichem Elan.

Der Wagen hat die Brücke verlassen. Sie fahren jetzt auf den Straßen der Île d'Orléans. Und Sinatra singt Weihnachtssongs.

Steve fährt sich mit einem Taschentuch über die Stirn. »Die Kanadier sollen nette Leute sein, heißt es. Was man, wenn du mich fragst, von diesem Bernard Tremblay nicht sagen kann. Er scheint es nicht zu schätzen, dass wir ihm ins Gehege kommen, und dann bringe ich auch noch einen Zivilisten mit. Besser, du lässt mich reden, okay?«

Noah nickt. Das ist ihm nur recht, er hat nicht vor, sich einzumischen. Im Moment muss er seine ganze Energie darauf verwenden, das Zittern seiner rechten Hand in den Griff zu bekommen, und er fürchtet, dass sein Gehirn ihn im Stich lässt, wenn es drauf ankommt. Es ist jetzt fünf Jahre her, dass er zuletzt an einem Tatort war.

»Herrgott, ich schäme mich, es zuzugeben, aber ich bin ganz schön aufgeregt. Du und ich, wie in alten Zeiten!«

Noah hat eher gemischte Gefühle. Teils spürt er, wie die alte Leidenschaft in ihm erwacht, teils ist er voller Zweifel.

»Wir sind jetzt gleich an Saint-Pierre vorbei. Laut Navi ist es nicht mehr weit. Ich frage mich, was uns dort erwartet. Dass die uns so schnell kontaktiert haben, ich glaube, die kanadische Bundespolizei hat bei der Sûreté du Québec, der zuständigen Provinzpolizei, interveniert.«

Noah beunruhigt etwas anderes. »Seltsam, dass unsere Namen am Tatort aufgetaucht sind.«

Steve lacht hämisch. »Man könnte meinen, dass unser letzter gemeinsamer Auftritt uns zu Stars gemacht hat!«

Aus mir hat er einen Krüppel gemacht, und einen Witwer, denkt Noah.

Sie passieren das Ortsschild von Saint-Pierre und fahren auf der QC-368 weiter, um kurz darauf zur Farm Roberge zu gelangen.

»Sie haben Ihr Ziel erreicht!«, verkündet die weibliche Navi-Stimme und lässt Frank Sinatra mitten in »White Christmas« verstummen.

Steve deutet auf die vier Dodge Charger der Sûreté du Québec, die weiter vorn parken. Er schaltet das Blaulicht ein, um sich in dem sintflutartigen Regen zu orientieren, und hält dann auf dem vergilbten Gras an.

Eine lange Gestalt mit Regenschirm eilt auf sie zu.

Steve schaltet den Motor aus und öffnet die Tür. Der Kopf der langen Gestalt zeichnet sich im Türrahmen ab.

»Steve Raymond und Noah Wallace, nehme ich an?«

Steve zückt seine Dienstmarke von der Vermont State Police. »Ja, ganz recht. Ich bin Lieutenant Raymond. Puh, war eine ganz schön lange Fahrt hierher.«

»Inspecteur Bernard Tremblay. Heiliges Kanonenrohr, was für ein Sauwetter! Los, kommen Sie!«, ruft der Polizist.

Steve murrt etwas und steigt dann aus dem Wagen. Noah greift zu seinem Stock und verzieht vor Schmerzen das Gesicht.

Seine Schuhe versinken in dem aufgeweichten Boden. Die Erde ist von Furchen durchzogen, in die braungoldenes Regenwasser fließt.

Der Kriminalbeamte fordert sie mit einer knappen Handbewegung auf, ihm zu folgen, und geht dann auf dem schlammigen Weg voran. Steve macht ausladende Schritte, um den Pfützen auszuweichen, und versucht vergeblich, seinen Anzug vor Spritzern zu bewahren. Noah, der nicht über die gleiche Beweglichkeit wie sein Kollege verfügt, begnügt sich damit, einfach nur irgendwie voranzukommen. Mal bleibt sein Stock im Matsch stecken, mal rutscht er weg. Er versucht, sich nicht anmerken zu lassen, welche Mühe es ihn kostet, den beiden Kriminalbeamten zu folgen. Er ist noch keine vierzig, und schon ein alter Mann.

Bernard Tremblay bleibt vor dem Eingang zu einem Maisfeld-Labyrinth stehen und fischt eine Tic-Tac-Packung aus der Jackentasche. Er hält sie zuerst Steve hin, der sich eine Handvoll nimmt, dann Noah, der höflich verneint.

»Ich weiß ja nicht, wie es Ihnen ergehen wird, aber ich habe so was noch nie gesehen!«, ruft Inspecteur Tremblay. »Gottverdammich, einer unserer Jungs musste sogar kotzen.«

Noah betrachtet den großen Regentropfen an der Spitze der langen Adlernase des Kanadiers. Er irritiert ihn, am liebsten würde er die Hand ausstrecken und ihn wegwischen.

»Wo ist denn Ihre Leiche?«, fragt Steve, der auf und ab hüpft, um gegen die Kälte anzukämpfen.

»Es sind zwei Leichen. Und sie sind kein schöner Anblick. Der

Mörder hat eine Schutzplane über sie gelegt. Vermutlich, damit der Regen sein Werk nicht entstellt. Und er hat sich ausgerechnet diesen Ausflugsplatz für Familien ausgesucht, dieser Scheißkerl!«

Noah sieht Inspecteur Tremblay an. Seine Gesichtshaut ist gelblich. Von einer Hepatitis? Er ist bestimmt nicht älter als fünfzig, auch wenn seine weißen Haare ihn älter wirken lassen.

Er holt sein Notizheft aus der Jackentasche, schirmt es mit einer Hand gegen den Regen ab und kritzelt mit der anderen: *Der Weißhaarige.*

»Was macht Ihr Kollege da?«, fragt Tremblay.

Steve hebt die Schultern. »Keine Angst, er hat zwar ein paar Ticks, aber er ist eine Koryphäe auf seinem Gebiet. Der beste Profiler, den ich kenne.«

Bernard Tremblay verzieht das Gesicht und zermalmt knirschend ein Tic Tac. »Na ja, wir werden sehen. Gehen wir.«

Doch als Tremblay das Maislabyrinth betritt, wird Noah aus heiterem Himmel von einer heftigen Migräne befallen. Er fasst sich mit beiden Händen an den Kopf, torkelt und beugt sich nach vorn.

Nein … bitte nicht, tut das nicht … Nicht sie, bitte, bitte nicht sie …

Die männliche Stimme hallt urplötzlich in seinem Kopf wider, wie ein fernes Echo. Dann nimmt er den Geruch von verbranntem Plastik und gegrilltem Schweinefleisch wahr.

Noah bekommt einen Schluckauf. Galle steigt ihm die Speiseröhre hoch und setzt sich in seinem Rachen fest. Er unterdrückt den Brechreiz und richtet sich wieder auf. Die Stimme und die Gerüche sind verschwunden.

»Verdammt, was ist denn mit Ihrem Kollegen los? Ist er krank oder was?«

»Nicht wirklich, das sind die Nebenwirkungen der Medikamente, die er einnehmen muss«, erwidert Steve.

Sie gehen weiter durch das Maislabyrinth und gelangen auf eine schmale Lichtung. Ein Zeltdach ist über den Tatort gespannt, um ihn vor dem Regen zu schützen. Polizisten stehen um die Kriminaltechniker herum, die im Begriff sind, ihre Ausrüstung einzupacken.

Steve macht ein paar Schritte auf die Leichen zu, dann hält er sich die Hand vor den Mund. »O mein Gott!«, stößt er hervor.

Noah übergibt sich.

KRÄNKUNG

Noah bekommt nicht mit, wie sich Steve die Hand vor den aufgerissenen Mund hält und mit schreckgeweiteten Augen die Leichen anstarrt.

Die Geräusche um ihn herum sind verzerrt wie bei einem alten Kassettenrekorder, dessen Band sich verwickelt hat. Das pulsierende Summen in seinen Ohren verstärkt sich zu einem Tinnitus, der in seinen Ohren pfeift wie ein Teekessel auf dem Herd. Noah versucht, die Gesichtsmuskeln zu entkrampfen, indem er den Unterkiefer hin und her bewegt, und den Lärm in seinem Schädel zu verscheuchen. Vergeblich.

Er fischt ein Taschentuch aus der Jackentasche und tupft sich den Speichel von den Mundwinkeln.

Dann hebt er langsam den Kopf und stützt sich auf den Stock, um sich wieder ganz aufrichten zu können. Inspecteur Tremblay steht vor ihm, seine blaugrauen Augen leuchten in seinem gelben Gesicht wie Scheinwerfer. Die Adlernase und die weißen Haare lassen ihn wie einen Raubvogel aussehen. Seine Lippen bewegen sich, aber Noah nimmt nur ein unverständliches Kauderwelsch wahr.

As kei mit ien mwsier woles?

Das verwickelte Tonband entheddert sich, das Pfeifen wird schwächer, Leere breitet sich in seinem Kopf aus.

»Alles okay mit Ihnen, Monsieur Wallace?«, wiederholt Inspecteur Tremblay seine Frage.

Der Tinnitus ist wieder verschwunden. Noah atmet tief durch. Befreit sich aus seiner Benommenheit.

»Ja, es geht wieder, danke, Inspecteur.«

Die Miene des Kanadiers ist hart und anklagend. »Nun … wir werden sehen.«

Von dort, wo Noah steht, kann er den Tatort nicht genau erkennen. Aber er kann sich vorstellen, was ihn erwartet. Der sintflutartige Regen konnte den Geruch nach Benzin, Plastik und verbranntem Fleisch nicht vertreiben.

Steve ist bereits über die gelben Absperrbänder gestiegen, die den Ermittlungsbereich begrenzen. Er spricht mit einem Mann, einem Zivilisten in Anzug und mit einem schwarzen Regenschirm in der Hand, der Coroner, der zuständige Untersuchungsbeamte, wie Noah vermutet. In der Nähe des Zeltdachs stehen zwei Beamte von der Spurensicherung, erkennbar an der Aufschrift auf ihrem Rücken, die Fotos machen.

Eine Hand senkt sich schwer auf seine Schulter. Es ist die von Bernard Tremblay. »Bevor Sie sich die Szene ansehen, möchte ich Sie nochmals darauf hinweisen, dass die hier ermittelnde Behörde die Sûreté du Québec ist. Unsere Techniker sind mit der Spurensicherung fertig, der Coroner hat seinen vorläufigen Bericht diktiert, jetzt müssen nur noch die Leichen für die Obduktion abtransportiert werden. Ich gebe Ihnen zehn Minuten, nicht mehr. Ah ja, und hier ist die Postkarte mit Ihren Namen darauf und vermutlich denen der Opfer. Wenn Sie sich alles angeschaut haben, möchte ich sie gern wiederhaben.«

Noah nimmt die Karte. Sie steckt in einem dursichtigen Plastikbeutel. Mit dem Ärmel wischt er die Regentropfen weg.

Die Ansichtskarte zeigt ein Foto vom Château Frontenac in Québec. Auf der Rückseite steht:

Ein Geschenk für Noah Wallace und Steve Raymond
Jean-François Duval und seine Tochter Élise.

Trotz der Hülle entsteigt der Karte ein vertrauter Geruch.

Er schnuppert daran.

Myrrhe.

Noah erschaudert. Der Mörder von damals hat auch immer Myrrhe bei seinen Opfern hinterlassen. Aber er ist seit fünf Jahren tot. Noah stand damals an vorderster Front der Ermittlungen.

Ein Nachahmungstäter? Nein. Denn dieses Detail war der Öffentlichkeit nicht bekannt.

Streng dein Gehirn an, Noah!

Er steckt die Karte in die Tasche seines Blousons, holt sein Notizheft heraus und tritt unter das Zeltdach. Als er den Blick auf die beiden Leichen heftet, sieht er keinen Tatort, sondern ein Fresko.

Eines der Opfer – vermutlich Jean-François – ist kopfüber mit Stacheldraht auf zwei zu einem Kreuz geformten Planken befestigt. Wieder verblüfft Noah die Parallele zu dem früheren Fall. Das ist eine Beleidigung, eine Profanierung. Er kritzelt *Kränkung* in sein Heft. Vor dem Leichnam kniet eine Gestalt in betender Pose – eine grausame Parodie. Aber ihr Kopf ist bis zur Unkenntlichkeit verkohlt, nur noch der Schädel ist auszumachen. Um den Hals ist ein halb geschmolzener Autoreifen drapiert.

Noah tritt etwas näher, um noch mehr zu erkennen. Die Wahrheit liegt immer in den Details. Das war der Wahlspruch des »Anderen«, des Mannes, der er früher einmal war. Er geht an Steve vorbei, der sich mit dem Coroner unterhält. Noah entgeht nicht, dass sein Kollege die Faust an den Mund presst – er erträgt kaum, was der Coroner ihm erzählt. Steve ist kein Polizist für Tatorte, er ermittelt lieber in der Welt der Lebenden; er ist gut darin, Schwächen bei den Menschen auszumachen, Unstimmigkeiten und Lügen in ihren Aussagen aufzudecken, aber er ist unfähig, dem Tod ins Auge zu blicken. Noah wendet sich wieder dem gekreuzigten Mann zu und kehrt in seine Konzentrationsblase zurück, die nur die Worte des Rechtsmediziners zu durchdringen vermögen.

… Abtrennung der Lederhaut mittels eines scharfen Gegenstands.

Die Ausführung ist akribisch, der Schnitt sauber, aber ganz besondere Sorgfalt hat er beim Tränenkarunkel walten lassen. Was das Instrument betrifft, würde ich auf eine Rasierklinge tippen …

Konzentrier dich, Noah. Der Andere wäre schon längst draufgekommen. Du bist zu langsam.

Warum nur ein Auge? Damit das Opfer immer noch sehen konnte, mitbekam, was passierte. Wie der Kopf seiner Tochter, Élise, verbrannt ist.

… die Techniker haben Spritzen gefunden und Mepivacain-Ampullen, und diverse Einstichstellen am Körper des Opfers lassen vermuten, dass das Opfer mehrmals eine Regionalanästhesie erhalten hat …

Er will seinen Opfern keine Schmerzen zufügen, denkt Noah.

»*… der Penis wurde abgetrennt …*«

Und dem Opfer gezeigt, schlussfolgert Noah. Nein, keine Schmerzen, das nicht. Aber abgrundtiefes Grauen, durch Verstümmelung. Genau das gleiche Vorgehen legte der andere Mörder damals an den Tag.

… er hat die Knochen abgetrennt – Elle, Speiche –, sicherlich mit einer Säge … Das Muskelgewebe wurde teilweise durchtrennt – die Flexoren und der Pronator teres –, sodass die Hände nur noch durch die Fingerstrecker am Unterarm befestigt sind …

Warum hat er die Hände verdreht, um sie dann mit Stacheldraht an den Unterarmen zu befestigen?

… an den Körperseiten wurde die Haut abgezogen, fährt der Coroner fort.

Und dann mit einem Handtacker an Holzplanken fixiert, stellt Noah fest. Wozu? Was willst du damit ausdrücken?

Noah presst die Zähne aufeinander. Der Andere hätte es längst herausgefunden, hätte aus jedem Detail seine Schlüsse gezogen und die Tatmotive daraus abgeleitet. Er hätte den Mörder vor sich gesehen, seine Gedanken nachvollzogen, hätte ihn verstanden! Konzentriere dich, Noah!

Als er wieder nach seinem Heft greift, zittern seine Hände erneut, und sein Puls beschleunigt sich.

Sein Bewusstsein ist wie trübes Wasser, und jeder Gedanke ist ein Tropfen, der die Oberfläche kräuselt. Zu viele Fragen, zu viele Gedanken, zu viele Ringe auf dem Wasser.

Er hört nicht mehr, was der Rechtsmediziner sagt, sieht nicht mehr, wie Steves gerötetes Gesicht blass wird. Er spürt auch nicht mehr Bernard Tremblays Blick auf sich, der ihn die ganze Zeit beobachtet hat, als wäre er ein Außerirdischer.

Er ist umhüllt von undurchdringlichem Nebel, durch den er die Stimmen vernimmt.

Nein … bitte nicht, tut das nicht … Nicht sie, bitte nicht sie.

Papa!

(Schreie)

Élise!

Brandgeruch und das Gefühl von Hitze auf der Haut.

Dann hört er die Stimme eines Kindes, wie ein Flüstern an seinem Ohr:

Das ist ein Geheimnis. Das ist unser Geheimnis.

Mit einem Mal schält sich eine klar umrissene und helle Gestalt aus dem Nebel.

Noah öffnet die Augen, die Blase, in der er sich befunden hat, zerplatzt. Steve kommt auf ihn zu und sieht ihn hoffnungsvoll an.

Noah weiß, dass Steve auf die Geistesblitze des Anderen wartet.

»Und, Noah? Was denkst du? Hast du etwas entdeckt?«

Er schüttelt den Kopf. »Nur ein rotes Dreirad.«

WIE EINE EINZIGE E-MAIL …

Grumpy hat Hunger. Und wie jeden Morgen miaut die Katze und springt aufs Bett.

Mit noch halb geschlossenen Augen verfolgt Sophie, wie sie schnurrend auf ihren Kopf zustakst. Gleich wird sie ihre feuchte Nase am Ohrläppchen spüren und dann die raue Zunge, die an ihrem Ohrläppchen leckt.

Sophie rührt sich nicht, sie möchte sich am liebsten nochmals zwischen den warmen Laken einrollen und die Nacht verlängern. Nur noch ein paar Augenblicke das Lecken der rauen Zunge genießen. Aber eine strenge Stimme in ihrem Kopf befiehlt ihr, nicht länger das Gesicht in das warme Kissen zu schmiegen, sondern endlich in die Gänge zu kommen. Sie kann förmlich den vorwurfsvollen Blick ihres Vaters sehen und wie sich seine große Stirn in Falten legt. Und Sophie weiß, wenn ihre Katze nicht gleich ihr Futter bekommt, wird sie ihr ins Ohrläppchen beißen oder schlimmer noch, ihre Krallen in das *Top Gun*-Filmplakat versenken.

Und Sophie wird nicht zulassen, dass Grumpy Tom Cruise auf ihrem Lieblings-Vintage-Poster noch mehr verunstaltet.

Sophie dreht sich auf die Seite, setzt sich gähnend auf, schlüpft in ihre Pelzpantoffeln, steht auf und schaltet die elektrische Teekanne auf ihrem Schreibtisch ein. Dann startet sie die Playlist auf ihrem iPod. Die zufällige Wiedergabe lässt »It's raining again« von Supertramp erklingen. Ein Song wie geschaffen für diesen späten Herbstvormittag in New York.

Noch gibt sich Sophie ein wenig ihrer Trägheit hin, indem sie langsam ins Bad tapst. Aber wie jeden Morgen seit ihrer Rückkehr aus Kalifornien hat sie nicht vor, sich lange dort aufzuhalten. Das Wasser ist zu kostbar und darf nicht vergeudet werden. Zwei Minuten später steigt sie aus der Dusche und zieht sich ihr Lieblings-T-Shirt über, mit dem Schriftzug: *Kein Fleisch, keine Milch – kein Witz.* Sie ist zwar keine militante Veganerin – auch wenn einige ihrer Freunde eine Spaßverderberin in ihr sehen –, aber sie macht nun einmal keinen Hehl aus ihren Überzeugungen. Bring deine Meinung immer deutlich zum Ausdruck, meide die Heuchler und höre nur auf dein Herz, pflegte ihr Vater ihr zu sagen. Und diesen Rat befolgt sie.

Nachdem sie zwei Scheiben Toast mit Erdnussbutter gefrühstückt hat, sitzt sie an ihrem Schreibtisch, eine dampfende Tasse Matcha-Tee neben dem Foto von ihrer Familie: Die komplette Familie Lavallée vor dem Chalet in Mont-Tremblant; damals war auch David noch dabei. Sophie rückt ihren Pferdeschwanz gerade. Es ist elf Uhr, und auf sie wartet jede Menge Arbeit.

Sie klappt ihr MacBook auf – sie ist kein Apple-Fan, aber Charlie hat sie davon überzeugt, dass die Laptops aufgrund ihrer Akkuleistung ökologischer sind als andere Geräte – und setzt sich auf ihrem Stuhl gerade hin. Auf diese Weise wird sie den Tag und einen Teil des Abends verbringen. Wenn man beschließt, in Manhattan zu wohnen, kann man sich keinen Müßiggang erlauben. Bei einer Monatsmiete von zweitausendsechshundert Dollar für ein kleines Apartment in Süd-Harlem muss sie zusehen, dass Geld reinkommt – und hin und wieder auch Artikel schreiben, für die sie nicht brennt.

Aber bevor sie sich ihrem Blog zuwendet und auf die Kommentare antwortet, muss sie die eingegangenen E-Mails durchgehen.

Am ungeduldigsten wartet sie auf eine Mail von Charlie. Sie ist noch genauso verknallt in ihn wie am ersten Tag. Ihr Aufenthalt auf dem riesigen Gnadenhof in Orland war bereits magisch, noch bevor er dort auftauchte; sie konnte dort ihre Tierliebe mit einer großen Gruppe Gleichgesinnter ausleben. Aber als dann dieser Adonis, der auf den ersten Blick ein bisschen wie Brad Pitt aussieht, zu ihnen stieß und sie anlächelte, war sie ganz und gar davon verzaubert. Und er sieht nicht einfach nur umwerfend aus, sondern ist auch brillant, nachdenklich und beschäftigt sich mit den Problemen des Planeten. Sie kann es kaum erwarten, dass er sie in New York besucht. Ihre Nachbarn sollen ruhig wissen, dass sie auch ein Liebesleben hat.

Auf der Suche nach einer neuen Mail von Charlie Travis scrollt sie von oben nach unten durch ihren Posteingang. Als sie den Namen entdeckt, macht ihr Herz einen Satz. Es ist mindestens die zwanzigste Mail in der Liste, aber die erste, die sie öffnet – wie immer ein bisschen bange. Seit sie sich zuletzt gesehen haben, sind zwei Monate vergangen, und sie fürchtet, dass sich das Sprichwort »Aus den Augen, aus dem Sinn« mal wieder bewahrheiten könnte.

Sie atmet tief durch. Kein anonymes »Es ist aus« aus der Ferne, sondern ein lakonisches »Ich liebe dich, mein Augenstern« und ein angehängtes Foto.

Sie klickt auf die Datei mit dem Namen *GoodMorningHoney.png.*

Es ist ein Selfie von ihrem Liebsten mit nacktem Oberkörper. Das Duckface, das er darauf zieht, wäre normalerweise ein Stimmungskiller für sie gewesen, aber diesen Fauxpas hat er locker wettgemacht durch das Herz, das er in den Sand hinter sich gemalt hat.

Witzig und romantisch zugleich. Es ist ihr ein Rätsel, wie sie es zwei Jahre lang mit ihrem Ex aushalten konnte. Der Gedanke an diesen zynischen und egoistischen Intellektuellen jagt ihr einen Schauder über den Rücken.

Nun gut, das gehört gottlob der Vergangenheit an. Es gibt doch nichts Besseres, als den Tag in der Gewissheit zu beginnen, geliebt zu werden – auch wenn der entsprechende Mensch viertausendfünfhundert Kilometer entfernt ist.

Sophie sichtet die übrigen Mails. Diesen Teil ihrer Arbeit mag sie am liebsten. Es sind überwiegend Kommentare von Followern ihres Blogs. Inzwischen hat sie sich einen Namen gemacht mit Reportagen über ungeklärte Fälle und Verschwörungstheorien. Was als Projekt für einen Journalismus-Workshop an der University of Columbia begann, ist jetzt ein gut frequentierter Blog. Und so kommt es, dass sie jetzt, zwei Jahre später, zahllosen Fans – und auch Trolls – antworten muss, die jeden ihrer Artikel kommentieren.

Die erste Mail ist von einem gewissen Charles Wilkins.

Ich bewundere das, was du machst, du bist wirklich die Beste, ich bin ein großer Fan von dir. Ich wohne in Brooklyn, wenn du willst könnten wir uns mal treffen, um miteinander zu diskutieren – oder um was anderes zu machen, schreib mir einfach. XX Charles.

Sophie verschiebt die Mail ins Archiv und zwar in den Unterordner »Potenzielle Psychopathen«. Die Formulierung »ich bin ein großer Fan von dir« erinnert sie an diese Irre in Stephen Kings Roman *Sie*, den sie dummerweise mit zwölf gelesen hat.

Die zweite Mail kommt von *WhitePenis97*.

Hey, Schlampe, ich würde wetten, du stehst auf Neger-Gang-Bangs.

Wirklich elegant, raffiniert, große Klasse! Sie zögert, in welche Schublade sie ihn stecken soll: entweder in den Ordner mit der Bezeichnung »Rassisten« oder »Sexuelle Belästigung«.

Ach was, solche Typen haben eine ganz eigene Schublade verdient. Sie legt einen neuen Ordner mit dem Titel »Rassistischer, sexistischer Stalker mit Pimmelkomplex« an und schiebt die Mail hinein.

Sie nimmt einen kräftigen Schluck von ihrem Matcha-Tee und lächelt. Blake, ihr bester Freund, zieht sie gern wegen ihrer Archivierungsmanie auf. Er hält sie für eine digitale Spielart ihres Umweltbewusstseins. Kein unnötiger Müll, alles muss recycelt werden.

Die nächste E-Mail hat einen Anhang. Einen.onion-Link.

Absender: Anonym.

Wortlaut der Mail: *Wenn Sie mehr über Edgard Trout wissen wollen, folgen Sie meinen Anweisungen, indem Sie auf den beigefügten Link klicken. Aber zuerst müssen Sie den Tor-Browser downloaden.*

Edgard Trout!

Ein Journalist, der in den Siebzigerjahren spurlos verschwand. Ein ungelöster Fall, über den sie recherchiert hat. Nicht ganz so berühmt wie Seymour Hersh, machte sich Trout einen Namen als Kriegsberichterstatter in Vietnam, und zwar als Aktivist gegen den Einsatz von Agent Orange gegen die vietnamesische Bevölkerung. Der anonyme Absender der Mail muss Sophies Artikel auf ihrem Blog gelesen haben.

Allerdings sind ihre Nachforschungen im Sande verlaufen. Trout hat seit 1977 kein Lebenszeichen mehr von sich gegeben, und niemand scheint sich wegen seines Verschwindens große Sorgen gemacht zu haben.

Sophie zögert, sie weiß um den schlechten Ruf des Darknet. Aber sie ist Journalistin, und die Neugier treibt sie an.

Also installiert sie den Tor-Browser und klickt auf den Link.

… EIN LEBEN VERÄNDERN KANN

Sophie überlegt fieberhaft. Sie kaut auf der Unterlippe und hat ein Kribbeln im Magen, wie immer, wenn sie einen vielversprechenden Hinweis bekommen hat. Kleine unverhoffte Geschenke, wie sie sie nennt.

Außerdem wagt sie sich zum ersten Mal ins Darknet, an diesen geheimnisvollen Ort, diesen Schlupfwinkel der Piraten des digitalen Zeitalters und der Globalisierungsgegner, der Internetpunks und Krypto-Anarchisten.

Aber auch der Waffenhändler, Drogendealer, rechtsextremistischer Gruppen, von Pädophilen-Netzwerken. Du solltest auf der Hut und nicht so naiv sein, liebe Sophie, meldet sich ihr Gewissen mit der Stimme ihres Vaters zu Wort.

Mit einem Mal beschleichen sie Zweifel. Und wenn es eine Falle ist und jemand ihr Bankkonto plündern will? Oder auf ihre Festplatte zugreifen und ihr ein Lösegeld abpressen? Wie immer ist sie ohne nachzudenken vorangestürmt.

Aber jetzt ist es zu spät für einen Rückzieher.

Allerdings dauert es eine Ewigkeit, dieses unerwartete Geschenk auszupacken: Der Cursor hat sich schon seit mindestens zehn Sekunden in eine Sanduhr verwandelt.

Als die Seite schließlich erscheint, seufzt Sophie erleichtert. Der Bildschirm ist bis auf ein altmodisches Weckersymbol in der Mitte völlig weiß. Darunter läuft ein Countdown.

5'39 … 5'38 …

»Puh, der spannt mich ganz schön auf die Folter«, murmelt Sophie vor sich hin.

Sie nimmt einen großen Schluck Tee.

Dring!

Das Geräusch der Türklingel lässt sie zusammenzucken. Grumpy hüpft vom Bett und verzieht sich in die Küche. Sophie klappt automatisch den Laptop zu, als könnte allein die fast leere Seite sie kompromittieren.

Wer das wohl ist? Es ist beinahe Mittag. Sie wirft einen misstrauischen Blick auf ihren Computer. Und wenn …

Nein, das ist lächerlich. Welche Verbindung sollte zwischen einem Mausklick und … Stopp, Sophie, deine Fantasie geht mal wieder mit dir durch! Du schaust zu viele Horrorfilme an, sagt sie sich.

Sophie rollt den Schreibtischstuhl zurück, steht auf und begibt sich auf Zehenspitzen zur Wohnungstür. Sie späht durch den Türspion.

Da ist niemand.

Ein Schauder läuft ihr über den Rücken. Verflixt, merkwürdig ist es trotzdem.

Sei vernünftig, Sophie, es kann keinen Zusammenhang zwischen der Datei und dem Klingeln geben.

Plötzlich erscheint ein Auge auf der anderen Seite des Türspions.

Ihr Herz bleibt vor Schreck fast stehen, und ihr entfährt ein Schrei.

»Hey Sophie, was ist denn los? Beruhige dich! Wir sind's nur!«, ruft eine vertraute Stimme.

Blake!

Sophie legt kurz die Stirn an die Tür. *Was bist du nur für eine dumme Gans …*

Sie entriegelt das dreifache Schloss, löst die kleine Kette und öffnet die Tür.

»Überraschung!«, rufen die beiden wie aus einem Mund.

Bethany und Blake stehen über das ganze Gesicht grinsend vor ihr. Ihr bester Freund hat eine Plastiktüte in der Hand, und als Sophie den Geruch daraus wahrnimmt, zieht sie eine Grimasse. Rindfleisch, Bacon … *Igitt.*

Bethany hält ihr einen mit Kräutertees und anderen gesunden Sachen dekorierten Weidenkorb hin.

»Herzlichen Glückwünsch zum Geburtstag, Sophie!«

Sie tritt überrascht einen Schritt zurück und protestiert: »Aber der ist doch im April!«

»Nun, wir wollen den Beginn deiner Emanzipation feiern: Es ist jetzt genau ein Jahr her, seit du unsere wunderbare WG verlassen hast. Besonders originell ist unser Mitbringsel nicht, aber wir haben ein paar Zeilen dazu verfasst.«

Auf einer kleinen weißen Karte steht:

Für Sophie: Wir vermissen dich!

B&B.

Sie lächelt. Beth und Blake.

»Danke, aber eure Unterschrift klingt irgendwie wie eine Whiskeymarke.«

»O nein«, erwidert ihr Freund und schiebt sich unaufgefordert an ihr vorbei in die Wohnung. »Ich würde eher sagen wie ein Anwaltsbüro. B&B, macht doch was her, oder?«

»Ich bin mir zwar nicht so sicher, ob ein Informatiker und eine Schauspielerin ein gutes Anwaltsduo abgeben, aber warum nicht!«

»Weiß du Sophie«, erwidert Blake, »genau wegen solcher Vorurteile tue ich mich mit Journalisten schwer. Übrigens lässt dich Mrs Lim grüßen, du fehlst ihr sehr.«

»Im Ernst? Die alte Ziege hat mich doch nie ausstehen können.«

»… und ich bin mir sicher, das hatte rein gar nichts mit dem Ausspionieren der Nachbarn oder dem Aufbrechen von irgendwelchen Briefkästen zu tun …«

Bethany, die vor der Tür stehen geblieben ist, wirft einen Blick auf ihre Uhr. »Nicht, dass ich was gegen eure Gesellschaft hätte, aber ich muss los, sonst komme ich zu spät zum Vorsprechen. Benehmt euch, Kinder. Wir sehen uns doch bei der Aufführung?«

Aus dem Augenwinkel sieht Sophie, wie Blake theatralisch die Augen verdreht und eine Grimasse schneidet.

»Klar doch, Schätzchen. Viel Glück beim Vorsprechen und danke für alles.« Sophie macht die Tür zu, verriegelt sie wieder und dreht sich zu ihrem Freund um. »Hey, du bist aber nicht nett zu Beth!«

Statt zu antworten, holt Blake seinen Burger aus der Tüte und wedelt ihr damit vor der Nase herum. »Du musst von diesem Wunderwerk kosten, es gibt keine besseren Burger als so ein Prachtexemplar frisch aus der Gourmetküche von Five Guys, mhm. Und dann dieser gegrillte Bacon, voller guter Wachstumshormone, die gleichzeitig Geschmacksverstärker sind.« Blake versenkt die weißen Zähne in dem riesigen Burger und erinnert an ein Raubtier, das sich über seine Beute hermacht.

»Hey, ich geh dir auch nicht mit meinen Kichererbsenbällchen auf den Geist, also verschon du mich gefälligst mit deinem Fleisch. Tierleichenfresser!«

Als Antwort schmatzt er mit offenem Mund.

»Und da heißt es, Schwule hätten einen ausgeprägten Sinn für Ästhetik …«

»Ach, das ist ein altes Klischee. Würde gut in einen deiner vielen Ordner passen, und zwar in den mit der Aufschrift ›Homophobe Rassisten‹.«

Sophie zeigt ihm den Mittelfinger, doch ein breites Grinsen erscheint auf ihrem Gesicht.

»Ich liebe dich auch, meine Hübsche.« Blake gibt ihr einen Kuss auf die Stirn.

Kaum hat Sophie den Korb aufs Bett gestellt, kommt Grumpy neugierig herbei und inspiziert ihn.

»Ah, übrigens kommst du wie gerufen. Ich muss dir unbedingt was auf dem Computer zeigen.«

Sophie setzt sich an ihren Schreibtisch und klappt den Laptop auf. Ein Button mit der Aufschrift *Fortfahren?* ist auf dem Bildschirm zu sehen.

»Wow. Sag mal, träume ich, oder ist das ein Tor-Browser?«

»Letzteres, aber das ist eine lange Geschichte.«

»Das trifft sich gut, ich habe nämlich jede Menge Zeit. Schieß los.«

Blake hört sich Sophies Geschichte an, ohne sie auch nur einmal zu unterbrechen, dann sagt er: »Also, wenn ich es richtig verstanden habe, hat dir ein Typ anonym einen.onion-Link geschickt und zwar wegen eines Artikels auf deinem Blog, in dem es um das Verschwinden eines Mannes namens Edgard Trout geht.«

»Genau, ich habe über ihn recherchiert und weiß, dass er sich kurz vor seinem Verschwinden im Staat New York niedergelassen hat, in der Nähe von Plattsburgh.«

»Okay, zwei Möglichkeiten: Entweder handelt es sich um einen üblen Scherz und du wirst, wenn du diesen Button anklickst, etwas Schockierendes zu sehen bekommen, zum Beispiel ein Video von einem grausamen Mord oder irgendeiner abscheulichen Form der Sodomie; oder aber du bist da auf eine wirklich brisante Sache gestoßen.«

»Warum sollte er seine Info sonst im Deep Web verstecken?«

Blake verzieht das Gesicht. »Tu mir bitte den Gefallen und verwechsle das Darknet nicht mit dem Deep Web! Das Deep Web ist all das, was man nicht mit einer herkömmlichen Suchmaschine findet, während das Darknet aus privaten virtuellen Netzwerken besteht, die von wer weiß wem geschaffen wurden und Dinge enthalten, denen du auf der Straße nicht begegnen willst, verstehst du?«

»Okay. Aber soll ich es nun anklicken oder nicht?«

Blake sieht sie mit einem breiten Lächeln an. »Keine Sorge, ich bin ja bei dir.«

Also Ja, denkt Sophie. Sie platziert den Cursor auf dem roten Button, beißt sich auf die Unterlippe und klickt.

In der Bildschirmmitte erscheint ein altes Foto. Oben links läuft wieder ein Countdown runter.

»Verdammt, was ist das denn?«, stößt Blake hervor.

Das Foto zeigt einen afroamerikanischen Mann in einer beigefarbenen Lederjacke. In der einen Hand ein Mikrofon, in der anderen einen Kassettenrekorder, steht er im Garten vor einem viktorianischen Herrenhaus.

»Das ist er!«, ruft Sophie aus. Er scheint gerade mitten in einer Reportage zu stecken und seinen Bericht auf einem alten Aufnahmegerät aufzuzeichnen. Das Foto ist nicht besonders gut, aber es könnte sich um einen Four-Star-Rekorder handeln.

»Scheint, du hast ins Schwarze getroffen …«

»Genau, die Siebziger und Achtziger sind mein Steckenpferd.«

»Offenbar war er nicht allein. Und was, wenn der Typ, der dir diesen Link geschickt hat, damals auch das Foto gemacht hat? Mist, beinahe wäre es mir lieber, das Ganze wäre ein übler Scherz«, entfährt es Blake.

Sobald der Countdown bei null angekommen ist, verschwindet das Foto.

Stattdessen erscheint ein Download-Symbol zusammen mit der Frage: *Sind Sie bereit, mir bei der Suche nach der Wahrheit zu helfen?*

Sophie stößt einen Jubelruf aus. Das ist eine ganz große Sache, das spürt sie.

Siehst du, Papa, ich glaube, du wirst bald allen Grund haben, stolz auf mich zu sein, nachdem du mir immer wieder meine Berufswahl unter die Nase gerieben hast.

Als sie auf das Download-Symbol klickt, ahnt sie nicht, wie sehr dieser Moment ihr Leben verändern wird.

MIEF

Noah bleibt einen Moment lang vor seiner Wohnungstür stehen. Er hat Angst davor, hineinzugehen, Angst vor der schlaflosen Nacht, die ihn erwartet, Angst vor dem Weckerklingeln am nächsten Morgen, das einen weiteren Tag als einfacher Sachbearbeiter einläuten wird.

Er ist gescheitert. Jeder blutige Anfänger hätte erraten, dass der Mörder mit der Angst des Opfers vor der bevorstehenden Verstümmelung spielte. Meine Güte, da lagen sogar Betäubungsmittelampullen und Spritzen am Tatort herum. Und das war dann auch schon der einzige konkrete Hinweis, den er der Szenerie entnehmen konnte. Zu weiteren Schlussfolgerungen war er nicht in der Lage: nur diffuse Empfindungen, nichts Greifbares, abgesehen von diesem verdammten roten Dreirad. Was er im Übrigen besser für sich behalten hätte. Er hat noch immer Steves Gesichtsausdruck vor Augen, der von Ungläubigkeit zu Scham und schließlich zu Mitleid wechselte. Sein Kollege hält ihn inzwischen für verrückt. Nein, schlimmer noch, für ernsthaft krank, und er hat recht. Und dieser raubvogelartige Inspecteur Tremblay hat ihn angesehen, als wäre er der letzte Trottel.

»Mhm, wir werden sehen«, hört er ihn wieder sagen, während er knirschend auf einem Tic Tac kaut.

Das war's dann wohl. Wer will jetzt noch diesen Geisteskranken an einem Tatort sehen?

Realität: 1, Hoffnung: 0. Kein Rückspiel.

Was soll's. Wenigstens wird er auf diese Weise Rachel wiedersehen, ein Lichtblick in seiner trüben Existenz.

»*Home sweet home*«, murmelt Noah und hängt den Stock an die Garderobe.

Er findet die Wohnung genauso vor, wie er sie verlassen hat. Die Reste vom gestrigen Abendessen stehen noch auf dem Tisch, ein angeschlagener Teller mit einem halben Steak und einem Klecks Püree darauf. Ein zu drei Vierteln mit kalifornischem Wein eingeschenktes Glas neben einer fast leeren Flasche.

Sein Kühlschrank gibt noch immer das gleiche Brummen von sich wie ein Flugzeug beim Abheben. Die fast unmöblierten Zimmer und die hier und da herumstehenden Kartons sondern den Mief der Einsamkeit ab.

Also war's das dann? Gibst du auf? Glaubst du, der Andere hätte einfach so das Handtuch geworfen?

Ich pfeif drauf, was der Andere getan hätte! Es gibt ihn nicht mehr.

Noah stößt im Dunkeln ein kurzes Lachen aus.

Vielleicht liegt es am Stress? Was, wenn er nicht alles gegeben hat?

Er war zwar unfähig, die Details der Tatortszenerie zu erfassen, aber das muss nicht heißen, dass es keinen Hinweis an ihn gegeben hat. Der Killer von damals hat ihm immer Botschaften hinterlassen, hat mittels seiner »Werke« mit ihm kommuniziert. So unwahrscheinlich es auch erscheinen mag, aber dieser Mörder geht genauso vor wie der andere. Also hätte er sich auch an ihn wenden müssen. Irgendetwas muss Noah entgangen sein, aber was?

Vielleicht solltest du dir wieder die alten Akten ansehen, meinst du nicht, Noah?

Er wirft einen Blick auf die runde Metalluhr, die noch immer auf dem Boden steht. 23.00 Uhr.

Warum sich nicht die eigene Schlaflosigkeit zunutze machen?

Die alten Akten, seine Notizen, die Fotos – er wird alles nochmal von vorn durchgehen.

Und er wird es finden.

Weil er und der Andere noch immer ein und derselbe sind.

Noah schiebt die Kartons mit den Akten in sein Schlafzimmer und hievt sie aufs Bett.

Er öffnet den ersten Karton und nimmt die oberste Aktenmappe heraus. Im Beschriftungsfeld steht: *Timothy Carter.*

Der einzige Fall, bei dem nur ein Opfer am Tatort gefunden wurde. Noah überfliegt seine alten Notizen. Timothy war entmannt und seine Fingerglieder waren einzeln abgetrennt worden. Laut dem Rechtsmediziner hatte der Mörder ihn sogar gezwungen, alle Teile, die er von seinem Körper abgetrennt hatte, zu essen. Keine religiösen Bezüge. Keine Profanation, keine Myrrhe. Stattdessen eine maschinengetippte Botschaft neben dem Leichnam.

Möge deine Seele ewig in der Hölle schmoren.

Der Inhalt der Aktenmappe ist dürftig. Das Opfer war ein Automobilhändler, der laut Zeugen keine Feinde hatte, ausgenommen vielleicht seine Frau, die zehn Jahre zuvor die Scheidung erwirkt hatte. Laut Strafregister war er einmal wegen Kokainbesitzes festgenommen worden, und zwar in einem Motelzimmer, wo er die Nacht mit zwei Prostituierten verbracht hatte.

Damals war Noah nicht mit der Tatortanalyse beauftragt worden, weil nichts auf einen Serienmörder hingedeutet hatte. Die Ermittlungen führte die Vermont State Police, die den Fall wie ein klassisches Morddelikt behandelte, als besonders grausamen Racheakt.

Der Sergeant, der die Ermittlungen leitete, hatte sich ganz auf einen Mord aus Leidenschaft versteift.

Bei diesem Fall hatte es auch noch keine Botschaft an Noah gegeben.

Erst beim zweiten Opfer, das heißt genau in dem Moment, als Noah die Bühne betrat, begann der Killer sich an ihn zu wenden.

Noah räumt die Akte wieder weg. Bestimmt ist es ergiebiger, dort zu beginnen, wo der Dialog angefangen hat.

Noah durchforstet den Karton, findet die betreffende Akte und zieht sie heraus: Iris und Lucas Levrault.

Unvermittelt wird ihm schwindelig. Irgendetwas stimmt nicht. Woher kommt auf einmal dieser Myrrhegeruch?

Diese verdammten Medikamente, sein verdammtes krankes Hirn! *Könnt ihr mich nicht endlich in Frieden lassen?* Er schlägt die Akte auf, biegt den Deckel auseinander und erstarrt.

An der Innenseite des Deckels klebt ein Brief. Auch wenn er Konzentrationsprobleme hat und hin und wieder das Bewusstsein verliert, ja sogar unter Sprechstörungen leidet, ist er sich sicher, dass er diesen Briefumschlag noch nie gesehen hat. Schnell löst er ihn vom Karton und dreht ihn um. Er reibt sich mit der freien Hand die Augen, als könnte er das vertreiben, was er gleich lesen wird.

Nein, er hat keine Halluzinationen. Sein Name steht ganz klar auf dem Umschlag, mit dem Datum des Vortags und einem einzigen Wort: *Mief*. Er hält sich das Kuvert an die Nase. Der Myrrhegeruch stammt genau von dort. Dann begreift er, was das bedeutet.

Der Mörder war hier, in seiner Wohnung. Er hat den Brief in die Akte gelegt. Woher wusste er, dass Noah sie öffnen würde? Und vor allem, wie ist er in die Wohnung gelangt?

Ist er vielleicht noch hier und beobachtet ihn?

Sein Herz beginnt zu rasen.

Den Brief in der Hand, verlässt Noah humpelnd das Schlafzimmer und stellt sich ans Küchenfenster. Er zieht die Vorhänge zurück. Im Gebäude gegenüber brennt kein einziges Licht. Er schaut auf die Straße hinunter, ohne etwas Auffälliges zu entdecken, nur ein streunender Hund trottet im Schein einer Straßenlaterne vorbei.

Nein, er ist nicht hier. Er muss wieder gegangen sein.

In Noahs Kopf beginnt sich alles zu drehen, seine Gedanken

wirbeln durcheinander. Wie Kreise, die die Wasseroberfläche kräuseln.

Kein guter Moment für einen Anfall.

Er reißt das Kuvert auf und holt den Brief heraus.

Als Erstes fällt ihm auf, dass er maschinengeschrieben ist. Nicht mit einem Computer. Nein, er wurde auf einer alten Schreibmaschine getippt.

Noah ist so geistesgegenwärtig, nach seinem zweiten Notizheft zu greifen, das ihm als Gedächtnisstütze dient. Er schreibt: *Wichtig: Analyse der Farbe, des Papiers, des Schreibmaschinentyps.* Auf den ersten Blick würde er auf ein Kohlefarbband tippen.

Dann legt er beide Notizhefte auf den Küchentisch, setzt sich auf einen Stuhl und liest den Brief.

KACHEKTISCH

Als Noah den Blick auf die ersten Zeilen des Briefs richtet, zittert er.

Guten Abend Noah,

ich muss gestehen, ich weiß nicht, wo ich anfangen soll. Gut möglich, dass Du nicht begreifst, worauf ich hinauswill, aber ein falsches Wort würde genügen, und die ganze Mühe, die ich in diesen Brief lege, wäre zunichtegemacht.
Ich weiß, wie wichtig Wörter für Dich sind. Und ich weiß auch, wie gebrochen und verloren Du bist. Aber ich bin für Dich da, in diesem Moment.
Deine und meine Vergangenheit sind im selben Grab verscharrt. Aber wenn Du versuchst, es zu öffnen, mach Dich auf den Modergeruch gefasst, der daraus aufsteigt.
Habe ich Dir schon von meiner Gastfamilie erzählt?
Nein, natürlich nicht, wie auch? Außerdem kann ich mich noch nicht lange so klar ausdrücken.
Genau wie Du.
Im Übrigen hoffe ich, dass die Geschichte aus meinem frühen Leben, die ich Dir jetzt erzählen werde, einen Widerhall in Dir hervorruft.

Noah lässt den Brief auf die Knie sinken, greift nach dem Weinglas auf dem Tisch und trinkt einen kräftigen Schluck, ehe er weiterliest.

Die Frau (nennen wir sie Sarah), in deren Obhut man mich gegeben hat, war ein schwacher Mensch.
Rein äußerlich schien sie nichts erschüttern zu können, aber ich wusste, dass das reine Fassade war: Die tapfere Sarah, die alle für unerschütterlich hielten, war einfach nur geschickt darin, ihre Traurigkeit mit Selbstsicherheit zu überspielen und ihre Verzweiflung hinter einer Maske der Fröhlichkeit zu verbergen. Unter diesem Schutzpanzer, unter dieser brüchigen Kruste aus Make-up und Mascara drohte jeden Moment alles einzustürzen.
Dazu brauchte es nur einen Mann: Ted.
Sie begegneten sich auf einem Gartenfest, das die Bürgermeistersgattin abhielt, eine bigotte Frau, die es keinen Tag ohne ihre Schäfchen um sich herum aushielt.
Sarah hatte lange vor dem Tisch mit den Bowle-Schüsseln gesessen und war bereits ziemlich benebelt, als sich ihr unter der Pergola der Dandy mit dem bezaubernden britischen Akzent näherte.
Unter dem Vorwand, plötzlich Durst bekommen zu haben, überschüttete der versierte Aufreißer sie mit Komplimenten.
Oh, er war ein geübter Charmeur, und so fiel es dem jungen rotblonden Mann leicht, sie zu verführen.
Als ich das sah, spürte ich Ekel in mir aufsteigen. Sein salopper beigefarbener Anzug mit dem weißen Hemd, sein Lächeln, das ihm hübsche Grübchen aufs Gesicht zauberte, dieser arglose Anschein, den er evozierte, all das konnte nicht seine niederträchtigen Absichten verhehlen. Von Anfang an erinnerte mich Ted an eine fleischfressende Pflanze, die es auf die kleine Fliege Sarah abgesehen hatte.
Die ersten Tage, die wir in Gesellschaft dieses sich fröhlich gebenden Schotten verbrachten, waren durchaus vergnüglich, denn Ted mimte den perfekten Gentleman. Aber nach einem Monat senkte sich der Schatten auf uns, den ich von Anfang an wahrgenommen hatte.
Mit niedergeschlagener Miene verschwand er Abend für Abend und kam spät nachts mit einer Alkoholfahne zurück. Ständig war er voller Selbstmitleid und jammerte herum, weil das Geld knapp war, meinte,

unsere Familie habe etwas Besseres verdient. Doch er habe einen Plan, wie er uns aus unserer »Misere« befreien könne. Aber natürlich müsse Sarah zunächst einmal wieder zu arbeiten beginnen, damit er genügend Geld beiseitelegen könne, um es in sein Projekt zu investieren.
Teddy war ein Schmarotzer, der vom Unglück angezogen wurde wie ein Falter vom Licht. Aber statt wie ein Insekt zu verglühen, nistete er sich darin ein und begann, sein Gift wirken zu lassen.
Sein Plan war einfach: Er wollte beim Glücksspiel gewinnen. Poker, Black Jack und so weiter.
Derweil war Sarah den Stimmungsschwankungen dieses elenden Alkoholikers hilflos ausgeliefert: Wenn er gewonnen hatte, war er euphorisch, wenn es schlecht gelaufen war, gewalttätig und verletzend.
Und sie brüllten sich an und trieben es miteinander wie die wilden Tiere, sodass ich nicht mehr unterscheiden konnte, ob es Schmerzens- oder Lustschreie waren. Aber was will man von so einer auch anderes erwarten: Sie war eine Süchtige, war aus demselben Holz geschnitzt wie er. Sie hielt ihn aus, diesen Schmarotzer. Sie schuftete und ließ sich von seinen trügerischen Träumen einlullen, nur damit sie weiter an seinen trunkenen Ausschweifungen teilhaben konnte. Und wie ging es mir bei alldem? Nun, für Sarah war ich nichts weiter als ein Geist, durch den sie hindurchsah, und für Ted ein unbedeutender Schatten. Ich war fünf, als sie sich vor dem Frisiertisch eine Kugel in den Kopf jagte. Geweint habe ich nicht. Weder als sie starb, noch als das »Jugendamt« mich holen kam.
Übrigens bist Du der erste Mensch, dem ich all das erzähle. Ich werde Dir noch weitere Briefe schicken. Und Du pass derweil schön auf Dich auf, Noah: Es ist nicht alles so, wie es scheint. Die Wirklichkeit ist trügerisch. Zum Beispiel diese Geschichte: Ist es wirklich meine? Oder: Weißt Du, dass Du beschattet wirst?

PS: Du wirst noch weitere Geschenke bekommen, Noah. Sie werden dafür sorgen, dass Du Dich nicht aus der Affäre ziehen kannst. Verlass Dich auf mich, mein Freund. Sie brauchen Dich.

Noah lässt den Brief abermals auf die Knie sinken. Seine Hand zittert.

Was soll das heißen: »einen Widerhall in dir hervorruft«?

Ist diese Geschichte auch meine?

Will der Absender mir sagen, dass es eine Episode aus meiner Kindheit ist?

Und wer beschattet mich?

Er muss Zugang zu meiner Patientenakte gehabt haben.

Er weiß von meiner Amnesie, die verhindert, dass ich mich nicht an meine Kindheit erinnern kann. Hat er vielleicht etwas herausgefunden, von dem ich nichts weiß?

Und Maggie?

Es war nicht meine Schuld! Es war ein Unfall! Wer könnte das besser wissen als ich, mit den verfluchten Schmerzen in den Beinen und meinem matschigen Hirn!

Er versucht, dich zu verwirren. Bestimmt ist er ein Narzisst, der andere manipulieren will. Denk an den Anderen. Lies zwischen den Zeilen! Streng dich an, Noah.

Du warst einmal so brillant …

Das bin ich immer noch!

Es kommt gar nicht infrage, dass er sich von diesem Psychopathen einspinnen lässt.

Er greift nach dem zweiten Notizheft und nach einem Stift:

Der Mörder hat den Brief in der Akte des dritten Falls hinterlassen. Gibt es eine Verbindung zwischen Ted, Iris und Lucas? Eine bigotte Frau, mit dem Bürgermeister verheiratet. Abgleich? Überprüfen. Staat? Vermont?

Noah überlegt.

Schwer zu sagen, wenn dieser Ted nie gefunden wurde. Vermont oder ein Nachbarstaat. New York vielleicht?

Noah lächelt. Endlich spürt er die vertrauten Schwingungen, die ein neuer Fall bei ihm immer ausgelöst hat. Er ist wieder in die Haut des Profilers geschlüpft.

Gartenfest. Draußen. Jahreszeit: Sommer? Britischer Akzent ... Schotte, Spielschulden. Pflegefamilie. Selbstmord. »Jugendamt«. Warum in Gänsefüßchen?

Ein stechender Schmerz fährt ihm durchs Trommelfell.

Dann ein heftiges Pochen.

Noah schwankt auf seinem Stuhl und wäre beinahe zu Boden gestürzt. Er kann sich gerade noch an der Tischkante festklammern. Sein Blick wird trüb, und Sternchen tanzen vor seinen Augen.

Zu viele Fragen. Zu viele Ringe auf der Wasseroberfläche.

Der Schmerz lässt nach, aber nicht das Pulsieren in seinem Schädel, das verstärkt sich nur noch.

»Noah?«

Er erstarrt. Eine Stimme. Sie ist ihm vertraut.

Er richtet sich auf dem Stuhl auf. Eine Gestalt steht in der Küchentür.

Er reibt sich die Augen. Unmöglich.

»Maggie?«

Er blinzelt mehrmals. Die Gestalt ist wieder verschwunden.

Der Tinnitus wird lauter.

Noah lässt den Blick durch die Küche gleiten, er schnauft schwer.

Da ist niemand. Seine Medikamente gaukeln ihm Gespenster vor.

»Es wird alles gut, Noah.«

Seine Frau steht direkt neben ihm. Ihr Gesicht ist nur wenige Zentimeter von seinem entfernt. Es ist schön. Leichenblass. Das Gesicht einer Toten.

Noah schleudert sein Notizheft weg und will schreien, aber sein Kiefer verkrampft sich.

»Mag...«

Er hat Mühe zu sprechen. Noah begreift: Schlaganfall.

Das Telefon. Schnell.

Noah versucht aufzustehen, aber die Beine versagen ihm den Dienst. Er fällt bäuchlings auf den Boden, sein Stock rollt davon.

»Hwfe … Hwfe.«

Er robbt mühsam über den Boden, seine Nägel schaben über die Fliesen. Er versucht, seinen Stock zu erreichen.

Seine Frau beugt sich zu seinem Ohr hinab. Er spürt die Kälte, die Leere.

»Es wird alles gut, Noah«, hört er sie murmeln.

SESAM …

Sophie beugt sich näher zum Monitor, wie immer, wenn sie aufgeregt ist. Bald wird ihr Vater ihre Berufsentscheidung verstehen, auch wenn er sie sehr viel lieber als Redakteurin bei der *New York Times* gesehen hätte. Warum sonst hat er ihr das teure Studium an der Columbia University bezahlt?, lautet seine Devise. Damit sie sich als investigative Bloggerin verdingt? Das reicht ihm nicht, in dieser Hinsicht ist er fast genauso zynisch wie ihr Ex. Dabei tut sie doch nichts anderes, als die wichtigsten Werte hochzuhalten, die er ihr eingebläut hat.

»Hey, ich kann nichts sehen!«, sagt Blake.

Sophie verharrt noch ein paar Sekunden, dann lehnt sie sich wieder zurück. Sie blickt wie hypnotisiert auf den Bildschirm.

»Tut mir leid. Aber glaubst du, das könnte ein Virus sein? Warum dauert es so lang?«

Blake zuckt mit den Schultern. »Das würde mich sehr wundern. Dann hätte er deine Festplatte gleich, nachdem du den Link angeklickt hast, infiziert. Ich glaube, es dauert deswegen so lang, weil er versucht, Verbindungsadressen zu erreichen, außerdem ist die Übertragung bestimmt verschlüsselt. Scheint mir ziemlich raffiniert zu sein. Fragt sich nur, wozu diese Geheimnistuerei?«

»Na ja, Blake, dieser Reporter ist vor Jahren spurlos verschwunden, ohne dass die Medien Notiz davon genommen haben.«

»Ja, und genau das ist das Problem, ganz ungefährlich scheint die Sache nicht zu sein.«

Sophie dreht ihm den Oberkörper zu und macht eine resignierte Geste mit den Händen. »Hey, jetzt redest du schon wie mein Vater!«

Blake lächelt schief. »Dein Vater ist offenbar ein weiser Mann. Du musst ihn mir unbedingt mal vorstellen.«

Sophie grinst. »Ja, und charmant ist er auch, er würde dich bestimmt schätzen – wenn du weniger dunkelhäutig und ein bisschen mehr hetero wärst.«

Blake lacht, doch dann wird er schnell wieder ernst und zieht eine verdrießliche Miene. »Du willst mir doch nicht sagen, dass dein Vater …«

Sophie unterbricht ihn, indem sie den Zeigefinger hebt. »Lass uns bitte nicht über meinen Vater reden, okay? Nur so viel: Er macht auch ein abfälliges Gesicht, wenn ich beim Barbecue meinen Tofu separat auf den Grill lege.«

Blake streckt die Beine aus und seufzt. »Wobei ich ihm das wiederum nicht verübeln kann. Rassist und homophob, na ja, aber dafür ein Fleischesser – nicht alles ist schlecht an deinem Vater.«

»Okay, aber können wir uns jetzt bitte dieser Datei zuwenden? Sie ist da, siehst du. Wir müssen sie nur noch öffnen.«

Ein anderes Browserfenster erscheint. In der Bildschirmmitte ist der Dateiname »Jenny1973« zu sehen und daneben erneut ein laufender Countdown.

Blake zeigt auf den Bildschirm. »Schreib dir das auf: Ich nehme an, das ist ein Entschlüsselungscode, und wenn die Zeit abgelaufen ist, verschwindet die Seite wieder.«

Sophie tippt sich mit dem Zeigefinger an die Stirn. »Nicht nötig. Mein Speicher reicht aus, um mir das zu merken.«

»Gut, dann öffne jetzt die Datei.«

Sophie schiebt den Cursor auf die Datei mit der Endung .rar die sie gerade heruntergeladen hat, und klickt sie an.

Um sie zu öffnen, braucht man ein Passwort.

»Wie ich gesagt habe«, sagt Blake. »Ein Schlüssel.«

Sophie gibt »Jenny1973« ein und sagt: »Sesam, öffne dich!«

Um ihre Anspannung zu lösen, stößt sie ein ausgiebiges Schnauben aus.

Und ist beinahe enttäuscht, als das Dateisymbol erscheint. Es ist nur eine Textdatei mit dem einfachen Namen »Edgard Trout«.

Sie öffnet sie mit einem Mausklick und beginnt laut zu lesen.

Sophie. Ich brauche Sie, um herauszufinden, was Edgard Trout zugestoßen ist. Ich verfolge Ihren Blog und halte Sie für eine seriöse Journalistin und für jemanden, der den Dingen auf den Grund geht. Außerdem sind Sie vielleicht die Einzige, die sich für Edgard Trout interessieren wird. Das Foto, das ich Ihnen schicke, ist die einzige konkrete Spur, alle anderen wurden verwischt oder vernichtet. Abgesehen von der Tatsache, dass er verschwunden ist, wurde sein Haus ausgeraubt. Leider kann ich Ihnen vorerst meine Identität nicht enthüllen, und zwar sowohl zu Ihrer als auch meiner Sicherheit. Wenden Sie sich bitte weder an die Presse noch an die Polizei. Und sprechen Sie mit niemandem über diese Sache. Ich habe keine andere Möglichkeit, als im Hintergrund zu bleiben. Wenn ich es wage, Sie um Hilfe zu bitten, dann deshalb, weil Sie noch nicht überwacht werden. Und wenn Sie vorsichtig bleiben, werden Sie auch nicht ihre Aufmerksamkeit erregen. Ich weiß nicht, wer »sie« sind, nur, dass sie gefährlich sind. Deshalb mein dringender Rat: Sollten Sie auch nur die geringste Gefahr wittern, hören Sie sofort auf. Ich werde Ihnen jetzt eine Information enthüllen, die ich in meiner gegenwärtigen Lage nicht selbst nutzen kann. Edgard Trout hat für einen gewissen Giovanni Napolitano Nachforschungen angestellt, ein Mitglied des berühmten Dominick-Napolitano-Clans. Soweit ich weiß, hatte er an der Operation Donnie Brasco teilgenommen. Was Trout betrifft, so verdingte er sich, nachdem er seinen Reporterberuf an den Nagel gehängt hatte, als Privatdetektiv, er spezialisierte sich auf die Suche nach verschwundenen Personen. Giovanni Napolitano wollte jemanden wiederfinden, und ich glaube, Trout musste sterben, weil er nach dieser Person suchte. Das Problem ist, dass Napolitano untergetaucht ist. Steht er vielleicht unter staatlichem Schutz? Irgendwie fühlt es sich an, als würde ich eine Flaschenpost ins Meer werfen, aber ich weiß einfach nicht, an wen ich mich sonst wenden könnte. Wie auch immer: Falls Sie Napolitano finden, gelingt es Ihnen ja vielleicht auch, Trouts Spur aufzunehmen?

Sophie atmet prustend aus. »Wow. Das ist starker Tobak«, sagt sie dann und lässt die Arme neben den Stuhl sinken.

Blake sieht sie kopfschüttelnd an. »Es wird immer besser. Vom Darknet zur italienischen Mafia – und was kommt als Nächstes? Eine Illuminaten-Verschwörung?«

Sophie sagt nichts darauf. Sie starrt einen Punkt an der Wand an. Ist das ein böser Scherz? Aber wozu sollte sich jemand all die Mühe machen?

Nein. Da ist was dran. Vielleicht ist sie auf eine Goldader gestoßen. Oder aber ein Minenfeld. Die Art von Investigation, die …

Blake formt die Hände zu einem Megaphon. »Blake an Sophie … Blake an Sophie … Ihr bester Freund spricht mit Ihnen, ich wiederhole, Ihr bester Freund spricht mit Ihnen.«

»Tut mir leid, ich habe gerade nachgedacht. Mist, was soll ich bloß machen?«

»Als Erstes wirst du diesen onion-Link an mich weiterleiten. Und was den Rest betrifft, meinst du das hoffentlich nicht ernst. Du vergisst jetzt sofort, was du da gelesen hast!«

Sophie schließt den Browser.

»Hey, was ist das denn für ein heißer Typ auf dem Hintergrundbild?«, ruft Blake aus.

»Das ist *mein* Typ, Charlie.«

»Mist, warum muss dieser Adonis hetero sein? Fair ist das nicht.«

»Und Veganer ist er auch«, fügt Sophie mit einem schiefen Lächeln hinzu. »So, ich hab alles an dich weitergeleitet. Jetzt muss ich nur noch einen unangenehmen Anruf tätigen.« Sie steht auf und schiebt den Stuhl zurück.

»Inwiefern unangenehm?«

»Insofern als dass es sich bei demjenigen, den ich anrufen muss, um meinen Ex handelt. Ich glaube, er könnte mir bei dieser Sache helfen.«

Blake zieht eine Grimasse. Im selben Moment springt Grumpy auf seinen Schoß und fängt zu schnurren an.

»Weißt du, dass du der einzige Kerl bist, bei dem er das macht?«

»Wir Fleischfresser verstehen uns halt, nicht wahr?«, erwidert Blake und krault der Katze den Hals.

Sophie geht nicht darauf ein. »Dieser Anruf kostet mich in etwa genauso viel Überwindung, wie es mich kosten würde, ein blutiges Steak zu essen, aber ich habe keine andere Wahl. Ich muss mit ihm reden.«

Blake haucht einen Kuss auf die Innenseite ihrer Hand und schickt einen Luftkuss in Richtung Bildschirm. »Tja, ich fürchte, sie bändelt wieder mit ihrem fiesen Ex an, aber dann tröstest du dich eben mit mir, mein hübscher Charlie.«

Sophie tritt ihm kräftig auf den Fuß. »Nur in deinen Träumen, Blake.«

»Darf man nicht mal mehr einen Spaß machen?« Dann sieht Blake sie ernst an. »Du wirst nicht auf mich hören, stimmt's? Du wirst weitermachen.«

Sophie nickt und greift nach ihrem Handy, das auf dem Schreibtisch liegt. Sie ruft die Kontaktliste auf und sucht nach dem Namen ihres Ex; sie ist froh, dass sie ihn noch nicht gelöscht hat.

Benedict Owen.

Sie berührt das grüne Telefonsymbol. Und während sie wartet, dass er abnimmt, fragt sie sich, wie sehr der Traumschwiegersohn ihres Vaters ihr noch immer die Demütigung verübelt, die sie ihm am Abend ihrer Verlobung zugefügt hat.

… ÖFFNE DICH

Blake ist inzwischen gegangen, und Sophie trödelt vor dem Bildschirm herum. Sie ist noch keinen Schritt weitergekommen mit ihrem Artikel über die Kakerlakenplage im Viertel Hell's Kitchen. Sei's drum, der Artikel wäre ohnehin Pfusch gewesen. Sie hat sich nicht einmal die Mühe gemacht, vor Ort zu recherchieren und die Anwohner zu interviewen. Eine Schande.

Benedict muss bald da sein. Sie war sich nicht sicher, ob es besser wäre, zu ihm ins Büro zu gehen oder ihn zu sich nach Hause einzuladen. Schließlich hat sie sich dafür entschieden, bei diesem Regenwetter zu Hause zu bleiben und weiter an ihren Projekten zu arbeiten. Ihr Ex hat sofort eingewilligt, zu ihr zu fahren, ohne das leiseste Zögern. Noch erstaunlicher war, dass er sich aufrichtig über ihren Anruf zu freuen schien. Denn ihre letzte Begegnung, die in Anwesenheit von circa zwanzig Gästen stattfand, war alles andere als erfreulich gewesen.

Blöd nur, dass sie nicht weiterkommt. Seit einer Stunde schon brütet sie über einem Satz. Sie kann an nichts anderes denken als an das spurlose Verschwinden dieses Edgard Trout und an den Gefallen, um den sie ihren Ex bitten muss. Um den zu kriegen, wird sie ihn wieder einmal anlügen müssen.

Die Klingel unterbricht sie in ihren Grübeleien.

Benedict.

Sie strafft die Schultern und steht auf.

Sie öffnet die Wohnungstür, und kurz darauf meint sie, eine

Szene aus ihrer Vergangenheit zu erleben: Ihr Lebensgefährte, ein Strahlen im gebräunten Gesicht, in einem makellosen eleganten Anzug, steht vor der Tür, das Abendessen in Händen.

»Hallo Benedict, danke, dass du gekommen bist.«

Reflexartig weicht sie seinem Blick aus. In diese Falle ist sie schon mehr als einmal getappt: dass sie es nicht schafft, diesem durchdringenden, autoritären Blick standzuhalten. Er hebt die Essenstüten hoch, sodass sie das Logo von »by CHLOE« sehen kann, ihrem veganen Lieblingsrestaurant.

»Ich habe zwei Guacamole-Burger und Süßkartoffel-Wedges mitgebracht, ich hoffe, ich liege damit nicht allzu sehr daneben.«

Nein. Er hat ins Schwarze getroffen. Und er musste dafür einen Umweg über Soho in Kauf nehmen.

Doch sie lässt ihn nicht spüren, wie gern sie darauf verzichtet hätte. »Danke, das ist nett von dir, aber das wäre doch nicht nötig gewesen«, sagt sie und senkt die Augen.

»Ich dachte, du hast bestimmt Hunger, es ist zwar erst fünf, aber ich nehme an, du hast nichts zu Mittag gegessen. Gestattest du, dass ich hereinkomme?«

»Tut mir leid, natürlich.«

»Sag mal, riecht es hier nach Bacon? Du hast doch nicht etwa deine Ernährung geändert?«

»Nein, Blake war heute Mittag hier.«

Benedict nickt wortlos. Die beiden mochten sich nie besonders.

Dann stellt er die Tüten auf den Tisch und legt das Anzugsjackett aufs Bett. Sein Blick bleibt an dem Korb hängen, den Beth ihr gebracht hat.

»Oh, du hast ein Geschenk bekommen … Und wer ist B&B, wenn ich fragen darf?«

»Beth und Blake.«

Benedict lässt es dabei bewenden.

Sophie zögert. Sie muss zuerst etwas wiedergutmachen, bevor sie ihn um den Gefallen bittet, der ihn womöglich in eine heikle

Situation bringen könnte. »Das, was im Restaurant vorgefallen ist, tut mir schrecklich leid, Benedict.«

»Hör zu. Das ist vergessen und vorbei. Du warst nicht so weit, auch wenn es für mich schwer zu begreifen ist. Ich habe dich zu sehr unter Druck gesetzt, genau wie dein Vater. Klar, war ich zuerst sauer auf dich, aber dann habe ich eingesehen, dass es meine Schuld war. Apropos, wie geht es Louis-Philippe?«

Sophie lächelt. »Er erkundigt sich immer noch nach seinem Traumschwiegersohn und versucht mich nach wie vor umzustimmen.« Das war unüberlegt von ihr. Sie hätte das niemals sagen sollen.

Benedict ringt sich ein bitteres Lächeln ab. Dann geht er zum Tisch und zieht einen Stuhl heran.

»Wie auch immer, lass uns nicht länger um den heißen Brei herumreden. Sag mir lieber, was so dringend ist, dass es nicht warten kann, wie du dich am Telefon ausgedrückt hast. Am besten, wir reden beim Essen darüber, okay?«

Das ist ihr sehr recht. Der Matcha-Tee ist bislang das Einzige, was sie zu sich genommen hat.

Sie rückt ihren Schreibtischstuhl an den Tisch und setzt sich zu ihm.

»Bist du jetzt auch Veganer?«, fragt Sophie.

»Nein, ich wollte es einfach mal ausprobieren. Ich bin noch immer ein Allesesser. Also, was willst du von mir? Ich nehme an, es hat mit deinem *Blog* zu tun?«

Sophie ist zusammengezuckt. Das Gespräch ist bislang gut verlaufen, aber dieser herablassende Ton, mit dem er das Wort »Blog« ausgesprochen hat, genügt, um die Stimmung zu verderben. Sie kennt diesen Ton nur zu gut. Aber was hat sie denn erwartet? Früher oder später musste der alte Benedict ja wieder zum Vorschein kommen.

»Ich führe eine Recherche über alte ungelöste Kriminalfälle in New York durch«, sagt sie – eine Lüge. »Und dazu muss ich ein

Interview mit einem Typ aus dem Mafiaumfeld der Siebzigerjahre führen.«

Benedict beißt in seinen Burger und nickt, um sie zum Weitersprechen zu ermuntern.

»Du kennst bestimmt den Fall Donnie Brasco?«

Benedict hört zu kauen auf und legt den Burger zurück in den Karton.

»Warte. Meinst du die Geschichte um den Bonanno-Clan, der von dem FBI-Agenten Joseph D. Pistone infiltriert wurde?«

Sophie nickt mehrmals und klaubt eine Süßkartoffelecke aus der Pappschale.

»Das ist eine alte Geschichte, und die zuständige Behörde war das FBI und nicht die Staatsanwaltschaft. Was möchtest du genau?«

Sophie überlegt. Es ist ein heikler Moment. »Dieser Pate, der damals ermordet wurde, weil er zugelassen hat, dass ein FBI-Agent die Familie infiltriert, hieß Dominick Napolitano. Laut meiner Quelle hatte er einen Cousin namens Giovanni Napolitano. Es könnte sein, dass er unter staatlichem Schutz steht oder in ein Zeugenschutzprogramm aufgenommen wurde. Ich muss mit ihm reden. Diese Story ist extrem wichtig für mich, Benedict. Das könnte mein Sprungbrett in die Redaktion der *New York Times* sein«, fügt sie aufs Geratewohl hinzu.

Benedict schiebt sich den Rest seines Burgers in den Mund, kaut und schluckt ihn schnell herunter, ehe er sich mit der Serviette die Lippen abtupft. Dann sagt er: »Ehrlich, mit so was habe ich nicht gerechnet!«

»Und? Kannst du mir helfen?«

»Ist dir klar, was du da von mir verlangst? Ich bin Vizestaatsanwalt und nicht David Copperfield!«

Er hat die Stimme erhoben. Eine weitere Seite an ihm, die wieder zum Vorschein kommt, denkt Sophie.

»Hör zu. Ich verlange nicht mehr von dir, als dass du dich erkundigst. Du kennst wichtige Leute. Könntest du mir wenigstens verraten, ob der Mann überhaupt noch lebt?«

Benedict seufzt ausgiebig. »Das könnte ich möglicherweise gleich herausfinden. Kann ich kurz deinen Computer benutzen?«

»Klar doch«, sagt Sophie und rollt schnell den Schreibtischstuhl an ihren Schreibtisch heran.

Benedict setzt sich und klappt den Laptop auf. Einen Moment lang verharrt er reglos davor, seine Hände schweben über der Tastatur. »Wer ist dieser blonde Hippie auf dem Hintergrundbild?«

Sophie senkt den Kopf und stößt im Geiste einen Fluch aus. »Das ist Charlie. Ich war letztes Jahr mit ihm in Kalifornien.«

Er braucht nicht zu wissen, dass sie immer noch zusammen sind, denkt sie, wobei sie sich dafür ein bisschen schämt.

Benedict beginnt wortlos auf der Tastatur zu tippen.

Sophie hat sich auf den anderen Stuhl am Tisch gesetzt und greift nach ihrem Burger, den sie fast noch gar nicht angerührt hat.

»Er lebt noch. Aber um mehr herauszufinden, muss ich ein paar Anrufe tätigen. Und ich kann nicht garantieren, dass etwas dabei herauskommt. Auf den Mann war seinerzeit ein Kopfgeld ausgesetzt. Hast du einen Presseausweis?«

»Ja, ich bin schließlich Journalistin, auch wenn ich nicht so bekannt bin, wie mein Vater es gern hätte.«

»Darf ich dich was fragen?«

»Klar.«

»Dieser Hippie. Bist du noch mit ihm zusammen?«

Gut. Das musste ja kommen. »Ja, wir sind noch zusammen.«

Sofort verhärten sich Benedicts Züge.

»Wirst du mir trotzdem helfen?«

Er richtet seine blauen Augen auf sie. »Weißt du, Sophie, im Unterschied zu dir stehe ich zu meinem Wort.«

KATHARSIS

Noah schiebt sein neues Handy von einer Hand in die andere. Dieses Ding, das zu besitzen er sich so vehement geweigert hat, könnte ihm beim nächsten Anfall möglicherweise das Leben retten. Außerdem hat Rachel darauf bestanden, dass er sich eins anschafft. Was ist ihm da anderes übriggeblieben?

»Was ist mit deinen Beinen los?«

Noah hebt den Kopf.

Ein kleines Mädchen mit großen Augen sieht ihn fragend an.

Er antwortet nicht sofort, erwidert eine Weile ihren Blick; sie schielt ein wenig, hat ein Plüschtier unter dem rechten Arm und zwirbelt eine Strähne ihres weizenblonden Haars um den Finger. Nein, sagt sich Noah, dieses Kind kann nicht in die Sprechstunde hier wollen. Also lässt er den Blick weiter zu der Frau neben dem Mädchen gleiten.

Ganz offensichtlich ihre Mutter.

Sie ist sehr zart, um nicht zu sagen dürr, und kann ihre knochigen Hände nicht ruhig halten. Mal trommelt sie auf dem Rock ihres Kostüms herum, mal reibt sie sich nervös ein Ohrläppchen oder die Nasenspitze.

Sie ist die Patientin.

Er deutet auf den Stock, der an seinem Stuhl lehnt.

»Weiß du, was das ist?«, fragt er das Mädchen. »Das ist ein Zauberstab, der sorgt dafür, dass ich beim Gehen keine Schmerzen hab.«

Wobei natürlich die Schmerztabletten dafür sorgen, die er ständig einnimmt, auch auf die Gefahr hin, dass sie seine Leber und Nieren ruinieren, aber dieses »Detail« erspart er der Kleinen lieber.

Das Mädchen nickt und lächelt ihn an. Ihre Mutter zeigt keinerlei Reaktion, seit ihrer Ankunft hat sie den Blick fest auf die gegenüberliegende Wand geheftet.

»Kinder sind einfach niedlich, nicht wahr?«, sagt Rachel.

Noah wendet sich Rachel zu.

Sein Schlaganfall hat zumindest eine positive Folge: dass Rachel und er sich nähergekommen sind. Rachel hat ihn gleich am nächsten Tag im Krankenhaus besucht. Inzwischen ist ihm klar, dass es sich nicht nur um eine reine Bürofreundschaft handelt. Ihr muss etwas an ihm liegen. Und jetzt hat sie ihn sogar zur Praxis seiner Psychiaterin begleitet, wie bereits zuvor zu seinem Termin beim Neurologen. Und heute Abend gehen sie zusammen in die Trattoria Delia in Burlington, seinem Lieblingsitaliener. Er kann es nicht erwarten, sie davon zu überzeugen, wie köstlich die Antipasti schmecken, ganz zu schweigen vom *filetto di manzo al barbera*.

Sicher, der Andere wäre beherzter vorgegangen, hätte nicht so lange gezögert, aber die Sache lässt sich trotzdem ganz gut an.

Und doch überschattet eine merkwürdige Frage seine Gedanken wie eine graue Wolke. Ein Fleck auf diesem fast idyllischen Bild. Wäre Maggie einverstanden?

»Mr Wallace?«, fragt die Sekretärin.

Noah greift nach dem Stock.

Rachel nickt ihm zu. »Keine Sorge, es wird bestimmt gutgehen.«

Klar, noch schlechter als mein Besuch beim Neurologen kann es ja nicht laufen, denkt er, während er das großzügig bemessene Büro der Psychiaterin betritt.

Dr. Elizabeth Hall empfängt ihn wie immer im Stehen. Als er in der Tür erscheint, eilt sie mit ausgestreckter Hand auf ihn zu, und ihr breites Lächeln entblößt ihre ebenmäßigen weißen Zähne.

Schade, dass sie sich Botox hat spritzen lassen, denkt Noah, das hätte diese Frau doch gar nicht nötig gehabt.

»Guten Tag, Noah, ich freue mich, Sie zu sehen. Schrecklich, die Sache mit Ihrem Schlaganfall – wenn Sie wollen, können wir heute gern darüber reden.«

»Guten Tag, Dr. Hall. Gottlob habe ich ja keine Folgesymptome. Soweit geht es mir wieder gut.«

Mal abgesehen natürlich von dem kleinen Tumor, den das CT zutage gebracht hat, aber irgendwie ist ihm nicht danach, das zu erwähnen.

Die Psychiaterin bittet ihn, auf dem Sofa Platz zu nehmen, und setzt sich in den Sessel. Sie nimmt ihr Notizbuch zur Hand und schlägt die Beine übereinander.

Bevor er ihrer Aufforderung folgt, bleibt Noah noch kurz am Fenster stehen, um drei Kindern zuzusehen, die in dem gefallenen Laub neben der Pearl Street spielen. Der Herbst neigt sich dem Ende zu, und ein langer Winter steht vor der Tür.

Nachdem er sich seitlich aufs Sofa gelegt hat, beginnt er wie gewohnt seinen Monolog. Erzählt davon, wie er damals vom Mörder verfolgt wurde, wie der Maggie gefangen nahm, von der Verfolgungsjagd im Auto, wie sie sich mehrmals überschlugen. Und wie bei jeder Sitzung fragt er sich auch diesmal, was sie mit diesem ständigen Heraufbeschwören seiner Erinnerungen bezwecken will, warum sie ihn alles immer wieder von neuem durchleben lässt. Ist das tatsächlich die beste Therapie für seine posttraumatische Belastungsstörung?

Als er fertig ist, ergreift sie das Wort, redet von Schicksalshaftigkeit, Schuld, dem Loslassen, davon, sich selbst anzunehmen. Circa zehn Minuten lang spricht sie in ihrer Funktion als Psychologin. Die Psychiaterin, die sie auch ist, wird sich damit begnügen, ihm am Ende der Sitzung ein Rezept für seine Tabletten auszustellen. Die seine Ängste betäuben und ihm Erleichterung verschaffen sollen.

Aber was will er mehr?

Noah hört nur mit halbem Ohr zu. Sein Blick ist zu ihrem Dekolleté gewandert. Er verweilt auf ihren großen, festen Brüsten, die sich unter ihrer weißen Bluse abzeichnen. Es sind falsche Brüste, aus Silikon, und er fragt sich, ob man die Narbe wohl sehen kann.

Dann schweift sein Blick woanders hin, zunächst über die stattliche Bibliothek, die die ganze Wand hinter ihrem Schreibtisch einnimmt, dann über die Keramikvase mit den fünf Rosen darin, um schließlich auf dem gerahmten Foto neben dem Computerbildschirm hängen zu bleiben. Trotz seines seitlichen Blickwinkels und des spiegelnden Glases erkennt er auf dem Foto die Ärztin und ihren Mann.

Ein Räuspern holt ihn in die Wirklichkeit zurück.

Die Wangen der Psychiaterin sind mit einem Mal gerötet – hat sie bemerkt, wie er gerade ihre Brüste angestarrt hat?

»Mir ist aufgefallen, dass es Ihnen diesmal leichter gefallen ist, über Maggie zu sprechen. Meines Erachtens ist das ein großer Schritt.«

»Glauben Sie an das Übernatürliche, Dr. Hall?«

Das einstudierte Lächeln der Psychiaterin weicht einer wachsamen Miene.

»Ich fürchte, ich verstehe Ihre Frage nicht, Noah.«

Noah zögert kurz, aber er hat das Bedürfnis, sich jemandem anzuvertrauen. Rachel ist dafür nicht die Richtige, das wäre zu früh. »Ich habe meine Frau gesehen, Maggie, kurz vor dem Schlaganfall. Ich habe Sie genauso deutlich erkannt, wie ich Sie jetzt erkenne.«

Noah kann förmlich sehen, wie die Rädchen im Kopf von Elizabeth Hall zu arbeiten beginnen. Und er nimmt gedanklich ihre rationale Antwort vorweg.

»Nun, das ist nicht weiter verwunderlich: Eine derartige Stresssituation kann durchaus eine solche Vision bewirken. In Ihrem besonderen Fall könnte die Vision eine Katharsis gewesen sein, wie Freud sie beschrieben hat. Diese Manifestation, die Vision von Ihrer Frau, wäre demnach eine Emanation Ihrer Psyche, ausgelöst durch die Bewusstwerdung Ihres Traumas, das durch den Tod Ihrer Frau verursacht wurde. Diese Vision … hat Ihre Frau mit Ihnen gesprochen?«

Alles wird gut, Noah.

»Nein«, sagt er. »Es war nur eine Vision, da haben Sie wohl recht.«

Die Psychiaterin nickt. Sie ist froh, dass er es so interpretiert, zufrieden, dass sie eine rationale Antwort auf eine Frage geben konnte, die alles andere als rational ist.

»Gut, ich fürchte, wir sind schon wieder am Ende unserer Sitzung angelangt. Dann sehen wir uns in drei Wochen wieder, Noah?«

Noah will aufstehen und sich aus der Trägheit lösen, in die das Liegen auf dem Sofa ihn eingelullt hat, hält aber in der Bewegung inne und bleibt noch sitzen. Dann sieht er die Psychiaterin an.

»Er wird ihn besiegen.«

»Wie bitte?«

»Ihr Mann. Machen Sie sich keine Sorgen, er wird den Krebs besiegen.«

Er steht auf, ergreift seinen Stock und beobachtet die Reaktion, die sich auf ihrem Gesicht abzeichnet, zuerst Verständnislosigkeit, dann Ungläubigkeit. Dann bricht sie in Tränen aus.

»Auf Widersehen, Dr. Hall.«

Als ihm klar wird, dass er offenbar eine Gabe hat, die der Andere nicht hatte, muss Noah lächeln. Besonders, als er beim Hinausgehen das Klingeln seines Handys vorausahnt.

Er muss nicht einmal auf das Display schauen, um zu wissen, wer der Anrufer ist. Er geht ran und sagt: »Hallo Steve, du willst mir bestimmt sagen, dass du mich gleich abholen kommst, stimmt's?«

VESANIA

Der SUV hält auf dem Parkplatz vor dem Wassersportzentrum Lac-Beauport.

Steve zieht die Handbremse an, greift nach dem Kaffeebecher, den er in einem Schnellrestaurant gekauft hat, nimmt den letzten Schluck von dem inzwischen kalten Getränk, schüttelt den Kopf und verzieht das Gesicht.

»Scheißkanadische Plörre!«, ruft er aus, eher er den Becher mit einer Hand zerdrückt und auf den Rücksitz wirft.

Dann massiert er sich die müden Augen. Dunkle Ringe zeichnen sich darunter ab, die Lider sind geschwollen: Die Tatsache, dass er von Burlington hierher ohne Pause durchgefahren ist, nachdem er eine schlaflose Nacht im Büro verbracht hat, fordert ihren Tribut.

Er dreht sich zu Noah. »Ich hoffe, du hast heute keinen empfindlichen Magen. Dem guten alten Tremblay zufolge ist es ziemlich widerlich.«

Als wäre es das bei den letzten Malen nicht auch gewesen, denkt Noah.

Davon abgesehen hatte er noch nie Angst vor Leichen. Die Lebenden sind in seinen Augen wesentlich beunruhigender; er kann ihren Gesichtsausdruck lesen und ihre Gesten interpretieren, aber er hütet sich davor, seine Wahrnehmung in die Abgründe ihrer Psyche zu richten, wo sich die Ungeheuer verstecken.

Das Schlagen der beiden Wagentüren ertönt gleichzeitig, als sie jeweils auf ihrer Seite aussteigen.

Steve reibt sich die Hände, wölbt sie vor dem Mund und pustet, um sie zu wärmen. »Ich hasse den November«, sagt er. »Scheißkanadischer Herbst, ich hätte mal besser Handschuhe mitnehmen sollen.«

Noah antwortet nicht. Er stützt sich auf seinen Stock und humpelt in Richtung der drei Dodges von der Sûreté du Québec, die schräg auf der Straße parken.

Gelbe Polizei-Absperrbänder riegeln den Eingang zum Wassersportzentrum ab. Weiter unten, nur wenige Meter von der Straße entfernt, befindet sich das Hauptgebäude, ein großes Holzchalet. Am Steg sind zwei Boote vertäut, und auf dem nassen Sand liegen ein paar Kajaks. Die Beamten der Sûreté du Québec und die Techniker der Spurensicherung wuseln unter dem Balkon des Chalets herum.

Von hier oben wirkt der See an diesem fahlen späten Herbstnachmittag friedlich. Das dämmrige Licht des Himmels wirft rostrote und goldene Töne auf das chromfarbene Wasser, und ein dünnes Nebelband zieht über die Oberfläche wie ein gespenstischer Hauch.

Als er Inspecteur Tremblays lange Gestalt bemerkt, die sich im abendlichen Gegenlicht unscharf abzeichnet, presst Noah die Zähne aufeinander.

Der Weißhaarige blickt mürrisch drein, während er seine Raubvogelaugen unter den beeindruckenden weißen Wimpern auf ihn richtet.

»Danke, dass Sie gekommen sind, aber Sie haben sich wieder einmal reichlich Zeit gelassen. Meine Leute sind fertig und wollen zusammenpacken. Kommen Sie.«

Steve öffnet den Mund, überlegt es sich aber anders. Gut so, denkt Noah. Er kennt Steve gut genug, weiß, wie schnell er in die Luft geht. Noch so eine Bemerkung von Tremblay, und er wird sich nicht länger zurückhalten können.

Der Kripobeamte schiebt die Gittertür am Eingang auf.

»Drei Leichen diesmal. Sie sind leicht zu identifizieren, der Mörder hat dafür gesorgt, dass man ihre Kleidung und ihre Berufe gut erkennen kann. Glück für uns, Sie werden gleich sehen, warum«, fügt er hinzu. Dann steigt er die Holzstufen zum Strand hinab.

»Er hinterlässt nie Spuren«, sagt Noah. »Sie dürfen nur das sehen, was er Ihnen zeigen möchte. Offenbar war es ihm wichtig, Ihnen die Identität der Opfer mitzuteilen.«

»Soso … na ja, wir werden sehen«, erwidert der Raubvogel und wirft ihm einen finsteren Blick zu.

»Noah hat recht«, wirft Steve ein. »Der andere Mörder ist genauso vorgegangen. Keine Spuren, keine DNA. Diese Typen sind leider äußerst gerissen. Sehr begabt auf ihrem Gebiet, wenn man das so sagen kann.«

Tremblay zuckt mit den Schultern und dreht sich zu ihnen um. Aus seinem schneidenden Blick spricht kühle Entschlossenheit. »Kein Puzzle, das sich nicht zusammensetzen lässt, Monsieur Raymond. Und die Bewältigung der besonders kniffeligen ist nicht nur mein Job, sondern meine Leidenschaft.«

»Genau. Umso neugieriger bin ich darauf, zu erfahren, was Sie bislang herausgefunden haben. Was haben die Analysen vom ersten Tatort ergeben? Haben Sie eine Verbindung zwischen den Opfern gefunden?«, fragt Steve.

»Darüber reden wir später«, erwidert Tremblay. »Machen Sie sich ein Bild von der Szenerie, später setzen wir uns dann zusammen, um unsere Informationen und Erkenntnisse abzugleichen. Und diesmal hätte ich von Ihrer Seite gern etwas Substanzielleres als ein rotes Dreirad.«

Das geht Noah genauso, wobei er mehr Selbstvertrauen hat als beim letzten Mal. Seit dem Schlaganfall hat das Zittern nachgelassen.

Steve legt ihm die Hand auf die Schulter und flüstert ihm ins

Ohr: »Tu mir den Gefallen und stopf diesem eingebildeten Vollidioten das Maul!«

Die drei Männer sind am Tatort angekommen.

»Laut dem Coroner war der Todeszeitpunkt gestern Nacht. Die drei Opfer wurden betäubt und dann zum Ufer gebracht. Dort hat er sie geweckt und ist, nun, zur Tat geschritten.«

»Und die Leichen wurden erst vor ein paar Stunden entdeckt?«, fragt Noah.

»Der Mörder hat sie unter einer Plastikplane versteckt; ein neugieriger Teenager wollte sehen, was sich darunter verbirgt. Der arme Kerl ist nun reif für eine Therapie. Ach ja, ehe ich es vergesse: Der Mörder hat wieder eine Botschaft hinterlassen. Nur an Noah. Man könnte meinen, er will Sie neidisch machen, Raymond.«

Der Inspecteur reicht Noah ein in Plastikfolie verschweißtes Blatt.

»Sie können die Botschaft lesen, ohne die Folie zu entfernen. Damit Sie nicht Ihre Fingerabdrücke darauf hinterlassen.«

Ich hoffe, dass es dir wieder besser geht, Noah. Es ist wichtig, dass du gesund bleibst. Ohne dich hätte all das keinen Sinn. Ich brauche deine ganze Aufmerksamkeit, und ich verlasse mich darauf, dass du zwischen den Zeilen liest. Ich weiß, du kannst das. Bis bald.

Auf gewisse Weise bestätigt dieser Brief sein Bauchgefühl: Der Mörder war noch in seiner Wohnung, als er den Schlaganfall hatte, und hat ihn gerettet. Er hat ihn den ganzen Abend beobachtet.

Noah reicht dem Inspecteur den verschweißten Brief zurück.

»Wenn wir uns später zusammensetzen, müssen Sie ein bisschen mehr über Ihren netten Briefaustausch mit dem Täter erzählen. Er verspottet Sie nicht – zwischen Ihnen muss es irgendein starkes Band geben.«

Noah schüttelt den Kopf. »Was für ein Briefaustausch, Inspecteur? Ich habe keinen einzigen Brief geschrieben. Und bevor ich mich an die Analyse der Szenerie mache, dürfte ich bitte Namen und Alter der Opfer erfahren?«

»Yves Coté, siebzig, sein Sohn Raphaël, siebenundvierzig, und sein Enkel Sylvain Coté, fünfundzwanzig.«

»Hatte Yves noch weitere Kinder?«, fragt Steve.

»Das muss noch genauer überprüft werden, aber den ersten Nachforschungen zufolge scheint Raphaël sein einziges Kind gewesen zu sein. Sylvain hat eine zwölfjährige Schwester, Chloé, aber sie lebt bei ihrer Mutter, Béatrice Coté. Die Eltern waren geschieden.«

Den Beruf des ältesten Opfers hätte er auch gern noch erfahren, aber das kann auch warten, bis er sich den Tatort angesehen hat. Jetzt muss er sich den Puzzleteilen stellen, die der Mörder hinterlassen hat.

Während sich Steve und Bernard Tremblay weiter unterhalten, löst er sich von der Gruppe und tritt näher heran.

Als er einen ersten Blick auf die Leichen geworfen hat, kritzelt Noah in sein Notizheft: »Vesania – Wahnsinn«.

HYBRIS

Ja, das, was er als Erstes wahrnimmt, ist Wahnsinn. Nahezu greifbar, wie ein klebriger Film auf der Haut. Man kann ihn in den Augen der Polizisten und Kriminaltechniker lesen, spürt, wie er einem durch Mark und Bein fährt.

Noah hält krampfhaft den Stockgriff umklammert.

Diesmal darf er keinen Fehler machen. Nicht, um den Weißhaarigen eines Besseren zu belehren und auch nicht, um zu erleben, wie Steves Bewunderung für ihn in seine Augen zurückkehrt, muss er diesmal unbedingt erfolgreich sein. Nein, um dem Anderen zu zeigen, dass er ihm ebenbürtig ist, dass er ohne ihn weitermachen kann.

Er wird diesmal über sich hinauswachsen, das, was ihm noch an grauer Substanz geblieben ist, voll ausschöpfen, auf die Gefahr hin, sich zu überanstrengen, zu …

Alles wird gut, Noah.

Er schließt die Augen und atmet tief ein. Dann lässt er langsam die Luft entweichen und öffnet die Augen wieder. Als Erstes geht er um eine Gruppe von drei Polizisten herum, um einen besseren Blickwinkel zu haben.

Als er die richtige Position gefunden hat, hält er sich die Nase zu, um den Atem anzuhalten, das steigert seine Konzentration.

Als Erstes sieht er die beiden knienden Leichname. Sie sind nackt, die Gesichter gen Himmel gerichtet, sodass ihre Hälse einen rechten Winkel mit der Achse ihrer Torsos bilden. Ihre Arme sind weit nach hinten gezerrt worden, sodass ihre Schultern ausgekugelt sind, und die Handgelenke sind an die Knöchel genagelt. Der Bauch des jüngeren Opfers, Sylvain Coté, ist extrem aufgedunsen. Beim anderen fehlt ein Teil des Schädels; etwas Hirnmasse klebt am Boden.

Moralapostel?

Nein, das wäre zu offensichtlich. Der Mörder hat ihn aufgefordert, zwischen den Zeilen zu lesen, also darf er keine voreiligen Schlüsse ziehen.

Noah lässt den angehaltenen Atem entweichen und richtet den Blick auf den dritten Leichnam.

Er ist mit einem Stück Drahtgitter an der Mauer des Holzchalets fixiert. Die Haut am Rücken ist abgezogen und wie Flügel links und rechts des Rumpfes drapiert worden; die darauf verteilten Pfauenfedern sollen die Anmutung von Flügeln unterstreichen. Auf den Schultern sitzt ein Pferdekopf. Mittels eines Handtackers ist er an Hals und Brustbein befestigt worden. Die Füße des Opfers wurden an den Knöcheln abgetrennt. Die Wadenbeine wurden spitz zugeschnitten und an den Enden Hühnerfüße angebracht. In einer kleinen Messingschüssel sind noch Reste von Myrrheharz zu sehen.

Nachdem Noah die Haut in Augenschein genommen hat, kommt er zu dem Schluss, dass es sich um das älteste der drei Opfer handelt.

Die wahre Herausforderung steht ihm indes noch bevor.

Um dieses Puzzle zu verstehen, wird er sich in die Abgründe dieser Szenerie begeben müssen. Sein Blick wird sehr viel tiefer reichen müssen, jenseits des äußeren Anscheins, um den Schatten des Mörders in diesem blutigen Mosaik zu erahnen. Der Andere ergründete die Szenerien wie stumme Symphonien, erspürte deren Rhythmen, Tempi und Akkorde. Er erkannte in der Art der Verletzungen die Wut und den Zorn des Mörders, in Abtrennungen oder Anfügungen seine akribische Besessenheit, und darin, wie er sein »Werk« zur Schau stellte, seine Eitelkeit.

Noah kann die Partitur nicht mehr lesen, aber vielleicht kann er noch die dazugehörige Musik hören.

Er nähert sich den knienden Körpern. Ein modriger Geruch steigt ihm in die Nase. Er fischt eine kleine Lampe aus der rechten Tasche seines Blousons und erleuchtet das Gesicht des jüngsten Opfers. Wasser steht ihm bis zu den Zähnen im Mund. Noah fällt auch auf, dass die Augäpfel entfernt wurden.

Er richtet den Lichtstrahl auf den zweiten Leichnam.

Die Schneidezähne sind zertrümmert. Im Gaumen sind Zahnsplitter und schwarze Flecken zu sehen. Tief im Rachen ist ein Loch, das sich trichterförmig am hinteren Schädel hinaufzieht. Der Mörder muss ihm den Lauf einer Pistole in den Mund gehalten und dann abgedrückt haben, schlussfolgert Noah.

Schweiß steht ihm auf der Stirn, und ein Zittern erfasst seine rechte Hand. Noah presst die Zähne zusammen. Sein Herz setzt einmal aus, und er muss sich auf seinen Stock stützen, um nicht das Gleichgewicht zu verlieren. Mit dem Jackenärmel wischt er sich über das Gesicht.

Der Vater ist das Herzstück des Mosaiks. Die Art wie der Leichnam drapiert wurde, ist der Schlüssel zu dem Puzzle. Noah meint, eine biblische Figur zu erkennen. Stellt er einen Dämon dar? Und wenn ja, welchen?

Und was ist mit dem Enkel neben dem Sohn? Beide knien mit dem Gesicht zum Vater. Auch das ist bedeutungsvoll.

Noah zückt abermals sein Notizheft und schreibt:

Dämon, Pfau, Pferdekopf, Hühnerfüße. Vor Moralaposteln hindrapiert? Sein Publikum?

Er kringelt »Dämon« ein.

Als er sein Notizbuch wegstecken will, setzt abrupt der Tinnitus mit einem schrillen Pfeifen in seinem rechten Ohr ein.

Nicht jetzt, murmelt er.

»Alles okay, Noah?«

Er vernimmt Steves Stimme hinter sich, aber sie ist verzerrt.

Der Ton in seinem Kopf steigt an, und er hört nur noch sein eigenes Atmen und wie das Blut in seinen Adern zirkuliert. Darüber hinaus vernimmt er nur noch ein Zischen und unverständliches Gemurmel.

Noah lockert seinen Hemdkragen, der sich plötzlich wie eine Schlinge um seinen Hals anfühlt.

Alles wird gut, Noah.

Er atmet zweimal in den Bauch hinein und konzentriert sich auf den Rhythmus seines Herzens.

Als er sich wieder beruhigt hat, schließt er die Augen.

Kaum haben sich die Lider gesenkt, explodiert ein Feuerwerk aus Bildern und Tönen in seinem Kopf, eine Abfolge greller Blitze.

Als er sieht, wie ein Metalltrichter in Sylvains Mund eingeführt wird, verzieht er das Gesicht vor Schmerz. Seine Hand verkrampft sich, als er das Knirschen hört, mit dem der Pistolenlauf zwischen Raphaëls Zähne gezwängt wird. Und als Yves wispert »O mein Gott, nein« und dann nur noch ein Würgen aus seinem Mund kommt, tut ihm das Herz weh.

Eine Faust bohrt sich ihm in den Magen angesichts der Pein des Vaters, der eine unmögliche Wahl treffen muss: Wem von beiden – seinem Sohn oder seinem Enkel – er die Gnade eines schnellen Todes zuteilwerden lassen soll.

Und als sein Tinnitus auf einen Schlag aufhört, sind auch auf einen Schlag diese Bilder und Geräusche weg. Noah atmet kräftig ein, wie nach einer Apnoe.

Als er eine Hand auf der Schulter spürt, dreht er sich blinzelnd um.

In seinem verschwommenen Blickfeld zeichnet sich Steves besorgtes Gesicht ab. »Sag bloß nicht, du hast wieder nur ein rotes Dreirad gesehen, Kumpel!«

Nein, er hat etwas Besseres zu bieten, er weiß jetzt, dieser Mörder ist anders. Noah hat die Wut gespürt, die seinen Wahnsinn nährt.

Keinen Stolz, keine Hybris wie bei seinem Vorgänger. Nur unbändige Wut. Und Hunger nach Gerechtigkeit.

Nein, Rachedurst.

Und da ist noch etwas, das der Andere nicht hätte erraten können.

Noah lässt den Blick zu Bernard Tremblay schweifen, der ihn beäugt wie ein Falke ein Nagetier.

»War Yves Coté Richter oder Staatsanwalt?«, fragt Noah.

»Nein, überhaupt nicht«, erwidert der Inspecteur. »Er war Immobilienmakler.«

Noah schüttelt den Kopf. »Ich glaube, dass er früher Richter oder Staatsanwalt war. Und dass er nicht aus Québec stammt.«

Tremblay sieht ihn verächtlich an. »Wer sagt Ihnen das? Haben die Toten mit Ihnen geredet?«, fragt er ironisch.

Ja, und zwar auf Englisch, liegt Noah auf der Zunge.

Er sieht den kanadischen Kommissar kühl an, genau wie er ein paar Stunden zuvor die Psychiaterin angesehen hat. »Ich weiß es, genauso wie ich weiß, dass Sie gelogen haben. Warum erzählen Sie uns nicht endlich, dass es vor diesen beiden Morden noch einen weiteren gab, Monsieur Tremblay?«

KACHEKTISCH

Noah löst den obersten Hemdknopf. In dem engen Mansardenzimmer ist es viel zu warm. Außerdem riecht es nach schmutzigem Putzlappen. Bestimmt der letzte Raum, der von der Putzfirma gereinigt wurde, denkt er und stellt sich das braune Wischwasser im Putzeimer vor. Auf dem Stuhl neben ihm kämpft Steve mit dem Schlaf. Er hat schon zwei Tassen Kaffee getrunken, die dampfende Kanne steht vor ihm, aber er ist trotzdem im Begriff einzunicken, und die Lider fallen ihm immer wieder zu. Noah weiß, in spätestens fünf Minuten fällt ihm der Kopf in den Nacken, sein Mund klappt auf und er beginnt zu schnarchen.

Der Weißhaarige sitzt aufrecht am anderen Ende des ovalen Tischs. Er wartet, bis der Techniker den an der Wand des Konferenzzimmers aufgehängten Flachbildschirm mit seinem Laptop verbunden hat. Seit Noahs Bemerkung weicht er seinem Blick aus.

Noah lächelt schief.

Hybris. Er ist eitel, dieser Tremblay, vermutlich steht und fällt seine Karriere mit diesem Fall, und er will sich unbedingt die Lorbeeren ans Revers heften.

Und du, Noah? Dich treibt der Stolz an, stimmt's? Du willst doch endlich wieder respektiert oder vielmehr bewundert werden?

Er verscheucht diese Gedanken mit einem ausgiebigen Gähnen und richtet seine Aufmerksamkeit auf die beiden anderen Personen, die noch mit im Zimmer sind.

Den einen hat er bereits in dem Maisfeld gesehen. Es ist der Coroner, der die Tatortszene beschrieben hat. Hier, in dem Neonlicht, kann Noah sein rundes, flaches Gesicht besser ausmachen und die gerade Nase, die quasi ohne Knick in die Stirn übergeht. Seit er den Raum betreten hat, zwickt er sich ohne Unterlass ins Ohrläppchen und schiebt sich ein ums andere Mal die herunterrutschende Brille hinauf. Er ist analytisch und berechnend; wie eine Maschine, denkt Noah.

Und dann ist da diese Unbekannte. Diese merkwürdige junge Frau, die er immer wieder ansehen muss. Mit ihrem schlabberigen Metallica-T-Shirt und der grünen Wollmütze auf den glatten Haaren sieht sie wie ein junges Mädchen aus. Sie ist extrem mager. Mukoviszidose? Vielleicht, oder aber Anorexie. Sie fasziniert ihn: Vor sich hat sie mehrere Büroklammern aufgereiht, und sie vertreibt sich die Zeit damit, Gummibänder zwischen den mageren Fingern zu spannen, eine Art Fadenspiel.

Noah fragt sich, wer und wie alt sie ist. Er holt sein Notizheft raus und schreibt: *Kachektisch – krankhaft mager.*

Als der Windows-Desktop auf dem Flachbildschirm erscheint, beendet Tremblay sein Schweigen.

»Gut, dann können wir anfangen«, sagt der Inspecteur.

Noah tippt dem eingenickten Steve auf die Schulter, dessen Mund bereits aufgeklappt ist. Sein Freund schreckt hoch und setzt sich aufrecht hin.

Die Kindfrau lässt eine Kaugummiblase zerplatzen, greift nach einer Büroklammer und biegt sie auf.

Bernard Tremblay geht zu seinem Laptop und klickt das erste Bild seiner Präsentation an.

»Erster Tatort. Wie Sie anhand dieser Powerpoint-Präsentation sehen können, hatte ich sehr wohl die Absicht, Ihnen von dem ersten Mordfall zu berichten.«

Er weicht meinem Blick aus, stellt Noah fest.

»Wenn ich es bislang noch nicht getan habe, dann aus gutem

Grund. Am Tatort gab es keine hübsche Ansichtskarte oder einen Brief an unsere amerikanischen Freunde, außerdem fand der Mord vor zwei Monaten statt. Und wir haben es nur mit einem Mordopfer zu tun, ein Mann um die sechzig. Leopold Blackburn, ein Versicherungsmakler. Und nun gebe ich das Wort an Monsieur Lafrenière weiter.«

Der Coroner steht auf und deutet auf den Bildschirm. »Wie Sie sehen, wurden die Finger amputiert. Die Autopsie hat ergeben, dass der Mörder die Fingerknochen einzeln abgetrennt hat. Ich habe sie im Magen des Opfers gefunden. Er hat ihn gezwungen, sie zu essen. Die Fasern sind an den Schnittstellen ausgefranst, ich bin mir daher ziemlich sicher, dass eine Holzsäge für die Amputation benutzt wurde. Was übrigens vom nächsten Foto untermauert wird. Bernard, das ist wieder Ihr Part.«

Noah und Steve tauschen einen Blick und nicken. Das ist genau der gleiche Modus Operandi wie beim Mord an Timothy Carter vor fünf Jahren.

Tremblay klickt mit der Maus, und das nächste Bild erscheint.

»Hier sieht man genau, dass der Penis und die Hoden abgetrennt wurden … oder besser gesagt, abgesägt wurden, wie man an der grob ausgeführten Abtrennung sehen kann.«

Noah beobachtet, wie die Kindfrau ein aus Büroklammern geformtes Pferd auf den Tisch stellt. Seit Beginn der Präsentation hat sie kein einziges Mal auf den Bildschirm geblickt.

Steve unterdrückt ein Gähnen und schüttelt den Kopf. »Und Sie sind nicht sofort auf die Idee gekommen, dass es eine Verbindung zu den folgenden beiden Morden gibt?«

»Doch, aber Sie werden mir bestimmt zustimmen, dass es nicht erforderlich schien, die Vermont State Police zu kontaktieren. Beim Mord im Maisfeld haben wir dagegen sofort die Verbindung erkannt.«

»Und warum genau, wenn ich fragen darf?«

»Wegen der Myrrhe, Lieutenant Raymond. Die wurde auch am

ersten Tatort gefunden. Außerdem hat der Mörder ebenfalls eine kleine Botschaft hinterlassen:

›Möge deine Seele in der Hölle schmoren.‹«

Die Wörter aus Tremblays Mund sind wie Kreise, die die Oberfläche von Noahs Bewusstsein kräuseln. Er spürt, dass er sich in den Wirbeln zu verlieren droht. Waren es damals vielleicht zwei Mörder? Denn wie hätte ein möglicher Nachahmer genau die Tatumstände nachbilden können: die Fingerknochen, die Entmannung, die Wörter? Andererseits hat er im Fall Carter keine Myrrhe am Tatort hinterlassen, aber warum? Und die Hypothese, dass es einen zweiten Mörder geben könnte, wurde damals nicht weiterverfolgt. Nein, wäre dem so gewesen, hätte der Andere es herausgefunden, solche Fehler unterliefen ihm nicht. Welche andere Erklärung gab es dann? Hat er ein Tagebuch hinterlassen? Einen Täterbericht? Ein Vermächtnis?

»Nein, das ist lächerlich!«, entfährt es ihm in das Schweigen hinein.

»Gibt es ein Problem, Monsieur Wallace?«, fragt Tremblay.

»Nein, überhaupt nicht. Ich habe nur laut nachgedacht.«

Der Inspecteur richtet den Blick auf die junge Frau. »Clémence Leduc, unsere Profilerin, wird Ihnen nun ihre Analyse des Tatorts darlegen. Anschließend können wir ja unsere Theorien miteinander vergleichen.«

Die Kindfrau setzt sich aufrecht hin und fegt mit dem Handrücken die Büroklammern beiseite. »Guten Tag, Messieurs. In meinen Augen gibt es keinen Zweifel daran, dass sich dieses Verbrechen von den anderen beiden unterscheidet. Ich habe den Autopsiebericht im Mordfall von Monsieur Blackburn ausführlich gelesen. Als Erstes fällt auf, dass der Mörder keine Betäubungsmittel eingesetzt hat. Sein Ziel war es, ihn leiden zu lassen. Und ich glaube auch, er wollte ihn zum Reden bringen.«

Steve unterbricht sie. »Und was könnte er ihn Ihrer Ansicht nach gefragt haben?«

»Zum Beispiel, wo er seine nächsten Opfer findet, Monsieur Raymond. Ich glaube auch, der Mörder will, dass wir diesen Unterschied begreifen, dass er eine Botschaft übermitteln will. Und nach dem, was ich bislang in diesem Besprechungsraum beobachtet habe, bin ich auch überzeugt davon, dass er sich erneut an Monsieur Wallace wenden wird, und dass unsere amerikanischen Kollegen uns etwas verheimlichen.«

»Wie kommen Sie darauf, Clémence?«, fragt Tremblay.

»Nun, zum Beispiel wegen des verschwörerischen Blicks, den die beiden ausgetauscht haben. Sie hatten es bereits mit etwas Ähnlichem zu tun.«

Clémence richtet die blassgrünen Augen auf Noah und zwinkert ihm zu.

Sie fordert ihn heraus.

Noah lächelt. Diese Kindfrau gefällt ihm.

DER KRUG GEHT SO LANGE ZUM BRUNNEN …

Sophie geht nochmals jede einzelne Frage durch, die sie stellen möchte, und was könnte sich als Hintergrundmusik dafür besser eignen als das 2. Klavierkonzert von Rachmaninow, und zwar über In-ear-Kopfhörer. Klassische Musik hört sie nur, um sich zu beruhigen. Nur dass es diesmal nicht gelingt. Sie trommelt mit den Händen auf den Stuhlrand und stampft mit den Füßen auf den Fliesenboden.

In weniger als fünf Minuten wird sie Gelegenheit haben, mit Lester Hollins, alias Giovanni Napolitano, zu sprechen, einem ehemaligen Gangster. Beinahe hätte sie die Teetasse umgestoßen, als Benedict ihr den Termin bestätigt und ihr die Adresse gegeben hat. Um dann dreimal leise »fuck« auszustoßen, nachdem er hinzugefügt hat, dass ihr nur fünfzehn Minuten gewährt werden und der Besuch noch heute stattfinden muss. Aber davon hat sie sich nicht abhalten lassen. Sophie ist zum nächstgelegenen Mietwagenverleih gelaufen, um dann mit einem Leihwagen zu dem Seniorenheim in Maplewood zu fahren, wo Napolitano inzwischen wohnt.

Und während sie jetzt auf einem Plastikstuhl neben der Tür zu Napolitanos Wohnung sitzt, zermartert sie sich das Hirn mit der Frage, wie sie bloß auf die Affäre Edgard Trout zu sprechen kommen soll, wo sie den alten Mann doch angeblich wegen der Akte Donnie Brasco sprechen möchte. Sie fürchtet, den ehemaligen Mafioso gegen sich aufzubringen und alles zu vermasseln. Ihr ist klar, sie muss durch ein geschicktes Vorgeplänkel sein Vertrauen zu gewinnen versuchen. Vielleicht indem sie in dieser ersten Phase der Unterhaltung geschickt seine Erinnerungen an damals heraufbeschwört? Die guten alten Zeiten, den Kameradschaftsgeist, der bis zu Brascos Verrat herrschte? Und sobald sie einen Draht zu ihm hat, wird sie ihn, paff, mit der Frage überrumpeln, die ihr auf der Zunge brennt: »Und wann sind Sie Edgard Trout begegnet?« Ganz einfach, oder nicht?

Nicht wirklich. Er ist ihre einzige Spur, und ein falsches Wort genügt, um sie gänzlich zu verlieren.

Von innen ertönt dreimal hintereinander ein lautes Klopfen.

Sophie springt auf und lässt ihr iPhone zu Boden fallen.

Bravo, Sophie, wenn es jetzt kaputt ist, kannst du das Gespräch nicht aufzeichnen.

Gut. Das war das Signal. Napolitano ist bereit, sie zu empfangen.

Sie atmet dreimal durch, genau wie in den Sophrologie-Stunden, die sie besucht, um sich genau für solche Situationen besser entspannen zu können.

Als sie eintritt, steigt ihr der Geruch nach nicht mehr ganz frischer Wäsche und Mottenkugeln in die Nase.

»Mr Hollins? Sind Sie da?«

Fernsehgeräusche erfüllen den Raum. Sophie erkennt den Vorspann der *Tex Avery Show*. Der ehemalige Gangster sieht sich Zeichentrickfilme an?, denkt sie und muss unwillkürlich lächeln. Dann vernimmt sie ein raues, schleimiges Lachen, dem ein Hustenanfall folgt.

»Treten Sie ruhig ein, junge Frau.«

Die Stimme kommt aus dem Wohnzimmer, das gegenüber dem Eingang liegt. Linkerhand befindet sich die Küche, sie geht daran vorbei. Das Erste, was sie von Napolitano sieht, sind zwei nackte Füße auf einem niedrigen Glastisch und ein großer tätowierter Arm, der auf der hölzernen Armlehne eines beigen Veloursledersessels ruht.

»Nehmen Sie auf dem Stuhl gegenüber Platz, Sie müssen einfach nur den Wäschestapel runternehmen.«

Einen Moment lang zögert sie, als hätte sie die Aufforderung nicht verstanden, dann folgt sie ihr. Sie holt ihr iPhone hervor und richtet dann den Blick auf ihren Gesprächspartner. Den Fotos zufolge, die sie im Internet gesehen hat, ähnelt Giovanni Napolitano seinem Cousin, wobei er dicker und faltiger ist. Abgesehen von seiner gewöhnungsbedürftigen Aufmachung – Männerslip und weißes Unterhemd – springt ihr als Erstes seine Knollennase ins Auge. Sie ragt aus seinem runden Gesicht hervor wie ein großer runder Pilz und bedeckt beinahe seine Oberlippe. Wenn er nicht diesen Raubtierblick hätte, sähe er beinahe ulkig aus.

Sie will ihre erste Frage stellen, aber die Fernsehgeräusche, die an ihr linkes Ohr dringen, lenken sie ab. »Mr Hollins? Könnten Sie bitte den Fernseher leise stellen?«

Er grummelt etwas, greift aber zur Fernbedienung, die auf der anderen Armlehne, neben einer Schüssel Erdnüsse liegt.

Als Daffy Duck endlich verstummt, seufzt Sophie erleichtert.

»Da kommt sowieso nur dummes Zeug. Und ›Mr Hollins‹ können Sie sich auch sparen. Nennen Sie mich Giovanni, Süße.«

Der Mafioso wirft ihr einen lüsternen Blick zu, der sie abermals aus dem Konzept bringt.

Okay, aber nur, wenn er brav in seinem Sessel sitzen bleibt, denkt Sophie, während er sie unverhohlen anstarrt.

»Gut. Giovanni, meinen Informationen nach kannten Sie Donnie Brasco gut, denn sie haben beide für ihren Cousin Dominick Napoli gearbeitet ...«

»Sonny.«

»Sonny?«, wiederholt Sophie.

Giovanni zieht die Nase hoch, stellt sich die Schüssel mit den Erdnüssen in den Schoß, nimmt eine und zermalmt sie knirschend.

»Sie sind hübsch, aber viel Ahnung haben Sie nicht, stimmt's? Sonny Black war der Spitzname meines Cousins. Also, kleine Abmachung, damit die Sache zwischen uns funktioniert: Wir werden Donnie, Sonny und Giovanni sagen … *capisci?* Kriegen Sie das hin, Süße?«

Sophie zieht ein schiefes Gesicht. Sie spürt, dass sie die Kontrolle über das Gespräch zu verlieren droht. Dieser Typ macht sich ganz offensichtlich über sie lustig.

»*Ho capito*«, sagt sie und nickt. »Sie haben mit Sonny gearbeitet und waren einer von Donnies engsten Mitarbeitern. Könnten Sie mir über Ihre erste Begegnung erzählen? Welchen Eindruck hat er auf Sie gemacht?«

Giovanni steckt sich den Zeigefinger in den Mund, um einen Erdnussrest zwischen den Zähnen herauszupulen, und sagt dann: »Ich hab ihn von Anfang an nicht riechen können. Klar, werden Sie jetzt sagen, hinterher kann man das leicht behaupten, aber so war's. Ich hab sofort, als sie ihn uns vorgestellt haben, gewittert, dass der Typ nicht koscher ist. Der Kerl hatte was Hinterhältiges. Allein sein funkelnder Blick. Er gehörte zu der Sorte, die sich immerzu umblicken müssen. Und vor solchen Typen war ich auf der Hut, aber Sonny hatte einen Narren an ihm gefressen, also habe ich die Schnauze gehalten.«

Das lässt sich doch gut an, denkt Sophie, und hakt gleich ein: »Wie würden Sie Ihre Beziehung zu Sonny außerhalb Ihrer Arbeit bezeichnen?«

»Wie bitte? *Außerhalb unserer Arbeit* … Was ist das denn für eine beschissene Frage? Sind Sie wirklich Journalistin? Wohl eher eine Studentin, die von Tuten und Blasen keine Ahnung hat, scheint mir. Fragen Sie mich gefälligst direkt, was Sie mich fragen wollen, und hören Sie mit diesem verkrampften Gequatsche auf.«

Sophie ist auf ihrem Stuhl erstarrt. Dieser Typ ist ganz schön angriffslustig. Aber das Schlimmste ist, dass ihr seine Mafioso-Vergangenheit völlig egal ist. Es ist höchste Zeit, deine Strategie zu ändern, sagt sie sich.

»Waren Sie dabei, als Donnie jemanden umgebracht hat? Haben Sie …«

Giovanni starrt sie an, während er auf einer Erdnuss herumkaut, ein spöttisches Lächeln auf den fleischigen Lippen.

»Gibt es ein Problem, Mist … Giovanni?«

»Wissen Sie, Süße … ich bin jetzt fast achtzig. Und auch wenn man es mir nicht ansieht, aber auf den Kopf gefallen bin ich nicht. Ich hatte schon das ein oder andere Interview mit Journalisten oder Leuten vom FBI, das können Sie mir glauben. Also, entweder Sie sind komplett unfähig … oder aber Sie sind wegen etwas anderem hier.«

Er beugt sich zur Seite, spuckt ein Stück Hülse aus und fragt: »Also, Süße, warum genau sind Sie hier?«

Sophie seufzt erneut. Beinahe ist sie erleichtert.

»Ich möchte gern wissen, warum Sie den Reporter Edgard Trout engagiert hatten.«

Giovanni erstarrt in seinem Sessel. Er sieht sie an wie eine Außerirdische. Dann schleudert er ihr ohne jede Vorwarnung die Fernbedienung ins Gesicht. Sie kann gerade noch schützend die Hand hochreißen, doch im nächsten Moment stürzt sich der Mafioso auf sie und verpasst ihr einen Fausthieb in den Bauch.

Sie möchte schreien, aber er drückt ihr die Hand auf den Mund.

»Du sagst mir jetzt, für wen du arbeitest, du Schlampe!«

… BIS ER BRICHT

Die Hand drückt so unerbittlich auf ihren Mund, dass Sophie spürt, wie ihre Lippen gegen die Zähne gepresst werden. Giovannis Stirn klebt an ihrer, und er stößt ihr seinen warmen Atem ins Gesicht. Sein Blick ist wie der eines Raubtiers angesichts der in die Enge getriebenen Beute.

»Hör zu, Süße, wir vertauschen die Rollen, jetzt stelle ich dir ein paar Fragen. Wenn du ehrlich antwortest, bleibst du am Leben, falls nicht, breche ich dir den Hals, *capisci?* Nick, wenn du verstanden hast.«

Sophie kämpft gegen die aufsteigenden Tränen an, sie blinzelt und bewegt dann den Kopf auf und ab.

Sie erwägt, sich gegen ihn zu wehren, aber er sitzt mit seinen bestimmt hundertfünfzig Kilo auf ihr.

»Gut. Dann fangen wir mit einer ganz einfachen Frage an. Wer hat dir gesagt, dass ich Trout kontaktiert habe?«

Sophies Augen weiten sich. Die Angst bohrt sich ihr in die Eingeweide. Wie soll sie ihm antworten, wenn sie nicht den Absender der Nachrichten kennt, die sie erhalten hat?

Giovanni schlingt den linken Arm um sie, sodass ihr Hals in seiner Armbeuge liegt. Er löst die Hand von ihrem Mund und legt sie ihr stattdessen auf die Stirn. Jetzt muss er nur kurz den Arm verdrehen, und schon würde er seine Drohung wahrmachen.

»Sprich, ich habe nicht den ganzen Tag Zeit«, sagt er.

»Ich … ich … ich …«

Giovanni übt mehr Druck mit dem Arm aus, und er beginnt, ihren Hals zu verdrehen. Wahnsinn spiegelt sich auf seinem verzerrten Gesicht. Ein Speichelfaden tropft aus dem weißen Schaum in seinem Mundwinkel auf Sophies Nase.

Wenn du jetzt nichts sagst, tötet er dich. Los, sag was!

»Ein ... Kontakt ... über ... E-Mail.«

Die Panik hat alle Luft aus ihren Lungen entweichen lassen, und sie muss nach jedem Wort Atem schöpfen. Der alte Mafioso verzieht die fleischigen Lippen. Er brummt etwas durch die zusammengekniffenen Lippen und starrt sie an. Sie nimmt sein Zögern in seinem Blick wahr, liest darin die Frage: Soll er sie töten oder am Leben lassen?

»Warten Sie ... ich ... habe einen Blog und schreibe über Trout, ich versuche, ihn zu finden ... Ein Blog ist wie ein ...«

Die Hand löst sich von ihrer Stirn und umfasst jetzt ihren Kiefer. Er nimmt ihre Lippen zwischen zwei Finger und presst sie zusammen wie eine Zitrone.

»Du hältst mich wohl für einen alten Trottel, was? Ich weiß, was ein Blog ist. Sprich weiter!«

»Ich habe über ihn recherchiert, weil er ein bekannter Reporter war.«

Er hebt die Hand und lässt sie auf ihre Wange hinabsausen. Das laute Klatschen erschreckt sie so sehr, dass sie Schluckauf bekommt.

»Warum ist mir scheißegal! Was hast du über Trout herausgefunden?« Seine Augen glitzern gefährlich.

Sophie senkt die Augen. »Ich hatte seine Spur zurückverfolgt; sie endet in einem Haus, das er in der Nähe von Plattbugh, in Morrinsonville, gemietet hatte, das war 1977. Die Spur war kalt, aber ich hab den Artikel trotzdem online gelassen. Daraufhin hat mich ein Typ kontaktiert; er hat mir ein Foto von Trout geschickt, auf dem er vor einem alten Herrenhaus steht, und gesagt, ich soll herausfinden, was ihm zugestoßen ist, und mir Ihren Namen genannt.

Sie … Sie sind mein einziger Anhaltspunkt. Das ist die Wahrheit, ich schwör's, bitte töten Sie mich nicht!«

Schweigen.

Sophie öffnet die Augen, sie war so auf ihre Worte konzentriert, dass sie erst jetzt bemerkt, dass Giovanni sie losgelassen hat. Er hat sich neben sie auf den Boden gesetzt, seiner Miene nach hat er sich beruhigt.

Einen Moment rührt sie sich nicht, wartet ab.

Geh weg von hier, Sophie.

Sie wischt sich die Tränen weg und steht mühsam auf.

»Warte!«, sagt Giovanni im Befehlston. »Willst du immer noch wissen, warum ich Edgard Trout engagiert hatte?«

Sophie schnieft und fährt sich mit der Hand über den Nacken. Ihr Instinkt schreit ihr förmlich zu, von hier zu verschwinden. Aber der Teil von ihr, der bleiben will, ist stärker.

Sie lehnt sich mit dem Rücken an die Wand und atmet langsam aus. »Ja, natürlich.«

Giovanni nickt mechanisch. Er hebt eine Erdnusshülse vom Boden auf, bricht die Schale auf und lehnt sich gegen den Sofatisch. Er lächelt.

»Gut. Aber weißt du, warum ich es dir erzählen werde?«

»Nein … Giovanni, keine Ahnung.«

Er wirft die Erdnuss in die Luft, fängt sie mit dem Mund auf und tippt sich dann mit der Faust an die Brust.

»Ich werde bald tot sein. Meine Venen sind brüchig wie Zigarettenpapier. Ich habe also nichts mehr zu verlieren.«

Dann bricht er in Lachen aus und zieht erneut die Nase hoch.

»Ich lache deshalb … weil, nun, weil im Grunde mein Schwanz schuld an Trouts Verschwinden ist. Schon komisch, nicht wahr?«

Sophie nickt und ringt sich ein Lächeln ab, um ihn zum Weitersprechen zu ermuntern.

»Lange Rede gar kein Sinn, damals habe ich in der Gegend herumgevögelt, keine Frau war vor mir sicher. Ob hübsch, hässlich, mager, dick, egal. So ist es nun mal, wenn man unberührbar ist, denn es gibt niemanden, der es einem verbietet. Es begann 1972, ein paar Jahre vor der Geschichte mit Brasco. Betty war eine Stripteasetänzerin, mit der ich es in einer der Logen des Nachtklubs trieb, wo sie arbeitete, und eines Tages kommt diese Nutte zu mir und sagt, sie ist schwanger. Noch dazu vor meinen Kumpeln, die Schlampe. Ich hab ihr mit ein paar Tritten in den Hintern die Tür gewiesen und ihr zu verstehen gegeben, sie solle sich ja nicht mehr blicken lassen. Damit es klar ist: Sie war ein Junkie. Auch wenn der biedere Nixon die Drogen als größten Feind der Nation bezeichnet hat, damals waren fast alle auf Heroin oder zumindest Haschisch. Im Übrigen galt bei uns der Spruch: Die Nutten sind zum Vögeln da und deine Frau zum Kinderkriegen. Eine Frage des Respekts, müssen Sie wissen. Wie auch immer, für mich war das nichts weiter als eine Affäre. Aber zwei Jahre später kreuzt sie wieder auf, diesmal mit dem Kleinen. Einem Mädchen. Meinem Mädchen, wie ich sofort gesehen hab. Und ob du's glaubst oder nicht, ein Lächeln hat genügt, ja … einfach nur das Lächeln eines kleinen Engels, und mir wurde klar … nun, ich versuche, es dir zu erklären. Wobei es mit Mona, meiner Frau, nicht geklappt hat. Betty hat mir geschworen, dass sie clean ist, aber ich habe sie trotzdem rausgeschmissen, um vor meinen Kumpels nicht das Gesicht zu verlieren. Die schlimmste Entscheidung meines Lebens. Später habe ich versucht, sie wiederzufinden, aber vergeblich. Sie hatte mit der Kleinen New York verlassen. Ich war wie besessen von dem Mädchen … Meinem Kind, meinem Fleisch und Blut. Es war, als hätte ich zum ersten Mal das Glück erblickt und es in der Menge wieder verloren. Ich wollte mehr davon. Und so kam es, dass ich einen Privatdetektiv engagiert hab, damit er meine Tochter findet: Edgard Trout. 1971 habe ich zum letzten Mal von ihm gehört. Er hatte eine Spur gefunden, eine Pflegefamilie, bei der die Kleine zwei Jahre lang untergebracht war. Es war kurz vor Weihnachten. Ich war völlig von den Socken. Aber das war die letzte Nachricht, ich habe nie wieder etwas vor Trout gehört.«

»Haben Sie nicht versucht, ihn zu finden oder …«

Er hebt die Schultern. »Ich habe zwei meiner Männer zu seiner Adresse geschickt, aber sie kamen nicht zurück. Drei Jahre später habe ich eine Warnung erhalten, einen Brief mit Fotos von Mona und mir. Scheiße, hab ich gedacht. Wer ist so mächtig, einem Unberührbaren zu drohen, hm? Da habe ich aufgegeben, ich war zu schwach, Sonny brauchte mich und …«

»Erinnern Sie sich an die Adresse, Giovanni?«, fragt Sophie.

Der Mafioso lacht. »Verdammt, du hast vielleicht Nerven, das muss ich dir lassen. Du hast echt Mut, die meisten Typen, die mich interviewten, haben sich schier in die Hose gemacht.« Wieder zieht er die Nase hoch. »Es gibt Dinge, die bleiben einem Mann für immer ins Gedächtnis eingebrannt. Die erste Tussi, das erste Opfer. Und in meinem Fall auch diese Adresse, die mir ein Rätsel geblieben ist. Harscrabble Road Nummer 235 in Cadyville im Bundesstaat New York, aber ich fürchte, du wirst nicht mehr dazukommen, dort hinzufahren.«

»Warum nicht, Giovanni?«

Er zerkaut knirschend eine Erdnuss.

»Du hättest nie hierherkommen dürfen, Süße. Du hast nämlich mit deinem Auftauchen hier dein Todesurteil unterschrieben, Süße.«

WUTAUSBRUCH

Steve fallen nicht länger die Augen zu, seine Müdigkeit hat Wut Platz gemacht: Noah erkennt die untrüglichen Anzeichen – seine gerunzelte Stirn, das stoßweise Ausatmen durch die Nase und die dunkler gewordenen Augen.

»Das ist doch lächerlich! Wir haben gar nichts zu verbergen. Worauf genau spielen Sie eigentlich an? Verdammt, wir haben doch alle dasselbe Ziel, und zwar dieses Monster zu fangen!«

Keine Reaktion. Schweigend starren die anderen Steve an.

Nur Noah kann jetzt nicht aufhören, Clémence anzusehen. Die junge Frau hält ihrerseits den Kopf gesenkt, blickt vor sich auf den Tisch, ein Lächeln auf den Lippen.

Das Ganze amüsiert sie, denkt er. Es ist ein Spiel für sie. Ein Puzzle, das es zusammenzusetzen gilt, nicht mehr, alles andere interessiert sie nicht, jedenfalls nicht sonderlich. Sie ist wie der Andere.

Steve sinkt wieder auf seinem Stuhl zusammen; er nimmt die Tasse zwischen beide Hände und führt sie an den Mund.

Noah hebt die Hand. Tremblay erteilt ihm mit einem knappen Nicken das Wort.

»Wir hatten vor fünf Jahren einen ähnlichen Fall. Timothy Carter war das erste Opfer des Dämons von Vermont – so nannten wir ihn. Und wenn ich von Ähnlichkeiten spreche, ist das noch untertrieben. Abgetrennte Fingerglieder, die das Opfer aufessen musste, Entmannung und immer dasselbe Wort, das er am Tatort hinterlassen hat. Beim ersten Mal war ich noch nicht mit dem Fall vertraut, und zu diesem Zeitpunkt war noch nicht von einem Serienmörder die Rede, außerdem hatte Carter ein Strafregister und potenzielle Feinde. Erst später wurde dieser Fall der Liste der Morde des Dämons von Vermont hinzugefügt.«

Der Weißhaarige greift nach seinem Wasserglas, trinkt einen großen Schluck und sagt: »Das ist sehr beunruhigend, was Sie uns da erzählen, Monsieur Wallace. Auch diesseits der Grenze haben wir natürlich schon vom Dämon von Vermont gehört, aber wenn es stimmt, was Sie sagen, haben wir es da mit einem Nachahmer zu tun? Vielleicht einem Verwandten des Täters oder einem Komplizen, oder …«

»… dem Täter selbst?«, unterbricht Noah ihn. »Nein, weil der nämlich tot ist. Das weiß ich, weil ich selbst bei dem Unfall dabei war, genau wie …«

Noah unterbricht sich.

»… meine Frau, Maggie«, beendet er den Satz. »Der Mörder hatte sich auf mich eingeschossen und ist in unser Haus eingedrungen. Als ich nach der Arbeit mit dem Wagen nach Hause fuhr, sah ich von weitem, wie ein korpulenter Mann aus dem Haus kam, meine Frau im Würgegriff, und wie er sie in sein Auto stieß. Ich gab sofort Gas, aber bis ich ankam, war er bereits losgefahren. Ich nahm die Verfolgung auf, aber an mehr kann ich mich nicht erinnern, da ist nur noch ein schwarzes Loch. Offenbar hatten wir einen Unfall auf der Brücke über dem Winooski River, sind mit voller Wucht aufeinandergeprallt. Als ich wieder aus dem Koma erwachte, erfuhr ich, dass der Wagen des Mörders ausgebrannt ist. Ich war der einzige Überlebende und kann mich an nichts mehr erinnern.«

»Ausgebrannt?«, wirft Clémence ein. »Merkwürdig …« Dann lächelt sie und verhakt zwei Büroklammern ineinander.

»Die Polizei hat nie die Identität des Opfers bekanntgemacht. War die Leiche unkenntlich?«, fragt Tremblay.

Steve nickt. »Ja, seine Identität konnte nicht festgestellt werden«, sagt er. »Wir konnten nichts über ihn herausfinden. Weder ist seine DNA in irgendeiner Datenbank, noch ergab ein dentaler Abgleich etwas.«

»Wie es der Zufall will«, bemerkt Clémence. »Wie konnten Sie da sicher sein, dass es sich um den Mörder handelte?«

»Wer sollte es sonst gewesen sein, verdammt? Der Typ war von Noah besessen! Außerdem hat es in den letzten fünf Jahren keine vergleichbaren Morde mehr gegeben! Wie auch immer, wir werden Ihnen die alten Akten schicken. Dann können Sie in aller Ruhe die Ermittlungen zurückverfolgen, aber wenn Sie nichts dagegen haben, würde ich mich jetzt gern wieder auf die Morde konzentrieren, die hier stattgefunden haben.«

»Tut mir leid, Lieutenant Raymond, aber wir müssen sämtlichen Informationen nachgehen, die auch nur ansatzweise mit unseren Fällen zu tun haben. Allem, was uns helfen könnte, ihn daran zu hindern, weitere Morde zu begehen. Warum haben Sie die Möglichkeit, dass es sich um einen Komplizen handelt, verworfen?«

Als Steve antworten will, legt Noah ihm die Hand auf die Schulter. »Der Mörder hat mit uns kommuniziert; er hat Indizien an den Tatorten hinterlassen und manchmal sogar Botschaften. Der A…« – um ein Haar hätte Noah »der Andere« gesagt –, »… ich habe sein Profil erstellt. Er ging methodisch und akribisch vor, ergötzte sich an der Angst seiner Opfer und hegte einen abgrundtiefen Hass gegen die Kirche. Außerdem ist die Auswahl seiner Opfer bezeichnend: keine jungen Frauen, wie es bei psychopathischen Serienmördern häufig der Fall ist. In dem Bericht, den ich der Polizei von Vermont übergab, habe ich bekräftigt, dass es sich um einen Einzeltäter handelt und seine Taten die Folge eines Traumas sind, das er in der Kindheit erlebte.«

Clémence lässt ein Gummiband zwischen den Fingern flitschen und sagt: »Noch eine letzte Sache: Wenn es nicht derselbe Mörder ist, gibt es nur zwei Möglichkeiten: Entweder war das von

Mr Wallace erstellte Profil unstimmig, was ich bezweifle. Oder es gab eine undichte Stelle in Ihren Reihen, und jemand hat von dem Modus Operandi erfahren.«

Steve lässt die Faust auf den Tisch sausen, sodass die Kaffeetasse des Coroners überschwappt. »Verdammt, kann diese arrogante Göre endlich aufhören, uns irgendwelche Dinge zu unterstellen!«

»Ist nur eine Hypothese, Monsieur Raymond«, erwidert die junge Frau ungerührt.

Steve wischt sich mit dem Handrücken den Schweiß von der Stirn. Er ist knallrot im Gesicht, seine Lider zucken unkontrolliert. Tremblay runzelt die Stirn und wechselt dann zur nächsten Folie seiner PowerPoint-Präsentation.

»Gut, fahren wir fort, wir haben viel zu tun.«

Der Weißhaarige skizziert den zweiten Fall, aber Noah hört ihm nur mit halbem Ohr zu. Immer wieder versucht er, sich die Tragödie an jenem Abend zu vergegenwärtigen, doch seine Erinnerungen bleiben verschwommen. Wieder sieht er das Gesicht seiner Frau, das an die Heckscheibe des Wagens des Mörders gepresst ist. Der Mörder hingegen bleibt ein gesichtsloser Umriss.

Der Coroner wendet sich wieder der Analyse des Tatorts im Maislabyrinth zu, dann erläutert Tremblay die Recherchen hinsichtlich der Spuren, die am Tatort gefunden wurden, vor allem die Klammern aus dem Handtacker und die Betäubungsmittel. Noah weiß, dass das vertane Zeit ist. Wenn der Mörder vom selben Kaliber ist wie sein Vorgänger, wird er nicht diese Art von Fehler begehen. Nein, um ihm auf die Spur zu kommen, muss man ihn verstehen, ihn entschlüsseln.

Noah hört kaum zu, als der Weißhaarige erläutert, dass die Opfer laut ihrer Angehörigen keine Feinde hatten.

Diese Clémence hat Zweifel bei ihm gesäht. Ihre Fragen sind wie Stachel, die sich in sein Ego bohren, als wollten sie den genialen Analytiker, der er einmal war, zu neuem Leben erwecken. War das wirklich der Mörder, der seine Frau an dem Abend entführt hat?

Warum hat Clémence das Gesicht verzogen, als er sagte, der Wagen sei ausgebrannt?

Inspecteur Tremblay geht zum dritten Fall über.

Noah hört ihm immer noch nicht zu. Clémence auch nicht. Diese Berichte, die Ermittlungsprotokolle … das ist nicht ihr Terrain.

Sein Ziel war es, ihn leiden zu lassen. Mehr noch, ich glaube, er wollte ihn zum Reden bringen.

Das war ein relevanter Hinweis. Warum hatte der Andere das im Fall von Timothy Carter nicht in Betracht gezogen?

Zum Beispiel, um zu erfahren, wo er seine nächsten Opfer findet?

Sie könnte durchaus recht damit haben.

Clémence unterbricht Lafrenières Ausführungen.

Noah hebt den Kopf. Die Leiche von Yves Coté ist auf dem Bildschirm zu sehen.

»Er stellt einen Dämon dar«, sagt sie. »Adramelech, der achte Erzteufel, Kanzler der Hölle. Der Mörder will uns sagen, dass sein Opfer ein Richter oder Staatsanwalt war.«

ZETETIK

Inspecteur Tremblay starrt Clémence an, als hätte sie gerade Hoheitsverrat begangen.

»Fangen Sie jetzt auch davon an? Stecken Sie mit Monsieur Wallace unter einer Decke? Kommen Sie jetzt auch mit so einem Hokuspokus daher?«

Die junge Frau dreht sich zu Noah um. Ihr Blick ist durchdringend, fast animalisch, und ihr Lächeln hat etwas Sinnliches.

Flirtet sie mit ihm?

Dann wendet sie sich dem Weißhaarigen zu. »Ja, ich glaube, der Mörder sieht sich in der Rolle eines Richters, oder aber sein Opfer war Richter oder wurde als solcher angesehen. Vielleicht trifft in diesem Fall sogar beides zu.«

»Himmelherrgott! Ich habe Ihnen doch gesagt, dass Yves Coté weder Richter noch Staatsanwalt war! Und wollen Sie etwa auch behaupten, dass er nicht aus Québec stammte?«

Clémence sieht Noah mit einem breiten Lächeln an. »Haben Sie das wirklich gesagt? Es würde mich interessieren, wie Sie darauf gekommen sind!«

O mein Gott, nein.

Noah legt die Hand auf den Oberschenkel, um das Zittern zu dämpfen, und antwortet: »Es war einfach nur … ein Eindruck. Oder nennen Sie es meinetwegen Instinkt.«

Nur dass das für ihn eine echte Spur ist. Und das Solideste, was er im Moment zu bieten hat. Ein dünner Faden, den er hofft, bis zum Wollknäuel zurückverfolgen zu können. Hätte er an dem Abend, als er den Schlaganfall hatte, nicht diese Vision von Maggie gehabt, oder gespürt, dass der Mann der Psychiaterin wieder geheilt wird, hätte er ihm keine Aufmerksamkeit mehr geschenkt. Aber allmählich beginnt er, *Dinge* wahrzunehmen, und hat keine rationale Erklärung dafür. Er hat nur zwei Möglichkeiten: Entweder er akzeptiert es und vertraut darauf, oder er wird verrückt. Die erste Möglichkeit sagt ihm mehr zu.

Noah schüttelt die Hand, um das Kribbeln zu vertreiben, und fügt hinzu: »Ich glaube auch, dass der Mörder Yves Coté vor eine Wahl gestellt hat: zu entscheiden, ob sein Sohn oder sein Enkel leiden muss.«

»Zu diesem Schluss bin ich auch gekommen«, sagt Clémence.

Lafrenière, der Coroner, meldet sich zu Wort: »Ich kann bestätigen, dass sein Sohn auf der Stelle tot war. Der Mörder hat ihm die Pistole in den Mund gesteckt und abgedrückt. Die ballistische Untersuchung steht noch aus, aber da ich schon einige Projektile gesehen habe, würde ich auf ein 9-mm-Kaliber tippen. Wegen der Nähe des Tatorts zu den nächsten Wohnsiedlungen hat er auch einen Schalldämpfer benutzt.«

Tremblay nutzt die Gelegenheit, um das nächste Foto aufzurufen. Die Leiche des Enkels.

Lafrenière fährt fort:

»Der Mörder hat ihn gezwungen, eine große Menge Wasser zu trinken, das laut der vor Ort durchgeführten Analyse direkt aus dem See stammte. Er hat sich dabei des Waterboardings bedient, eine Foltermethode, bei der Ertrinken simuliert wird, und die zahlreiche Geheimdienste anwenden, allen voran die CIA. Dem Opfer wird ein Tuch über Mund und Nase gespannt, dann schleudert man ständig Wasser in seinen Mund. Die Details erspare ich Ihnen, nur soviel: Es gibt Möglichkeiten, dieses Martyrium in die Länge zu ziehen, manchmal wird sogar ein Luftröhrenschnitt durchgeführt, falls die Folter Kehlkopfkrämpfe hervorruft. Anfangs hat der Mörder meines Erachtens penibel vermieden, dass es zu Verletzungen des Kehlkopfbereichs kommt, um den Todeskampf zu verlängern. Doch letztendlich ist das Opfer daran gestorben, was die Autopsie gewiss bestätigen wird.«

Tremblay schenkt sich noch ein Glas Wasser ein. »Das Monster hat sich also mit Foltertechniken, die von Geheimdiensten praktiziert werden, vertraut gemacht. Könnte das nicht erklären, warum Sie vor fünf Jahren nichts über den Täter herausgefunden haben, Lieutenant Raymond? Ein Geheimdienstkiller ... Das wäre ebenso originell wie beängstigend.«

Steve scheint der Anflug von Ironie in Tremblays Stimme entgangen zu sein, denn er entgegnet: »Das ist doch lächerlich! Man muss nicht Geheimagent sein, um in keiner Polizeidatenbank gelistet zu sein. Nicht alle Bürger sind dort aufgeführt!«

»Jedenfalls trifft das auf Kanada zu«, fügt Clémence hinzu, ohne den Kopf zu heben.

Tremblay massiert sich die Schläfen, lehnt sich auf seinem Stuhl zurück und streckt die Arme nach oben. »Herrgott, ich mag zwar knifflige Puzzles, aber ich fürchte, dieser Fall wird mir noch einiges Kopfzerbrechen bereiten. Was mir am meisten Rätsel aufgibt, abgesehen von seinem Vorgehen und seiner Religions- und Angstobsession, ist die Auswahl seiner Opfer. Bislang kann ich noch keine Verbindung erkennen. Oder hat jemand eine Idee?«

Noah wischt sich über die Stirn und erwidert: »Dieser Mörder ist anders. Der von vor fünf Jahren war kaltblütig, nahezu emotionslos. Aber an diesen beiden Tatorten habe ich Wut gespürt.«

»Gespürt?«, fragt Tremblay. »Ich habe Sie jetzt schon mehrmals von Instinkt, Spüren und von Intuition sprechen hören. Ganz zu schweigen von der Sache mit dem roten Dreirad, Monsieur Wallace.«

Ein schiefes Lächeln auf den Lippen, wendet er sich Steve zu. »Ah, jetzt verstehe ich, Lieutenant Raymond. Noah Wallace ist gar kein Profiler, war es nie. Sie haben ein Medium angeheuert wie in dieser Fernsehserie mit Patricia Arquette.«

Nur Lafrenière lacht, auf die für ihn typische leise, abgehackte Weise.

»Sie wissen schon, dass es Allison DuBois tatsächlich gibt und dass sie mit der Polizei von Phoenix und dem FBI zusammengearbeitet hat?«, wirft Clémence ein und sieht ihn herausfordernd an.

Plötzlich springt Steve auf, packt seine halb ausgetrunkene Kaffeetasse und schleudert sie zu Boden. Der Kaffee spritzt über die Fliesen. »Was sind Sie nur für ein Mistkerl, Tremblay, für ein arroganter Kotzbrocken. Sie wissen rein gar nichts über diesen Mann, was er alles geleistet und was er in den letzten fünf Jahren mitgemacht hat!«

Stille. Niemand wagt es, diesen angegriffenen und vor Wut schnaubenden Stier anzusprechen.

Steve hat sich schon wieder nicht im Griff gehabt, denkt Noah. Wie viele Wutausbrüche wird seine Aorta noch mitmachen, ehe sie platzt?

Clémence schiebt den Stuhl zurück und steht auf. »Ich weiß es«, sagt sie. »Und ich habe jede Menge Respekt vor Mr Wallace und bewundere ihn. Sehen Sie es Inspecteur Tremblay nach. Er ist ein sehr intelligenter Mann, aber Intuition und solche Dinge haben in seiner rationalen, logischen Welt keinen Platz.«

Steve brummt etwas vor sich hin und nimmt wieder Platz. Sein Gesicht ist nicht mehr ganz so rot. »Egal. Ich glaube, wir lassen es für heute gut sein. Ich werde Ihnen unsere Unterlagen zu den alten Fällen zukommen lassen, ansonsten fände ich es gut, wir würden unsere Zusammenarbeit auf das Nötigste beschränken.«

»Ganz Ihrer Meinung, Monsieur Raymond, aber ich fürchte, solange wir den Mörder nicht gestoppt haben, werden wir uns unweigerlich wiedersehen.«

»Warum Kanada?«, fragt Noah mehr zu sich selbst.

Wieder wird es still in dem Besprechungsraum.

»Der damalige Mörder hat in Vermont sein Unwesen getrieben, warum setzt dieser auf einmal jenseits der Grenze seine Jagd fort?«, fügt er hinzu.

»Um der Polizei in Vermont zu entgehen?«, sagt Tremblay. Dann schüttelt er den Kopf und fährt fort: »Nein, denn dann hätte er nicht dafür gesorgt, dass Sie einbezogen werden und …«

»Noah Wallace hat recht«, unterbricht Clémence ihn. »Wenn wir herausfinden, warum er hier agiert und welche Verbindung es zwischen den Opfern gibt, sind wir einen großen Schritt weiter.«

O mein Gott, nein!

Noah lächelt, als ein weiteres Puzzleteil vor seinem geistigen Auge erscheint.

Chloé Coté, Sylvains Schwester, und deren Mutter.

Nächster Schritt: die beiden befragen.

Aber muss er außer mit Steve mit noch jemandem darüber reden?

Unwillkürlich wandert sein Blick zu Clémence.

Sie erwidert ihn, und die Intelligenz, die er in ihrer Iris wahrnimmt, sagt ihm, dass sie sein Vorhaben erraten hat. Dann kann er sie ebenso gut einbeziehen.

Da ist sie wieder, die Hybris.

Hast du Angst, dass sie besser ist als du? Oder, schlimmer noch, besser als der Andere?

Noah erstarrt. Er bekommt eine Gänsehaut.

Jemand aus diesem Raum wird sterben, das spürt er.

DIE BÜCHSE DER …

Blake unterdrückt ein Gähnen und reibt sich die Augen. Diese Geschichte mit dem onion-Link ist zwar rätselhaft, aber aufgeben ist nicht sein Ding. Er wird die Lösung schon finden. So wie immer.

Er zieht die Kopfhörer herunter und legt sie auf den Schreibtisch direkt neben seine »Boba-Fett«-Figur.

In was für ein Wespennest hat Sophie da wieder einmal gestochen?

Diese Frau treibt ihn noch in den Wahnsinn. Es ist noch keinen Monat her, als er Schmiere stehen musste, während sie sich mitten in Harlem unbefugt Zutritt zu einem Verbrechensschauplatz verschafft hat.

Nur dass sie es diesmal mit einer ganz anderen Liga zu tun haben. Möglicherweise hat die Mafia die Hände im Spiel, wenn nicht gar Schlimmeres. Und sie ist sich der Gefahr gar nicht richtig bewusst. Dieser leichtsinnige Hitzkopf ist süchtig nach Adrenalin. Und wer muss wieder einmal für ihre Rückendeckung sorgen? Ihr bester Freund natürlich, wie immer.

Seit einer halben Stunde jagt auf battle.net eine Nachricht die andere, alle wollen ihn zum Mitspielen einladen.

Nein, keine Zeit heute, Freunde. Kein Angriff in *World of Warcraft* heute Abend, denkt Blake. Der Paladin hat heute eine wichtigere Mission, und zwar seine beste Freundin vor sich selbst zu beschützen.

Er zerknüllt mit der linken Hand die leere Cola-Light-Dose, wirft sie in den Papierkorb und öffnet eine neue.

Auf einem der beiden Bildschirme zeigt sein Tor-Browser die Seite an, die der Onion-Dienst dieses anonymen Kerls geschickt hat. Sie ist noch immer online, nur das Foto ist verschwunden. Auf seinem zweiten Bildschirm hat Blake eine Steuerkonsole und Notepad++ gestartet.

Heute Abend wird er programmieren, auch wenn er sich die ganze Nacht um die Ohren schlagen muss.

Um zu erfahren, wer sich hinter dem Absender verbirgt, muss er bis zum ersten Knotenpunkt im Netz zurückgehen, um an die IP-Adresse zu gelangen. Dumm nur, dass alle anderen Zwischenknoten verschlüsselt sind, sein ganzes Leben würde nicht ausreichen, um zu versuchen, die einzelnen Schlüssel zu finden. Es ist nicht so einfach wie in den einschlägigen Filmen, wo irgendwelche Hacker einfach nur ein paar idiotische Befehle eingeben und dann den Blick auf irgendeine idiotische Fortschrittsanzeige heften.

Tja, wenn es so einfach wäre.

Nein, seine einzige Chance wäre, wenn der anonyme Absender den Fehler begangen hätte, den Tor-Browser und seinen versteckten Dienst vom selben Anschluss zu starten. Der Router hat einen öffentlichen Konfigurationsdeskriptor, der seine IP-Adresse offenlegt.

Blake lächelt.

Das kommt ziemlich häufig vor, und wenn es auch hier der Fall ist … dann muss er *nur noch* einen eigenen Tor-Knoten aufsetzen und eine Überwachung starten, um die IPs und Server herauszufinden, die bei einer Unterbrechung des Dienstes gleichzeitig ausfallen. Das mag zwar mühsam sein, aber es könnte funktionieren. Eine andere Möglichkeit steht ihm nicht zur Verfügung.

Gut, dann wird er heute Abend also eine nette kleine Überwachungssoftware für den Internetverkehr programmieren, nicht mehr und nicht weniger.

Er lächelt – die Idee gefällt ihm.

Verdammt, Blake, bist du dir eigentlich im Klaren darüber, dass du versuchst, die gleichen Techniken wie das FBI anzuwenden, ohne über deren Instrumentarium zu verfügen? Nicht schlecht für einen frisch gebackenen Informatiker!

Dumm nur, dass er diese Art von Exploit nicht in seinem CV aufführen kann.

Er nimmt einen großen Zug von seiner Coke und klatscht dann in die Hände, um sich Mut zu machen.

Im gleichen Moment kommt Bethany aus dem Badezimmer. Sie riecht nach Vanille, fällt Blake auf, also hat sie wieder einmal sein Duschgel benutzt.

Seine Freundin und Mitbewohnerin stellt sich hinter ihn und stützt ihr Kinn auf seine Schulter.

»Was machst du da?«

»Lange Geschichte, ich versuche, Sophie zu helfen. Du weißt ja, wie sie ist, sie hat sich wieder einmal in eine schwierige Lage hineinmanövriert.«

Bethany trocknet sich mit dem Handtuch die Haare und sagt: »Das ist wirklich nett von dir, aber Ted wird bestimmt enttäuscht sein, er hat fest damit gerechnet, dass du kommst.«

»Er wird auch ohne mich für Stimmung sorgen, keine Angst. Und sei doch so lieb und hol mir eine Pizza aus dem Gefrierschrank, Quattro Formaggi, bitte. Ich habe eine lange Nacht vor mir.«

»Im Ernst jetzt, Blake? Warum machst du das nicht selbst?«

»Betrachte es als kleine Nutzungsgebühr für mein Duschgel …«

Bethany grinst und geht in Richtung Küche.

Blake setzt wieder die Kopfhörer auf und beginnt, auf der Tastatur herumzuklimpern.

»Gleich ist es vorbei mit deiner Anonymität, Kumpel!«

›››

Sophie kann nicht glauben, dass sie mit einem gemieteten Honda Civic bereits fünf Stunden unterwegs ist, um zu einer Adresse zu gelangen, die ihr ein alter Mafioso genannt hat. Ein Typ, der sie beinahe umgebracht hätte! Sie spürt noch immer seinen Atem auf der Haut, den Geruch der Erdnüsse darin, seine fettige Haut an ihrem Gesicht.

Und dann diese Drohung, die er ausgesprochen hat.

Weil du durch dein Auftauchen hier dein Todesurteil unterschrieben hast, Süße.

Der Kerl mag ja paranoid sein, aber als er die Geschichte von seiner Tochter erzählte, wirkte er äußerst aufgewühlt. Außerdem ist da dieser anonyme Kontakt und ihre Schnitzeljagd im Darknet. Nein, die Gefahr ist reell, ohne Frage.

Und doch ist sie jetzt unterwegs zu dieser ominösen Adresse, während sie ABBA und Supertramp in Endlosschleife hört, weil sie hofft, dass das ihre Nerven beruhigt.

Wie so oft muss sie an ihren Vater denken. Er wäre außer sich, wenn er wüsste, was sie getan hat, und vor allem, was zu tun sie im Begriff ist.

Wo Rauch ist, da ist auch Feuer, Sophie, sei vorsichtig, hörst du? Ich würde es nicht überleben, wenn ich noch ein Kind verlöre.

Tut mir leid, Papa. Aber ständig im Schatten eines toten Bruders zu bleiben, das kann ich nicht. Ich muss meinen eigenen Weg gehen.

Laut Navi hat sie es bald geschafft. In weniger als fünf Minuten ist sie am Zielort.

Hardscrabble Road Nr. 235 in Cadyville.

Was dort wohl vor vierzig Jahren vorgefallen ist? Beim Versuch, es herauszufinden, sind ein Journalist und ein paar Mafiosi spurlos verschwunden. Und welches Geheimnis verbirgt sich hinter der Geschichte dieses Pflegekinds? Bevor sie aufgebrochen ist, hat sich Sophie gründlich vorbereitet. Sie hat Grumpys Fress- und Trinknapf aufgefüllt und Nachforschungen zu der fraglichen Adresse angestellt. Bei ihrer Internetrecherche ist sie schließlich auf die Seite www.oldphonebooks.com gestoßen, auf der sie gegen Gebühr eine alte Ausgabe einsehen konnte. Vier Stunden später erhielt sie einen Scan, in dem sie den Namen des damaligen Hauseigentümers fand: Lawrence Cadwell. Auch ein Stephen Cadwell wohnte dort. Sie hat den Namen gegoogelt und ihn schließlich auf Facebook gefunden. Auf diese Weise erfuhr sie, dass er als Lehrer in der Cadyville Elementary School tätig war, die 2007 geschlossen wurde. Sie rief ihn kurzerhand an und gab sich als Journalistin aus, die über die grassierende Stilllegung von Grundschulen in den USA recherchiert. Stephen zeigte sich begeistert am Telefon, dieses Thema liegt ihm offenbar sehr am Herzen.

Bei der nächsten E-Mail, die sie verschickt, wird sie einen neuen Ordner mit dem Namen »Manipulatorin« erstellen und die Mail dort hineinschieben.

Das Navi verkündet, dass sie ihren Zielort erreicht hat.

Ein grauer Toyota Corolla parkt in der geteerten Garageneinfahrt.

Sie erkennt das Haus wieder. Sie hat es auf Google Maps gesehen. Ein ebenerdiges weißes Holzhaus, das verloren wirkt inmitten der großen Rasenfläche, auf der nur zwei mickrige Tannen wachsen.

Und keine Nachbarn weit und breit, was sie am meisten beunruhigt. Das und die Tatsache, dass es bald dunkel wird und ein dichtes Nebelband Asphalt und Rasen überzieht.

Sophie stellt ihren Wagen direkt hinter dem Toyota ab und steigt aus.

Während sie auf die Haustür zugeht, fragt sie sich, ob Stephen Cadwell ein direkter Verwandter von Lawrence ist und ob sie ihn dazu bringen wird, mit ihr über ein kleines Mädchen zu sprechen, das vor vierzig Jahren hier gewohnt hat.

... PANDORA ÖFFNEN

Sophie verharrt ein paar Sekunden mit dem Zeigefinger über dem Klingelknopf, denn eine innere Stimme ermahnt sie, den Rückzug anzutreten.

Aber sie ignoriert sie und drückt auf den weißen Knopf.

Eine kurze Melodie hallt im Inneren des Hauses wider, und kurz darauf geht in der Diele das Licht an.

Sofort ist sie beruhigt: Jemand, der einen solchen Klingelton ausgewählt hat, kann nicht gefährlich sein, oder? Jedenfalls ist er bestimmt kein Mafioso in Slip und Unterhemd.

Sie legt die Stirn an das Mosaikfenster, das in die Haustür eingelassen ist, und späht hinein. Eine große Gestalt kommt aus einem Zimmer auf sie zu.

Als sie hört, wie sich eine Hand auf den Türgriff legt, weicht sie schnell zwei Schritte zurück.

Die Tür geht auf, und Stephen Cadwell steht vor ihr. Sie erkennt ihn von seinem Facebook-Profil wieder. Um die fünfzig, groß, kräftig, aber nicht übergewichtig. Die Haut seines Gesichts ist glatt und zart, und man könnte ihn für zehn Jahre jünger halten, wären da nicht diese roten Äderchen auf Wangen und Nase. Mit seiner platinblonden Ponyfrisur, der rechteckigen Brille, die ihm auf der Nase heruntergerutscht ist, und dem karierten Hemd unter der braunen Strickweste wirkt er wie ein Lehrer der »alten Schule«.

»Guten Tag, Sie sind ja überaus pünktlich, Miss Fenwick. Kommen Sie schnell rein, das Haus ist nicht gut isoliert, und es zu beheizen kostet mich ein Vermögen.«

Der Anflug eines Lächelns ist auf seinem Gesicht erschienen, aber Sophie fällt auf, dass er ihrem Blick ausweicht.

»Danke, Mr Cadwell, ich werde versuchen, nicht zu viel Ihrer wertvollen Zeit zu stehlen.«

Nun, allzu viel gibt er nicht für die Heizung aus, denkt sie, als sie die Kälte in dem Haus spürt. Außerdem ist es klamm und riecht nach Schimmel.

»Nehmen Sie bitte diese Filzpantoffeln, ich habe den Parkettboden frisch gebohnert.«

Sophie kann nur mit Mühe ein Lächeln unterdrücken. Das letzte Mal, dass sie solche unförmigen Pantoffeln anziehen musste, war bei ihrer Tante Lucette, und die ist siebzig.

Während sie die Lederstiefel auszieht, blickt sie sich verstohlen um. Die altbackene Diele mutet wie die eines großmütterlichen Hauses an. Eine verblichene grüne Blumentapete, die sich hier und da abzulösen beginnt, eine antike Kommode mit einem Spitzendeckchen mit einer großen Keramikschüssel darauf. Auf dem alten Dielenboden ein roter fadenscheiniger Läufer. Ob er noch bei seiner Mutter wohnt?, fragt sie sich.

Das Bild von Norman Bates aus *Psycho* kommt ihr ungebeten in den Sinn.

Mit einem Lächeln verscheucht sie es wieder.

Kein guter Moment für derlei Assoziationen, Sophie!

»Ich habe Tee gemacht, einen Oolong, und einen Teller mit Plätzchen vorbereitet, Miss Fenwick.«

Plätzchen bedeutet Butter; sie wird sich also eine Entschuldigung einfallen lassen müssen, wenn sie nicht unhöflich erscheinen will.

Und die Stimme ihres Vaters ergänzt: *Außerdem hat er womöglich ein Schlafmittel hineingegeben, vergiss nicht, was sich hier ereignet hat …*

… das ist vierzig Jahre her, Papa, erwidert sie in Gedanken.

»Tut mir leid, Mr Cadwell, ich mache zurzeit Diät, aber das ist sehr liebenswürdig von Ihnen. Aber eine Tasse Tee nehme ich sehr gern, danke.«

Sie stellt ihre Stiefel in die Nähe der Tür und gleitet dann mit den übergroßen Pantoffeln hinter ihm her ins Wohnzimmer, das ganz anders ist, als die Diele vermuten ließ, und bleibt vor einer Kuckucksuhr stehen.

»Nehmen Sie doch bitte Platz, ich bin gleich bei Ihnen«, sagt er und zeigt auf einen grünen Veloursledersessel.

Die Federn quietschen, als sie sich niederlässt, und der Geruch nach altem Polster steigt ihr in die Nase.

Während sich ihr Gastgeber in der angrenzenden Küche zu schaffen macht, nutzt Sophie die Zeit, um das Zimmer in Augenschein zu nehmen.

Stephen Cadwell ist offenbar ein leidenschaftlicher Leser. Ein Bücherstapel nimmt fast einen ganzen kleinen Holztisch ein, und die Regale daneben sind ebenfalls gut gefüllt. Schnell lässt sie den Blick über die Reihen gleiten. Allem Anschein nach mag der Hausherr Klassiker: Sophie kann die Titel auf ein paar Buchrücken in der Nähe entziffern: *David Copperfield* und ein paar weitere Romane von Dickens, *Der große Gatsby* von Fitzgerad und *Der alte Mann und das Meer* von Hemingway.

Kein Stephen King, kein Dan Simmons oder andere Horrorromane. Aber kann sie sich deswegen in Sicherheit wiegen?

Cadwell kommt mit einem Tablett, auf dem eine dampfende Teekanne und zwei Keramiktassen stehen, zurück und stellt es auf den Sofatisch.

»Ein Oolong-Tee«, sagt er mit der Andeutung eines Lächelns.

Er sagt einfach nur etwas, um seine Nervosität zu überspielen, denkt Sophie. Außerdem fällt ihr erneut auf, dass er es vermeidet, sie anzusehen. Das vermittelt ihr ein unbehagliches Gefühl.

Er setzt sich aufs Sofa und schlägt die Beine übereinander. »Gut,

Sie wollten mich also interviewen.« Dann setzt er nach: »Machen Sie sich keine Notizen?«

Sophie fischt schnell ihr iPhone aus der Tasche. »Ich würde unser Gespräch gern aufnehmen, wenn Sie nichts dagegen haben.«

Er schüttelt den Kopf.

»Nun, wie allgemein bekannt, werden aufgrund der Wirtschaftslage zurzeit überall Schulen geschlossen. Zuerst Dannemora, dann Dadyville – und wir reden hier nur vom Bezirk Plattsburgh. Aber bei dem Artikel, den ich schreibe, geht es vor allem um die betroffenen Lehrer. Es ist meines Erachtens wichtig, dieser Misere, die in den ganzen Staaten grassiert, ein menschliches Gesicht zu geben, den Bürgern die dramatische Lage jenseits von Zahlen und Statistiken nahezubringen. Können Sie beschreiben, wie es Ihnen erging, als Sie von der bevorstehenden Schließung Ihrer Schule erfuhren?«

»Es fällt mir schwer, darüber zu reden. Ich war sehr engagiert in der Gemeinde, und es brach mir das Herz, als sich abzeichnete, dass mein Engagement dort enden würde. Ich habe ja nicht nur unterrichtet, sondern auch Lesekreise geleitet. Ich hatte es mir zur Aufgabe gemacht, den jungen Menschen die britischen und amerikanischen Klassiker wieder nahezubringen. Die meisten der Schüler kannten, wenn sie in meine Klasse kamen, ja nur *Harry Potter*. Wobei nichts gegen diese Bücher spricht, es ist ja schon gut, wenn Kinder überhaupt lesen, aber ich wollte ihnen auch andere Schriftsteller schmackhaft machen.«

»Ja, mir ist sofort Ihre Leidenschaft für Bücher ins Auge gesprungen, Mr Cadwell.« Sophie macht eine ausladende Handbewegung zu den Regalen hin.

Stephen Cadwells Miene erhellt sich.

Sophie atmet innerlich auf. Sie hat sein Vertrauen gewonnen.

Dann lässt sie ihn reden und streut immer wieder eine Frage über Literatur oder seine Rolle in der Schule ein. Bei diesen beiden Themen sprudelt es nur so aus ihrem Gastgeber heraus.

Du manipulierst den armen Mann, denkt sie, während sie ihm nickend und mit interessierter Miene zuhört.

Aber es ist höchste Zeit, die eigentlichen Fragen zu stellen.

Stephen unterbricht sich, greift nach der Teekanne und schenkt sich erneut ein. »Er ist nur noch lauwarm. Es stört sie nicht, wenn ich mir noch eine Tasse einschenke? Ich habe eine trockene Kehle.«

Sophie schüttelt den Kopf.

Er nimmt einige Schlucke und setzt die Tasse wieder ab.

»Oh, aber was habe ich bloß für schlechte Manieren?«

Er schenkt die zweite Tasse voll und schiebt sie zu Sophie hinüber.

Sie zögert kurz, dann nimmt sie sie.

Die Tasse riecht nach Staub, offenbar wird das Geschirr nicht oft gebraucht.

Sie führt sie an die Lippen. Das Getränk ist fast kalt, schmeckt aber immerhin nach Tee.

Sophie schüttelt ihre Anspannung ab und nimmt zwei Schlucke.

»Ich wollte Sie gern noch etwas anderes fragen, etwas, was Ihnen vielleicht merkwürdig vorkommen wird. Aber eines meiner Interessensgebiete ist die Zeitgeschichte der Siebzigerjahre, ich arbeite gerade an einem Artikel über den Reporter Edgard Trout. Er war auf der Suche nach einem kleinen Mädchen, das damals bei einer Pflegefamilie gewohnt haben soll, und zwar in diesem Haus. Kannten Sie sie zufällig?«

Cadwells Gesichtszüge verhärten sich schlagartig, und sein Blick wird kalt.

»Puh, ich fürchte, da kann ich Ihnen nicht groß helfen, Miss Lavallée.«

Sophie erstarrt in ihrem Sessel. Woher kennt er ihren richtigen Namen?

CHANGIERLEND

Der Wagen bleibt vor der Hausnummer 4373 in der Avenue Westmount in Montreal stehen.

Steve zieht die Handbremse an und wirft zum wiederholten Mal einen finsteren Blick in Noahs Richtung. Er hat ihm noch nicht verziehen, dass er Clémence gebeten hat, sie auf ihrer Spritztour zu begleiten. Nicht, weil sie ihm zuwider ist, auch wenn das zutrifft, sondern weil sie nicht zu ihrer »Familie« gehört; sie ist weder Amerikanerin noch Bulle.

Aber Noah hat von Anfang an eine Verbindung zu dieser jungen Frau gespürt. Sie spricht dieselbe Sprache wie er, ist auf derselben Wellenlänge. Sie sind aus demselben Holz geschnitzt, auch wenn er ein Vogel mit einem gebrochenen Flügel ist, während sie sich hoch in die Lüfte schwingen kann.

Steve beißt von dem trocken gewordenen Croissant ab, das er auf dem Armaturenbrett deponiert hat, leckt seine Finger ab und steckt den Rest in die Außentasche seines beigefarbenen Trenchcoats.

Sein wütender Blick gleitet zwischen Noah und Clémence hin und her, dann sagt er schmatzend: »Nur damit das klar ist: Ich hab nicht vor, den ganzen Vormittag hier zu verbringen. Wenn die Kollegen von der Sûreté sie bislang nicht gefunden haben, ist es höchst unwahrscheinlich, dass wir sie hier antreffen. Wir klingeln, und wenn niemand öffnet, machen wir uns wieder vom Acker. Ganz einfach. Wenn es nach mir gegangen wäre, wären wir längst in Richtung Burlington unterwegs. Wir vergeuden hier nur wertvolle Zeit.«

»Auch wenn sie nicht da sind, könnten wir uns ein bisschen das Haus ansehen«, wirft Clémence ein.

Steve sperrt die Augen auf und hält mitten im Kauen inne. »Ich glaub, ich hab mich verhört! Ich bin Lieutenant bei der Vermont State Police und befinde mich Hunderte Kilometer von meinem Zuständigkeitsbereich entfernt. Im Übrigen bricht man nicht einfach in irgendwelche Häuser ein, wenn man Polizist ist, Miss Lavallée.«

Clémence spannt das Gummiband, das sie sich um die Finger gewickelt hat, und erwidert: »Na wunderbar! Ich bin Kanadierin und keine Polizistin: Ich darf mich einfach nur nicht erwischen lassen.«

Steve wirft Noah einen flehenden Blick zu. Der antwortet ihm mit einem breiten Lächeln.

»Verdammt, ich sag's dir, wenn das in die Hose geht, dann zähl ja nicht auf mich; glaub ja nicht, dass ich euch helfe, dir und deiner kleinen Freundin!«

»Vielleicht sollten wir uns zuerst davon überzeugen, ob sie auch wirklich nicht hier sind«, schlägt Clémence vor.

Die drei Wagentüren werden fast gleichzeitig zugeschlagen. Noah klemmt den Stock zwischen die Oberschenkel, streckt die Arme nach oben und atmet tief die frische Luft ein. Sein Blick fällt auf einen Radfahrer, der seine kleine Tochter in einem Anhänger hinterherzieht, dann auf zwei Eichhörnchen, die von einem Ahornbaum herunterhuschen, und schließlich auf die breite Allee, die von großen Wohnhäusern inmitten von baumbestandenen und blumengeschmückten Gärten gesäumt ist. Einen Moment lang verliert er sich in den gelbroten Farbtönen der Blätter, die in der Sonne glänzen und in der morgendlichen Brise rascheln.

Noah holt sein Notizheft heraus, betrachtet erneut die Bäume und scheibt: *Changierend.*

»Das ist ein hübsches Viertel«, sagt er.

»Westmount? Ja, wohlhabendes Bürgertum, vorwiegend englischsprachig … Nichts für ungut«, erwidert Clémence.

»Stimmt. Hier riecht es förmlich nach Geld.« Steve deutet auf das Haus von Béatrice Coté, der geschiedenen Frau von Raphaël Coté, eines der Mordopfer.

Es ist ein riesiges zweistöckiges rotes Backsteingebäude. Das Vordach über dem Eingang ruht auf zwei weißen Säulen.

Steve drückt auf den Knopf der Sprechanlage und hält das Gesicht in die Kamera.

Clémence stellt sich vor Noah hin und sagt: »Ich habe Sie jetzt schon mehrmals Notizen machen sehen. Verraten Sie mir, wozu?«

Er stößt ein kurzes sarkastisches Lachen aus. »Wissen Sie, was Aphasie ist?«

Clémence nickt. »Meine Großmutter litt an der Wernicke-Aphasie. Sie hatte einen sehr großen Wortschatz, doch leider kam nur unverständliches Kauderwelsch aus ihrem Mund. Es ist furchtbar, aber mein Cousin und ich machten uns lustig über sie. Wir haben uns krankgelacht. Heute schäme ich mich dafür. Aber ich war damals erst fünf, ich hoffe, das entschuldigt es ein bisschen.«

Noah lächelt. »Nach meinem Unfall lag ich ein paar Monate im künstlichen Koma. Als ich daraus erwachte, zeigten sich gewisse Folgeschäden. Amnesie, motorische Störungen, Aufmerksamkeitsverlust und eine sogenannte Leitungsaphasie. Sie unterscheidet sich von der Wernicke- oder Broca-Aphasie. Das Sprachverständnis der Betroffenen ist intakt, und sie sind sich ihrer Sprechfehler bewusst. Aufgrund meiner Paraphasie, einer Wortverwechslungsstörung, habe ich angefangen, seltene Wörter in meine Sätze einzubauen, um zu verdeutlichen, was ich sagen wollte. So habe ich mir angewöhnt, Wörter und Begriffe durch weniger gängige Synonyme zu ersetzen. Auch wenn ich inzwischen fast geheilt bin, habe ich diese Angewohnheit beibehalten, weil …«

»Sie Angst haben, wieder einen Rückfall zu erleiden«, beendet Clémence den Satz für ihn. »Ich verstehe.«

Noah nickt.

Steve drückt ein letztes Mal hartnäckig auf den Klingelknopf: »So, genug Zeit verschwendet, offensichtlich ist niemand da.«

Clémence legt die Hand auf den Türknauf und dreht ihn.

Die Tür ist unverschlossen.

»Also ist es keine Legende, dass die Kanadier ihre Türen nicht abschließen«, sagt Steve spöttisch.

»Hier sagt man übrigens *barrer* – absperren. Und, ja, in Westmount mag das vielleicht zutreffen, aber in anderen Vierteln wohl kaum. Auch in Kanada gibt es Einbrecher, und auch das ist keine Legende.«

Steve schüttelt den Kopf und wedelt ablehnend mit der Hand, als wollte er den Gedanken verscheuchen, den, wie er ahnt, Noah und Clémence gleichzeitig hegen. »Nur damit das klar ist: Auch bei unverschlossener Tür ist und bleibt es illegal, ohne Einladung ein fremdes Haus zu betreten. Aber gut, wenn ihr keine Vernunft annehmen wollt, vertrete ich mir inzwischen ein bisschen die Beine und hör mich bei den Nachbarn um. Was ihr währenddessen macht ... Scheiße, ich will es gar nicht wissen.«

Steve entfernt sich in Richtung des nächststehenden Gebäudes.

Noah und Clémence tauschen einen verschwörerischen Blick und betreten das Haus von Béatrice Coté.

Das Erste, was Noah auffällt, als er über die Schwelle tritt, ist der Geruch nach Javelwasser, einem Bleichmittel. Als wäre kurz zuvor gewischt worden.

Der im Schachbrettmuster karierte Fliesenboden im gesamten Erdgeschoss ist auf Hochglanz poliert.

»Was genau hoffen Sie, hier zu finden?«, fragt Clémence. »Wir wissen beide, dass die beiden nicht verdächtig sind, die Québecer Polizei wollte Mutter und Tochter einfach nur befragen, um ein paar sachdienliche Hinweise zu erhalten. Aber Sie haben etwas anderes im Sinn, das habe ich in Ihrem Blick gelesen. Hat es mit der Nationalität zu tun, die Sie anzweifeln?«

Noah zögert kurz, ehe er antwortet: »Ich habe nochmals über das nachgedacht, was Sie während der Besprechung gesagt haben, in Bezug auf das erste Opfer. Dass der Mörder ihm durch Folter bestimmte Informationen abpressen wollte. Ich bin mir sicher … dass das eine interessante These ist.«

Clémence schüttelt den Kopf. »Sie sind meiner Frage ausgewichen, Mr Wallace.«

»Es gibt eine Verbindung zwischen den Opfern. Wenn wir sie herausfinden, wissen wir auch, warum der Mörder Jagd auf sie macht, um sie dann zu exekutieren, und vielleicht auch, wer seine nächsten Opfer sein werden.«

»Ich verstehe, Sie wollen meine Frage nicht beantworten.«

Noah verzieht resignierend das Gesicht. »Okay. Die Familie Coté stammt nicht aus Québec. Wollten Sie das von mir hören? Vielleicht sind es englischsprachige Kanadier, vielleicht auch Amerikaner, mehr weiß ich nicht. Ich weiß nur, dass sie ihre Identität verschleiert haben. Woher ich das weiß? Keine Ahnung.«

»Ich glaube an Intuition. Es lässt sich nicht alles erklären … jedenfalls noch nicht. Und ich weiß nicht, wie es Ihnen ergeht, aber in der kurzen Zeit, die wir hier sind, ist mir klargeworden, dass irgendetwas nicht stimmt. Und ich meine nicht diesen frischen Putzgeruch.«

Noah nimmt auch etwas wahr. Aber etwas anderes als sie.

Er spürt Verzweiflung. Er spürt den Tod.

Clémence zückt ihr Handy.

Noah hält lächelnd Notizheft und Bleistift hoch.

Falls dieses Haus irgendwelche Geheimnisse hat, werden sie sie ihm bald entlockt haben.

WILLENLOS

Clémence begibt sich auf Zehenspitzen ins Wohnzimmer. Ihre zierliche Gestalt scheint über den Fliesen zu schweben. Dort lässt sie den Blick einmal durch das Zimmer schweifen, ehe sie ein zweites Mal alles betrachtet, diesmal durch das Display ihres Smartphones, mit dem sie Serienfotos macht.

Noah steht noch immer reglos da, hat die Augen geschlossen und hält den Atem an. Es ist als würde er sich mit dem Haus vernetzen, um die Schwingungen, den Rhythmus, die einzelnen Töne zu erfassen. Diese Verankerung ist notwendig, um seinen Sinneswahrnehmungen mittels seiner Vorstellungskraft konkrete Formen zu geben.

Lass diesen jungen Vogel ruhig fliegen, Noah, du kannst ihm sowieso nicht folgen. Mach du das, was du besser kannst, beobachte und lausche den leisen Melodien zwischen diesen Mauern.

Er lässt die angehaltene Luft entweichen und schlägt die Augenlider auf.

Der Wandschrank im Eingangsbereich bietet sich an, um seine Bestandsaufnahme zu beginnen.

Er schiebt die Tür auf und nimmt den Inhalt in Augenschein.

Béatrice benötigt viel Platz, stellt er fest. Mehrere Mäntel von angesagten teuren Labels. Entsprechend kleiner ist der Platz, der den Kindern vorbehalten ist. Ein *Canada-Goose*-Blouson – bestimmt hat er Sylvain gehört. Eine blaue Tweedjacke von Chloé.

Obwohl er keine Fotos gesehen hat, entfaltet sich vor Noahs Augen das Bild einer eleganten Frau. Und auch wenn er ihr Gesicht noch nicht ausmachen kann, stellt er sich eine große aufrechte Gestalt mit schmalen, zarten Händen vor.

Er kritzelt in sein Heft: *Stark, elegant, egoistisch.*

Dann schiebt er die Tür wieder zu. Clémence geht an ihm vorbei. Mit ihren leichten, federnden Schritten betritt sie die Küche und fährt fort, das Haus mittels ihres Handy-Displays zu erforschen. Noah kommt sie vor wie ein auf einem Spielplatz herumstreifendes Mädchen.

Er begibt sich ins Wohnzimmer, stellt sich in die Mitte, hält den Stockgriff unters Kinn und stützt es darauf. Als er mit seiner visuellen Bestandsaufnahme fertig ist, notiert er: *düster, schlicht, kühl.* Und ergänzt: *Pedantisch?* Er kringelt das Fragezeichen ein.

In seinem Töpferatelier – wie er sich sein Bewusstsein gern vorstellt – nimmt Béatrice' Gesicht allmählich Gestalt an. Geschminkt, zusammengekniffene Lippen, wie gefangen zwischen den gefrorenen Gesichtszügen, angespannte Jochbeinmuskeln.

Er stellt sich die schweigsamen Abendessen an dem großen Holztisch vor, die Kinder, die wortlos ihre Mahlzeit beenden. Wie sie zum Schluss allein dasitzt, den Blick in einen tiefen Abgrund gerichtet. Immer wieder schenkt sie sich nach, bis die Weinflasche leer ist, dann räumt sie den Tisch ab, stellt das Geschirr in die Spülmaschine. Und wenn die Küche blitzblank ist, setzt sich die Hausherrin mit gezierter Anmut auf das weiße Ledersofa gegenüber dem Flachbildfernseher, der an der hellen Steinmauer angebracht ist.

Er sieht, wie sie sich auf die Seite legt und den Kopf auf das Seidenkissen bettet, während im Fernseher irgendeine Sendung läuft, die sie nicht interessiert. Erst spät nachts wacht sie wieder auf, die Augen verklebt, und geht in ihr Schlafzimmer.

Er schreibt: *Verbitterung, Traurigkeit, Einsamkeit.* Nach kurzem Zögern ergänzt er: *Gefängnis* und *willenlos.*

Er streicht *egoistisch* durch und setzt ein dickes Ausrufezeichen dahinter.

Siehst du, Noah, du brauchst den Anderen nicht. Du brauchst keine Partitur, du spürst die Musik, entdeckst die tiefen Furchen in den Lebenswegen.

Das tönerne Gesicht in seiner Töpferei verändert sich.

Béatrice' Züge verblassen, ihre Augen werden trüb, ihr Lippenstift zerläuft an den Mundwinkeln und Rändern, das durch die Tränen zerlaufene Mascara hinterlässt je eine schwarze Spur auf ihren Wangen.

Noah macht eine halbe Drehung, wendet sich der Küche zu.

Clémence ist gerade im Begriff, den Kühlschrank zu fotografieren. Als sie ihn hinter sich bemerkt, dreht sie sich zu ihm um. Sie sieht ihn an wie eine Schülerin, die weiß, dass sie die Lösung für ein Problem hat.

»Und, Mr Wallace? Was haben Sie herausgefunden?«

»Béatrice ist eine Frau am Rande des Zusammenbruchs. Äußerlich wirkt sie stark, aber Einsamkeit und Reue nagen an ihr. Sie trägt eine Last, der ihre Schultern nicht mehr gewachsen sind. Sie hat die Kontrolle über ihr Leben verloren, das ihr zu einem Joch geworden ist. Ohne ihre Kinder hätte sie ihrem Leben längst ein Ende bereitet.«

Clémence sieht ihn schelmisch, aber auch ein bisschen versonnen an. »Ich muss sagen, jetzt bin ich fast ein wenig enttäuscht. Ich habe … nun … etwas anderes erwartet, wenigstens …«

»Etwas Intuitives? Irrationales?«

»Ich würde eher sagen, Dramatischeres. Meines Erachtens ist Béatrice vor allem eine Ordnungsfanatikerin. Jede Form der Asymmetrie muss ihr Albträume bereiten. Haben Sie gesehen, dass überall eine mathematische Ordnung herrscht? Ich bin mir sicher, wenn man den Abstand zwischen jedem einzelnen Glas im Küchenschrank misst, man jedes Mal dasselbe Ergebnis erhalten würde. Gar nicht zu reden vom Kühlschrank, der penibel sortiert ist, ein

Militärstützpunkt ist das reinste Chaos dagegen. Womit wir beim nächsten Punkt wären: Warum hat sie einen Reiseprospekt auf der Kücheninsel liegen lassen, neben dem Obstkorb, wo er einem sofort ins Auge springt? Das passt überhaupt nicht ins Bild.«

Sie hält Noah ihr Handy hin. Auf dem Foto ist das massive Holzsideboard im Wohnzimmer zu sehen, auf dem fünf Bilderrahmen stehen.

»Sehen Sie, hier ist die Symmetrie gestört. Die drei linken Rahmen sind perfekt angeordnet, während es zwischen den beiden rechten einen größeren Abstand gibt. Das ist auffällig.« Sie ordnet sich die Haare unter ihrer Mütze und streift sich das Gummiband über das Handgelenk. »Wissen Sie, was ich glaube?«

Noah schüttelt den Kopf.

»Mutter und Tochter sind geflohen, vielleicht vom Mörder aufgeschreckt, und dieser Reiseprospekt ist nichts weiter als eine falsche Fährte, mit der sie ihre Spur verwischen wollen. Oder aber …«

»Ihnen ist etwas zugestoßen, und man versucht, die Spuren zu verwischen«, sagt Noah.

»Aber wer soll ›man‹ sein? Wohl kaum der Mörder: Denn in Anbetracht seines Modus Operandi wären die beiden am selben Tatort gefunden worden.«

»Genau«, erwidert Noah.

Sie hält das Handy an die Lippen und denkt kurz nach. Dann sagt sie: »Es gibt noch weitere Zimmer, die wir uns anschauen müssen. Badezimmer, Schlafzimmer. Ich gehe mal nach oben.«

Wir ergänzen uns perfekt, denkt Noah; sie entdeckt Unregelmäßigkeiten, Flecken auf der Epidermis, und ich erkunde die tieferen Schichten.

Noah stützt sich mit der linken Hand auf den Stock und schüttelt die rechte, um das Kribbeln zu verscheuchen, während er in Richtung Treppe geht.

Als er den Fuß auf die erste Stufe setzt, hält er inne.

Ist das ein Schluchzen, was er da gehört hat?

Er schüttelt den Kopf und konzentriert sich auf die Geräusche im Haus. Clémence' Schritte hallen auf dem Boden über ihm wider.

Da, wieder die Schluchzer, deutlicher, lauter diesmal, und zwar die eines Mädchens.

Sie kommen aus dem Zimmer gegenüber dem Eingang.

Noah wendet sich von der Treppe ab und geht auf die Quelle des Geräuschs zu.

Er legt die Hand auf den Türknauf und atmet tief durch.

Dann dreht er ihn und öffnet die Tür.

Das Zimmer eines Teenagers. Poster von One Direction, ein Einzelbett, auf dem Schreibtisch ein iPad.

Und dann bemerkt er neben dem Computer ein zusammengekauertes Mädchen, den Kopf zwischen den Knien.

»Cloé? Bist du das?«, fragt Noah.

Keine Antwort, sie fährt fort, zu schluchzen.

»Hey, alles wird …«

Alles wird gut, Noah.

Noah erstarrt. Ein Schauder läuft ihm über den Rücken. Allmählich begreift er. Hat er wieder eine Vision?

Das Mädchen hebt langsam den Kopf von den Knien und richtet sich auf.

Sie starrt ihn an, mit leerem Blick. Ein roter Fleck prangt auf ihrer Stirn.

Dann deutet sie mit dem Finger auf das Bett.

Noah schluckt mühsam, wischt sich die feuchten Hände an der Hose ab und geht ein paar Schritte auf das Mädchen zu.

Sie will mir etwas zeigen.

Noah schaut unter der Matratze nach, findet aber außer ein paar Staubmäusen nichts. Er hebt die Tagesdecke an, dann das Federbett. Auch dort ist nichts. Ebenso wenig wie unter dem Kissen. Dann fährt er mit der Hand zwischen Matratze und Federbett.

Seine Hände ertasten eine raue Oberfläche, er streicht darüber und erkennt, was es ist: ein Buch!

Noah zieht es hervor. Das Mädchen legt den Zeigefinger an den Mund.

Auch wenn kein Wort über ihre versiegelten Lippen kommt, versteht er, was sie von ihm erwartet.

Sie will, dass ich es mitnehme. Dass ich mit niemandem darüber spreche.

Das Buch ist mit einem kleinen Vorhängeschloss versehen. Auf der Vorderseite des Einbands steht: Chloé.

Es ist ihr Tagebuch.

DER BEGOSSENE …

Sophie setzt sich kerzengerade in ihrem Sessel auf und stellt die Teetasse ab. Sie wirft einen verstohlenen Blick zur Diele und klammert sich an den Armlehnen fest.

Los, du musst von hier weg! Schnell, bring dich in Sicherheit, bleib keine Minute länger bei diesem Typ.

Es stimmt, sie bräuchte nur aufzustehen, zur Haustür zu laufen und dann zu ihrem Civic, ohne sich auch nur einmal umzudrehen. Das wäre das Vernünftigste. Aber seit wann ist sie vernünftig? Vor allem würde eine Flucht bedeuten, dass sie ihre einzige Spur verlöre.

Sie lässt den Blick zu ihrem Gastgeber wandern. Sie sucht nach einem versteckten Hinweis in seinen Zügen. Was hat er vor?

Stephen Cadwell sieht sie ruhig an, sein Gesicht spiegelt keine Feindseligkeit, nur Traurigkeit. Sie sieht einen müden, verbrauchten Menschen.

Sie entspannt sich ein wenig, bleibt aber wachsam, bereit, wenn nötig die Flucht zu ergreifen.

»Woher kennen Sie meinen Namen?«, fragt sie.

Stephen blinzelt, nimmt das übergeschlagene Bein wieder herunter und richtet sich auf dem Sofa gerade auf.

»Das ist die erste aufrichtige Frage, die sie mir gestellt haben, Miss Lavallée.« Er schenkt sich Tee nach.

»Was wollen Sie damit sagen?«

»Wissen Sie, ich ärgere mich, dass ich so naiv war zu glauben, jemand könnte sich für die Schließung dieser Schule interessieren, oder gar für das zerbrochene Leben eines Lehrers. Aber Sie klangen so überzeugend, als Sie mich anriefen. Ich habe Ihnen geglaubt.«

Sophie umklammert noch immer die Armlehnen.

»Ich habe Sie wiedererkannt. Das ist das Problem mit der Schönheit. Sie ist ein zweischneidiges Schwert. Sie kann Bewunderung und Wohlwollen hervorrufen, aber auch Eifersucht und Hass. Aber gleich wie, unbemerkt bleibt sie nicht.«

Sophie sieht ihn fragend an.

»Ihr Blog hat Sie verraten. Ich bin einer Ihrer Follower, müssen Sie wissen. Als ich Sie vorhin auf den Eingangsstufen sah, fühlte ich mich betrogen. Ich habe mir sogar überlegt, ob ich Sie überhaupt hereinlassen soll, aber statt Ihnen die Tür vor der Nase zuzuschlagen, habe ich mir gesagt: ›Lass die junge Frau doch hereinkommen, Stephen, und herausfinden, was sie wirklich will‹, auch wenn ich eine Ahnung hatte. Sie haben mich hinters Licht geführt, Sie haben eine tragische Situation ausgenutzt und skrupellos mit meinen Gefühlen gespielt. Dabei hatte ich vorgehabt, Ihnen zu helfen. Wenn Sie wüssten, wie oft ich Ihnen eine Nachricht über Ihren Blog zukommen lassen wollte, aber jedes Mal bin ich wieder davor zurückgeschreckt. Apropos, darf ich Ihnen eine Frage stellen?«

Sophie sinkt tiefer in den Sessel. Am liebsten würde sie sich ganz klein machen, wünschte, sie müsste nicht länger Stephens durchdringenden Blick auf sich spüren. Sie fühlt sich wieder wie das kleine Mädchen, das am Klavier saß, während ihr Vater vor ihr stand und seine Enttäuschung über ihre Darbietung nicht verbergen konnte.

Sie räuspert sich und sagt: »Natürlich, Mr Cadwell.«

»Glauben Sie, Sie werden wirklich die Wahrheit herausfinden, indem Sie sich der Täuschung und der Lüge bedienen? Sehen Sie nicht, wie paradox das ist? Wie können Sie anderen Menschen Belehrungen erteilen über die Notwendigkeit, unseren Planeten und die Natur zu bewahren, wenn Sie keinerlei Respekt gegenüber Ihrem Nächsten haben?«

Sophie weiß nicht, was sie antworten soll. Das ist keine Frage, das ist ein Urteil.

Sie steht auf. »Sie haben recht, Mr Cadwell, es tut mir leid. Ich bedaure, Ihnen Kummer bereitet zu haben. Ich gehe jetzt besser.«

Stephen bedeutet ihr, wieder Platz zu nehmen. »Dann interessieren Edgard Trout und das kleine Mädchen Sie nicht mehr? Erträgt es das Ego des kleinen, verwöhnten Mädchens nicht, dass man ihm einen kleinen Klaps auf die Hand gibt?« Er schüttelt den Kopf. »Nun, vielleicht können Sie mir ja beweisen, dass mehr in Ihnen steckt, als die manipulative Person, die andere für ihre Ziele ausnutzt. Haben Sie denn schon mal etwas anderes getan in Ihrem Leben, als Nabelschau zu betreiben? Und kommen Sie mir jetzt nicht mit den Fotos von diesem kalifornischen Gnadenhof, die Ihren Blog zieren. Ich habe schon so viele Menschen kennengelernt, für die diese Art von Engagement reine Fassade ist und die sich damit lediglich ein gutes Gewissen verschaffen wollen. Es sind Bilder, mehr nicht.«

Sophie zögert, dann setzt sie sich wieder hin. Was hat sie zu verlieren?

Schließlich sagt sie: »Ich würde Ihnen gern von David erzählen.«

»Ein Freund von Ihnen?«

»Nein, mein jüngerer Bruder. Ich war fünfzehn, als er erkrankte. Es fing mit Fieber an, wir dachten, es sei ein Virus. Die Fieberanfälle traten immer häufiger auf, und er klagte über Gelenkschmerzen. Später wurde dann Leukämie diagnostiziert. Damals spielte ich Tennis, in einer sehr hohen Liga, ich war begabt, aber ich gab es auf, um ihm beizustehen. Wir sahen Filme zusammen an, ich begleitete ihn zur Chemotherapie. Doch leider war der Krebs stärker. Irgendwann war mein Bruder nur noch ein Skelett, ein Totgeweihter. Aber dann hat mein Vater es irgendwie geschafft, dass er an einem neuen Therapieprogramm teilnehmen konnte. Die Behandlung war erfolgreich, und drei Monate später ging es ihm wieder besser. Ich bereue es kein bisschen, diese zwei Jahre ganz für ihn dagewesen zu sein und meine Sportkarriere geopfert zu haben, um an seiner Seite zu sein.«

»Ein Happy End also?«

Sophie starrt auf den runden Fleck, den ihre Teetasse auf dem Sofatisch hinterlassen hat. Sofort sind die Bilder wieder da: Davids stolze Miene unter der Baseballkappe mit dem Lakers-Emblem, ihre lächelnde Mutter, in jeder Hand eine Einkaufstüte, und wie ihr Vater, der am Steuer saß, das Fenster herunterließ und sie zur Eile antrieb – und dann die drei Schüsse. Sie erinnert sich an ihre panische Angst und wie sich die Passanten auf die Erde warfen oder wild davonliefen, oder wie zu Salzsäulen erstarrt nur noch schreien konnten. Und dann ihre Fassungslosigkeit, als sie den größer werdenden roten Fleck auf der Brust ihres Bruders bemerkte, das Blut, das sein graues T-Shirt tränkte. Sie erinnert sich an den Schmerz in der Stimme ihres Vaters, der einen entsetzten Schrei ausstieß, an das Schluchzen ihrer Mutter, die David in die Arme schloss, und an den verständnislosen Ausdruck ihres Bruders, kurz bevor sein Körper erschlaffte.

Sophie hebt den Kopf, ihr Blick ist von Tränen verschleiert. Mit zugeschnürter Kehle antwortet sie: »Nein. Er wurde von einer verirrten Kugel bei einer Schießerei in den Vereinigten Staaten getroffen. Er war auf der Stelle tot.«

»Das ist eine traurige Geschichte, Miss Lavallée. Wie sagt der Geist in Dickens *Weihnachtsgeschichte:* ›Ich trag die Kette, die ich während meines Lebens geschmiedet habe.‹«

»Wie meinen Sie das? Wollen Sie damit andeuten, ich bin verantwortlich für das, was meinem Bruder zugestoßen ist?«

Stephen schüttelt bedächtig den Kopf. »Nein, so habe ich dieses Zitat nicht gemeint. Ich will damit sagen, dass Sie das Gefühl der Schuld wie eine Kette um den Hals tragen. Sie fragen sich vielleicht: Warum sind Sie noch am Leben? Warum musste er diese

Prüfung erdulden und nicht Sie? Vielleicht denken Sie sogar, dass es Ihrem Vater lieber gewesen wäre, Sie wären anstelle Ihres Bruders gestorben?«

Sophies Züge erstarren, und sie gräbt die Fingernägel in das Veloursleder des Sessels. »Hören Sie. Normalerweise schätze ich Gespräche über Philosophie, Psychologie und persönliche Entwicklung, aber …«

»… ich muss einfach begreifen, mit wem ich es zu tun habe, Miss Lavallée«, fährt Stephen ihr ins Wort. »Und jetzt weiß ich ein bisschen mehr über Sie.«

Zum ersten Mal lächelt er. Er wirkt irgendwie … befreit.

»Jetzt ist es an mir, mich Ihnen anzuvertrauen. Ich werde Ihnen von mir erzählen, aber vor allem werde ich Ihnen alles erzählen, was ich über die kleine Amy und Edgard Trout weiß.«

... GÄRTNER

Stephen geht in Richtung Küche und kommt mit einer Plätzchendose unter dem Arm zurück. Er stellt sie auf den Sofatisch und nimmt wieder auf dem Sofa Platz.

»Tut mir leid, aber ich habe nichts anderes, was ich Ihnen anbieten könnte.«

»Macht nichts, ich habe sowieso keinen Hunger.«

Eine Lüge, die sie bereut, kaum dass sie sie ausgesprochen hat. *Hör auf, diesen Mann, von dem du ein paar Antworten willst, anzulügen, Sophie!*

Stephen scheint nichts bemerkt zu haben. Er nimmt sich ein Plätzchen aus der Dose und schiebt es sich in den Mund. Dann verzieht er das Gesicht. »Zu lange gebacken, aber ich esse sie trotzdem. Ich hasse Verschwendung.«

Sophie lächelt zustimmend.

»Sagen Ihnen der Nixon-Schock, die Beendigung des Bretton-Woods-Abkommens und die große Inflation etwas, Miss Lavallée?«

»Ja, klar, ich habe Geschichte und amerikanische Wirtschaft studiert. Mit Nixon-Schock bezeichnet man zwei weitreichende politische Entscheidungen, die 1971 getroffen wurden. Eine bestand darin, dass aus dem Dollar eine sogenannte Fiatwährung wurde, die nicht länger an Gold gebunden war. Nach Nixons Wiederwahl 1972 stieg die Inflation erheblich an.«

Stephen nickt lächelnd wie ein Lehrer, der zufrieden ist mit der Antwort einer Schülerin. »Genau. Es ist nämlich wichtig, die ökonomische Situation zu kennen, um meine Geschichte zu verstehen.«

Er schiebt sich die Brille hinauf und schlägt die Beine übereinander.

»Meine ersten sechs Lebensjahre waren eine glückliche Zeit. Mein Vater leitete eine Firma, die Luxusprodukte – Wein, Parfüm, Lederwaren – aus Frankreich und Italien importierte. Meine Mutter war wunderbar, eine, wie jedes Kind sie sich wünscht. Stellen Sie sich die Familie Cadwell als das personifizierte Klischee der bürgerlichen amerikanischen Familie der Fünfzigerjahre vor. Ein hart arbeitender Vater, den man nur an den Wochenenden zu sehen bekam, während sich die Frau um Kinder und Haushalt kümmerte. In diesem Umfeld konnte ich mich nach Herzenslust entwickeln und gedeihen. Liebevolle Eltern, die sich nie zankten, an den Wochenenden Besuche von Sportveranstaltungen, ich hatte ein großes Spielzimmer, wo ich meine Freunde empfangen durfte und in dem eine riesige elektrische Eisenbahn stand, die ich mit meinem Vater gebaut hatte.«

Stephen atmet tief ein.

»Aber dann musste Nixon diesem Idyll aus heiterem Himmel ein Ende bereiten. Denn auch wenn seine Maßnahmen vor allem auf japanische Importe abzielten, waren alle anderen ebenso davon betroffen. Für Cadwell Import war es ein herber Schlag. Die Jahre 1971/1972 waren sehr hart für meine Familie. 1973 verschlimmerte sich die Lage noch durch die Ölkrise und die steigende Inflation. Mein Vater musste seine Firma schließen und sich eine Anstellung suchen, was alles andere als einfach war. Die Rezession von 1970 hatte die Arbeitslosenquote auf 6 Prozent steigen lassen, die seitdem auf diesem Niveau verharrte. Für den kleinen Stephen bedeutete das weniger Spielzeug, keine Baseballmatch-Besuche mehr und, vor allem, eine bedrückende Stimmung zu Hause. Mein Vater wurde zusehends von Bitterkeit zerfressen. Er hatte das Gefühl, der

Rolle des treusorgenden Familienvaters, die ihm immer so wichtig gewesen war, nicht mehr gewachsen zu sein.«

Stephen unterbricht sich und blickt nachdenklich auf den Boden. Sophie ist in ihrem Sessel bis zur Kante vorgerutscht. Wohin führt deine Geschichte, Stephen?, fragt sie sich.

Er richtet sich wieder auf und richtet den Blick erneut auf sie. »Es gibt eine Parabel, die sich die Cherokees erzählen und die ich sehr mag. Sie handelt von einem alten Indianer, der zu seinem Enkel spricht.

›Mein Kleiner‹, sagt der alte Indianer, ›du musst wissen, dass wir Menschen ständig einen Kampf in uns austragen, wie zwei Wölfe, die in unserer Brust kämpfen.

Der eine ist der böse Wolf – Wut, Neid, Eifersucht, Gier, Arroganz, Schuld, Verbitterung, Minderwertigkeitsgefühl, Lüge, Stolz und Selbstsucht.

Der andere ist der gute – Freude, Friedfertigkeit, Liebe, Hoffnung, Heiterkeit, Bescheidenheit, Güte, Wohlwollen, Mitgefühl, Großzügigkeit, Wahrheit, Mitleid und Glauben.‹

Der Enkel denkt nach und fragt dann: ›Und welcher Wolf gewinnt, Großvater?‹

›Der, den du am meisten fütterst‹, antwortet der Alte.«

Stephen sieht Sophie an, sucht in ihren Augen nach einem Zeichen, dass sie verstanden hat, worauf er hinauswill.

Sophie kann seine stumme Frage beinahe hören: *Und Sie? Welchen Wolf haben Sie beschlossen zu füttern, Miss Lavallée?*

Er nimmt noch ein Plätzchen aus der Dose und tunkt es in den Tee.

»Mein Vater hatte beschlossen, den bösen zu füttern. Er hat den Verlust der Kontrolle und die Tatsache, nicht länger der Rolle des Patriarchen gerecht zu werden, nicht ertragen. Ich hoffe, er hat das, was ich Ihnen jetzt erzählen werde, für uns getan. Aber ich fürchte, es war seinem Ego geschuldet. Wie so vieles, wofür dieses verdammte Ego verantwortlich ist.«

Sophie unterdrückt ein Stirnrunzeln. War das an ihre Adresse gerichtet?

Stephen fährt fort. »Es war 1975. Er war früher als sonst von seiner Arbeit im Lebensmittelgeschäft unseres Viertels zurückgekehrt. Mein Vater öffnete die Tür und stürzte ins Wohnzimmer. Ich erinnere mich noch an seinen irren Blick – er wirkte wie jemand, der einen Sechser beim Lotto gewonnen hat. Er sagte zu meiner Mutter, er wisse, wie sie zwanzigtausend Dollar verdienen könnten, alles, was sie dafür tun müssten, sei ein kleines Mädchen aufzunehmen. Zwei Tage später kam die kleine Amy, damals drei Jahre alt, zu uns. Wir waren ihre Pflegefamilie. Amy war ein süßes Kind, ein brünettes Mädchen mit traurigen, aber vor Intelligenz sprühenden Augen. Im Nachhinein glaube ich, sie war hochbegabt. In den zwei Jahren, die sie bei uns war, brachte sie wieder Leben in unser Haus. Sie war sehr reif für ihr Alter und hatte einen außerordentlichen Sinn für Humor. Sie konnte schon früh lesen. Wir lasen beide gern, wurden unzertrennlich. Die Abende verbrachten wir immer jeder in ein Buch vertieft. Mit der Zeit fiel mir auf, dass mein Vater sich regelmäßig mit ihr in ein separates Zimmer begab und später mit mehreren Blättern in der Hand wieder herauskam. Eines Tages sah ich, wie er sie in einen Umschlag steckte, den er in seiner ledernen Umhängetasche verstaute. Ich nehme an, es ging da um eine wichtige Sache, denn als ich ihn fragte, was das sei, wurde er wütend, als fühlte er sich ertappt. Im Oktober 1977 kamen zwei Männer, um Amy abzuholen. Ich erinnere mich daran, als wäre es gestern gewesen, ich saß genau in dem Sessel, wo Sie jetzt sitzen. Ich hatte mir eine Aphthe zugezogen, und meine Mutter fütterte mich, weil die entzündlichen Bläschen in meinem Mund schrecklich wehtaten und ich Fieber hatte. Die beiden Typen klopften an die Tür und sagten, als mein Vater ihnen öffnete, sie wollten Amy mitnehmen. Mein Vater machte nicht die geringsten Anstalten, sich gegen ihre Forderung zu widersetzen. Später erfuhr ich, dass das Teil des »Handels« war. Als die beiden schwarz gekleideten Männer sie in den Wagen schoben, wehrte sich Amy nicht. Auf dem Weg nach draußen sagte sie nur zu mir: ›Auf Wiedersehen, Stephen, vergiss mich nicht. Es ist traurig, einen Freund zu verlieren.‹ Ich brauchte ein paar Sekunden, um zu realisieren, was da geschah. Dann sprang ich auf, stürzte hinaus und rannte dem schwarzen Buick Regal nach, bis er meinem Blickfeld entschwunden war. Obwohl mir der Schmerz die Kehle zuschnürte, rief ich immer wieder ihren Namen, nachdem ich in der Straße auf die Knie gesunken war. Irgendwann kam meine kleine Schwester mich holen. Einen Monat später besuchte uns ein großer Afroamerikaner, der sich als Edgard Trout vorgestellt hatte, zeigte uns ein Foto eines dreijährigen Mädchens und fragte meine Eltern, ob wir die Familie seien, die die kleine Sylvia Rizzoni aufgenommen habe. Mein Vater sagte ihm, es müsse sich um einen Irrtum handeln; wir hätten zwar eine Zeit lang ein Pflegekind namens Amy Williams gehabt, das aber dem Mädchen auf dem Foto kein bisschen ähnlich sehe. Mir war jedoch nicht entgangen, dass er Amy wiedererkannt hatte. Trout ging wortlos davon. Aber als ich am Fenster verfolgte, wie er in seinen Wagen stieg, sah ich, dass er eine Weile am Steuer sitzen blieb und das Haus beobachtete. Kaum war er weg, griff mein Vater zum Telefon. Er wirkte ernst und beunruhigt. Es war das erste und einzige Mal, dass Trout uns besuchte.«

Stephen wischt sich über die feuchten Augen.

»Drei Jahre danach starb mein Vater an einem aggressiven Lebertumor. Ich glaube, der böse Wolf in seinem Innern hat ihn aufgefressen. Nicht, dass er selbst ein schlechter Mensch gewesen wäre, und auch ihn hat der Umstand, dass Amy uns weggenommen wurde, schwer getroffen. Dennoch müssen Sie wissen, Miss Lavallée, dass ich nichts mit meinem Vater gemein habe. Ich für meinen Teil habe es immer vorgezogen, den guten Wolf in mir zu füttern, und deswegen möchte ich Ihnen auch helfen. Kurz bevor mein Vater starb, hat er mir den Namen des Typen genannt, der ihm diesen ›Deal‹ vorschlug, wobei er mich warnte, mich von ihm fernzuhalten und dass er uns bestimmt beschatten ließ. Sollten Sie tatsächlich vorhaben, Edgard Trouts und damit auch Amys Spur zu verfolgen, dürfte sein Name für Sie bestimmt nützlich sein. Er hieß Timothy Carter.«

VERFÜHRERISCH

Es ist drei Uhr morgens, und Noah kann nicht schlafen. Die Fragen, die ihm im Kopf herumspuken, sind so beunruhigend, dass sie ihn jedes Mal, wenn er kurz vor dem Einschlafen ist, wieder in den Wachzustand zurückreißen. Nach einigen Atemübungen richtet er sich auf und setzt sich auf die Bettkante. Auf der anderen Seite des Betts dreht sich Rachel grummelnd um und rollt sich unter der Bettdecke zusammen. Beim Anblick ihres langen roten Haars, das im Mondlicht auf dem Kissen schimmert, muss er lächeln.

Er ist so dankbar für die Magie, die das *filetto al barbera* bewirkt hat, und dass es ihm gelungen ist, seinem kranken Hirn beim Essen ein paar humorvolle Bemerkungen zu entlocken. Und vor allem freut es ihn, dass er später im Bett nicht versagt hat, denn das war seine größte Angst gewesen. Trotz anfänglicher Schwierigkeiten ist es ihm schließlich gelungen, den unaufhörlichen Tumult in seinem Kopf in Zaum zu halten, ebenso wie den Gedanken, Rachel nicht zu verdienen. Sie ist eine großartige junge Frau und hat es geschafft, ihm sein Selbstvertrauen zurückzugeben, und zum ersten Mal seit fünf Jahren konnte er sich wieder einmal gehen lassen.

Aber mit ihr zu schlafen hat ihm auch keinen dauerhaften Frieden geschenkt. Denn kaum ließ die Wirkung der Endorphine nach, sind die Fragen wellenartig zurückgekehrt.

Aus der aufgewühlten, sandigen See in seinem Kopf tritt Chloés

Erscheinung beunruhigend klar hervor. Ihr blasses Gesicht mit den großen traurigen Augen ist allen anderen Bildern, die vor seinem geistigen Auge vorbeiziehen, wie ein Wasserzeichen hinterlegt.

Dr. Hall zufolge war die Vision seiner Frau eine Manifestation, die durch eine emotionale Befreiung ausgelöst wurde, eine Katharsis. Diese Erklärung leuchtet ihm ein. Aber die Vision dieses Teenagers? Was würde die Psychiaterin mit dem botoxbehandelten Gesicht wohl zu der Erscheinung des jungen Mädchens sagen, die ihn offenbar auf eine wichtige Spur lenken will?

Ich glaube, Sie leiden an einer chronischen halluzinatorischen Psychose, würde sie bestimmt nach langem Schweigen schließen. Oder aber: *Ihr verletztes Gehirn kompensiert Ihre abhandengekommene Fähigkeit, rationale Rückschlüsse zu ziehen, und diese Veränderung manifestiert sich in phänomenologischer Hinsicht in visuellen und klanglichen Zeichen.*

Sowohl in dem einen als auch anderen Fall würde er ihre Praxis mit neuen Pillen verlassen, die sich in seine stattliche Sammlung einreihen würden.

Und wenn die Entdeckung des Tagebuchs durch die zweite Hypothese erklärt werden könnte, wäre das, was danach geschah, sehr viel weniger rational zu begründen.

Das junge Mädchen hatte ihn in seiner Vision angesehen und dann den Zeigefinger an die Lippen gelegt. Sofort war Noah klar gewesen, dass er die Entdeckung für sich behalten musste und mit niemandem darüber sprechen durfte.

Und das hat er getan: Er hat Stillschweigen bewahrt und gewartet, bis er allein war, ehe er das Buch aufschlug und zu lesen begann. Als er die einzelnen handgeschriebenen Seiten durchging, die mit Zeichnungen, Versen, Kritzeleien und Flecken übersät und parfümiert waren, empfand er beinahe ebenso viel Scham wie erwartungsvolle Erregung. Chloé war ein ebenso romantischer wie trauriger Teenager. Ihr Tagebuch zeugte sowohl von ihrer Liebe zu ihren Angehörigen als auch von einer zerrissenen Familie. Sie schrieb darin über ihre depressive Mutter, den egoistischen Bruder und einen Vater, dem sie irgendetwas nicht verzeihen konnte.

Doch das, was er zwischen den Zeilen las, hat ihn zutiefst erschüttert.

Noah dreht sich zu Rachel um und versichert sich, dass sie schläft. Dann zieht er die Schublade seines Nachttischs hervor und holt das Tagebuch heraus, das er zwischen ein altes Exemplar von *Auf dem Weg zu Swann* von Marcel Proust und *Der dunkle Schirm* von Philip K. Dick versteckt hat. Er nimmt die kleine Leselampe zur Hand und klemmt sie an den Umschlag, dann blättert er zu dem Eintrag vom 15. Juli 2016.

Heute habe ich entdeckt, dass mein Leben auf Lügen aufgebaut ist und meine Großeltern und mein Vater nicht die sind, die sie vorgeben zu sein. Das ist ein großer Schock für mich, und ich weiß nicht, mit wem ich darüber reden kann. Das Beste wäre es natürlich, es für mich zu behalten. Als ich unter dem Vorwand, auf die Toilette zu müssen, bei Tisch verschwunden bin, war ich nicht im Geringsten darauf vorbereitet, was ich entdecken würde. Ich habe es einfach nicht mehr ausgehalten, denn Opa Yves kann schrecklich langweilig sein, und Papa ist unerträglich, wenn er seine lustigen Geschichten zum Besten gibt, über die nur er lachen kann. Außerdem wollte ich eine rauchen gehen. Ich hatte keine Zigaretten, und um welche zu kaufen, hätte ich zehn Kilometer zu Fuß gehen müssen. Aber ich wusste, dass Opa eine Zigarrenkiste in seinem Schreibtisch aufbewahrt. Und als ich die Schubladen durchsuchte, habe ich die Zeitungsausschnitte gefunden. Die Artikel sind aus dem Jahre 1992, und darin geht es um den Tod eines amerikanischen Richters und seiner Familie, die alle bei einem Verkehrsunfall ums Leben kamen. »Der Tod von Richter Harris McKenna löst Wut und Fragen aus«, hatte eine der Zeitungen damals geschrieben.
Als ich das Foto dieses Richters sah, erschrak ich gewaltig. Dieser Richter ist nämlich quicklebendig und hatte an diesem Tag zu einem Grillfest eingeladen: Er ist mein Großvater.

Noah ist nervös und hat eine trockene Kehle. Die Ahnung, die ihn am Tatort überkam, hat ihn also nicht getrogen, aber jetzt die Bestätigung zu erhalten, löst eher Angst als Genugtuung bei ihm aus. Der Andere wäre nie in der Lage gewesen, einen solchen Schluss zu ziehen.

Yves Coté war also tatsächlich Richter. Und er war auch nicht gebürtiger Québecer, sondern Amerikaner.

Und noch ein Tagebucheintrag beunruhigt ihn, und zwar der, wo Chloé schreibt, sie habe mit ihrem Bruder und ihrer Mutter über ihre Entdeckung gesprochen. Er kann sich des Gedankens nicht erwehren, dass diese Enthüllung ihren Tod bewirkt haben könnte.

Ja, ihren Tod. Nicht ihr Verschwinden oder ihre Entführung, wie Clémence glaubt. Und sie ist auch nicht verreist, wovon Steve überzeugt ist.

Gerade als Noah das Tagebuch wieder in die Schublade legt, vibriert sein Handy in der Tasche seiner Hose, die auf dem Parkettboden liegt.

Verdammt, wer kann das sein, um drei Uhr nachts!

Als er den Fuß auf dem Boden aufsetzt, verzieht Noah das Gesicht. Ein stechender Schmerz schießt ihm durchs rechte Bein, es fühlt sich an, als wäre sein Schienbein zersplittert.

Er stützt sich mit einer Hand auf den Fußboden, während er das Handy aus der Hosentasche zieht.

Das Display zeigt eine Nummer an, die er nicht kennt.

Er nimmt ab, hält sich den Apparat ans Ohr und murmelt: »Noah Wallace.«

»Guten Abend, Monsieur Wallace, hier ist Clémence Leduc.«

»Sie wissen schon, wie spät es ist?«

»Tut mir leid, ich konnte nicht einschlafen, und ich muss unbedingt mit Ihnen reden. Warum flüstern Sie, sind Sie nicht allein?«

Noah dreht sich zu Rachel um, die noch genauso daliegt wie zuvor. »Was für eine indiskrete Frage! Warum rufen Sie an?«

»Unser Besuch im Haus der Coté lässt mich einfach nicht in Ruhe. Wir müssen unbedingt reden, ich glaube, ich habe da etwas gefunden, was uns weiterführen könnte. Kann ich zu Ihnen kommen?«

»Wie? Jetzt?«

»Ich bin noch in Montréal, nach Burlington braucht man nicht ganz zwei Stunden.«

Ein paar Sekunden lang schweigt Noah. »Ich bin … gerade beschäftigt. Kommen Sie doch gegen Mittag vorbei, am Vormittag arbeite ich bei einer Versicherungsgesellschaft, IFG Companies. Aber ist der Weißhaarige auf dem Laufenden?«

»Der ›Weißhaarige‹? Nennen Sie Inspecteur Tremblay so? Sie sind wirklich drollig. Ich fürchte, ich muss Ihnen was beichten. Er hat mich gebeten, Sie zu überwachen. Aber das ist nicht der Grund, warum ich Sie treffen will. Ich mag Sie, wir geben ein gutes Team ab … außerdem finde ich Sie sexy.«

Noah hält automatisch die Hand auf das Handy und dreht sich erneut zu Rachel um.

»Morgen Mittag. Gute Nacht.« Dann legt er auf.

Er greift nach seinem Stock, steht mühsam auf und geht in Richtung Toilette. Mitten im Flur bleibt er stehen. Einen Moment lang traut er seinen Augen nicht, glaubt, er halluziniere wieder.

Aber das ist nicht der Fall. Denn dort, direkt vor dem Türschlitz, liegt ein Umschlag.

HEIMTÜCKISCH

Noch bevor er den Umschlag aufhebt, ahnt Noah, was darin ist. Das Szenario wiederholt sich, der Mörder wendet sich abermals mit einer Botschaft an ihn.

Er geht damit ein hohes Risiko ein.

Warum nimmt er das in Kauf, nur um mit mir zu kommunizieren?

Und er sagt sich: Vielleicht will er gefasst werden? Nachdem er den ersten Brief in der Akte der früheren Mordfälle fand, hat er Kameras installieren lassen und erwirkt, dass die Polizei regelmäßig Streifenkontrollen vor dem Haus durchführt. Für den Fall, dass sich der Mörder erneut hierher wagt.

Und genau das hat er getan.

Oder aber er bezahlt jemanden, der für ihn als Bote fungiert?

Gleichwie, jedenfalls hält er sich teils in Vermont und teils in Québec auf.

Genau wie ich, wird Noah klar.

Er bückt sich und hebt das Kuvert auf, hält es sich an die Nase und schnuppert daran.

Der Myrrhegeruch bestätigt die Identität des Absenders, das ist seine Handschrift.

Er reißt es auf und zieht den maschinengeschriebenen Brief heraus.

Es bringt nichts, ihn zu lesen, ohne dir Notizen zu machen. Auf dein Gedächtnis kannst du dich nicht verlassen.

Er öffnet den Garderobenschrank und holt Heft und Stift aus seiner Manteltasche. Dann humpelt er damit in die Küche. Er greift zu der Dose mit den Vicodine-Pillen, die auf der Abstellfläche neben der Spüle steht –der stechende Schmerz hat sich über das rechte Bein bis in den Rücken ausgebreitet.

Er nimmt zwei Tabletten ein, setzt sich auf einen Stuhl und liest:

Noah, mein Freund. Ich hoffe, es geht Dir gut. Ich kann mir vorstellen, wie es in Deinem Kopf zugeht, all die Fragen, die Du Dir bezüglich meiner Person stellst.

Du fragst Dich, wer ich bin und warum ich über meine Werke mit Dir spreche oder aus welchem Grund ich Dir diese Briefe schreibe, auf die Gefahr hin, entdeckt zu werden.

Du sollst wissen, dass all das keine Rolle spielt, nur eins ist wichtig: Wer bist Du, Noah Wallace?

Das zu entdecken, wird ein langer Prozess sein, denn die Wahrheit ist messerscharf, und sie mit Vorsicht zu behandeln, ist eine Frage des Überlebens.

Aber Du kannst dich auf mich verlassen, ich werde Dir helfen, und vielleicht ruft meine Erzählung ja wieder einen Widerhall in Dir hervor.

Sie handelt von einem Lehrer, dessen Unterricht ich damals am Institut über mich ergehen lassen musste. Das war eine ziemlich harte Zeit, und ich erinnere mich noch lebhaft an diese Person, die ich Mr Hook nennen will.

Klein, dünn und leicht gebeugt, sah er aus wie ein Mensch mit dem Kopf eines Bussards, und er hatte auch nicht einen Funken Mitgefühl. Aufgrund mangelnder Körperhygiene zog er einen ranzigen Schweißgeruch hinter sich her, den die berauschenden Parfüms, die er benutzte, nicht zu überdecken vermochten.

Er war ein abscheulicher Schulmeister und noch heute dient er mir als eine Art Urmeter für Mittelmäßigkeit.

In seinem immergleichen rotkarierten Hemd hielt dieser Mathematik-

lehrer, der überzeugt war, seine strengen Regeln würden ihn zu einem Ausbund an Tugend machen, seinen Unterricht mit sadistischer Brutalität, die er womöglich für militärische Disziplin hielt.
Mr Hook gefiel sich in der Rolle des Klassenzimmer-Obergefreiten. Vor allem zwei Dinge kostete er besonders aus: Erstens, seine jungen Zuhörer mit seinen unverständlichen Vorträgen zu verwirren. Nichts bereitete ihm mehr Vergnügen als deren aufgerissene Augen und Münder, wenn sie rein gar nichts mehr verstanden.
Zweitens, ihnen, wenn er ihre Aufmerksamkeit vollends verloren hatte, Fragen zu stellen, von denen er im Voraus wusste, wie sehr er sie damit demütigen würde.
Eine Demütigung, der sich unweigerlich Schmerz beigesellte, denn Mr Hook bespielte mit großer Virtualität die Klaviatur seiner eisernen Regeln.
Seine Methode? Mittels eines abrupten Schlags auf die Fingerknöchel die Lernkapazität zu erhöhen, in der Überzeugung, dass auf den winzigen Pfaden des neuronalen Netzes der Schmerz eine Antwort auf alle gestellten Fragen finden würde.
Und auf gewisse Weise hatte er nicht einmal Unrecht. Der Schmerz findet immer Antworten auf seinem Weg, glaub mir, ich spreche aus Erfahrung.
Was Mr Hook am allermeisten verabscheute, waren in der Tat Fragen. Und die Vorstellung, dass eines seiner nichtsnutzigen Schüler Intelligenz oder Eigeninitiative an den Tag legen könnte, brachte ihn auf die Palme.
Wenn also aus der dumpfen Benommenheit des Klassenzimmers einmal eine Frage emportauchte, die ihn in seinem frohlockenden Beutezug störte, verdüsterte sich seine hinterhältige Miene und seine abgrundtiefe Niedertracht offenbarte sich.
In seiner ganzen Mittelmäßigkeit und auf die Autorität, die sein Status ihm verlieh, vertrauend, musterte er den unglückseligen Schüler und vernichtete ihn. Entweder durch eine gezielt eingesetzte sarkastische Bemerkung oder durch körperliche Demütigung, wobei eine seiner be-

vorzugten Methoden darin bestand, sein Opfer zu zwingen, ein Kreidestück zu essen.

In zwei Disziplinen hatte es Mr Hook zu wahrer Meisterschaft gebracht: die Schwachen und Schüchternen zu verhöhnen und den Willen der intelligentesten und originellsten Geister unter den Kindern, die es wagten, seine Wertepyramide in Frage zu stellen, zu beugen.

Ich gehörte, unschwer zu erraten, zu seinen Lieblingsopfern.

Mit meiner zurückhaltenden Art und dem durchdringenden Blick, der seine Mittelmäßigkeit bloßstellte, erregte ich von Anfang an seine Aufmerksamkeit.

Natürlich hatte Mr Hook mich aufgrund meiner augenscheinlichen Apathie sofort in die Schublade der phlegmatischen Idioten gesteckt. Aber von dem Tag an, an dem er in meinen blassblauen Augen kalte Intelligenz wahrnahm, sah er sich herausgefordert, mich zu vernichten, und er begann, mich ohne Unterlass zu schikanieren.

Ich wurde sozusagen zu seiner Muse, einer unerschöpflichen Quelle der Inspiration, um seine sadistische Ader auszuleben.

Noch heute erinnere ich mich lebhaft an seine Schläge, die jeden noch so brutalen Kutscher erblassen lassen hätten, an seinen widerlichen Schweißgeruch, an den Geschmack der Kreide, sein dreckiges Lachen, sein Gespött, die Hiebe mit einem Metalllineal auf meine Fingerspitzen.

Diesen verquasten Menschen hatte ich bald durchschaut. Ein Mann von mittelmäßiger Intelligenz, der sich aber von dem Tag an, da er an seine Grenzen gestoßen war, feige im Vorzimmer seines Verstands eingenistet hatte. Um nie wieder daraus hervorzukommen, weil er sich lieber in idiotischer Sicherheit wiegte, als sich zu bemühen, sich aus dieser geistigen Beschränktheit zu befreien.

Und die Zahl der Hooks dieser Welt ist Legion, Noah. Diese vermeintlich Intelligenten zerreiben unsere Gesellschaft. Sie errichten Mauern in Gestalt von Gesetzen, vereinnahmen uns mit ihren Dogmen wie Phagozyten fremde Zellen. Ob sie in Gestalt von Religionsvertretern, Fanatikern oder Politikern auftreten, sie alle sind in ihrer Selbstzufrie-

denheit und in ihren Ideologien erstarrt, gefangen in ihrer Ignoranz.
Und ihre Dummheit macht sie gefährlich.
Du bist nicht so, Noah, und bald wirst Du in der Lage sein, durch den kaleidoskopischen Schleier vor Deinen Augen zu blicken, der Dich noch blind macht. Davon bin ich überzeugt.
Wir werden uns wiedersehen.
Dein treuer Freund.

Der Brief zittert in Noahs Händen. Der Tinnitus pfeift in seinen Ohren.

Auf der Wasseroberfläche sind viel zu viele Ringe. In seinem Kopf ein Chaos aus Indizien und Fragen.

Noah macht Lockerungsübungen mit der rechten Hand, dann hält er mit der linken das Heft fest und schreibt: *Institut. Spezialisierte Schule? Blassblaue Augen. Ein gezielter Hinweis? Falsche Fährte?*

Kreide. Das grenzt den Zeitrahmen ein.

Der Schmerz findet immer Antworten. Eine Anspielung auf die Folter von Timothy Carter und Leopold Blackburn.

Religiöser Hass, Fanatismus – oder vielmehr Hass auf Regeln, Dogmen.

Er rutscht mit dem Stift ab und fährt aus Versehen damit über den Tisch, wo er eine langgezogene Linie hinterlässt.

Diese Briefe. Sie lösen etwas in ihm aus.

Er bekommt keine Luft mehr, vor seinen Augen wird es trüb, und seine Kiefermuskulatur verkrampft sich.

Er versucht aufzustehen, aber es ist, als klebte er am Stuhl fest.

Das ist ein Geheimnis. Unser Geheimnis, wispert eine kindliche Stimme.

Als Noah spürt, wie sich eine Hand auf seine Schulter legt, stößt er einen Schrei aus.

EINE LAWINE …

Benedict Owen legt eine Pause ein und reckt ausgiebig die Glieder. Dann richtet er sich in seinem ledernen Schreibtischsessel auf und lässt der Reihe nach die Fingerknöchel knacken.

Das ist normalerweise seine liebste Tageszeit, wenn in den Büros eins nach dem anderen die Lichter ausgehen und in den Räumlichkeiten Ruhe einkehrt. Wenn die Angestellten ihre Büros verlassen, um nach Hause zu ihren Familien oder auf einen Drink in eine Bar zu gehen. Für ihn dagegen beginnt jetzt die zweite Runde.

Denn endlich kann er in seinem ruhigen Büro hoch oben über der Stadt seine Gedanken aus dem festgefügten Gerüst der Tagesroutine befreien und das Potenzial seines Gehirns erst richtig ausschöpfen.

Doch heute steckt ein Sandkorn im Getriebe des sonst so gut geölten Räderwerks seines Gehirns. Und weder der viele Kaffee noch die Stille im Büro, noch der Quickie mit der dämlichen Betty West vorhin auf der Toilette haben es lösen können.

Dieses Sandkorn hat einen Namen …

Sophie Lavallée.

Wie kommt diese Närrin auf die Idee, er hätte einen Schlussstrich unter die Demütigung gezogen, die sie ihm bei ihrer Verlobungsfeier zufügte? Nein, sie hat sogar die Unverfrorenheit besessen, wieder Kontakt mit ihm aufzunehmen, als wäre nichts geschehen! Aber so sind diese verzogenen Sprösslinge aus reichem Haus nun mal, sie glauben, die Welt liegt ihnen zu Füßen. Nun, wenn diese Göre, Papas Liebling, glaubt, sie kommt mit einem Lächeln und ihrer unschuldigen Miene davon, täuscht sie sich gewaltig.

Es stimmt, die Versuchung war groß, sie abblitzen zu lassen, als sie ihn um Hilfe bat, aber diese Genugtuung wäre nur von kurzer Dauer gewesen.

Nein, kein Quickie in Sophies Fall. Sie soll in den Genuss eines langen Koitus kommen.

Diese Idiotin hat ihm die Gelegenheit gegeben, wieder Verbindung mit ihr aufzunehmen, ein Geschenk des Himmels. Nun, er hat sich lange genug in Geduld geübt. Nun muss er sich einfach weiterhin höflich und zuvorkommend geben, allerdings nicht zu sehr, um nicht ihr Misstrauen zu erregen. Und wer weiß, vielleicht gelingt es ihm dann ja, sie zu verführen? Bei dieser Vorstellung wird ihm heiß. Es wäre keine Liebe mehr im Spiel, nur noch reiner, wilder Sex. Während ihrer Beziehung konnte er seine Fantasien nie ganz ausleben. Diesmal würde er keine Sekunde mehr zögern, vorausgesetzt, sie gibt ihm die Gelegenheit dazu …

Während er sich das vorstellt, spannen sich die Boxershorts um sein erigiertes Glied. Er öffnet den Reißverschluss seiner Hose, um es zu befreien.

Und sollte es ihm nicht gelingen, sie rumzukriegen, wird er eine Möglichkeit finden, es ihr heimzuzahlen. Die Geschichte mit diesem ungeklärten Fall, in den dieser alte Mafioso verwickelt ist, scheint eine Sackgasse zu sein. Aber er kennt Sophie, sie ist unerschrocken und glaubt, sich über alle Regeln hinwegsetzen zu können. Sie scheut nicht einmal vor Gesetzesverstößen zurück. Und wenn das eintrifft – und er wünscht es sich von ganzem Herzen –, wird er für sie da sein und ihr helfen, ihren Kopf aus der Schlinge zu ziehen.

»Sophie Lavallée«, murmelt er und beginnt zu masturbieren.

Das Klingeln des Telefons auf seinem Schreibtisch reißt ihn aus seinen Fantasien.

Er zögert und beschließt abzuwarten. Wenn es wichtig ist, wird der Anrufer es gleich auf seinem Handy versuchen.

Aber beim vierten Läuten nimmt er dann doch ab.

»Benedict Owen, Vizestaatsanwalt, was kann ich für Sie tun?«

Ein paar Sekunden lang lauscht er, dann erscheint ein gerissenes Lächeln auf seinem Gesicht.

»Sicher, ja, ich kümmere mich darum.«

Er legt wieder auf.

»Sophie Lavallée«, sagt er laut. »Du steckst in der Scheiße und ich werde dich eine Zeit lang darin zappeln lassen. Wie du selbst gesagt hast: ›*Karma is a bitch*‹«. Alles fällt früher oder später auf einen zurück, stimmt.

›››

Blake steigt aus der Dusche und rubbelt die nassen Haare mit einem Handtuch trocken. In den letzten zwei Tagen, in denen er sein Zimmer kaum verlassen hat, um an seinem Programm zu arbeiten, hat er nur zwei Stunden geschlafen und die Körperhygiene vernachlässigt.

Aber wenn Ted kommt, möchte er wenigstens einigermaßen präsentabel aussehen. Es reicht schon, dass er sich Beths Vorwürfe anhören musste, er habe die Wohnung, die sie sich teilen, in eine Müllhalde verwandelt – in einer Ecke der Küche stapeln sich leere Pizza- und Pommes-frites-Kartons – außerdem brauche er dringend eine Dusche.

Der eigentliche Grund ist aber, dass sein Meisterstück fertig geworden ist. Und das Beste daran, dieses Programmierungswunder, das er bewerkstelligt hat, ist seit vier Stunden ununterbrochen dabei, die IP-Adressen zurückzuverfolgen. Das will doch gebührend gefeiert werden, oder nicht?

Wenn alles gut geht und die Ergebnisse überzeugend sind, kann er sogar in Erwägung ziehen, dem Programm den letzten Feinschliff zu geben und die Funktionalität zu erweitern. Genau diese Art von Programm, das er erstellt hat, ein Exploit, ist möglicherweise sogar ein Türöffner fürs Silicon Valley. Dann könnte er seinen Westküstentraum endlich wahrmachen! Eine andere Option wäre natürlich das FBI.

Die Spuren von Hackern, Pädophilen, Dealern im Netz zu verfolgen und ihre in den Tiefen des Darknets verborgenen Geheimnisse aufzudecken … warum nicht?

Blake legt das Handtuch weg, greift nach seiner Zahnbürste und gibt Zahnpasta darauf.

Kaum hat er mit dem Bürsten begonnen, setzt das Warnsignal seines Programms ein.

Jetzt schon?, denkt er.

Er hat eigentlich erst in ein paar Tagen mit Ergebnissen gerechnet.

Mist, das ist bestimmt eine Fehlermeldung.

Blake stürzt zu seinem Schreibtisch.

Als er vor seinem Computer sitzt, klemmt er die Zahnbürste zwischen die Zähne und sieht sich die Protokolle an.

Er runzelt die Stirn, beugt sich zum Bildschirm vor.

Dann lächelt er breit.

»*Yes!*«, jubelt er.

Nicht weiter schlimm, dass er sich mit Zahnpasta bekleckert hat. Er spült den Mund mit einem großen Schluck Cola aus und steckt die Bürste in die leere Dose.

Dann setzt er sich so wie er ist, ohne sich etwas überzuziehen, aufs Sofa.

›››

Trotz der Müdigkeit ist Sophie unter Hochspannung. Nie im Leben hätte sie damit gerechnet, über eine solche Geschichte zu stolpern.

Und dann dieser Timothy Carter, dessen Name ihr Cadwell genannt hat. Warum sagt er ihr etwas? Wäre der Akku ihres Handys wegen der Aufzeichnung von Cadwells Bericht nicht leer, hätte sie längst angefangen, ihn zu recherchieren.

Sei's drum, dann wartet sie eben, bis sie im Villa Motel in Keeseville ist. Dort haben sie bestimmt ein Ladegerät und WLAN.

Sie wäre lieber noch an diesem Abend wieder nach Hause zurückgekehrt, aber die fünf bis sechs Stunden Fahrt, die sie von ihrem Bett trennen, haben sie abgeschreckt.

Sie hätte auch bei Stephen Cadwell bleiben können, der ihr angeboten hat, in einem der beiden Gästezimmer in seinem Haus zu übernachten. Aber sie hat trotz seiner Freundlichkeit das Bild von Norman Bates nicht aus dem Kopf gekriegt. Höflich, gebildet, aber … irgendwie verschroben.

Das ist Oolong-Tee.

Sie überquert gerade die Kreuzung Blake Road und Pleasant Street, als sie im Rückspiegel Scheinwerfer in hohem Tempo heranbrausen sieht. Wieder so ein Verrückter, denkt sie. Wer mit einer solchen Geschwindigkeit mitten in der Nacht über eine schmale Landstraße rast, muss mehr als bescheuert sein.

Ihr Herz klopft wie wild, als der Wagen sie überholt und sie atemlos auf den Seitenstreifen ausweichen muss.

»Idiot!«, schreit sie.

Das Auto ist so schnell gewesen, dass sie nicht einmal das Modell erkennen konnte. Ein Mustang oder Camaro, schwer zu sagen.

Gott sei Dank ist es nicht mehr weit bis Keeseville.

Sophie schaltet das Autoradio ein.

You can dance, you can jive …

Wenn es darum geht, die Nerven zu beruhigen, gibt es nichts Besseres als ABBA.

Zwei Minuten später stimmen die Leadsängerinnen *Dancing Queen, feel the beat from the tambourine* an,

platzen mit einem lauten Knall die Vorderreifen,

verliert sie die Kontrolle über den Wagen,

und der Honda Civic beendet seine Fahrt im Graben.

… LOSTRETEN

Sophie öffnet stöhnend die Augen.

Die Explosion des Airbags hat sich angefühlt wie ein Hieb mit einem Boxhandschuh ins Gesicht. Talkumpartikel und der bittere Geruch des Puders und von Gas steigen ihr in die Nase. Ein paar Sekunden lang ist ABBA nur noch ein fernes Echo, das sich mit dem Lärm des verbogenen Kühlerventilators mischt.

Langsam hebt sie den Kopf, um ihn aus dem Kunststoffsack zu befreien.

Unzählige weiße Sterne tanzen vor ihren Augen, und ihre Beine zittern.

Mit einem ausgiebigen Stöhnen löst sie sich aus der Schockstarre.

Dann realisiert sie, was geschehen ist. Sie hatte einen Unfall, und sie lebt.

… aber überstanden ist die Sache noch nicht.

Die Erinnerung an die letzten dreißig Sekunden kehrt zurück. Der Lärm der platzenden Reifen, das unkontrollierte Ausweichmanöver, das Kreischen der Felgen auf dem Asphalt, der Schock und das Geräusch von berstendem Blech.

Eine Reifenpanne … du hattest Glück im Unglück, stell dir vor, ein Fahrzeug wäre dir entgegengekommen.

Doch dann übernimmt die Stimme ihres Vaters:

Verdammt, Sophie, das war keine normale Reifenpanne, du hast doch gehört, wie beide Reifen gleichzeitig explodiert sind, oder?

Ja, bestimmt habe ich einen Gegenstand auf der Straße erwischt, sagt sie sich.

Los, raus aus dem Wagen, er kann jeden Moment Feuer fangen! Sieh mal, aus der Lüftung qualmt es!

Mit schmerzverzerrtem Gesicht versucht sie, den Gurt zu lösen. Aber ihr rechtes Handgelenk fühlt sich an wie verstaucht.

Nachdem sie die linke Hand befreit hat, versucht sie, die Tür zu öffnen.

Doch sie klemmt, sie lässt sich nur einen Spalt breit aufschieben, und ein metallisches Knirschen ist zu hören.

Mist.

Ein Schrecken fährt ihr in die Glieder, als ihr klar wird, dass sie in dem Autowrack gefangen ist.

Die Fensterscheibe, schnell.

Sie presst auf den Knopf für den elektrischen Fensterheber, aber es tut sich nichts.

Verdammte Elektronik …

Sie lehnt sich nach rechts, um Schwung zu holen, und stemmt sich mit der Schulter gegen die Tür. Ein heftiger Schmerz schießt in ihren Brustkorb.

Sie schreit auf, ihr kommen die Tränen. Der Schmerz ist so heftig, dass sie der Ohnmacht nahe ist.

Verdammt, wahrscheinlich ein paar gebrochene Rippen, wird ihr klar.

Und die Tür ist keinen Zentimeter weiter aufgegangen.

Sie nimmt drei kurze Atemzüge und rutscht auf den Beifahrersitz, um zu versuchen, die Tür mit den Füßen aufzustemmen.

Sie tritt mit aller Kraft gegen die Tür.

Der stechende Schmerz, der ihr in die Rippen fährt, treibt ihr abermals Tränen in die Augen … aber sie beißt die Zähne zusammen.

Beim dritten Versuch geht sie auf.

Sophie stößt einen Wutschrei aus.

Sie klammert sich am Türstock fest und hievt sich aus dem Autowrack heraus. Dann geht sie ein paar Schritte und findet sich auf dem Asphalt wieder.

Gut, jetzt brauche ich nur noch einen Notruf absetzen.

Blöd nur, dass der Akku von deinem Handy leer ist, außerdem befindet es sich in deiner Handtasche, die du im Wagen gelassen hast.

Mist.

Sophie überlegt, was sie tun soll.

Aber nicht lange.

Ein paar Dutzend Meter weiter vorn in Richtung der nächsten Ortschaft sieht sie einen Wagen am Straßenrand. Trotz der Dunkelheit erkennt sie die Umrisse eines Menschen, der auf der Fahrerseite sitzt.

Komisch.

Warum bewegt sich der Typ nicht? Warum kommt er ihr nicht zu Hilfe?

Und dann fällt es ihr wie Schuppen von den Augen.

Die Form des Wagens. Ein *Muscle-Car*, eines dieser aufgemotzten Coupés. Und diesmal erkennt sie das Modell: ein Chevrolet Camaro.

Kann es Zufall sein, dass ein Bekloppter mit diesem Wagentyp sie überholt, kurz darauf beide Vorderreifen ihres Autos platzen und ein paar Minuten später genau dieser Wagen ein paar Dutzend Meter vom Unfallort entfernt steht?

Nein, Sophie, sei nicht naiv, das war kein Unfall, nie im Leben. Tu was, und zwar schnell. Gut möglich, dass der Typ da vorn bewaffnet ist.

Sie hat nur wenige Optionen. In der Nähe befindet sich eine Farm, sie kann das Wohnhaus und eine Scheune ausmachen.

Sie braucht nur durch diese Obstplantage zu laufen …

Langsam nähert sich Sophie ihrem Auto, tut so, als wollte sie die Tür aufmachen.

Dann rennt sie los.

Kaum hat sie den Rand der Plantage erreicht, hört sie das Zuschlagen einer Autotür.

Los, im Zickzack zwischen den Apfelbäumen durch! Ja nicht auf dem offenen Feld bleiben! Dann bist du ein leichtes Ziel!

Heiße Tränen rollen ihr über die Wangen, jeder Tritt ist eine Qual, und immer wieder entfährt ihr ein Schmerzensschrei.

Als sie in der Nähe des Wohnhauses ist – ein altes viktorianisches Farmhaus –, gerät sie in den Lichtkreis der Eingangslampe und eines Strahlers am Scheunendach.

Mist, hier ist sie wie auf dem Präsentierteller.

Sie lässt den Blick über die Obstplantage gleiten. Ganz sicher ist sie sich nicht, meint jedoch die Umrisse eines Mannes zwischen den Bäumen zu erkennen.

Sie geht auf die Eingangstreppe zu.

Als sie die Tür erreicht, betätigt sie die Eisenglocke, die über dem Eingang hängt.

Hinter der Tür bellt ein Hund.

Kein Schoßhündchen, soviel ist klar.

Das Tier keucht und knurrt und stößt erneut sein kehliges Bellen aus.

Ein großer Wachhund, ein Rottweiler oder so was Ähnliches!

Sie zieht ein zweites Mal an der Glockenschnur, aber niemand antwortet.

Wieder wirft sie einen Blick in Richtung der Obstplantagen.

Sie kann nichts mehr erkennen. Aber klar, sie steht mitten im Licht, während die Plantage in Dunkelheit getaucht ist! Sophie duckt sich hinter die Blumentöpfe, die am Geländer der kleinen Veranda aufgereiht sind.

Und während sie in dieser Position verharrt, hämmert sie gegen die Tür.

»Machen Sie doch bitte auf! Hilfe!«

Ein gelber Lichtschimmer dringt durch den Glaseinsatz der Tür.

»Ruhe, Victor!«, befiehlt eine raue Stimme.

Das Bellen hört auf.

Die wenigen Sekunden, die es dauert, bis der Schlüssel ins Schloss gesteckt und umgedreht wird, kommen ihr wie eine Ewigkeit vor.

Kaum geht die Tür auf, stürzt sie hinein.

»Bitte helfen Sie mir! Ich hatte einen Unfall, und ein Mann verfolgt mich! Ich glaube, er will mich umbringen.«

Victor knurrt und entblößt die Zähne. Es ist tatsächlich ein Rottweiler.

Dann bemerkt sie das Gewehr in den Händen des Hausherrn.

Der Mann ist um die fünfzig, kräftig und hat eine Stirnglatze. Er trägt einen graukarierten Pyjama. Sein Gesicht ist kantig, grobgeschnitten, die Lippen sind dick und rissig.

Zuerst sieht er sie misstrauisch an, als wäre sie eine Geisteskranke. Dann nickt er.

»Kommen Sie herein. Ich sehe draußen mal nach.«

Schlechte Idee, denkt sie, während sie zusieht, wie er die Eingangstreppe hinabsteigt.

Der Mann nimmt den Hund am Halsband und hält mit der anderen Hand das Gewehr.

Sophie schließt die Haustür und verharrt in der Diele.

Sie wartet.

Eine Minute vergeht.

Kein Laut ist zu hören.

Ihr Herzschlag beschleunigt sich.

Soll sie wieder hinausgehen?

Nach kurzem Zögern legt sie die Hand auf die Klinke.

Gerade als sie sie herunterdrücken will, erscheint das Gesicht des Hausherrn im Glaseinsatz der Tür.

Sophie macht ihm auf.

»Nichts zu sehen«, verkündet er, während er sie misstrauisch beäugt.

»Könnte ich bitte Ihr Telefon benutzen? Der Akku von meinem

Handy ist leer. Ich würde gern die Polizei verständigen. Jemand ist hinter mir her.«

Er seufzt und deutet auf den Apparat auf der Eingangskommode.

Ungefähr zehn Minuten später trifft eine Streife der New York State Police ein.

Sophie berichtet einem der beiden Beamten, einem hübschen blonden Mann mit ausgeprägtem Unterkiefer, was vorgefallen ist.

»Offenbar sind die beiden Vorderreifen geplatzt. Aber auf der Straße haben wir nichts gefunden, was es ausgelöst haben könnte. Äußerst merkwürdig.«

Sein Kollege tritt hinzu und flüstert ihm etwas ins Ohr.

Die Miene des hübschen blonden Beamten verfinstert sich, dann sieht er sie ernst an.

»Sind Sie Sophie Lavallée?«

Seine Stimme klingt eisig.

Sie nickt.

»Miss Lavallée, Sie sind von der New York State Police zur Fahndung ausgeschrieben.«

Einen Moment lang ist sie wie vor den Kopf geschlagen, ehe sie die Tragweite seiner Worte erfasst.

»Wie bitte? Was wollen Sie damit sagen …«

»Das heißt, dass Sie hiermit festgenommen sind.«

TRÜBE

Rachel zieht die Hand schnell wieder zurück, als hätte sie aus Versehen eine heiße Herdplatte berührt.

»Du lieber Himmel, tut mir leid, ich wollte dich nicht erschrecken.«

Noah verharrt ein paar Sekunden lang reglos auf dem Stuhl. Sein Blick ist auf einen unbestimmten Punkt in der Ferne gerichtet. Seine Hände zittern noch immer, und der kalte Schweiß steht ihm auf der Stirn.

»Du gefällst mir gar nicht, ich verständige den Notarzt«, sagt sie und geht in Richtung Schlafzimmer.

»Nein!«, schreit er.

Rachel bleibt stehen, dreht sich um und starrt ihn ungläubig an.

»Es geht mir schon besser, das kommt von dem Vicodine«, sagt er schnell und deutet auf die Pillendose. »Ich hab das öfter.«

Rachel lächelt zaghaft. »Bist du sicher? Du wirkst so erschüttert, möchtest du reden?«

Er schüttelt langsam den Kopf. »Geh wieder schlafen, ich komme gleich nach.«

Noah wartet, bis das Zittern aufhört und steht dann mit schmerzverzerrtem Gesicht auf.

Er faltet den Brief, schiebt ihn in sein Notizheft und verstaut es wieder in der Innentasche seines Mantels. Er wird später, wenn er allein ist, mit der Analyse fortfahren. Kommt gar nicht in Frage, dass er Rachel in diesen Sumpf hineinzieht.

Sie ist ein Lichtblick in seinem Leben, ein Leuchtturm in diesem Dunst, der ihn umgibt.

Wer sich einmal in die Tiefen des Unterbewusstseins begeben und sich den Ungeheuern gestellt hat, die sich dort verbergen, ist für immer gezeichnet. Er will sie davor bewahren.

Dann legt er sich aufs Bett und starrt an die Decke.

Er weiß, dass er vergeblich auf den Schlaf warten wird.

›››

Noah hat Clémence angelogen.

Er arbeitet gar nicht mehr bei der Versicherungsgesellschaft, sondern ist wieder als Berater der Vermont State Police tätig.

Sein Honorar reicht aus, um seine Ausgaben zu bestreiten und ihm den gewohnten Lebensstandard zu sichern. Er ist nicht mehr gezwungen, zwei Beschäftigungen nachzugehen.

Könnte gut sein, dass Clémence weit vor Mittag kommt – sie gehört zu der Sorte, die immer ein bisschen zu früh dran ist –, und er muss sich vorbereiten.

Wenn diese junge Frau wie der Andere ist, wird sie ihn in Nullkommanichts durchschauen: Diese anonymen Zimmer, die in der Wohnung verstreuten Kartons: Er ist ein offenes Buch. Aber was soll's.

Das ist nebensächlich gegenüber der alles bestimmenden Frage: Wer bist du, Noah Wallace?

Wer weiß, vielleicht kann sie ihm bei der Beantwortung sogar mehr helfen als Elizabeth Hall und ihre sündhaft teuren Therapiestunden.

Noah nutzt den Vormittag, um sein Büro aufzuräumen. Er hat das Whiteboard aufgehängt und die Filzstifte aus einem der Kartons geholt. Auf den Arbeitsbock, der ihm als Abstellfläche dient, hat er ein paar Notizen und die Akten der früheren Fälle gelegt. Die letzten Briefe und sein persönliches Tagebuch gedenkt er indes nicht zum Vorschein zu bringen. Es ist zu früh, noch einmal gemeinsam mit der jungen Profilerin diese Spuren durchzugehen. Obwohl er sich ihr gern anvertrauen würde. Aber abgesehen davon, dass er auf geistiger Ebene auf gleicher Wellenlänge mit ihr ist, kennt er sie noch überhaupt nicht.

Was ihren Hang zur Überpünktlichkeit angeht, hat er sich nicht getäuscht: Die Klingel ertönt um 11.30 Uhr.

Eine halbe Stunde zu früh.

Wie auch immer, Noah ist bereit.

Kaum hat er die Tür geöffnet, stürmt die junge Frau mit Papiertüten eines chinesischen Take-aways in den Händen herein.

Hähnchen süßsauer und Kantonreis, errät er anhand des Dufts.

»Guten Tag, Mr Wallace, ich weiß, ich bin zu früh, aber dafür habe ich uns was zum Mittagessen mitgebracht. Haben Sie eine Mikrowelle, um es aufzuwärmen?«

Sie hat sich geschminkt, fällt ihm auf.

Eigentlich ist sie ganz hübsch. Normalerweise mag er ein bisschen kurvigere Frauen so wie Rachel lieber. Aber obwohl sie klapperdürr ist, an Charme mangelt es ihr nicht.

»Danke. Stellen Sie die Sachen doch erstmal auf den Küchentisch«, antwortet er.

»Ich habe mir erlaubt, bei IFG Companies anzurufen, um Ihnen zu sagen, dass ich einen Tisch reservieren wollte. Man hat mir gesagt, Sie arbeiten nicht mehr dort. Sie sind ein Geheimniskrämer, Mr Wallace. Übrigens hat die Frau, mit der ich es zu tun hatte, ganz schön gegen Sie vom Leder gezogen.«

Noah lächelt.

N*atürlich hat Clémence im Büro angerufen … und musste ausgerechnet die Medusa am Apparat haben.*

»Ich brauchte etwas Zeit, um … die Unterlagen vorzubereiten«, sagt er entschuldigend.

»Sie brauchen sich nicht zu rechtfertigen, ich bin nicht hier, um über Sie zu urteilen, sondern um zu arbeiten. Also, fangen wir an?«

Noah nickt und führt sie in sein Büro.

Ehe sie hineingeht, bleibt Clémence im Flur stehen und deutet auf die geschlossene Tür. »Ist das Ihr Schlafzimmer?«

Noah begnügt sich mit einem Nicken.

»Gut zu wissen.« Und sie untermauert ihre Bemerkung mit einem Zwinkern.

»Sie wollen mir also etwas erzählen? Was unseren Besuch im Haus der Familie Coté betrifft, nehme ich an, nicht wahr?«, fragt Noah.

Clémence blickt sich ausgiebig in seinem Büro um und lässt den Blick schließlich zu der Wandtafel wandern.

»Ich weiß nicht, wie es Ihnen ergeht, aber wenn ich an einem Tatort bin, bleibt die Zeit stehen. Und während all die unbewegten Bilder vor meinem Auge vorbeiziehen, nehme ich jede kleine Abweichung, jede Unstimmigkeit wahr. Die Wahrheit liegt in den Details, haben Sie vor acht Jahren auf einer Konferenz in Montreal gesagt.«

Noah lächelt, doch die Erinnerung daran stellt sich nicht ein. Zwar ist das eine seiner Maximen, aber eine Konferenz in Montreal sagt ihm nichts.

»Was die Abweichungen betrifft, so wären da der frisch geputzte Parkettboden, die Reiseprospekte, die fehlenden Bilder an den Wänden. Desgleichen im oberen Stockwerk. Mrs Coté ist eine Ordnungsfanatikerin. Nach einer kurzen Analyse ihres Schlafzimmers bin ich zu dem Schluss gekommen, dass vielleicht ein Koffer fehlte, aber bestimmt keines der Kleidungsstücke.«

Clémence unterbricht sich kurz und geht zur Wandtafel.

»Die Person, die die Cotés entführt oder getötet hat, ist dilettantisch vorgegangen. Wenn man eine Reise vortäuschen will, ist es doch naheliegend, auch Kleidungsstücke in den Koffer zu packen, oder nicht? Weitaus wichtiger, als irgendwelche Bilder zu stehlen oder den Boden zu putzen. Stimmen Sie meiner Theorie zu … Professor?«

Noah nickt. »Fahren Sie fort. Ich bin ganz Ohr.«

»Sie werden mich vielleicht für verrückt halten, aber ich habe den Eindruck, jemand wollte unbedingt verhindern, dass Mutter und Tochter vernommen werden. Und zwar jemand, der über das Verbrechen in Lac-Beauport Bescheid wusste. Québec ist nur zweieinhalb Stunden von Montréal entfernt. Also musste es schnell gehen. Anschließend ist der Entführer/Mörder zurückgekommen, um die Spuren zu beseitigen und sich zu vergewissern, dass kein Zeuge im Haus war. Der frisch geputzte Boden lässt vermuten, dass Béatrice Coté und ihrer Tochter etwas Schlimmes zugestoßen ist. Jemand hat die im Haus anwesenden Personen umgebracht, vorgetäuscht, sie seien verreist, und ein paar Dinge mitgenommen, die diesen Eindruck unterstreichen sollen. Kurzum, wir haben es mit einem Szenario zu tun, das erheblich von einem gewöhnlichen Serienmord abweicht, Mr Wallace.«

Sie unterbricht sich erneut und sucht seinen Blick.

»Und ich glaube, dass Sie irgendwie was mit dem Ganzen zu tun haben.«

Noah setzt zu einer Antwort an, aber sie kommt ihm zuvor.

»Der Mörder wendet sich an Sie, er will Ihnen etwas zu verstehen geben. Vielleicht sogar, dass sich die Antworten in Ihrem Kopf befinden, ohne dass Sie sich dessen bewusst sind. Aber das Problem ist, auf Sie ist kein Verlass. Als ich von der Konferenz in Montreal sprach, haben Sie nicht widersprochen, denn es gab sie gar nicht. Ich glaube nicht, dass Sie es absichtlich verheimlicht haben, aber Sie trauen Ihrem Gedächtnis einfach nicht mehr. Daher frage ich Sie: Wer sind Sie, Noah Wallace?«

Die Frage bleibt in der Luft hängen. Noah hat den Mund geöffnet, aber kein Laut kommt über seine Lippen. Clémence sieht ihm direkt in die Augen.

Die Stille wird unterbrochen durch die Wohnungstür, die gegen die Wand knallt.

»Noah, bist du da? Ich habe uns was zum Essen mitgebracht!«

Verdammt, Rachel! Schlechtes Timing.

Er atmet tief durch, greift nach seinem Stock und geht in den Flur.

Zu spät, Rachel ist bereits in der Küche. Sie ist neben dem Tisch stehen geblieben und betrachtet die Tüten mit dem Take-away-Essen.

Noah geht ein paar Schritte auf sie zu. »Rachel, ich möchte dir Clémence vorstellen. Und Clémence, das ist meine Freundin Rachel.«

Die beiden Frauen lächeln, mustern sich aber abschätzend.

LULIBERIN

Rachel stellt die Tüten vom mexikanischen Take-away neben die beiden, die Clémence mitgebracht hat.

Als sie sich zu Noah umdreht, hat sich ihre Miene verdüstert.

»Also satt werden wir bestimmt.«

Noah antwortet nicht. Er hat nicht einmal ihren sarkastischen Unterton bemerkt. Sein Blick hat sich im kupfernen Schimmern ihrer dichten roten Locken verfangen.

Rachel runzelt die Stirn und wedelt mit der Hand vor seinen Augen.

Aber vergeblich. Noah befindet sich wieder einmal in einer Zeitblase, er denkt an die vergangene Nacht, an ihre geschwungenen Hüften, ihre vollen Lippen. Als Clémence sieht, wie sich auf dem Gesicht dieser großen rothaarigen Frau zuerst Belustigung spiegelt und dann Sorge, muss sie lächeln.

Rachel nimmt eine der Papiertüten und schüttelt sie. Doch auch das Rascheln kann ihn nicht aus seiner Trance reißen.

»Okay, ich glaube, ich gehe besser ins Büro zurück, du scheinst ja beschäftigt zu sein, und ich möchte euch nicht stören. Wiedersehen, Clémence.«

Als ihm klar wird, dass Rachel tatsächlich in Richtung Tür strebt, platzt die Blase, in der Noah gefangen war. Sein Stock erzeugt ein klackendes Geräusch auf dem Boden, während er hinter ihr hergeht.

»Warte, Rachel! Lass uns doch zusammen zu Mittag essen …«

Sie zwinkert ihm zu. »Bis heute Abend, Noah«, sagt sie, und schon fällt die Tür hinter ihr zu.

Noah seufzt vernehmlich.

»Gut, ich für meinen Teil hab einen Bärenhunger!«, ruft Clémence aus. »Also: mexikanisch oder chinesisch?«

Noah starrt den Boden an und fragt sich: Ich hab doch nichts falsch gemacht, oder? Warum hat sie denn so reagiert?

»Gut, dann chinesisch«, beschließt Clémence.

Sie gibt das Essen auf zwei Teller und schiebt sie in die Mikrowelle. Dann öffnet sie den Kühlschrank und holt eine halb volle Flasche kalifornischen Weißwein heraus.

»Ihre Freundin ist eine Wucht. Oh, und ganz schön wütend war sie. Wobei wir noch nichts Schlimmes gemacht haben. Wo gibt es Gläser?«

Noch nicht … »Für mich keinen Wein, sonst kann ich nicht mehr klar denken. Und großen Hunger habe ich auch nicht.«

Clémence zuckt mit den Schultern, schenkt sich ein Glas Wein ein, nachdem sie die Gläser gefunden hat, und holt den Teller aus der Mikrowelle.

»Stört es Sie, wenn wir währenddessen weitermachen? Ich kann gleichzeitig essen und arbeiten.«

Noah zieht zwei Stühle aus der Küche vor die Wandtafel.

Nachdem sie Platz genommen hat, nimmt Clémence einen kräftigen Schluck aus ihrem Glas, stellt es auf dem Arbeitsbock ab und bringt eine Schachtel Büroklammern zum Vorschein.

Noah sieht zu, wie sie sie vor sich aufreiht, und muss lächeln.

»Habe ich was verpasst? Schmunzeln Sie wegen meines Ticks?«

»Nein, ich wundere mich nur ein bisschen über diese Situation: Ich sollte eigentlich mit Steve zusammenarbeiten und Sie mit dem Weiß… Inspecteur Tremblay meine ich. Aber stattdessen sitzen wir beide in meiner Wohnung, dabei sind wir nicht einmal Polizisten.«

Clémence nimmt drei Büroklammern und hakt sie ineinander.

»Die Rolle der Polizei ist es, greifbaren Hinweisen nachzugehen. Sowohl Ihre intuitiven Erkenntnisse als auch die Schlussfolgerungen, die ich aus Béatrice Cotés Ordnungszwang gezogen habe, sprengen den Rahmen des normalen Budgets, würden sie doch parallele Ermittlungen erfordern. Diese Serienmorde sind für meinen Chef ein wichtiger Fall, daher geht er auf Nummer sicher. Aber in spätestens zwei Tagen wird er unruhig, wenn er merkt, dass die Cotés nicht in ihr Haus zurückkehren. Was Steve Wallace betrifft, kenne ich ihn ja kaum, aber er macht mir nicht den Eindruck, als würde er Ihren Schachzügen noch folgen können.«

Noah nickt. »Steve ist ein pragmatischer Typ, und die Möglichkeit, dass die Cotés entführt oder gar ermordet sein könnten, ist momentan nichts weiter als eine Fiktion in seinen Augen. Er ist einzig und allein auf den Mörder fixiert. Seiner Ansicht nach vergeuden wir unsere Zeit, das heißt, vor allem ich. Ich muss ihn schon mit der Nase auf eine offensichtliche Spur stoßen, eine Intuition reicht da nicht.«

Clémence fischt zwei weitere Büroklammern aus der Schachtel und verhakt sie mit den anderen.

»Wir beide wissen, dass die klassischen Ermittlungstechniken in diesem Fall nicht weiterführen. Der Mörder wird keinen Fehler begehen. Sie werden ihn garantiert nicht fassen, indem sie herausfinden, wer in letzter Zeit Myrrhe, Straußenfedern, eine bestimmte Sorte Klammern und was weiß ich noch alles gekauft hat. Aber ihnen bleibt nichts anderes übrig, das ist nun mal klassisches kriminalistisches Vorgehen. Im Übrigen hat ein Serienmörder, also der klassische Psychopath, ein überdimensioniertes Ego, das ihn zu Fehlern verleiten kann, wenn man ihn beschimpft oder provoziert. Das ist hier nicht der Fall. Um ihm auf die Spur zu kommen, müssen wir herausfinden, woher seine Obsession in Bezug auf Ihre Person rührt. Er verhält sich ganz offensichtlich wie eine Katze, die ihrem Frauchen oder Herrchen eine Maus zu Füßen legt.«

»Wobei ich ihn nicht darum gebeten habe.«

»Das tut nichts zur Sache. Von seiner Warte aus gesehen ist es so. Als ich vorhin gefragt habe, wer Sie sind, war das nicht rhetorisch gemeint.« Clémence tippt Noah mit dem Zeigefinger an die Stirn und sagt: »In diesem Labyrinth aus grauer Substanz finden sich die Antworten auf unsere Fragen.«

Noah hält ihren Finger fest. Ihre Augen funkeln.

»Dann viel Glück, denn in einem Punkt haben Sie recht: In diesem Labyrinth habe ich mich verloren. Und stimmt, auf mich ist kein Verlass. Nicht umsonst schreibe ich mir alles auf.«

Clémence befreit ihren Finger und streift Noahs Schenkel, als sie die Hand zurückzieht.

»Was haben Sie über mich notiert? Mir ist nicht entgangen, wie Sie mich zum ersten Mal in diesem Sitzungsraum angesehen haben.«

»›Kachektisch‹, das bedeutet …«

»Dass ich krankhaft mager bin. Nur zu Ihrer Information: Ich habe weder AIDS noch Krebs, und ich esse, wann immer ich hungrig bin, ohne mir hinterher den Finger in den Hals zu stecken. Außerdem übertreiben Sie, ein paar Kurven habe ich schon. Haben Sie auch ein Wort oder eine Metapher, mit der Sie sich beschreiben würden?«

Er lächelt amüsiert. »›Flügellahm‹. Mein Handicap hindert mich daran, so zu fliegen wie vor dem Unfall. Apropos Unfall, der ist fünf Jahre her, wir haben schon meine Vergangenheit auf den Kopf gestellt, als sich dieser andere Mörder für mich interessierte. Und es hat nichts ergeben.«

Jetzt schmunzelt Clémence. »Ja, da war ja auch ich noch nicht mit von der Partie. Schauen wir uns doch mal Ihre Notizen an, ich bin gut im Zusammensetzen von Puzzleteilen, auch wenn ich Inspecteur Tremblay natürlich nicht das Wasser reichen kann.«

Während der nächsten zwei Stunden gehen sie Noahs beiden Notizhefte und die Akten der alten Fälle durch.

Dann legt Clémence die aus Büroklammern gebastelte Hydra auf den Arbeitsblock und streckt ausgiebig die Glieder.

»Gut, fassen wir zusammen: Meines Erachtens wurden Carter und Blackburn unter Folter Geständnisse abgepresst …«

»… und vom Mörder gezwungen, eine Liste von Namen zu nennen«, fährt Noah fort. »Wahrscheinlich die Namen seiner nächsten Opfer, weil …«

»… er einen Grund hatte, sie zu hassen, einen Grund, sich an ihnen zu rächen, aber was für einen?«, fügt Clémence hinzu. »Man hat Sie erst beim zweiten Fall hinzugezogen, sagten Sie?«

Noah nickt. »Bei Iris und Lucas Levrault.«

Clémence nimmt die Akte des betreffenden Mordfalls und zeichnet mit dem Zeigefinger die Zeilen nach, die sie liest.

»Eine Mutter und ihr Kind. Sie war seit einem Jahr Witwe und hatte den Nachnamen ihres Mannes behalten. Mädchenname: Harrington.«

»Ja, das war ein harter Schlag für die Familie. Der Vater litt unter einer schweren rheumatoiden Polyarthritis. Er war zur Kur, als seine Tochter und sein Enkel ermordet wurden. Eine Woche später hat er sich das Leben genommen. Seine Frau hatte schon seit Jahren Alzheimer, und vor Kummer ist sie von heute auf morgen in völlige geistige Umnachtung gefallen.«

»Also eine Bestrafung. Wenn wir die Morde in dem Maisfeld-Labyrinth und dem Wassersportzentrum betrachten, haben wir dasselbe Schema. Ein Elternteil muss zusehen, weil sein Kind stirbt. Es wird vor seinen Augen exekutiert. Aber nie sind es kleine Kinder, und die Eltern sind alle über sechzig. Ich habe das Gefühl, dass es beim letzten Mord, dem an einem Sohn und Enkel, anders ist, hier ist das Ritual selbst eine Botschaft. Adramelech, Kanzler der Hölle.«

Außerdem war eine unglaubliche Wut im Spiel. Aber diesen Gedanken behält Noah für sich.

»Könnte es sein, dass die Morde nach einer genauen Reihenfolge geschehen, hierarchisch von oben nach unten?« Plötzlich funkeln

Clémence' Augen, und sie fährt sich mit der Zunge über die Lippen. »Diese Frage heben wir uns bis nach der Pause auf. Gehen wir?«

»Gehen? Wohin?«

»Na, in das Zimmer mit der verschlossenen Tür.«

Sie fasst ihn in den Schritt.

VOLUTEN

Bernard Tremblay zeichnet mit dem Zeigefinger die schneckenförmigen Ornamente an der Vitrine nach, die seine Pfeifensammlung beherbergt. An einer Stelle, wo der Lack abgesplittert ist, bleibt die Fingerkuppe hängen. Er verzieht das Gesicht und zieht sich einen Splitter heraus.

Unter den circa hundert Pfeifen fällt seine Wahl auf ein Exemplar, bei dem der Kopf eines Matrosen in den Meerschaum graviert ist. Ein Souvenir aus Ankara. Es erinnert ihn an die fünf Jahre, die er nun schon mit Josée verheiratet ist.

Bernard öffnet die Vitrine, nimmt die Pfeife heraus, schnuppert daran und klemmt sie sich zwischen die Backenzähne.

Das säuerliche und würzige Aroma des kalten Tabaks breitet sich in seinem Gaumen aus.

Dann kniet er sich hin, zieht die unterste, velourslederbezogene Schublade heraus und nimmt ein graues Lederetui mit dem Vauen-Logo darauf heraus.

Er wischt ein paar Haarbüschel seiner Angorakatze von der barocken Chaiselongue, setzt sich und streckt die Beine darauf aus.

Dann öffnet er das Etui und gibt den Tabak – einen luftgetrockneten und über einem Aleppo-Kiefernholzfeuer geräucherten Latakia – in den Pfeifenkopf, holt den gläsernen Pfeifenstopfer mit dem eingeritzten Sherlock-Holmes-Konterfei hervor und drückt den Tabak fest, ehe er ihn mit dem Feuerzeug anzündet. Er nimmt einen ersten Zug, damit sich die oberste Tabakschicht aufkräuselt.

Die Kräuter beginnen zu glühen, die ersten Rauchkringel steigen auf und in seinem Mund breitet sich Torfgeschmack aus. Dann stopft er nach und zündet den Tabak erneut an.

Ein zufriedenes Lächeln breitet sich auf seinen Lippen aus.

Auf diese Weise, ausgestreckt auf der Chaiselongue, von wo er durch das Panoramafenster in den Garten blickt, gelingt es ihm am Besten, Stress abzubauen, während er seine Pfeife pafft.

Und vielleicht, hofft er, zeichnen sich in den Rauchschwaden ja auch ein paar Antworten ab.

Immer mehr Fragen tauchen auf, und er spürt, dass der Fall ihm zu entgleiten droht. Er befindet sich in einer Sackgasse, und vielleicht ist es an der Zeit, den Weg der klassischen Ermittlungen zu verlassen: Der verantwortliche Ermittler muss sich wieder in einen einfachen Bullen verwandeln und auf dessen Instinkte vertrauen.

Seinem Instinkt, genau. Dieser amerikanische Profiler ist nicht der Einzige, der darüber verfügt. Nur dass er, Bernard Tremblay, seine Schlüsse mittels seiner analytischen Fähigkeiten und Beobachtungsgabe zieht und nicht aus … ja, aus was genau? Visionen? Flashbacks?

Er pafft ausgiebig. Der würzige Geruch des Latakia breitet sich im Zimmer aus.

Allzu viele Unstimmigkeiten haben bei ihm die Alarmglocken schrillen lassen: Die Ähnlichkeiten seiner Fälle mit denen des Dämons von Vermont vor fünf Jahren, die vom Täter im Maisfeld hinterlassene Ansichtskarte und die Nachricht in Lac-Beauport, die Tatsache, dass der Dämon von Vermont nicht identifiziert werden konnte, der Druck von der Gendarmerie royale du Canada, die sich in die Ermittlungen eingeschaltet hat, um sie ihm womöglich aus der Hand zu nehmen und auf nationaler Ebene weiterzuführen. Nein, es muss mehr hinter diesen Morden stecken als die Menschenjagd eines psychopathischen Serienmörders, ob er nun ein Nachahmer ist oder nicht. Aber was?

Im Garten der Nachbarn laufen der kleine Luc und seine Schwester – Emma oder wie heißt sie noch mal? – um die Schaukel herum, und der beigefarbene Labrador springt hinter ihnen her. Das Gekreische der Kleinen lässt ihn das Gesicht verziehen.

Und dieser Noah Wallace, aus dem er einfach nicht schlau wird. Hinter seinen Ticks und dem Blick, der sich im Nirgendwo verliert, meint er Doppelzüngigkeit und Lüge zu erkennen. Und er ist sich sicher, ihn schon einmal irgendwo gesehen zu haben.

Ganz zu schweigen von seiner Verbindung zum Mörder und seine Angewohnheit, nach langem Schweigen irgendeinen Satz auszustoßen, als hätte er ihn aus den Tiefen seines Unterbewusstseins gefischt.

… Außerdem glaube ich, dass er nicht aus Québec stammt.

Die Familie Coté soll nicht aus Québec stammen? Zunächst erschien ihm dieser Gedanke absurd. Aber ist er, im Nachhinein betrachtet, wirklich so abwegig?

Nein, im Kontext gesehen nicht.

Absurd allerdings ist die Tatsache, diesen Rückschluss allein aufgrund der Tatortszenerie zu ziehen. Das hat, Herrgott, mit gesundem Menschenverstand überhaupt nichts mehr zu tun.

Und was soll man von diesem roten Dreirad halten? Kann es sein, dass ihm sein krankes Hirn Erinnerungsbruchstücke im Kopf herumspuken lässt, die irgendwelche Gefühlsregungen hervorrufen?

Dieser Noah scheint, ob bewusst oder unbewusst, wichtige Details vor ihm zu verbergen, die die Ermittlungen womöglich voranbringen könnten.

Seine Ermittlungen.

Und eine Sache lässt ihm keine Ruhe, etwas, das er sich nicht erklären kann: Wie konnte Noah Wallace erahnen, dass in Québec bereits ein anderer Mord stattgefunden hatte?

Die einzige einleuchtende Erklärung ist, dass es jemand aus seinem Team ausgeplaudert hat … aber warum zum Teufel?

Wieder pafft er an seiner Pfeife. Doch diesmal bekommt er zu viel Rauch ab und muss husten. Er pickt sich ein paar Tabakkrümel von der Zunge.

Schöne Pfeife, aber praktisch ist sie nicht.

Das Klackern von Absätzen und das Knarren des alten Parkettbodens sagen ihm, dass er gleich seinen Tee serviert bekommt.

Eine bessere Frau als Josée hätte er nicht finden können … er hat sie nicht verdient.

Sie erscheint mit einem kleinen Tablett und einer Tasse darauf, neben der ein Kuvert liegt.

»Das sind die Ergebnisse deines Bluttests«, sagt sie.

»Danke, stell es doch bitte einfach auf den Sofatisch, ja?«

Seine Frau folgt seiner Aufforderung und stellt sich dann hinter ihn. Der heiße Tee verströmt unverkennbar das für Earl Grey typische Bergamotte-Aroma. Josée legt ihrem Mann die Hände auf die Schultern.

»Du rauchst – bist du in Sorge wegen deines aktuellen Falls?«

»Mhm … ja«, lautet seine ausweichende Antwort.

Er pafft und stößt eine kleine Rauchwolke aus.

Dieser Fall, ja, aber vor allem … Noah Wallace.

Die Hände seiner Frau verharren neben seinem Hals, und sie massiert ihm mit den Daumen den Nacken.

»Übrigens hat deine Schwester angerufen. Sie möchte wissen, wie sich die Kleine bei euch so macht.«

»Sie ist einer der intelligentesten Menschen, die mir bislang begegnet sind. Sag ihr das ruhig. Was wieder einmal zeigt, dass die Genetik einem bisweilen Rätsel aufgibt.«

»Warum sagst du ihr das nicht selbst? Es würde sie bestimmt freuen.«

Ja. Seine Nichte ist ein Genie, im Gegensatz zu seiner idiotischen Schwester. Und er wünschte, sie wäre sein Kind, anstatt des parasitären Teenagers, der das Untergeschoss in Beschlag genommen hat.

Er schämt sich dieses Gedankens keineswegs.

Warum auch, wo der Junge doch bis zum Morgengrauen auf

einem alten Sofa herumlungert und die Zeit mit seiner Spielekonsole oder mit Rollenspielen am PC vertut? Nicht, dass der Junge dumm wäre, aber seine Intelligenz ist allenfalls …

Mittelmäßig?

Aber trifft das nicht auf fast alle zu, im Vergleich zu dem Intellekt seiner Nichte? Clémence' IQ liegt weit über dem Durchschnitt.

Und diese geballte Intelligenz wird ihm noch von Nutzen sein, denn er hat kaum eine Handhabe, um eine heimliche Überprüfung eines US-amerikanischen Bürgers durchzuführen.

Sein Blick gleitet zum gegenüberliegenden Garten, wo die Kleine hingefallen ist und weint. Der Hund springt bellend um sie herum. Ihr Bruder hänselt sie.

Er muss lächeln.

Und wenn Clémence nichts herausfindet, hat er immer noch ein Ass im Ärmel – sein bester Freund. Er sollte ihn besser gleich anrufen, ehe es zu spät ist.

Er findet garantiert heraus, was dieser Noah verheimlicht.

Und es ist offensichtlich, dass er ein Geheimnis mit sich herumträgt. Wir haben alle eine Leiche im Keller, nicht wahr?

Bernard greift nach dem Kuvert, das die Ergebnisse seines Bluttests enthält, und wirft es in den Papierkorb. Dann pafft er erneut an seiner Pfeife. In diesem Moment verdunkelt eine Wolke den Himmel, die das herbstliche Sonnenlicht aus dem Garten vertreibt, und er sieht sein Spiegelbild in der Fensterscheibe.

Ja. Alle. Ausnahmslos.

DICHOTOMIE

Noah ergreift Clémence' Handgelenk und schiebt ihre Hand zurück.

»Tut mir leid, aber meine Schlafzimmertür muss geschlossen bleiben.«

Clémence behält ihr Lächeln bei; sie holt ein Gummiband aus ihrer Jeanstasche und bindet sich die Haare zusammen. »Das ist schade, zumal Ihr bestes Stück meinen Vorschlag ziemlich gut zu finden scheint.«

Noah braucht ein paar Sekunden, um sich eine passende Antwort auszudenken. »Ich bin fest liiert – außerdem, haben Sie denn keinerlei Skrupel, nachdem Sie Rachel gerade erst vorgestellt wurden?«

Clémence wirft ihm ein spöttisches Lächeln zu. »Ich kenne sie nicht, aber es ist unschwer zu sehen, dass Sie beide nicht zusammenleben. Ihre Wohnung ist die eines Junggesellen, und einen Verlobungsring habe ich auch nicht entdeckt. Und offen gesagt, sollten Sie sich keinen Illusionen hingeben – Sie sind viel zu unangepasst für eine dauerhafte Beziehung. Und ich will Ihnen wirklich nicht zu nahe treten, aber ich frage mich, wie sie überhaupt zustandekommen konnte. Außerdem weiß ich, dass ich Ihnen gefalle, ich glaube sogar, dass Sie fasziniert sind von mir.«

Noahs Hand verkrampft sich. »Wenn man Ihr Gehirn sezierte, würde man so einiges über Arroganz lernen. Ich bewundere Ihre Intelligenz, Clémence, aber Sie überinterpretieren da etwas.«

Clémence schwenkt den erhobenen Finger und geht zu ihrem Stuhl zurück. »Nein, Sie irren sich. Ihre Faszination von mir hat nichts mit meiner Intelligenz zu tun, sondern mit meinem Freiheitsdrang und meinem Selbstvertrauen. Ist ja auch nicht weiter verwunderlich, weil Sie in Ihrem Körper und Ihrem Geist gefangen und von Zweifeln zerfressen sind.«

Noah begnügt sich zunächst mit einem Lächeln und sagt dann: »Jeder ist in einem Gefängnis gefangen, bei anderen erkennen Sie es, aber für Ihr eigenes sind Sie blind.«

Einen Moment lang ist Clémence sprachlos, dann erscheint ein breites Lächeln auf ihrem Gesicht. »Bravo, es steht Ihnen gut, wenn Sie sich endlich einmal aus Ihrer eisigen Apathie befreien; mir gefällt, was ich sehe und höre. Wir müssen mehr Zeit zusammen verbringen, es ist, als würden Ihre Gedanken und Ihre Worte durch unsere Interaktion geschärft werden.«

Sie versucht, den Anderen zu wecken, sagt sich Noah. Vergebliche Liebesmühe. »Schon möglich, aber mir scheint, dass Sie Besseres zu tun haben, als sich mit mir einen verbalen Schlagabtausch zu liefern, finden Sie nicht auch?«

»Da haben Sie recht. Wir könnten zum Beispiel Spekulationen über die Hierarchie der Morde anstellen. Vielleicht will er uns ja darauf hinweisen, dass eine präzise Reihenfolge besteht? Oder aber es existiert wie gesagt eine tatsächliche oder symbolische Hierarchie zwischen den Opfern? Meines Erachtens wird man sein nächstes Verbrechen abwarten müssen, um konkretere Rückschlüsse ziehen zu können. Stattdessen bin ich der These nachgegangen, dass Adramelech einen Richter oder Staatsanwalt symbolisieren könnte.«

Noah richtet sich auf seinem Stuhl auf und massiert sich den Unterschenkel, weil er einen Krampf bekommen hat. »Und, haben Sie etwas entdeckt?«

Clémence' grüne Augen leuchten. »Ich glaube, ich werde Sie gleich überraschen. Wie Sie wissen, teile ich Ihre abwegig erscheinende Vermutung, dass die Familie Coté nicht aus Québec stammt.

Und da habe ich mir gesagt: Angenommen Yves Coté war ein amerikanischer Richter, ehe er sich unter einer neuen Identität in Québec niedergelassen hat.«

Noah nickt und ermuntert sie mit seinem Blick fortzufahren.

»Ich habe recherchiert, welche Richter in den letzten vierzig Jahren spurlos verschwunden oder gestorben sind. Wobei ich meine Suche auf die an die Provinz Québec angrenzenden Bundesstaaten beschränkt habe: New York, Vermont, New Hampshire und Maine. Und ich habe mich auf den Beruf des Richters konzentriert, ein Amt, das meines Erachtens am ehesten mit dem ›Kanzler der Hölle‹ korrespondieren könnte. Nachdem ich etliche Stunden mit dem Durchforsten von Archiven für Todesanzeigen und Nachrufe verbrachte, habe ich eine faszinierende Entdeckung gemacht. Übrigens habe ich sie mitgebracht, ich muss Sie Ihnen einfach zeigen.«

Clémence fischt ein mehrmals gefaltetes Blatt aus der Gesäßtasche ihrer Jeans und reicht es Noah. »Nur zu, öffnen Sie es ruhig, Ihr kleines Geschenkpaket. Denn das ist der eigentliche Grund, aus dem ich hergekommen bin. Eine heiße Nummer zu schieben wäre lediglich das i-Tüpfelchen gewesen.«

Noah faltet das Blatt auseinander. Es ist die Kopie eines Artikels aus der *New York Times* aus dem Jahr 1992: »Tragischer Tod eines Richters und dessen Familie.« Auf dem zugehörigen Foto ist Harris McKenna zu sehen, damals 46 Jahre alt. Das stimmt genau mit dem überein, was Chloé in ihrem Tagebuch beschreibt. Noah bemüht sich, Überraschung zu heucheln.

»Wow, das ist … das ist er, das ist Yves Coté.«

Bravo Noah, sagt er sich, das war sehr überzeugend.

»Habe ich nicht gesagt, dass ich Sie überraschen werde? Mit seiner Familie noch dazu! Alles passt perfekt zusammen, weder er noch seine Frau oder sein Sohn sind in der Provinz Québec geboren. Aber das ist noch nicht alles. Raten Sie mal, was ich heute Morgen gemacht habe!«

»Recherchen über Harris McKenna angestellt?«

Clémence nickt eifrig. Der schelmische Enthusiasmus, den sie versprüht, lässt Noah daran denken, wie sie mit ihrem Handy durch das Haus der Cotés in Westmount spazierte. Erneut kommt sie ihm wie ein Kind auf dem Spielplatz vor.

»Genau. Aber komisch, abgesehen von den Nachrufen in diversen Archiven gibt es keine weiteren Informationen über diesen Harris McKenna. Es ist, als wäre seine Identität ausgelöscht worden. Ich habe wirklich alles versucht, wobei ich heute Morgen natürlich nicht allzu viel Zeit hatte. Aber ich habe eine Liste mit Personen erstellt, die vor seinem Verschwinden mit ihm zu tun gehabt haben könnten, wenn man vom Datum ihrer Verurteilung ausgeht: und zwar Kirk Kennedy wegen Drogenhandels und Debra Logan und Rebecca Law wegen Totschlags. Die drei wurden schuldig gesprochen und sitzen noch immer hinter Gitter. Aber vielleicht ist es ja möglich, mit Unterstützung von entsprechender Stelle, mit ihnen zu reden?«

Noah verzieht das Gesicht, er weiß, was sie von ihm erwartet. »Hm, Steve könnte vielleicht etwas machen, aber er möchte bestimmt einen handfesten Hinweis darauf, dass es eine Verbindung zum Mörder gibt.«

»Das Foto! Da kann er wohl kaum leugnen, dass es eine Spur ist, nicht wahr?«

Noah nickt bedächtig.

Dann wendet er sich ihr zu und verkündet: »Bravo, gute Arbeit!« Und ergänzt: »Ich möchte Ihnen auch etwas zeigen, ich glaube, ein frischer Blick könnte mir weiterhelfen.«

Er steht auf, kommt mit den beiden Briefen, die der Mörder an ihn adressiert hat, zurück und reicht sie ihr.

»Nur zu, öffnen Sie Ihr Überraschungspäckchen.«

Und das tut sie. Er beobachtet, wie ihr Blick begierig und fasziniert über die getippten Zeilen wandert. Sobald sie sie gelesen hat, legt sie die Blätter auf den Arbeitsbock und dreht sich wieder zu ihm hin. Ihre sonst so heitere Miene ist ernst geworden.

»Diese Briefe sind eine Goldmine.«

Noah nickt. »Ich habe mir Notizen gemacht, falls es Sie interessiert.«

»Apropos Notizen: Bei der Sichtung der Akten der alten Fälle habe ich keine gefunden.«

»Nein. Der Andere hat nie welche gemacht.«

Clémence schneidet eine Grimasse. »Der Andere? Okay, verstanden ... Sie unterscheiden zwischen dem Noah vor dem Unfall und dem Noah danach?«

Wieder bestätigt Noah ihre Vermutung mit einem Nicken.

»Derselbe Körper, aber verschiedene Psychen. Ich bin langsamer, als er es war. Ich empfinde vieles anders als er. Jedenfalls glaube ich es.«

Noah hält ihr sein Notizheft hin.

Clémence überfliegt seine Aufzeichnungen und erstarrt.

Dann wirft sie ihm einen fragenden Blick zu.

»Erinnern Sie sich, was Sie geschrieben haben, während Sie die Briefe lasen?«

Noah hält sich die Nase zu, um besser nachdenken zu können.

»Stichworte wie *Gartenfest*, *britischer Akzent*, *Kreide* und *Sozialamt*. Mehr weiß ich nicht mehr, in meinem Kopf herrscht ein ziemliches Durcheinander.«

Clémence' Miene verdüstert sich. »Aber hier steht etwas ganz anderes.« Sie gibt ihm das Heft zurück.

Noah runzelt die Stirn und liest die letzten Einträge.

Ein eisiger Schauder läuft ihm über den Rücken, als er entdeckt, was er geschrieben hat.

Auf der Seite mit dem Datum seines Schlaganfalls steht nur ein einziges Wort:

Richard.

Und auf der Seite mit dem Datum des Vortags, die er in der vergangenen Nacht beschrieben hat, kann er lesen:

Amy.

DIE SCHLINGE …

Eine Stunde.

So lange sitzt Sophie schon auf dem Stuhl und spielt nervös mit dem Plastikbecher, den Sergeant Lewis vor sie hingestellt hat.

Wobei sie nur schätzen kann, wie viel Zeit verstrichen ist. In dem fensterlosen Raum gibt es keine Uhr.

Konnte dieser verrückte Tag ein schlimmeres Ende haben?

Als der Beamte sie über ihre Rechte belehrte, traute Sophie ihren Ohren nicht. Und dann der Schock, als sie hörte, was man ihr vorwarf. Sie wird verdächtigt, Lester Hollins alias Giovanni Napolitano umgebracht zu haben.

Das ist der Gipfel.

Der Mafioso ist offenbar an einem Herzanfall gestorben. Er hat es ihr ja selbst gesagt: Seine Venen seien brüchig wie Zigarettenpapier.

Außerdem hatte er Kopfverletzungen, die auf einen Sturz zurückzuführen sind.

Du glaubst doch nicht wirklich an einen Zufall, Sophie, oder? Bei allem, was passiert ist, und angesichts der Warnungen, die du erhalten hast? Wie hoch ist die Wahrscheinlichkeit, dass er nur wenige Stunden, nachdem du seine Wohnung in der Seniorenresidenz verlassen hast, eines natürlichen Todes stirbt?

Doch sie ist unschuldig, hat sich nichts vorzuwerfen.

Warum ist sie dann so nervös?

Es liegt an diesem Vernehmungszimmer. Alles hier ist darauf ausgerichtet, sich möglichst unbehaglich zu fühlen.

Ein winziges, fensterloses und schmuckloses Zimmer. Nur drei Stühle – ihr ist der unbequemste vorbehalten, der mit der Plastikrückenlehne – und ein großer Einwegspiegel.

Außerdem hat man sie weit vom Lichtschalter und Heizungsthermostat weggesetzt, um ihr das Gefühl zu geben, keinerlei Kontrolle zu haben.

Es ist nicht das erste Mal, dass sie sich in einem solchen Raum befindet. Außerdem ist sie mit den neun Stufen der umstrittenen Reid-Vernehmungsmethode vertraut.

Nur dass Theorie und Praxis wie so oft auseinanderklaffen.

Nachdem sie sie schon zwei Stunden lang weichzukochen versucht haben, lassen sie sie jetzt in ihrem eigenen Saft schmoren. Sie kann nur an zwei Dinge denken: zu essen und zu schlafen. Als Erstes wird sie das Dal aus dem Tiefkühlfach aufwärmen, um dann unter die Bettdecke zu kriechen und sich von Grumpys Schnurren in den Schlaf wiegen zu lassen.

Auf diese Weise bekommen sie ihre Geständnisse. Nur um hier herauszukommen, ist man schließlich bereit, ihnen irgendwelche Lügenmärchen aufzutischen.

Zuerst hat der hübsche Sergeant Lewis eine erste Einschätzung von ihr vorgenommen. Kein Wunder, dass ihm diese Aufgabe zufiel. Mit seinen blauen Augen, makellos weißen Zähnen und dem athletischen Oberkörper, der unter dem perfekt gebügelten blauen Hemd zu erahnen ist, gibt der Spross eines weißen und eines farbigen Elternteils eine blendende Erscheinung ab. Er hat sie über sich reden lassen, von ihrem Studium, ihrem Leben, ihren Hobbys, ohne auch nur einmal sein strahlendes Lächeln aufzugeben. Hin und wieder hat er sich sogar zu einer humorvollen Bemerkung hinreißen lassen.

Sophie kennt diese Methode: dem Verdächtigen eine vertrauensselige Atmosphäre vorzugaukeln, dann zwischen Fragen, bei denen das Erinnerungsvermögen aktiviert wird, und solchen, die Nachdenken erfordern, zu wechseln, um anhand ihrer Augenbewegungen bestimmte Schlussfolgerungen zu ziehen. Beim Erinnern gehen die Augen nach rechts, beim Nachdenken nach links oder nach oben.

Dann kam der Dicke dazu. Wie nicht anders zu erwarten – sie sind immer zu zweit. Mit seiner Bulldoggenvisage, dem kahl rasierten Schädel und den stark behaarten Unterarmen ist ihm die Rolle des bösen Cops auf den Leib geschnitten. Er hat die Tür zugeknallt, etwas Unverständliches gemurrt, sich mit seinem fetten Hintern auf den Schreibtischstuhl fallen lassen – sodass die Federung ächzte – und sich dann abrupt zu ihr vorgebeugt, um ihr demonstrativ zu nahe zu rücken. Sein Atem stank nach kaltem Kaffee.

»Sie sitzen ganz schön in der Patsche, Miss Lavallée. Wir haben fast überall in Mr Hollins' Wohnung Ihre Fingerabdrücke gefunden, Zeugen haben Sie hineingehen sehen, haben Geräusche eines Kampfes gehört. Und ein paar Stunden später stirbt er an einer Kopfverletzung. Am besten, Sie legen gleich ein Geständnis ab, damit würden Sie uns beiden Zeit sparen.«

Das war lächerlich. Wie hätte sie einen Riesen wie Giovanni überwältigen können?

Wobei sie am Leben, und er tot ist.

»Ich weiß nicht, was ihm zugestoßen ist. Er ist plötzlich auf mich losgegangen und hat mich auf den Boden geworfen und festgehalten, aber als ich seine Wohnung verließ, war er noch quicklebendig«, lautete ihre Antwort.

Das war nicht gelogen, und ihre Augen sind nach rechts gewandert. Der schöne Farbige hat genickt und ein paar Notizen gekritzelt.

Nicht ganz so gut lief es, als der Fettwanst fragte: »Und was war der Grund Ihres Besuchs bei Mr Hollins?«

Ihre ganze Strategie basiert auf Lügen, angefangen bei der wahren Identität von Mr Hollins. Hätte sie sagen sollen, wer er wirklich war, auf die Gefahr hin, Benedict in eine schwierige Lage zu bringen? Hätten Sie ihr überhaupt geglaubt?

Ihr Zaudern ist nicht unbemerkt geblieben, ebenso wenig wie die kurze Augenbewegung nach oben, als sie antwortete: »Ich war bei ihm, um ihn zu meiner Reportage über die Situation in luxuriösen Seniorenresidenzen zu interviewen.«

Wieder hat der schöne Farbige genickt und sich Notizen gemacht.

Dann ging er zu Phase II seiner Methode über. Er hat seine Thesen ausgeführt und nach Anzeichen bei ihr gesucht, die diese untermauern. Seine Schlussfolgerung: Das Interview lief irgendwie aus dem Ruder, es kam zu Handgreiflichkeiten, bei denen sie ihm den Kopf gegen den Sofatisch knallte, wobei er starb, und sie ergriff die Flucht.

So ging es ungefähr anderthalb Stunden hin und her, ehe sie den Raum verlassen haben, um sie schmoren zu lassen.

Sophie zerknüllt den Plastikbecher. Je mehr sie darüber nachdenkt, desto grotesker kommt ihr das Ganze vor. Es ist offensichtlich, dass nichts zusammenpasst und dass ihnen nichts anderes übrigbleiben wird, als sie freizulassen. Bei der Autopsie wird man den Todeszeitpunkt bestimmen, der nach ihrem Weggang liegen muss. Aber warum versteifen sie sich so auf sie?

Sie fragt sich, welche Phase der Vernehmung sie als Nächstes erwartet. Ihr Widerstand ist zerbröselt, es ist ihnen gelungen, sie aus dem Konzept zu bringen.

Sobald du aus diesem Schlamassel heraus bist, wirst du dich gründlich mit den in den verschiedenen Bundesstaaten praktizierten Verhörtaktiken beschäftigen – damit treiben sie jeden in den Wahnsinn.

Vielleicht wird der Dicke mit den Schweißflecken unter den Achseln ihr als Nächstes darlegen, welches Strafmaß sie erwartet, während der farbige Schönling nickt und die empathische Verbindung aufrechterhält.

Sie weiß schon, was ihr droht. Im Bundesstaat New York steht auf Mord mit Vorbedacht mindestens eine zwanzigjährige Freiheitsstrafe. Im schlimmsten Fall Todesstrafe.

Genau, so wird die nächste Phase ablaufen: Der Schönling wird ihr eine Alternative vorschlagen: Wenn du kollaborierst, bleibt dir die Todesstrafe erspart …

… stattdessen bekommst du orangefarbene Häftlingskleidung, einen rasierten Schädel und hin und wieder eine Vergewaltigung in der Dusche.

Als die Tür aufgeht, zuckt Sophie zusammen.

Als sie das vertraute Gesicht sieht, lächelt sie unwillkürlich.

Benedict!

Sie seufzt erleichtert, dann erstarrt sie. Ihr Ex-Verlobter macht eine düstere Miene.

Er bemüht sich wieder um einen neutralen Gesichtsausdruck und nimmt ihr gegenüber Platz. »Guten Abend, Sophie. Ich habe mich auf den Weg gemacht, sobald ich mich freimachen konnte.«

»O Benedict! Ich bin so froh, dich zu sehen. Es ist die Hölle hier. Aber was sie mir vorwerfen, ist lächerlich.«

Benedict rückt den Krawattenkragen gerade und lächelt. »Mach dir keine Sorgen, der Staatsanwalt hat mich mit dem Fall Hollins betraut. Deine Akte ist in meinen Händen.«

»Wirst du mir helfen? Du weißt, dass ich unschuldig bin!« Dann sagt sie leise: »Wir wissen ja, wer dieser Typ war.«

Benedict nickt, seine Miene verdüstert sich wieder. »Klar, aber jetzt ist er tot, und ein Unfall scheint ausgeschlossen.«

»Aber ich habe nichts damit zu tun. Die Ermittlungsergebnisse werden das bestimmt zeigen!«

Er streckt seine gepflegte Hand aus und legt sie auf ihr Handgelenk. »Natürlich glaube ich dir, Sophie, aber du bist eine Schlüsselzeugin in dieser Angelegenheit. Du bist diejenige, die ihn zuletzt lebend gesehen hat.« Er lächelt.

»Ich glaube, wir werden jetzt wieder öfter miteinander zu tun haben.«

... ZIEHT SICH ZU

Es ist drei Uhr morgens, und Sophie kann nicht schlafen. Weder der Regen, der gegen die Fensterscheiben prasselt, noch das Aroma der Lavendel- und Baldrianduftkerzen auf ihrem Schreibtisch können sie beruhigen.

Die Anspannung will einfach nicht weichen.

Nach dem überaus anstrengenden Tag hat Sophie es einfach nicht fertiggebracht, die restliche Nacht vor ihrer Wohnungstür zu verbringen. Ihre Handtasche ist nicht mehr aufgetaucht – sie ist überzeugt davon, dass ihr Verfolger sie gestohlen hat –, und darin befanden sich unter anderem ihr Handy, ihre Wohnungsschlüssel und ihr Portemonnaie. Zum Glück hatte sie ihren Ausweis in die Jeanstasche gesteckt.

Um in ihre Wohnung zu gelangen, blieb ihr nichts anderes übrig, als Becky, ihre Nachbarin, zu wecken, bei der sie einen Ersatzschlüssel deponiert hat.

Sie hat sich fest vorgenommen, sich bei ihr mit einem kleinen selbstgekochten Veggie-Abendessen zu revanchieren.

Aber das muss noch warten.

Vorerst hat sie ganz andere Sorgen, und da ihr Organismus ihr keine Ruhe gönnt, kann sie ebenso gut arbeiten. Sie sitzt jetzt schon seit zwanzig Minuten auf dem Schreibtischstuhl, den Oberkörper vorgebeugt und das Gesicht nah am Bildschirm ihres Laptops. Ihr Nervensystem ist auf Autopilot geschaltet, ihr Unterkiefer klappt bei jedem Gähnen automatisch auf, ihre geschwollenen Augen sind kaum noch fähig, sich auf verschiedene Objektentfernungen einzustellen, immer wieder hat sie Krämpfe in Armen und Beinen.

Aber sie macht trotzdem weiter.

Die Gedanken jagen ihr durch den Kopf und ringen um Vorherrschaft: Giovanni, Cadwell, der Unfall, ihr mysteriöser Verfolger.

Aber sie macht unbeirrt weiter. Klick für Klick verfolgt sie ihre einzige Spur: Timothy Carter.

Und plötzlich richtet sie sich auf dem Stuhl auf, ein Lächeln auf den Lippen.

Nach ein paar fruchtlosen Versuchen – die Begriffskombinationen »Timothy Carter«, »Freund«, »Lawrence Cadwell« haben nichts ergeben – findet sie schließlich heraus, warum ihr dieser Name irgendwie bekannt vorkommt.

Und die Antwort ist an einem Ort verborgen, wohin die meisten Menschen gar nicht erst vordringen: jenseits der ersten Google-Seite.

Denn Timothy Carter gibt es zuhauf. Anwälte, Musiker, Sportler.

Im Bundesstaat New York sind es schon etwas weniger.

Und nur einer war eines der Opfer des Dämons von Vermont.

Sophie streckt ausgiebig ihre Glieder.

Grumpy hat sich zu ihren Füßen eingerollt und leckt die Dal-Reste aus der Keramikschüssel, die sie unter den Schreibtisch gestellt hat.

Aber handelt es sich tatsächlich um den gesuchten Carter?

Einerseits hofft sie es nicht. Tote reden nicht, und wenn er etwas in Bezug auf die kleine Amy Williams wusste, dann hat er es mit ins Grab genommen. Laut den Informationen, auf die sie gestoßen ist, könnte er es durchaus sein, wenn sie glauben darf, was sie da liest.

Vermutliches Todesdatum: 11. November 2010, im Alter von sechzig Jahren. 1975 war er folglich fünfundzwanzig, also ungefähr im gleichen Alter wie Lawrence Cadwell. Er stammte aus dem Bundesstaat New York und wohnte bis zu seinem Tod in Vermont.

Sophie unterdrückt ein neuerliches Gähnen.

Okay, das ist eine Spur, aber sie muss nach weiteren Informationen graben. Soll sie den Autor des Artikels kontaktieren? Ja, das ist eine Möglichkeit.

Oder, besser noch, die leitenden Ermittler. Im Zeitungsbericht ist von Sergeant Steve Raymond und einem Profiler namens Noah Wallace die Rede.

Sie bräuchte als Vorwand nur zu sagen, sie sitze über einem Artikel über den Dämon von Vermont für ihren Blog.

Welchen Wolf wirst du füttern? Noch eine Lüge?

Vielleicht findet sie ja weitere Hinweise in der Aufzeichnung ihres Gesprächs mit Stephen Cadwell?

Stephen!

Ihr läuft es kalt über den Rücken.

Und dann wird ihr klar: Wenn Giovanni umgebracht wurde, dann garantiert, weil er mit ihr geredet hat.

Jemand muss gewusst haben, dass du über Trout recherchierst und den alten Mafioso in der Seniorenresidenz besucht hast.

Aber wie? Wer außer Benedict wusste von ihrem Vorhaben?

Einer seiner Kontakte? Und selbst wenn Giovanni nichts über ihr Gespräch verraten hat – du hast das iPhone im Wagen gelassen. Und wer packt in dem verdammten Interview aus, das darauf gespeichert ist, Sophie?

Cadwell!

Er ist in Gefahr, dessen ist sich Sophie sicher, wenn nicht gar schon tot.

Sie zögert. Es ist nur ein Bauchgefühl, eine mögliche Schlussfolgerung, nichts Konkretes, wieder so ein aufdringlicher Gedanke.

Nein, das ist reine Logik, Sophie … steck nicht länger den Kopf in den Sand, verdammt!

Und wenn er bereits tot ist, was dann? Ich sitze wirklich in der Patsche. Erst Giovanni, dann Cadwell. Und die einzige gemeinsame Verbindung zwischen den beiden bin ich. Ich bin erledigt.

Welchen Wolf wirst du füttern, Sophie? Los, ruf die Polizei an!

Ich habe kein Handy mehr, rechtfertigt sie sich.

Und was ist mit Skype?

Eine Mail! Ja, das ist es, sie muss Benedict eine als dringlich markierte Mail schicken.

Nein, das dauert zu lang, du musst die Polizei anrufen!

Becky!

Sophie steht ruckartig auf und schlüpft in Jeans und Jacke.

Sie verlässt ihre Wohnung und stürzt zu ihrer Nachbarin hinüber.

Sie drückt den Klingelknopf.

Keine Antwort.

Keine Zeit für Skrupel, ein Menschenleben ist möglicherweise in Gefahr.

Sie klopft an die Tür.

Immer noch keine Reaktion.

Sie hämmert dagegen und ruft: »Mach auf, Becky! Es ist dringend!«

Die Wohnungstür geht ein Stück weit auf.

Becky erscheint in einem grünen Baumwollmorgenmantel im Türspalt, mit zerknitterter Haut um die Augen herum, die schwarzen Haare zerzaust.

Sophie schiebt sich an ihr vorbei in die Wohnung.

»Mist, Sophie, zuerst brauchst du spätabends den Schlüssel, und jetzt klingelst du mich um vier Uhr in der Früh schon wieder heraus?«

»Hör zu, Becky, du musst mir kurz dein Handy borgen. Ein Bekannter ist vielleicht in Gefahr! Ich muss ihn unbedingt kontaktieren.«

Becky gähnt ausgiebig und reibt sich die Augen. »Ich geh es holen.«

Sie verschwindet in ihrem Schlafzimmer und kommt mit ihrem Handy zurück.

Sophie schließt die Augen und forscht in einer Schublade ihres Gedächtnisses nach Cadwells Telefonnummer.

Sie erinnert sich, wählt und wartet.

Es klingelt einmal.

Zweimal.

Keine Antwort.

Sophie hüpft nervös auf und ab und beißt sich auf die Unterlippe.

»Geh ran, Cadwell!«

Als er auch beim dritten Klingeln nicht abnimmt, beginnt ihr Herz schneller zu schlagen.

Nach dem vierten Klingeln ist ein Klicken zu hören.

»Stephen! Hier ist Sophie ...«

»Sie sind mit der Mailbox von Stephen Cadwell verbunden. Im Moment bin ich nicht persönlich zu erreichen. Sie können nach dem ...«

Sophie beendet die Verbindung.

Becky sieht sie fragend an. Und jetzt?, liest sie in ihren besorgten Augen.

Wie gern würde sie ihr eine Antwort geben.

Aber sie hat keine. Was soll sie ihr auch sagen um diese Uhrzeit, um vier Uhr morgens?

Sie wählt erneut die Nummer.

Wieder schaltet sich die Mailbox ein.

Wen könnte sie sonst noch anrufen? Die Polizei? Um ihnen was zu sagen? Dass sie sich Sorgen wegen eines Freundes macht?

Nein, es gibt nur einen, der ihr helfen kann. Aber dann muss sie ihm die Wahrheit sagen und ihm von ihrem Besuch bei Cadwell erzählen.

Sie amtet tief durch und wählt Benedict Owens Nummer.

Beim dritten Klingeln nimmt er ab.

»Hallo, Benedict, ich muss unbedingt mit dir reden.«

AMOK

Das Hämmern wird immer lauter, die Tür ist kurz davor nachzugeben.

Bei jeder Erschütterung schnürt ihm die Angst ein bisschen mehr die Kehle zu.

»Du musst es machen«, sagt ein Junge.

Aus seiner Stimme spricht kein bisschen Panik, nur kühle Entschlossenheit.

Das Holz splittert. Die Tür birst auseinander.

»Das werdet ihr mir büßen!«, brüllt eine Stimme.

»Mach dich bereit … er kommt!«

Das Monster trampelt die Treppe herunter.

… *Noah?*

Die Angst schließt sich wie eine Faust um den Magen. Die Tränen steigen ihm in die Augen, der Urin rinnt ihm an den Schenkeln hinab.

»Noah!«

Das Klatschen vor seinem Gesicht lässt ihn die Augen öffnen.

Seine Sicht ist verschwommen, er erkennt nur unscharfe Umrisse und tanzende Lichter.

Ein rundliches Gesicht zeichnet sich allmählich vor seinen Augen ab, wird mit jedem Blinzeln deutlicher.

»Du liebe Güte, du warst völlig weggetreten! Wo warst du?«, fragt Steve.

Gute Frage.

Das wüsste er auch gern. In seinen Gedanken? In seinen Erinnerungen? Oder in denen eines anderen?

»In einem Traum«, antwortet er. »Ich hatte gerade einen Wachtraum.«

Steve sieht ihn an. Seine Glupschaugen wirken noch größer als sonst. »Verdammt, mich würde mal interessieren, was das für Medikamente sind, die du schlucken musst. Scheißpharmaindustrie; wir sind für die doch nur verdammte Versuchskaninchen. Es kotzt mich an, dass die mit uns machen, was sie wollen.«

»Du hast ja recht, aber wenn ich die Mittel nicht nehme, halte ich es vor Schmerzen nicht aus.«

Steve geht nicht darauf ein. Jetzt ist er in Gedanken versunken. Er umklammert die Armlehnen seines Stuhls, sodass seine Knöchel weiß hervortreten. Seine Kiefermuskeln sind angespannt. Noah vermutet, dass er an die zurückliegenden Jahre denkt, die er nun schon an der Seite seines Vaters verbringt, der seinen Lungenkrebs zuerst besiegt und dann einen Rückfall erlitten hat, diesmal ist es Kehlkopfkrebs. An die vielen Jahre der Chemotherapie und Bestrahlung, sodass er nun wie eine Mumie aussieht, mit einem Loch im Hals und einer Stimme wie von einem Roboter.

Steve ist mit den Nerven völlig herunter.

Wie lange wird es noch dauern, bis er zusammenbricht?

Er trägt noch immer dasselbe Hemd mit dem speckigen Kragen, und Noah fällt auch die Schmutzkruste hinter seinen Ohren und die Trauerränder an den Fingernägeln auf.

Als er ihn an diesem Morgen abholte, roch sein Atem bereits nach Whiskey.

Er ist kurz vor einer Depression ... wenn er nicht schon mitten drin ist.

»Was machen die eigentlich so lang? Glauben die, wir wollen hier übernachten?«

Ein Mann, der ihnen gegenübersitzt, lässt seine Zeitschrift sinken und sieht sie neugierig an.

Als wäre Steves Protest erhört worden, geht die Wartezimmertür auf.

Eine Frau erscheint im Türrahmen; sie ist um die fünfzig und hat ihre grauen Haare zu einem Knoten geschlungen.

Das Namensschild auf ihrer weißen Bluse weist sie als Dr. B. Sue aus. Darunter steht: Hutchings Psychiatric Center.

»Mr Steve Raymond?«, fragt sie mit rauer Stimme.

Raucherin oder ehemalige Raucherin, denkt Noah.

Kein Ehering. Geschieden? Oder Junggesellin?

Steve steht auf. »Endlich«, murmelt er.

Dr. Sue führt sie in das Gängegewirr der Klinik, in ihr Nervensystem.

In diesem von Wahnsinn und geistigem Verfall gezeichneten Ort ist die Frau mit den grauen Haaren ein Anker, an dem sich Noah festklammert.

Während sie die Flure durchqueren, wird jeder Klagelaut, jeder leere Blick zu einem Echo seiner eigenen Gebrechen, und die Patienten sind für ihn wie Spiegel, die ihn in den Wahnsinn abdriften zu lassen drohen.

»Woran leidet sie?«, fragt Steve.

Dr. Sue räuspert sich. »Sie ist kein klassischer Fall. Bei ihr zeigen sich mehrere Symptome der Demenz, ohne dass eine klinische Symptomatik vorliegt. Die Veränderungen ihrer Persönlichkeit, das ausgeprägte Aufmerksamkeitsdefizit und die Beeinträchtigung der exekutiven Funktionen weisen auf eine Frontotemporale Demenz hin. Aber die Untersuchungen haben keine Atrophie der Frontallappen ergeben. Die visuellen Halluzinationen, unter denen sie leidet, sind normalerweise Folge einer Lewy-Körper-Demenz, aber ihre Gehirnzellen weisen keinerlei Alpha-Synuclein-Ablagerungen auf.«

»Ich habe zwar nicht alles verstanden, aber kurz gesagt heißt das, sie ist völlig plemplem?«

Das Gesicht der Ärztin verfinstert sich. »Diesen Ausdruck würde ich nicht benutzen. Wahnsinn und degenerative Demenz sind zwei unterschiedliche Dinge.«

»Tut mir leid, Doktor, aber verrückt ist für mich verrückt«, erwidert Steve. »Man steht nicht eines Morgens auf und zertrümmert seiner besten Freundin mit einem Hammer den Schädel, wenn man noch alle Tassen im Schrank hat.«

»Nur dass sich nach diesem Vorfall über einen Zeitraum von fünfzehn Jahren keinerlei Zeichen von Wahnsinn mehr gezeigt haben.«

»Von der Tatsache mal abgesehen, dass sie einer Mitinhaftierten brutal in den Hals gebissen hat.«

Dr. Sue nickt, aber sie kneift die Augen zusammen.

»Gut, hier wären wir. Ich werde die ganze Zeit anwesend sein. Sie haben zehn Minuten, mehr nicht. Aber machen Sie sich keine Hoffnungen, Antworten zu bekommen, meine Herren. Sie spricht, und manchmal hat sie auch klare Momente, aber vor allem, wenn sie sich an ihre Freundin Jenny erinnert.«

»Und abgesehen davon haben wir nichts zu befürchten? Dass sie sich zum Beispiel auf einen von uns stürzt und ein bisschen Blut saugen will?«, fragt Steve und lacht selbst über seinen kleinen Witz.

Die Gesichtszüge der Ärztin verhärten sich, und sie richtet die Augen auf den Kommissar. »Nein. Sie ist in letzter Zeit nicht mehr aggressiv. Deswegen haben wir sie auch in diese Abteilung verlegt.«

Sie zieht ihre Karte durch das Lesegerät, und die Tür geht auf.

Es ist ein normales Krankenhauszimmer, mit dem Unterschied, dass das Fenster an der Außenseite des Gebäudes vergittert ist.

Die Patientin sitzt auf dem Sessel gegenüber dem Bett. Sie ist mager, ihr Schädel ist kahl rasiert, und sie blickt zu Boden, während sie den Kopf hin und her wiegt.

Steve flüstert Noah ins Ohr: »Würde es dir was ausmachen, ihr die Fragen zu stellen? Du weißt schon, wegen deinem Instinkt … und so.«

Noah wirft ihm ein schiefes Lächeln zu. »Weißt du, die Tatsache, dass ich in psychiatrischer Behandlung bin, verleiht mir keine besonderen Fähigkeiten. Und es ist auch nicht so, dass Verrückte ein tieferes Verständnis füreinander hätten.«

Steve macht einen Schritt zurück und starrt ihn an, als hätte Noah ihm einen Faustschlag verpasst.

»Das war ein Scherz, Steve.«

Dann geht Noah auf die Frau zu und kniet sich mit einem Knie vor sie. »Guten Tag, Rebecca. Mein Name ist Noah Wallace.«

Die Frau kratzt sich am Kopf und hält den Blick weiter zu Boden gesenkt.

»Ich werde Sie nicht lange behelligen. Ich wollte Ihnen nur ein paar Fragen stellen.«

Langsam hebt sie die Augen, sieht ihn an und lächelt.

Wie ein Kind.

Dann deutet sie auf die gegenüberliegende Wand. Noah dreht sich um, kann aber nichts Auffälliges erkennen.

»Die Seite hat Jenny bevorzugt«, sagt sie.

Er lächelt und holt den Zeitungsartikel aus der Jackentasche, den er mitgebracht hat, und zeigt ihn ihr. »Das ist Richter Harris McKenna. Kennen Sie ihn?«

Rebecca blickt kurz auf das Foto und heftet den Blick sofort wieder auf den Boden. »Er ist nett zu uns. Er gibt uns Bonbons.«

»Entschuldigen Sie bitte, Rebecca. Er hat Ihnen Bonbons gegeben?«, fragt Noah.

Sie hebt den Kopf und sieht ihn flehend an. »Ich hab's nicht mit Absicht gemacht … es war nicht meine Schuld!« Sie schüttelt den Kopf, streckt die Hand aus und deutet auf den Nachttisch.

»Ich glaube, sie will zeichnen«, erklärt Dr. Sue. »Das macht sie am liebsten.«

Noah nickt, steht auf und holt das Heft, das dort liegt.

Er schlägt es auf, und als sein Blick auf die erste Zeichnung fällt, setzt sein Herzschlag kurz aus. Dann blättert er Seite für Seite weiter. Nachdem er alle Seiten durchgesehen hat, verharrt er mit dem Heft in der Hand einen Moment lang reglos.

»Alles okay? Du wirkst erschrocken«, sagt Steve.

Noah bringt ihm das Heft und blättert es vor seinen Augen nochmals durch.

Auf jeder Seite das gleiche Bild.

Ein rotes Dreirad.

PUZZLES

Sie müssen dieser Spur unbedingt nachgehen!«, schreit Clémence.

Noah bedeckt mit der Hand den Lautsprecher des Telefons und wirft einen verstohlenen Blick in Richtung Küche.

Rachel steht noch immer am Herd, und das Brutzeln und der Geruch des gebratenen Specks lassen ihm das Wasser im Mund zerlaufen.

»Die Spur ist kalt, Clémence. Die beiden Inhaftierten wollten nichts sagen, und Rebecca …«

»… hat rote Dreiräder gezeichnet!«, vervollständigt sie den Satz. »Das ist die Verbindung, nach der Sie gesucht haben, Noah. Nennen Sie es eben Intuition, wenn Sie der Begriff ›Medium‹ erschreckt.«

Das ist definitiv der Fall. Intuition ist ihm lieber, das ist etwas Fassbares, darunter kann er sich etwas vorstellen.

»Ich wäre so gern dabei gewesen, allein schon um das Gesicht Ihres Kollegen zu sehen.«

Noah wäre das ebenfalls mehr als recht gewesen. Sie reißt ihn mit ihrem Enthusiasmus mit, die unausgesprochene Konkurrenz zwischen ihnen spornt ihn an.

»Hätte ich Steve von unserem Treffen erzählt, hätte es diesen Besuch in der Klinik bestimmt nicht gegeben.«

Clémence lacht. »Sie sind ein Geheimniskrämer, und ich bin mir sicher, dass Sie auch Rachel nicht sagen, mit wem Sie gerade telefonieren, stimmt's?«

Noah sagt nichts, während er einen Schritt in Richtung Küche macht und hineinspäht.

Rachel stellt gerade zwei Teller auf den Tisch und hebt den Kopf. Ihre Blicke begegnen sich.

»Außerdem habe ich über den letzten Eintrag in Ihrem Heft nachgedacht: *Amy*. So heißt ein weiterer Dämon. Er ist Präsident der Hölle, hat die Gestalt eines lodernden Feuers und beherrscht die cholerischen Gemüter. Vielleicht gibt es ja eine Verbindung zu dem Mord im Maisfeld? Die reinigende Kraft des Feuers zum Beispiel?«

»Jedenfalls ist es eine Hypothese, der man nachgehen kann«, antwortet er in unbeteiligtem Ton.

Clémence seufzt. »Okay, habe verstanden. Dann will ich Sie nicht länger behelligen, Noah, da ich merke, dass Sie nicht bei der Sache sind.«

»Ich … ich telefoniere nicht gern. Lassen Sie uns persönlich darüber reden. Auf Wiedersehen.« Noah beendet das Telefonat.

Das war nicht gelogen. Er hasst es, »Ferngespräche« zu führen.

Er hinkt in die Küche zurück, doch als er an die Arbeitsplatte treten will, wo zwei dampfende Teller mit Pasta stehen, stellt sich Rachel ihm in den Weg. Sie legt ihm eine Hand auf die Brust. »O nein. Du rührst keinen Finger. Das ist zwar deine Wohnung, aber heute Abend bist du eingeladen. Setz dich einfach und genieße den Abend … er fängt ja gerade erst an.« Sie unterstreicht ihre Worte mit einem verführerischen Lächeln.

»Tut mir leid, Rachel, aber ich bin so viel Aufmerksamkeit nicht mehr gewohnt.«

Noah stützt sich auf seinen Stock und richtet sich auf – Rachel ist einen guten Kopf größer als er –, um sie auf die Lippen zu küssen. »Ich habe dich nicht verdient«, sagt er dann.

Rachel sieht ihn streng an. »Hör auf damit, allmählich glaube ich, du meinst es ernst.«

Er bringt nur ein verlegenes Lächeln zustande. Das stimmt auch, aber er sagt es nicht.

Noah setzt sich, und Rachel hält ihm seinen Teller kurz unter die Nase, damit er schnuppern kann. »*Paccheri rigati* mit Spargel und Pancetta. Du stehst ja auf italienisches Essen, wie ich inzwischen weiß.«

»Es riecht schon mal köstlich.«

Sie stellt sich ihm gegenüber an den Tisch und schenkt beiden ein Glas aus der bereitstehenden Flasche kalifornischen Rotwein ein.

»Weißt du, Noah, du musst dich nicht verstecken, wenn du mit deiner Freundin telefonierst. Ich vertraue dir.«

Er sieht sie ungläubig an. Sie hat sich geschminkt … für ihn. In dem roten Kleid, das ihre üppigen Formen betont, und mit ihrem langen kupferfarbenen gewellten Haar kommt sie ihm vor wie aus einem Detektivfilm aus den Fünfzigerjahren. Wie kann es sein, dass sich diese Göttin in ihn verliebt hat?

Sein Handy klingelt. Noah seufzt und fischt es aus seiner Hosentasche.

»Das ist Steve«, sagt er entschuldigend und nimmt ab.

»Guten Abend, Süßer. Habe ich dir gefehlt? Rate, wer dich in zehn Minuten abholen kommt?«

›››

Zweiunddreißigtausend Teile, die zusammengesetzt eine Aufnahme von New York aus einem Fenster darstellen.

Das ist Bernard Tremblays neue Herausforderung. Ein überdimensioniertes Puzzle, das fünf mal zwei Meter misst.

Er betrachtet den riesigen Haufen Pappteilchen auf dem Boden. Er hat sie direkt neben dem Brett ausgeschüttet, das er eigens für ein solches Monstrum von Puzzle hat anfertigen lassen.

Wie viele Stunden er wohl dafür brauchen wird?

Das letzte – *Die Erschaffung Adams* von Michelangelo – umfasste nur ein Drittel der Teile und kostete ihn ungefähr sechshundert Stunden, um es fertigzustellen. Fünfundzwanzig Tage … er hat also fast einen Monat seines Lebens mit Aussortieren, Ausprobieren und Zusammensetzen verbracht.

Ein äußerst befriedigender Zeitvertreib für einen Geduldspielfanatiker wie ihn.

Puzzles zusammenzusetzen beruhigt ihn. Es spielt keine Rolle, wie viel Zeit er braucht. Er weiß: Teil für Teil kommt er der Lösung näher.

Die Zeit und die Teile.

Genau das, was er auch in seinem neuesten Fall braucht. Zeit, denn wenn die Gendarmerie Royale die Untersuchung übernimmt, wird er in die zweite Riege verbannt. Und die Teile, von denen ihm noch allzu viele fehlen, bis das Bild vollständig ist.

Bernard schreibt das heutige Datum in ein Notizbuch, setzt die Stoppuhr in Gang und nimmt vor dem Haufen Platz.

Ein paar Sekunden lang betrachtet er die Vorlage, die an der Wand hängt, und beschließt, die Teile nach Farben zu ordnen. Keine leichte Aufgabe. Die Gebäude ähneln sich. Aber der Himmel und die roten Backsteinhäuser stellen einen guten Ausgangspunkt dar.

Er langt in den Haufen, holt ein paar Teile heraus und legt sie vor sich hin.

Bernard runzelt die Stirn. Noch vermag das Puzzle ihn nicht von den Fragen abzulenken, die ihm im Kopf herumspuken.

Yves Coté war in seinem früheren Leben Harris McKenna. Ein Richter. Ein verdammter Richter!

Als seine Nichte ihm von ihrer Entdeckung erzählte, hörte er schweigend zu, um sein Team gleich darauf anzuweisen, bezüglich des Verschwindens von Béatrice und Chloé Coté zu ermitteln.

Und nun, es ist noch keine fünf Minuten her, hat Clémence ihm von dieser Geschichte mit der psychiatrischen Klinik und dem roten Dreirad berichtet.

Was für einen Sinn ergibt das?

Eine Frau, die vor vielen Jahren von einem der Mordopfer verurteilt wurde, daraufhin den Boden unter den Füßen verlor und anfing, lauter rote Dreiräder zu zeichnen!

Wie schafft man es, diese Teile ineinanderzufügen?

Und wieder spielt dieser Noah Wallace eine entscheidende Rolle bei diesen Enthüllungen.

Aber man soll ihm bloß nicht mit einer medialen Begabung oder anderen paranormalen Phänomenen kommen! Bernard ist schleierhaft, wie seine Nichte an solch einen Quatsch glauben kann. Sie ist doch sonst so brillant. Nein, es muss eine logische Erklärung geben. Es gibt immer eine.

Bernard lächelt und schiebt die beiden Puzzleteile, die er zusammengefügt hat, an die Position auf dem Brett, wo sie ungefähr hingehören.

Gern würde er glauben, dass es ein gutes Omen ist.

Sein Handy vibriert in der Innentasche seiner Jacke.

Sein Freund hat ihm eine SMS geschickt:

»Meine Nachforschungen machen Fortschritte. In Kürze bekommst du ein paar interessante Informationen.«

Perfekt.

Ein paar neue Teile, mehr erwartet er nicht.

Gerade als er das Handy wieder wegstecken will, klingelt es in seiner Hand. Nach einer Schrecksekunde nimmt er ab.

»In Vermont, sagen Sie? Okay, ich komme.«

Bernard steht auf, schaltet die Stoppuhr aus und schreibt *14 Min. 39 Sek.* in das Notizbuch.

Nachdenklich verlässt er die Garage.

Ein weiteres Opfer, ein weiteres Puzzleteil.

Diesmal in Nachbars Garten sozusagen.

IN DER HÖHLE …

Benedict jubelt innerlich.
Er kann nicht anders.

Er kann sich dieses Lächelns, das ihm in das gebräunte Gesicht eingebrannt zu sein scheint, und des Hochgefühls, das ihn vor ein paar Stunden erfasst hat, nicht erwehren.

Auch jetzt nicht, während eine hundertfünfzig Kilo schwere Gewichtsstange auf seine Brustmuskeln drückt.

Er weiß, es ist eine Sünde, sich über etwas so Tragisches wie den Tod eines Menschen zu freuen, aber er kann nicht anders, als diesen Moment zu genießen.

Vielleicht wird er bei Pater Fernando in die Beichte gehen und sein Gewissen erleichtern.

Es geht nichts über Absolution. Es ist schon verrückt, welche Macht ein paar gemurmelte »Gegrüßet seist du, Maria« und »Vaterunser« haben können.

Als Sophie ihn mitten in der Nacht angerufen hat, um mit ihm über diesen Stephen Cadwell und ihre Nachforschungen zu Edgard Trout zu reden, hat er nicht mit solch einem Geschenk des Himmels gerechnet.

Schon die Sache mit diesem Giovanni kam ihm wie gerufen, aber allzu lange hinauszögern kann er die Angelegenheit nicht. Der Autopsiebericht wird sie vollständig entlasten. Der alte Mafioso ist sechs Stunden nach ihrem Weggang gestorben, und der tödliche Schlag auf seinen Kopf erfolgte mit einem Baseballschläger. Damit lässt sich die Anschuldigung, dass es sich um einen Totschlag bei einem Gerangel handeln könnte, nicht mehr lange aufrechterhalten.

Benedict drückt ein letztes Mal, aber seine Arme zittern vor Anstrengung. Hoffentlich ist dieser nochmalige Versuch nicht zu viel des Guten!

Er spannt die Muskeln an und stößt zur Unterstützung einen Schrei aus, während er die Langhantel nach oben stemmt. Als die Hantel mit einem metallischen Geräusch in dem Gestell einrastet, stöhnt er vor Erleichterung auf.

Das war wirklich am Limit, die hundertfünfzig Kilo schwere Langhantel hätte ihm den Brustkorb zertrümmern können.

Benedict setzt sich auf die Bank und wischt sich mit dem Handtuch den Schweiß von der Stirn.

Schade, dass er bei Sophies Festnahme nicht dabei sein kann. Was würde er dafür geben, ihr Gesicht zu sehen.

Wie kann sie nur so dusselig und naiv sein!

Wie soll er sich bei seinem nächsten Auftritt geben?

Betroffen und ernst?

»Bedaure, Sophie, aber diesmal kann ich nichts für dich tun. Zwei Tote innerhalb von zwei Tagen, und beide Male wurdest du zuletzt bei ihnen gesehen, das belastet dich natürlich schwer. Ich würde dir raten, mit dem Staatsanwalt zu kooperieren. Vielleicht wird er dann nur eine Haftstrafe von fünf Jahren fordern.«

Nein, das wäre zu direkt. Momentan gewiss äußerst befriedigend, aber um sie zu überführen, reichen die Indizien natürlich nicht. Sicher, es ist fraglich, ob es ein Selbstmord war, das muss die Autopsie erst noch bestätigen. Bleibt noch die Frage zu klären, wo Sophie war, als sich der Typ (oder der Mörder ihm) den Lauf des Python 357 in den Mund steckte und abdrückte.

Dann vielleicht eher schmeichlerisch?

»Natürlich kann ich dir helfen, Sophie … nun, jedenfalls, wenn du nett zu mir bist.«

So reizvoll es ist, aber das wäre zu plump. Um sein Ziel zu erreichen, muss er subtiler vorgehen.

Er muss sich mitfühlend geben, das ist der richtige Ansatz.

»Ich halte zu dir, Sophie, und werde alles in meiner Macht Stehende tun, um dich aus diesem Schlamassel rauszuholen. Natürlich weiß ich, dass du unschuldig bist.«

Nachdem die Detectives ihr eine Weile zugesetzt, sie in die Mangel genommen haben, kann er als rettender Ritter auftreten, der ihr mit einem falschen Alibi zu Hilfe eilt. Und dann ist sie tief in seiner Schuld …

Er kann es kaum erwarten, das Verhör mitzuverfolgen. Wie beim letzten Mal wird er sich draußen vor den Einwegspiegel stellen und zusehen, wie sie zappelt wie eine auf den Rücken gedrehte Schildkröte. Aber vergeblich. Nur er hat die Macht, sie wieder umzudrehen.

Benedict steht auf und geht in Richtung der Duschen.

Alles läuft nach Plan.

Egal, was passiert, Sophie wird ihm gehören.

Ihr Schicksal ist in seinen Händen.

›››

Blake öffnet keuchend die Wohnungstür.

Die fünf Stockwerke haben seinen Beinen den Rest gegeben.

Nach den Lowkicks, die Ted ihm in Waden und Schenkel versetzt hat. Er hat ihn ganz schön rangenommen im Ring.

Das war wohl die Quittung dafür, dass Blake ihn vor zwei Tagen versetzt hat, wobei er es, wie Blake findet, ein bisschen übertrieben hat. Die beiden können nicht mit und nicht ohne einander. In den letzten vier Jahren haben sie sich zigmal getrennt und wieder versöhnt, und sind immer noch zusammen.

Er hievt seine Sporttasche in die Diele und legt die Schlüssel auf die Ablage.

Erste Amtshandlung: den Eisbecher von Il Laboratorio del Gelato, seiner Lieblingseisdiele, leeren, bevor Beth es tut.

Ein sündhaft teures Gaumenvergnügen – sechzig Dollar für einen halben Liter –, aber unverschämt gut.

Zweite Amtshandlung: nachschauen, welche Ergebnisse sein Programm zutage gefördert hat.

Aber warum nicht beides miteinander verbinden?

Nach einem Abstecher zum Gefrierfach setzt sich Blake vor den Computer.

Seine Software hat bereits eine Liste mit potenziellen Adressen herausgefiltert. Diese IP-Adressen werden jetzt von seinem Programm überwacht und nachverfolgt.

Höchste Zeit nachzuschauen, was der Weihnachtsmann ihm in die Socke gesteckt hat.

Blake nimmt einen Löffel voll Eis und klickt auf das spiralförmige Symbol seines Programms D. N. A.

»Dark Net Analyzer«. Sicher nicht der endgültige Name für sein Baby, aber für den Moment durchaus passend.

Er geht die Protokolle durch und lächelt, als er in der Liste das umkringelte kleine grüne Häkchen entdeckt.

Er klickt auf die entsprechende Zeile und blinzelt ungläubig. »Scheiße!«, entfährt es ihm.

Zweifelsohne: Der Weihnachtsmann ist durch den Kamin gekommen und hat ihm seine IP-Adresse gebracht.

Nächster Schritt: versuchen, den Server zu lokalisieren.

Blake aktiviert mit einem Klick eine weitere Funktion seines Programms.

In nicht mal einer Minute hat sein Baby den Hostnamen gefunden.

Das wär's. Das Päckchen wartet nur noch darauf, ausgepackt zu werden, der schönste Moment des Ganzen: die Vorfreude.

Er sieht sich das Ergebnis an und reißt die Augen auf.

»Wow!«

Blake schiebt abrupt den Stuhl zurück, springt auf und entfernt sich von seinem PC, als wäre er mit Polonium verseucht.

»Ach du Scheiße!«

Jetzt bloß nicht in Panik ausbrechen, Blake. Schön ruhig bleiben. Plan ändern!

Dritter Schritt: Schnell ein Back-up seines Programms machen.

Er schnappt sich den nächstbesten USB-Stick und steckt ihn in den Anschluss seines Rechners. Er startet den Kopiervorgang des Quellcodes und der Protokolle.

»Schnell, beeil dich!«, ruft er und starrt beschwörend auf den Fortschrittsbalken.

Sobald der Vorgang beendet ist, zieht er den Stick heraus und lässt ihn in seiner Hosentasche verschwinden.

Vierter Schritt: sämtliche Spuren löschen.

Blake zieht die untere Schreibtischschublade auf, wühlt zwischen den Kabeln und kramt einen Magneten hervor. Er schraubt das Gehäuse seines Rechners auf und entfernt die Festplatten. Er legt sie auf den Boden und fährt mit dem Magneten darüber. Dann wirft er sie in die Diele. Er wird sie später entsorgen.

Aber davor muss er noch etwas anderes tun: seine beste Freundin warnen.

Die arme Sophie hat keine Ahnung, in welchen Sumpf sie da hineingetappt ist. Sie muss sofort ihre Nachforschungen einstellen und ihr MacBook zerstören.

Blake greift nach seinem Handy und wählt ihre Nummer.

Die Mailbox schaltet sich ein.

Nach kurzem Zögern hinterlässt er ihr eine Nachricht.

Er hat keine andere Wahl.

… DES LÖWEN

Sie ist ruiniert …
Jedenfalls fast.

Sophie wusste es schon, bevor sie sich in ihr Online-Bankkonto eingeloggt hat, aber jetzt den Saldo vor Augen zu haben, setzt ihrer ohnehin schon angeschlagenen Moral noch mehr zu.

Einhundertachtzig Dollar und einundfünfzig Cent.

Eine Katastrophe, wenn man in New York wohnt.

Es stehen noch die Honorare für zwei Artikel aus, die sie geschrieben hat, aber die belaufen sich auf einen Betrag, der gerade einmal die Miete abdeckt. An die Selbstbeteiligung, die für die Reparatur des Mietwagens anfällt, mag sie gar nicht erst denken.

Ganz zu schweigen von den dreihundert Dollar, die sie in ihrer Handtasche hatte.

Habe ich dir nicht gesagt, du sollst nicht so viel Bargeld mit dir herumtragen.

Wieder die Stimme ihres Vaters, die immer in einer Ecke ihres Bewusstseins lauert, um ihr eine Moralpredigt zu halten.

Natürlich fühlt sie sich versucht, ihn zu bitten, ihr aus der Patsche zu helfen. Die Familie Lavallée nagt ja nicht gerade am Hungertuch.

Aber sie hat Prinzipien, und dazu zählt unter anderem, ihren besitzergreifenden Vater im Ruhestand nicht um Geld anzubetteln. Natürlich wäre ihr autoritärer alter Herr nur allzu bereit, wieder Einfluss auf seine »kleine Prinzessin« zu gewinnen.

Aber das kommt gar nicht in Frage, sie ist kein kleines Mädchen mehr.

Sie hat sich selbst in diese missliche Lage gebracht, also muss sie zusehen, wie sie da wieder herauskommt.

Sophie loggt sich aus ihrem Konto bei der Bank of America aus. Sie sollte ihre Energie nicht auf ihre finanziellen Probleme verschwenden.

Diese Sorgen sind klein im Vergleich zu den anderen Problemen, mit denen sie es zu tun hat ... und die sie noch erwarten werden, da ist sie sich sicher.

Außerdem hat sie in ihrer Wohnung alles, was sie zum Leben braucht: Die Küchenregale sind voll mit Quinoanudeln, und Futter für Grumpy ist auch noch genug da.

Viel wichtiger ist die Frage, was mit Stephen Cadwell los ist.

Sie öffnet Skype und Facebook und hofft, eine Nachricht von Benedict vorzufinden.

Wenn möglich, eine beruhigende.

Zum Beispiel: »Alles okay, Sophie. Stephen ist ein reizender Mann, er hat mir einen Oolong-Tee angeboten.«

Aber da ist nichts.

Nur eine Leere, die viel Raum für ihre Ängste lässt.

Sophie stützt das Kinn in die Hand und fährt mit der anderen fort, die Maus zu bedienen.

Sie öffnet erneut die Tabs mit verschiedenen Artikeln über Timothy Carter und den Dämon von Vermont.

Mehr, um sich zu beschäftigen, als um zu recherchieren.

Sind Sie bereit, mir zu helfen, die Wahrheit herauszufinden? Im Ernst!

Sie hätte auf Blake hören sollen. Die Sache ist ihr um die Ohren geflogen und jetzt steckt sie bis über beide Ohren im Schlamassel.

Hier ist wieder die Stimme der Vernunft, Sophie. Ein verschwundener Reporter, das ginge ja noch, aber die Mafia, verdammt! Und was kommt als Nächstes – Kinderhandel?

Amy Williams. Was ist aus dem Mädchen geworden, nachdem sie von den Cadwells weggeholt wurde? Prostitution? Ein Pädophilennetzwerk?

Dieser Gedanke versetzt sie in Wut. Alle Szenarien sind möglich, vor allem die düstersten.

Aber welche Verbindung könnte es zwischen Kinderhändlern und dem Dämon von Vermont geben? Es ist doch kein Zufall, dass Timothy Carter eines der Opfer des psychopathischen Mörders ist!

Du gibst immer noch nicht auf, du Dickkopf, stimmt's? Du bist wohl süchtig nach dieser Art von Nervenkitzel.

Ja genau, Papa. Welchen Sinn soll das Leben sonst haben, als seine Träume und selbstgesteckten Ziele zu verfolgen?

Sich anpassen? Karriere bei der Armee machen so wie du? Oder die hübsche Hausfrau abgeben wie Mama?

Nein danke. Das ist mir zu wenig.

Denk nach, Sophie. Welchen Wolf wirst du füttern?

Den guten.

Wenn möglich.

Und das beginnt damit, dass sie an weitere Informationen über diesen Carter kommen muss.

Am besten, sie kontaktiert diejenigen, die mit dem Fall betraut waren, den Sergeant Steve Raymond und den Kriminologen Noah Wallace.

Ein paar rasche Recherchen im Netz ergeben, dass der Sergeant inzwischen zum Lieutenant in der Major Crime Unit, der Abteilung für Schwerverbrechen, der Vermont State Police aufgestiegen ist. Anscheinend hat er weder einen Facebook-Account noch betreibt er ernsthaft irgendwelche Hobbys, sodass nirgendwo eine private Telefonnummer zu finden ist.

Nicht weiter schlimm. In Ermangelung eines Fensters, durch das sie heimlich einsteigen kann, wird Sophie ausnahmsweise eben den Haupteingang benutzen. Sie geht auf die Webseite der Vermont State Police und notiert sich die Telefonnummer auf einem

Post-it. Sie braucht sich einfach nur zu Steve Raymond durchstellen zu lassen.

Das, was sie über den Kriminologen herausfindet, erscheint ihr hingegen weniger Erfolg versprechend: Noah Wallace hatte einen schweren Autounfall, bei dem seine Frau ums Leben kam und der der Mordserie des Dämon von Vermont ein Ende setzte.

Allem Anschein nach war er ein äußerst begabter Profiler. Er promovierte mit zweiundzwanzig Jahren und lehrte trotz seines jungen Alters bereits an der renommierten University of Pennsylvania. Mehr Informationen gibt es nicht über ihn. Sein früheres Leben ist ein großer weißer Fleck im Netz – keine Einträge in den sozialen Netzwerken –, genau wie die Zeit nach dem Unfall – nirgendwo ein Hinweis darauf, was aus ihm geworden ist. Also eine Sackgasse.

Gut, dann muss sie sich eben mit diesem Steve Raymond begnügen und darauf vertrauen, dass er sich kooperativ zeigt.

Ihr Blick fällt auf den gelben Klebezettel.

Du brauchst ein neues Handy, sagt sie sich.

Sophie reibt sich die Augen.

Die durchwachte Nacht fordert ihren Tribut, ihre Lider fühlen sich schwer wie Blei an. Laut Zeitanzeige ihres Laptops ist es 16 Uhr, aber laut ihrer biologischen Uhr ist es kurz nach Mitternacht.

Komm, nur noch rasch die eingegangenen Mails überfliegen, bevor du dich schlafen legst.

Die erste Mail ist eine Mahnung ihres Internetbetreibers.

Das hat keine Eile, sie weiß, dass sie noch einen Monat Zeit hat, ehe sie ihr den Anschluss kappen.

Die zweite Mail hingegen ist als »Dringend!« markiert.

Sie erstarrt. Das ist ihr anonymer Kontakt.

Der Wortlaut in der Betreffzeile jagt ihr einen Schauder über den Rücken.

»Es geht um Leben und Tod.«

Die Mail enthält keinen weiteren Text, nur ein angehängtes ».onion«.

Der Adrenalinschub hat die Müdigkeit vertrieben, und ihr Finger ist feucht, als sie die Datei anklickt.

Es geht um Leben und Tod

Die drei Durchgänge, die die Sanduhr vollzieht, während sich die Seite aufbaut, erscheinen ihr wie eine Ewigkeit. Schließlich erscheint der Text nebst des üblichen Countdowns.

Es war ein großer Fehler, mich ausfindig machen zu wollen. Sie sind in Todesgefahr. Sie müssen untertauchen. Sagen Sie zu niemandem ein Wort, vor allem nicht der Polizei. Kontaktieren Sie auch nicht Ihre Familie oder Freunde, weil Sie sie sonst ebenfalls in Gefahr bringen. Nehmen Sie Geld mit und die nötigsten Sachen und verschwinden Sie.

Sophie starrt auf die Wörter, sie ist völlig verstört.

Ist das ein übler Scherz?

Nein. Ihr Unfall, der Typ in der Obstplantage, Giovannis Tod.

Ihr Herz rast wie wild.

Sie muss handeln.

Los, beeil dich.

Fuck! Fuck! Fuck!

Sophie klappt den Laptop zu, aber einen Moment lang lässt sie die Hände noch darauf liegen.

Jetzt.

Sie stürzt von ihrem Schreibtisch weg, rennt in die Küche, leert eine Tüte Trockenfutter in den Napf der Katze.

Beeil dich. Kein guter Moment, um zu trödeln.

Dann läuft sie in ihr Zimmer, reißt sämtliche Sachen aus dem Kleiderschrank, leert den Inhalt der Kommodenschublade auf den Boden. Hastig zieht sie sich an, stopft ein paar Sachen in eine Sporttasche.

Nimm den Laptop mit! Man kann nie wissen.

In dem Moment, als ihre Hände das MacBook berühren, ertönt die Wohnungsklingel.

Sie sind in Todesgefahr.

Vorsichtig, Sophie.

Aber warum? Es kann ebenso gut ein Kurierfahrer sein.

Oder die Polizei, oder jemand noch Schlimmeres!

Wieder klingelt es.

Sie macht einen Schritt auf die Tür zu, beinahe bereit, ihrer Neugier nachzugeben, dann packt sie den Laptop und öffnet das Fenster, durch das sie auf die Feuerleiter gelangt.

Ohne sich auch nur einmal umzudrehen, hastet sie die Stufen hinunter.

›››

Blake geht in Richtung seiner Wohnung. Der USB-Stick ist in Sicherheit, sein Handy ist zerstört, die Festplatten hat er in verschiedene Müllcontainer geworfen.

Er hat an alles gedacht. Normalerweise dürfte es keine Spuren mehr geben, weder von seinem Baby noch der Überwachung der IP-Adressen.

Jetzt bleibt ihm nur noch zu hoffen, dass der Proxy, für den er bezahlt, seinen Job macht und sämtliche seiner Spuren verwischt hat.

Jetzt wird er erst mal eine Pause einlegen. Ihm bleibt nichts anderes übrig.

Ein paar Tage lang wird er abwarten, bis sich der Sturm gelegt hat, vielleicht auch ein paar Wochen. Dann wird er seinen Quelltext suchen.

Kommt gar nicht in Frage, sein Projekt aufzugeben. Diese Sache hat das Zeug dazu, ihn groß rauszubringen.

Das Ärgerlichste an der Sache sind die Festplatten. All die pikanten Fotos von ihm und Ted, aus ihrem Urlaub in Cancún, wo sie ihr Zweijähriges feierten.

Dabei hatte er noch erwogen, sie in die Cloud hochzuladen. Nur wegen Ted und dessen Paranoia hat er darauf verzichtet.

Kannst du dir vorstellen, was passiert, wenn die an die Öffentlichkeit gelangen? Wenn jemand sie auf Facebook stellt?, hat er ihn angeschrien.

Er versuchte, ihn zu beruhigen – wer war Informatiker von ihnen beiden? –, aber nein, Ted war einfach nicht umzustimmen.

Also hat Blake wieder einmal nachgegeben.

Tja, und jetzt sind die Fotos weg.

Blake tun immer noch die Beine weh, als er die Treppe zu seiner Wohnung hochsteigt.

Oben angekommen, massiert er sich die Schenkel.

Dann holt er den Schlüssel heraus und steckt ihn ins Schlüsselloch, erstarrt jedoch, als er ihn umdrehen will.

Komisch, die Tür ist nicht abgeschlossen. Dabei ist er sicher, es getan zu haben, als er weggegangen ist.

Ach, bestimmt hat Beth aufgeschlossen. Sie muss früher als sonst nach Hause gekommen sein.

Er stößt die Tür auf. »Beth? Beth, bist du da?«

NEBELVERHANGEN

Noah sieht dem Nebel zu, der auf dem Winooski River in trägen Schwaden dahintreibt und wie Spinnweben in den kahlen Bäumen hängt. Die Polizisten und Spezialisten, die sich um die Leiche herum zu schaffen machen, existieren für ihn gar nicht. Sie sind nur vage Umrisse in einem formlosen, verschwommenen Bühnenbild.

Er bekommt weder die Gespräche mit noch den Autoverkehr auf der Straße längs des gegenüberliegenden Flussufers. Ebenso wenig spürt Noah die beißende Kälte dieser Herbstnacht auf seiner Haut.

Seine weit geöffneten Augen sind auf den Dunstschleier über dem Fluss gerichtet, aus dem die Erinnerungen hervorwirbeln.

Maggies an die Heckscheibe gepresstes Gesicht. Die Umrisse des Fahrers. Der Wagen, der ins Schleudern gerät und gegen die Böschung prallt. Die Fässer auf der Brücke. Die Schwärze.

Warum sonst sollte der Mörder genau dieses Ufer ausgesucht haben, als um seine Erinnerung aufzuwecken?

Eine Hand senkt sich schwer auf seine Schulter und reißt ihn aus seiner traumartigen Abwesenheit.

Erschrocken dreht sich Noah um.

Steve sieht ihn mit finsterer Miene an.

»Wir haben es zweifelsohne mit dem Dämon von Vermont zu tun, so wie das Gesicht des Opfers zugerichtet ist. Die Spurentechniker sind fertig, wenn du willst, gehört die Bühne jetzt dir.«

Noah lächelt schief. »Wollen wir nicht auf unsere Freunde warten?«

Steve lacht in sich hinein, es klingt wie das Husten eines Motors. »Wir sind jetzt fast schon seit zwei Stunden hier, sie können später den Tatort für sich allein haben. Das ist unser Fall, verdammt! Es ist einfach nur ein dummer Zufall, dass er im Revier unserer Nachbarn jagen gegangen ist.«

»Der Zufall ist hier nicht im Spiel, Steve. Im Übrigen braucht man vier Stunden von Québec nach Waterbury, da müssen wir eben warten.«

Und sagt kurz darauf: »Sieh mal, da sind sie ja schon. Die müssen sich ganz schön beeilt haben.«

Der Mietwagen, ein Ford Taunus, bleibt auf dem sandigen Grund stehen, und die Scheinwerfer gehen aus.

Der Kriminalbeamte der Sûreté du Québec steigt aus dem Wagen und kommt auf sie zu; er trägt einen Anzug und sieht aus wie aus dem Ei gepellt.

Fehlt nur noch die Pirschmütze aus kariertem Tweed, der Havelock-Mantel und die Pfeife, und Sherlock Holmes wäre perfekt, denkt Noah.

Clémence ist auch mitgekommen. Sie hat einen Lutscher im Mund, ihr kleiner Kopf verschwindet fast unter der dicken Wollmütze, und ihre Marderaugen huschen umher, während sie die Örtlichkeit in Augenschein nimmt.

Im Licht der Strahler scheint es Noah, als wäre der Teint des Weißhaarigen noch wächserner als sonst. Ihm fällt auch die Gelbfärbung seiner Augen auf.

Leber? Pankreas?

»Guten Abend, die Herren. Tut uns leid, aber das Flugzeug hatte ein bisschen Verspätung. Ich habe mir erlaubt, Clémence Leduc mitzubringen, ich hoffe, Sie haben nichts dagegen?«

Die junge Frau macht eine grüßende Handbewegung und zwinkert Noah zu.

Steve zwirbelt eine Strähne seines Schnurrbarts. »Die Spezialisten sind fertig, Noah hat gerade erst angefangen, den Tatort unter die Lupe zu nehmen. Sie können sich ihm gern anschließen, wenn Sie möchten.«

»Und was tun Sie genau, wenn ich fragen darf, Mr Raymond?«, erkundigt sich Clémence.

Steves Gesicht färbt sich noch röter. »Die Arbeit eines Polizisten beschränkt sich nicht auf die Untersuchung des Tatorts, Miss Leduc.«

Sie senkt den Kopf, um ihr Lächeln zu verbergen.

»Was gibt es soweit zu den Opfern zu sagen?«, fragt der Weißhaarige.

»Diesmal ist es nur eines«, erklärt Steve. »Es handelt sich um Trevor Weinberger. Er war Psychiater im Vermont Psychiatric Care Hospital. Zweiundsechzig, geschieden, seine Frau und die beiden Kinder leben in Frankreich, in Lyon.«

»Da können die beiden aber von Glück sagen … diesmal keine Botschaft an Ihren Freund?«

Steve schüttelt den Kopf. »Nein, diesmal nicht. Aber was den Rest betrifft, stimmt alles überein. Von der Myrrhe bis zur Inszenierung. Sie werden es ja gleich sehen.«

Tremblay ermuntert Clémence mit einer Handbewegung, sich zu Noah zu gesellen.

Noah beobachtet, wie die junge Frau auf ihn zukommt.

Sie klemmt den Lutscher zwischen die Zähne und streckt ihm die Hand entgegen, dann zwinkert sie ihm abermals verschwörerisch zu und ergreift seine Hand.

»Führen Sie mich ein bisschen herum, Noah?«

»Entspricht das Ihrer Vorstellung von einem romantischen Spaziergang?«

»Warum nicht? Ein Fluss, eine neblige, beunruhigende Stimmung, ein intelligenter, geheimnisvoller Mann … und gut aussehend noch dazu, was will man mehr?«

Noah sagt nichts darauf.

»Sie haben warme Hände, Noah, das ist eine Qualität, die ich bei Männern sehr schätze.«

»Ein für alle Mal, Clémence, ich bin fest mit Rachel zusammen. Und ich liebe sie.«

»Nein, das tun Sie nicht, Noah. Sie lieben die Tatsache, dass sie Sie liebt.«

Noah stößt einen Seufzer aus und setzt zu einer Antwort an.

Aber Clémence hat sich bereits in Richtung Tatort abgewandt.

»Äußerst interessant. Das ist Belphegor, einer der sieben Höllenfürsten!«, verkündet Clémence mit funkelnden Augen und einem Lächeln auf den Lippen.

Noah sieht sie fragend an.

»Ich habe ein Faible für die Dämonologie, Noah, das wissen Sie doch.«

»Das meinte ich nicht. Ich staune über Ihre Unverfrorenheit. Sie zeigen keinerlei Abscheu, keine Angst. Im Gegenteil, Sie wirken geradezu enthusiastisch.«

Der übermütige Ausdruck verschwindet aus ihrem Gesicht.

»Wissen Sie, wie das Empfinden von Spaß zustandekommt, Noah? Es ist eine Reaktion unseres Gehirns. Wenn wir einem Problem gegenüberstehen, das wir meinen lösen zu können, stößt es zur Belohnung eine kleine Ladung Endorphine aus, das ist ein atavistischer Mechanismus. Die Aufgabe, ein Puzzle zusammenzusetzen, ist für unser Gehirn gleichbedeutend mit dem Steigern unserer Überlebenschancen. Außerdem wird, wenn die analytisch-logische Gehirnhälfte aktiv ist, die für Empathie verantwortliche Region lahmgelegt. Übertragen auf diese Ermittlung, habe ich nicht Trevor Weinberger, den Arzt und geschiedenen Vater zweier Kinder, vor Augen, sondern ein Problem, das gelöst werden will. Und ja, das turnt mich an!«

»Das war nicht als Vorwurf gemeint«, sagt Noah. »Und dem Anderen hätten Sie sehr gefallen. Was mich betrifft, kann ich die

Angelegenheit nicht so kühl betrachten. Ich spüre Leid, Schmerz, Wut, Reue.«

Dann atmet er tief ein, hält sich die Nase zu und umklammert den Griff seines Stocks.

Belphegor? Vielleicht.

Was hast du uns zu erzählen, Trevor?

Die Leiche wurde nackt in einen Rollstuhl gesetzt. Die Hautfetzen, die am Ledersitz haften, lassen vermuten, dass er daran festgeklebt wurde – mit einem Spezialkleber – und er sich dagegen wehrte.

»Er hat ihm sämtliche Zähne gezogen. Vermutlich mit einer Zange«, sagt Clémence. »Und dann hat er ihm mit einem Messer ein Joker-Grinsen ins Gesicht geschnitten. Belphegor wird häufig mit einem großen Mund dargestellt.«

Noah erwidert nichts. Diese Art von Details interessiert ihn nicht. Warum sieht er nichts anderes? Warum bleibt dieser Körper für ihn stumm? Warum hört er diesmal keine Musik?

»Ich werde die Leiche nicht berühren, aber ich glaube, der Mörder hat am unteren Ende der Hörner Nägel angebracht und sie ihm mit einem Hammer in den Schädel geschlagen«, fährt Clémence fort.

Nein, in diesem Moment vermag die junge Frau ihn nicht mitzureißen, sie stört ihn eher. Oder aber er ist der Störende. Versucht er, die Szenerie mit ihren Augen zu betrachten? Mit den Augen des Anderen?

»Was die gestreckten Beine betrifft, ist es schwieriger eine Aussage zu treffen. Ich glaube, der Mörder hat zunächst einen Schraubstock benutzt, um sie zu komprimieren und sie dann …«

Er hört nichts mehr.

Endlich.

Die Zeit hat sich verlangsamt, und die Geräusche werden verzerrt. Die Umgebung verblasst, nur noch der Leichnam ist da.

Trevor öffnet die Augen.

Zwei schwarze Murmeln.

Und Noah sieht und … spürt wieder etwas.

Er wird auf den Stuhl gepresst, wo er ihn angeklebt hat. Mit eisernem Griff. Er hält es nicht mehr aus.

Er fleht um Gnade. Die Tränen laufen ihm über die Wangen. Er denkt an seine Frau und die Kinder in Frankreich.

Der Mörder zeigt ihm seine Werkzeuge. Eine Zange, ein Hammer, Nägel, ein Messer.

Er will sich wehren, versucht, sich von dem Sitz loszumachen. Er schreit, als sich Hautfetzen lösen.

Der Mörder tritt neben ihn und verabreicht ihm das Betäubungsmittel. Dann schiebt er ihm die Zange in den Mund und dreht sie. Beim ersten Zahn tut es noch schrecklich weh, das Betäubungsmittel wirkt noch nicht, aber beim letzten spürt er nichts mehr.

Am Ende seines Martyriums nimmt er nur noch ein Vibrieren wahr und das Knirschen der Zange auf dem Zahnbein. Er spürt auch nichts mehr, als der Mörder das Messer an seinen Mundwinkeln ansetzt und mit kurzen, präzisen Bewegungen einen Teil des Wangengewebes herausschneidet.

Und auch nicht, als er ihm die Hörner auf die Stirn setzt und sich ihm unter den Hammerschlägen die langen Nägel ins Gehirn bohren.

Er versucht zu lächeln, wie idiotisch von ihm.

Er bereut seine Forschungen.

Er bereut, den hippokratischen Eid gebrochen zu haben.

Noah weicht schwankend zurück. Er ist zurückgekehrt.

Clémence redet noch immer. Sie hat offenbar gar nicht mitbekommen, dass er eine Zeit geistig abwesend war.

»… Belphegor ist der Dämon der Erfinder. Vielleicht wurde er wegen etwas getötet, was er erfunden hat?«, schlussfolgert sie.

Dann wendet sie sich ihm zu, sieht ihn besorgt an.

»Stimmt etwas nicht?«, fragt er.

»Sie bluten aus der Nase, Noah.«

Noah lächelt, dann verliert er das Bewusstsein.

FLUCHT

Die Flocken wirbeln zwischen den von tiefen grauen Wolken abgeschnittenen Gebäuden.

Der Herbst liegt in den letzten Zügen. Bald wird sich der Poet's Walk in sein winterliches Gewand hüllen, und ein dicker weißer Teppich wird sich über den breiten Spazierweg legen. Nicht mehr lange, und die letzten rot und gold gefärbten Blätter der sich gegenüberstehenden Bäume, deren kahle Äste sich über dem Weg verzweigen, werden von Frost und Schnee vertrieben werden. Bald wird Raureif die Kronen überziehen.

Es geht um Leben und Tod …

Vielleicht berühren deine Füße zum letzten Mal die Erde des Central Parks, sagt sich Sophie. Es ist dein letzter Tag in New York, soviel steht fest.

Du musst dich in einen anderen Bundesstaat begeben. Verschwinden, untertauchen, verhindern, dass weitere Freunde durch dich in Gefahr geraten.

Jedenfalls so lange, bis sich die Situation wieder beruhigt hat.

Denn sie wird sich doch wieder beruhigen, nicht wahr?

Neidisch betrachtet sie ein händchenhaltendes und fröhlich lachendes Paar, das an ihr vorbeigeht.

Wie Charlie wohl reagieren wird? Und ihr Vater?

Sophie streckt die flache Hand aus, fängt eine Schneeflocke auf.

Und sieht zu, wie sie schmilzt.

Tränen lassen ihren Blick verschwimmen.

Die Nachricht von deinem Verschwinden wird mich ins Grab bringen, meine Sophie. Mein einziges mir gebliebenes Kind – kannst du dir vorstellen, was das für mich bedeutet? Schon Davids Tod hat mir das Herz gebrochen, ich wage es mir gar nicht vorzustellen, wie es ist, wenn ich dich auch noch verliere.

Ja, ihr Vater würde sich nicht mehr von dem Schlag erholen. Und sie kann diesen Gedanken nicht ertragen. Er wird außer sich vor Angst sein.

Warum nicht nach Kanada fliehen? Dort wäre sie in Sicherheit, wer würde sich schon mit einem General im Ruhestand anlegen?

Gute Idee, Liebes, wie lange liege ich dir nicht schon damit in den Ohren?

»Also wirklich, du und dein Glaube, dass es für alles eine Lösung gibt!«, entfährt es ihr leise.

Sie wird verfolgt, sowohl von der Polizei als auch von jenen, die die Absicht haben, sie zu töten. Vor allem muss sie die Grenzübergänge meiden, dort wird man als Erstes nach ihr suchen. Und beim Gedanken, einen solchen Kontrollpunkt passieren zu müssen, wird ihr ganz anders. Außerdem weiß sie, dass eine Rückkehr in den Schoß ihrer Familie sie zu einer lebenden Zielscheibe vor den Augen Ihrer Eltern machen würde.

Wenn diese Leute einen ehemaligen Mafioso im Zeugenschutzprogramm erwischen konnten, glaubst du dann allen Ernstes, dein Vater wäre in Sicherheit?

Sophie seufzt und steuert auf eine Bank zu.

Sie muss in Ruhe nachdenken. Es muss irgendeine Möglichkeit geben, mit ihren Angehörigen in Kontakt zu treten, ohne ihre Verfolger zu alarmieren. Mehr will sie nicht, sie will ihnen einfach nur sagen, sie sollen sich keine Sorgen machen.

Mit der Hand wischt sie die dünne schmelzende Schneeschicht von der Bank und setzt sich neben einen Mann in einem anthrazitgrauen Anzug, dessen Gesicht hinter der aufgeschlagenen *New York Times* verborgen ist.

Im Geiste geht sie ihren Plan durch und zählt die Fehler auf, die sie unbedingt vermeiden muss.

Ein Taxi zu nehmen. Niemals. Die Taxifahrer und die -Zentralen speichern die Daten ihrer Fahrten. Dieses Risiko darf sie auf keinen Fall eingehen.

Einfacher gesagt, als getan.

Einen Wagen zu kaufen, um sich an einen anderen Ort zu begeben. Ein Motorrad schon gar nicht. Die werden öfter von der Polizei kontrolliert. Per Anhalterin zu reisen kommt auch nicht in Frage, damit würde sie zu viel Aufmerksamkeit auf sich ziehen. Und natürlich auch keinen gestohlenen Wagen. Aber das sagt einem ja der gesunde Menschenverstand.

Außerdem sitzt sie quasi auf dem Trockenen.

Sie hat nur noch die einhundertachtzig Dollar, die sie gerade am Bankautomaten gezogen hat, auf die Gefahr hin, ihren Standort zu verraten.

Jemanden zu kontaktieren. Weder Freunde noch die Eltern.

Und das ist vielleicht das Schlimmste, das, was ihr am meisten schwerfallen wird.

Die Orte aufzusuchen, die du häufig frequentiert hast. Läden, Supermärkte … Dort werden sie als Erstes auf dich warten. Und Restaurants auch nicht. Überall kannst du Spuren hinterlassen. Hautpartikel, Fingerabdrücke …

Sophie beißt die Zähne zusammen. Theoretisch weiß sie, was sie tun muss. Sie ist gewitzt, kann ohne mit der Wimper zu zucken lügen. Sie ist in der Lage, zu verschwinden. Aber sie kann sich nicht damit abfinden.

Kein Wort zu niemandem, vor allem nicht zur Polizei.

Benedict. Kann selbst er nichts mehr für sie tun?

Sehen Sie, was passiert, wenn man den falschen Wolf füttert, Miss Lavallée?

Zum Teufel mit dir, Cadwell! Und mit dir auch, du Vollidiotin mit deiner Recherche über Trout!

Sophie bricht in Schluchzen aus. Der Mann sieht sie nicht an, er ist gut geschützt vor dem Kummer anderer Leute, hinter seiner ausgebreiteten Zeitung. Mit einem Mal nimmt, während sie die Nase hochzieht, eine Idee in ihrem Kopf Gestalt an.

Sie steht auf und geht in Richtung Grand Central Terminal.

›››

Beth nimmt nicht ab.

Aber ihre Handtasche steht neben der Garderobe. Also muss sie in der Wohnung sein.

Warum ist sie schon so früh nach Hause gekommen? Das ist merkwürdig. Sie hat heute eine wichtige Probe. Seit Wochen nervt sie ihn schon damit.

Die Rolle meines Lebens! Am Broadway! Verstehst du, Blake? Am Broadway!

Vielleicht ist sie plötzlich krank geworden?

»Beth? Geht es dir nicht gut? Brauchst du Hilfe?«

Immer noch keine Antwort.

Keine Müslischüssel auf dem Küchentisch.

Nein, dann fehlt ihr tatsächlich was.

Aus dem Bad auch keine Duschgeräusche.

Bleibt nur noch ihr Zimmer. Die Tür ist zu.

Er klopft an.

»Beth? Bist du da?«

Keine Antwort

»Hey, allmählich mach ich mir Sorgen, ich komm jetzt rein.«

Blake drückt die Klinke und öffnet die Tür. Er seufzt erleichtert.

Beth liegt seitlich mit eingezogenen Beinen auf dem Bett. Sieht aus, als würde sie schlafen.

Also hat er richtig geraten.

Was sonst hätte sie dazu bringen können, eine wichtige Probe eines Stücks, an dem ihr so viel liegt, frühzeitig zu verlassen?

Nun, nachdem diese Frage beantwortet ist, muss er sich um seine anderen Probleme kümmern. Er muss das Betriebssystem neu installieren und den PC neu konfigurieren.

Er geht in sein Zimmer und zu seinem Schreibtisch, bückt sich und zieht das Gehäuse hervor. Zum Glück hat er noch ein paar Reservefestplatten.

»Jep«, sagt er laut, »einfach hat man's nicht als vielbeschäftigter Computerfreak, der auch noch ständig seiner besten Freundin Rückendeckung geben muss, und …«

Blake unterbricht sich.

Das Gefühl von kaltem Metall am Hinterkopf lässt ihn erstarren.

Zum Begreifen bleibt ihm keine Zeit mehr.

Auch nicht, um den Knall mitzubekommen.

Und noch weniger, um Beths zitternde Hand zu erkennen, als sie die Glock fallen lässt.

Und als sich sein Blut auf dem Boden ausbreitet, beginnt Bethany aus voller Kehle zu schreien.

KOMISCHER VOGEL

Noah mag Dr. Walter Henry nicht.

Und zwar nicht wegen seines Ticks, sich nach jedem Satz zu räuspern oder sich mit der flachen Hand über den Kopf zu streichen, wenn er nach Worten sucht. Selbst sein unterwürfiger Ton ist ihm egal.

Nein, was er an diesem Mann mit den kalten Reptilienaugen und der knochigen Gestalt am meisten hasst, sind die Nachrichten, die er ihm überbringt und die immer schlecht sind. Und seine ungeschickten Versuche, sie durch Worte zu beschönigen, in denen geheucheltes Mitleid mitschwingt, machen es auch nicht besser.

Und jetzt wartet Noah wieder auf eine seiner Hiobsbotschaften. Er fürchtet, das was kommt, könnte ihn Satz für Satz und Wort für Wort an seinen Stuhl nageln und ihn schließlich zerbrechen lassen.

Bitte kein Krebs, Dr. Henry. Nicht jetzt, wo ich gerade mit Rachel einen Neuanfang wage, nicht jetzt, wo ich endlich wieder in meinen alten Beruf zurückgekehrt bin und mein Leben endlich wieder Sinn macht.

Und vor allem nicht, bevor ich ihn erwischt habe.

Der Blick des Arztes ist auf den 27-Zoll-Computer-Bildschirm geheftet. Seine zusammengepressten Lippen und die gerunzelte Stirn signalisieren höchste Konzentration.

Und je länger sich seine Lektüre hinzieht, bei der sich immer wieder seine Habichtnase hebt und senkt, während er das Gesicht verzieht, desto mehr droht Noah die Fassung zu verlieren.

Endlich räuspert er sich und wendet sich vom Bildschirm ab.

Der Arzt setzt sich aufrecht hin und sieht ihn ein paar Sekunden lang an. Die Andeutung eines Lächelns erscheint auf seinen Lippen, um sogleich wieder zu verschwinden.

Noah hält den Atem an. Gleich wird Dr. Henry sein Urteil verkünden.

»Ähm … Ich fürchte … ähm … die Neuigkeiten, die ich Ihnen mitzuteilen habe, sind nicht allzu erfreulich, Mr Wallace.«

Nun, alles andere hätte mich auch sehr gewundert, denkt Noah.

Der Arzt fährt sich mit der Hand über die Stirnglatze, richtet kurz den Blick gen Decke und dann wieder auf ihn.

»Leider, und ich bedaure es sehr, Ihnen das mitteilen zu müssen, zeigen die MRT-Bilder, dass der Tumor gewachsen ist.«

»Ist es schlimm? Muss ich mir Sorgen machen?«, antwortet er wie aus der Pistole geschossen.

In anderen Worten: Ist der Gehirntumor bösartig?

»Ähm … Es ist noch zu früh, um genaue Aussagen zu treffen, Mr Wallace, aber ich kann Ihnen nicht verhehlen, dass ich beunruhigt bin. Bei der ersten Biopsie wurden keine kanzerogenen Zellen nachgewiesen, aber andererseits wäre es eine Lüge, zu sagen, dass dieses Wachstum nicht alarmierend ist. Der Tumor sitzt im hinteren Teil des Okzipitallappens und drückt auf den visuellen Cortex. Genauer gesagt, befindet er sich am Sulcus calcarinus, sodass das Risiko einer Hemianopsie nicht ausgeschlossen werden kann. Außerdem ist ein Wachstum immer besorgniserregend. Ähm … Ich fürchte, dass wir leider nicht um eine zweite Biopsie herumkommen.«

Die Vorstellung, wie man einen stereotaktischen Rahmen an seinem Kopf fixiert, jagt ihm einen Schauder über den Rücken. Aber die Aussicht, womöglich halbseitig zu erblinden, ist noch niederschmetternder.

»Kann man den Tumor nicht operieren, ihn einfach entfernen?«

Dr. Walter fährt sich erneut mit der Hand über die Stirnglatze, dann dreht er den Bildschirm so hin, dass Noah die Abbildungen sehen kann.

Er erkennt MRT-Aufnahmen seines Gehirns.

»Ähm … In diesem Areal ist leider nichts einfach, Mr Wallace. Wie Sie auf diesen Bildern sehen können, haben Sie bereits einige Läsionen, die auf Ihren Unfall zurückgehen. Das Areal für visuell-gnostische Funktionen ist bereits gestört, ebenso wie der primäre auditive Cortex. Die Entscheidung, erneut Ihre Hirnschale zu öffnen und eine Exzision durchzuführen, will wohlüberlegt sein. Seien Sie indes versichert, dass ich mir Ihren Fall mit allergrößter Umsicht ansehen werde. Sie werden in Kürze von mir hören, Mr Wallace.«

Noah schweigt. Was tun, was sagen? Sein Schicksal ist nicht mehr in seinen Händen.

Der Arzt tippt sich mit dem Zeigefinger an die Stirn und fügt hinzu: »Ähm … Übrigens würde ich mich auch gern mit Dr. Hall beraten. Ich fürchte stark, dass meine Kollegin Ihr medizinisches Profil nicht umfassend kennt. Ich würde gern sichergehen, dass die Ihnen verordneten Medikamente – Antidepressiva und andere – die Sache nicht verschlimmern. Apropos – haben Sie zufällig Ihre Medikamente bei sich? Und würden Sie mir in diesem Fall die Erlaubnis geben, einen Blick darauf zuwerfen?«

Noah nickt, warum sollte er ihm das verweigern? »Sicher.«

Er holt die drei orangefarbenen Pillendosen heraus und reicht sie Dr. Henry.

Der Arzt nimmt sie und richtet seine Reptilienaugen auf die Beschriftung und liest die Packungsangaben: »Zoloft … okay. Prolixin: Das Fluphenazin-Molekül sollte auch keine Schwierigkeiten machen, wobei ich das noch genauer überprüfen muss. Was das Nembutal betrifft, bin ich mir jedoch nicht so sicher. Das ist ein Barbiturat, und zwar auf Basis von Pentobarbital. Es gehört eigentlich zu unserer Berufsethik, Kollegen nicht zu kritisieren, aber ich muss zugeben, ich bin doch sehr erstaunt über diese Medikation.«

»Was ist das Problem bei diesem Medikament, Herr Dr. Henry?«

»Das ist ein Antidepressivum und gleichzeitig ein Sedativum, das auch für seine hypnotischen Eigenschaften bekannt ist. Ich sehe keinen Sinn darin, es zusätzlich zu Zoloft zu verabreichen. Aber hören Sie, ich bin kein Psychiater. Machen Sie sich keine Sorgen, ich werde mich mit Dr. Hall kurzschließen. Fahren Sie vorerst mit der Einnahme gemäß der empfohlenen Dosierung fort.«

Noah bleibt ein paar Sekunden lang wie erstarrt sitzen. Ein Gedanke hat sich seiner bemächtigt.

»Kennen Sie Dr. Trevor Weinberger?«, fragt er.

Dr. Henry weicht ein wenig zurück und starrt Noah an, als wäre er ein Ungeheuer mit drei Köpfen.

»Ähm ... Ja. Und woher kennen Sie diese Type?«

Halt, das fehlt noch in meiner Sammlung, denkt Noah. Lächelnd zückt er sein Notizbuch und schreibt: *Type.*

»Kein besonders schmeichelhaftes Wort ... Darf ich fragen, woher Ihre geringe Achtung gegenüber dem Kollegen rührt?«

Ein Lächeln erscheint auf den Zügen des Arztes. Diesmal ist es echt.

»Nun, er hat vor ungefähr fünfzehn Jahren für Aufsehen gesorgt mit einer angeblichen neuartigen Behandlung von Krebs. Aber er hat sich in der Ärzteschaft lächerlich damit gemacht. Er war seinerzeit Psychiater im Vermont State Hospital.«

»Würden Sie mir diese Behandlung kurz beschreiben, und zwar so, dass es auch ein Laie versteht?«

Der Arzt streicht sich wieder über den Schädel und sagt: »Er hat über dissoziative Identitätsstörungen geforscht, früher und auch heute noch eher unter dem Begriff ›multiple Persönlichkeiten‹ bekannt.«

»Und wo ist der Zusammenhang mit Krebs?«, fragt Noah.

Walter Henry lächelt erneut. »Genau das ist das Problem. Es gibt keinen. Er hatte die absurde These entwickelt, man könne im Patienten eine Art positive Persönlichkeit hervorrufen, die davon überzeugt ist, nicht krank zu sein. Was nicht nur lächerlich, sondern auch unter ethischen Gesichtspunkten recht fragwürdig ist, wie Sie mir bestimmt zustimmen werden. Vereinfacht gesagt eine Art ›Superplacebo‹, Mr Wallace. Stellen Sie sich vor, Sie wären überzeugt, dass die Krebszellen Ihren Körper wieder verlassen werden, und dass allein dieser Glaube genügte, um Ihre Heilung zu bewirken! Allem Anschein nach wurden seine Forschungen nicht weiterverfolgt. Was für eine verquere Idee! Einfach lachhaft.«

Verquer? Vielleicht.

Aber könnte das nicht der Grund sein, warum Weinberger an einen Stuhl festgeklebt und ermordet wurde? Nicht wegen seiner Theorie über die Heilung von Krebs, sondern wegen anderer Methoden?

Dissoziative Identitätsstörungen.

Jetzt muss Noah lächeln. Er denkt nicht mehr an den ursprünglichen Grund seines Besuchs. Ein anderer Gedanke hat sich seiner bemächtigt:

Adramalech und Belphegor.

Der Richter und der Erfinder.

Rebecca Law und ihr Wahnsinn.

Die Teile fügen sich allmählich zusammen.

SCHACH

Bernard Tremblay setzt die Teetasse ab und tupft mit der Serviette über die Mundwinkel.

»So, genug über meine Schwester geredet und darüber, dass sie sich wieder einmal Hals über Kopf verliebt hat, zum dritten Mal in sechs Monaten! Erzähl mir lieber, was deine Analyse ergeben hat«, sagt er.

Clémence lässt das Gummiband flitschen, das sie zwischen den Fingern gespannt hat. »Noah Wallace ist ein sympathischer Kerl, brillant und … ein wenig plemplem, aber das macht einen Teil seines Charmes aus. Es steht fest, dass ihn irgendetwas mit dem Mörder verbindet, aber ich bin mir sicher, er hat sich nichts vorzuwerfen. Er ist einfach nur völlig neben der Kappe … und ich glaube wirklich, dass er über gewisse Gaben verfügt … auch wenn du dergleichen als Humbug abtust.«

Bernard zieht ein schiefes Gesicht. »Das ist nicht die Antwort auf meine Frage.«

»Ich weiß … aber ich wollte es trotzdem nochmal loswerden, weil ich dich kenne, Onkel. Du verdächtigst ihn, aber du irrst. König auf f7.«

Bernard lächelt. Also will die Kleine auf diese Weise die Partie fortsetzen? Nun gut. Er schließt die Augen und ruft sich das Schachbrett vor Augen. Genau wie von ihm erwartet, hat das Blockieren des Turms auf f1 dazu geführt, dass ihr König flüchten muss.

»Bauer auf b5. Nein, ich möchte mit dir über die Ermittlungen reden und vor allem über den letzten Tatort. Ich würde gern deine Meinung hören. Wie sich dieses neue Teil in das Puzzle einfügen könnte.«

Clémence steht vom Tisch auf, öffnet den Kühlschrank und holt die Milchtüte heraus.

»Belphegor ist der Dämon der Erfindungen und Entdeckungen. Der Mörder hat ihn aus diesem Grund getötet und will, dass man das weiß. Das ist kein Psychopath, dieser Typ bringt seine Opfer aus einem ganz bestimmten Grund um, sicherlich aus Rache. Davon ausgehend habe ich zwei Hypothesen. Die erste ist, dass er sich zum Racheengel aufgeschwungen hat. Vielleicht haben es seiner Ansicht nach all diese Menschen verdient, für etwas bestraft zu werden, das sie in ihrer Vergangenheit begangen haben. Wobei mir die zweite Hypothese sehr viel plausibler erscheint. Zwischen allen Opfern gibt es eine Verbindung. Was auch erklärt, warum alle ungefähr im selben Alter sind und sich ihre Wohnorte in relativer Nähe befinden. Um uns ein besseres Bild vom Mörder machen zu können, müssen wir meines Erachtens herausfinden, woran Trevor Weinberger gearbeitet hat und für welche Fälle Richter McKenna zuständig war. Noah und ich verfolgen da eine bestimmte Spur. Ich hätte dir schon noch davon erzählt, sobald ich mehr in Erfahrung gebracht habe, und ich bin mir sicher, dass das bald der Fall ist.«

Clémence setzt sich wieder an den Tisch und schenkt sich ein großes Glas Milch ein.

»Währenddessen solltest du, wenn du meiner Einschätzung folgst, nochmals die Akten aller Opfer auf eine mögliche Verbindung durchgehen. Springer auf a5.«

Bernard legt den Kopf in den Nacken. Angesichts Yves Cotés doppelter Identität könnte er vielleicht rechtfertigen, dass die Ausgaben sein Budget sprengen.

»Ja … du hast wohl recht. Ich hatte ohnehin vor, die Ermittlungen zu vertiefen – Nachbarn zu befragen, die Konten zu überprüfen, das ganze Programm. Es wird nicht leicht sein, den höheren

Kostenrahmen genehmigt zu bekommen, aber du hast mich überzeugt. Dumm nur, dass dieser inkompetente Raymond mir immer noch nicht die Akten vom Dämon von Vermont geschickt hat, dadurch entgehen uns möglicherweise wichtige Hinweise!«

Er bricht ein Stück Schokolade von der Tafel ab und schiebt es sich in den Mund. Sie hätte ihren Springer besser woanders hin platzieren sollen – was soll er am Rand des Schachbretts ausrichten? Sie ist einfach zu voreilig. Tja, das Ungestüm der Jugend.

Er schließt die Augen und genießt den Geschmack der schmelzenden Schokolade auf der Zunge.

»Dame auf d1.«

Clémence hält kurz inne, trinkt dann langsam einen Schluck Milch und fragt: »Irgendwelche Neuigkeiten von der Familie Coté? Und bist du dir sicher, Schokolade ist gut für dich? Turm auf e8.«

Bernard konzentriert sich kurz auf den Stand der Partie. Clémence' König ist auf f7, sie hat einen Springer auf f6 … Ein triumphierendes Lächeln breitet sich auf seinem gelblichen Gesicht aus.

»Nein, nichts Neues … Ich fürchte das Schlimmste. Wenn du recht hast mit deiner Vermutung, hat jemand sie verschwinden lassen, damit sie keine Informationen über Yves Coté verbreiten können, aber wer könnte das sein und aus welchem Grund? Springer auf g5 … Schach.«

Was das andere angeht, Clémence, kümmere dich nicht darum, meine Krankheit mache ich mit mir aus, sagt er sich.

»In meinen Augen die allerwichtigste Frage. Jedenfalls ist es nicht der Mörder, denn das würde keinen Sinn ergeben. Weißt du was, Onkel, ich habe fast den Eindruck, einer anderen Schachpartie beizuwohnen, und zwar zwischen uns und dem Mörder … Bauer auf g5, kassiert den Springer.«

Bernard kichert in sich hinein.

Das Spiel ist aus, liebe Nichte. Dein König ist umzingelt. Mein Läufer auf a3 verhindert seinen Rückzug auf f8. Wegen meiner Dame, die dir Schach bieten wird, bist du gezwungen, auf g8 auszuweichen.

»Hast du wirklich keine Ahnung, wer der andere Akteur sein könnte? Und wenn es Wallace ist? Dame auf f3.«

Clémence schüttelt den Kopf und stellt das Glas ab. »Du hast gewonnen, jetzt bleibt mir nichts anderes übrig, als meinen König auf g8 zu ziehen, dann wirst du mich mit dem nächsten Zug schachmatt setzen. Du bist mir nach wie vor überlegen, aber eines Tages werde ich dich schlagen.«

»Du bist ein kluges Mädchen, aber ich habe nun einmal weitaus mehr Erfahrung: Ich spiele schon viel länger Schach als du. Es fehlt jedoch nicht mehr viel, bis du mich überholt hast.«

Sie steht auf und greift nach dem Lederblouson, das sie über die Stuhllehne gehängt hat. »Ich fahre nach Vermont und nehme nochmals Kontakt mit Noah auf. Ich glaube nicht, dass er unser Gegenspieler ist, sondern vielmehr eine Schlüsselfigur, die uns hilft, dessen Identität herauszufinden. Ich halte dich auf dem Laufenden, Onkel.«

Prima, denkt Bernard. Und ich gehe in mein Büro und vertiefe mich in die Akte über Mr Wallace, die ich vorhin erhalten habe.

›››

»Du hörst mir überhaupt nicht zu, Noah. Die ganze Zeit starrst du die Decke an, statt mir zu antworten.« Rachels Ton ist frei von Vorwürfen, sie klingt nur ein wenig besorgt.

Noah dreht sich ihr zu und nimmt ihr Gesicht zwischen die Hände. »Alles wird gut, das verspreche ich dir.«

Besonders überzeugend kann er nicht geklungen haben, denn plötzlich hat Rachel Tränen in den Augen.

»Ich muss mich nur noch einmal einer Untersuchung unterziehen. Außerdem hat das Ganze auch eine positive Seite. Bei jedem Besuch bei Dr. Henry kann ich meine Liste schwieriger Wörter erweitern. *Sulcus calcarinus*, *Hemianopsie* und was weiß ich noch alles. Dieser Typ ist eine wahre Goldmine.«

»Du bist verrückt.« Ihr Lächeln zaubert ihr Grübchen auf die Wangen.

Dann küsst sie ihn.

Noah schließt die Augen und genießt diesen Moment, diesen Lichtblick in dem schwarzen Ozean, der ihn umgibt.

Wie lange wird es noch dauern, bis er erneut in die Abgründe der Ermittlungen gerät?

Morgen wird er weitere Nachforschungen anstellen.

Es gibt so viele Fäden, die verbunden werden müssen. Rebecca Law und der Richter, Dr. Weinberger und seine sonderbaren Forschungsarbeiten. In der Tat muss er nochmals sämtliche Akten durchgehen, die alten wie die aktuellen, sie in einem neuen Licht betrachten.

Wie konnte dem Anderen die Verbindung zwischen den Opfern entgehen? Es fällt ihm schwer, seine Gedankengänge nachzuvollziehen, jetzt, da er die Welt ganz anders sieht.

Fast wie ein Fremder.

Er löst seine Lippen von Rachels.

Ihre Augen glitzern. Die Begierde hat die Traurigkeit aus ihrem Blick vertrieben.

Sie dreht ihn auf den Rücken und setzt sich auf ihn.

Rachel beugt sich vor, um ihn erneut zu küssen. Ihre langen Haare umgeben sein Gesicht.

Sie richtet sich auf und wölbt den Oberkörper nach hinten.

Noah erstarrt.

Da ist ein Mädchen mit ihnen im Zimmer.

Er weiß, was das Loch in ihrer Stirn zu bedeuten hat.

Es ist Chloé Coté.

Sie deutet auf den Schrank.

Noah weiß, was sie von ihm will.

Dass er ihr Tagebuch liest.

TABULA RASA

Sophie steht auf der kleinen Brücke, die sich über die Gleise spannt, und sieht dem schneller werdenden Zug nach, aus dem sie ausgestiegen ist.

Nachdem sie fast eine Stunde lang Atemnot hatte und ihr Körper und Geist wie gelähmt waren, während sie den Kopf gegen die Scheibe presste, kann sie endlich wieder normal atmen.

Aber auch wenn es riskant war, ihr blieb nichts anderes übrig, als die U-Bahn vom Grand Central nach Brooklyn zu nehmen.

Und das Risiko, das sie eingeht, wird sich bestimmt lohnen. Sie muss sich jetzt nur noch zu dem Postfach begeben, das sie mit Blake zusammen gemietet hat, um ihm eine Nachricht zu hinterlassen … und um an ein paar wichtige Dinge zu gelangen.

Dieses Versteck teilen sie sich schon seit zwei Jahren. Noch nie haben sie Post darin vorgefunden, sie benutzen das Fach ausschließlich, um ihre »kleinen Geheimnisse« dort zu deponieren: in Blakes Fall vor allem Cannabis und ein paar elektronische Bauelemente, die er zum Hacken von kabellosen Netzwerken braucht. Sophie wiederum versteckt andere Accessoires, die sie für ihre illegalen Einsätze benötigt: Lockpicking-Werkzeuge zum Aufbrechen von Schlössern, gefälschte Polizeidienstmarken, Abhörausrüstung … und eine Pistole.

Die fünfzehn Dollar im Monat, die eine gewisse Amanda Roy dafür bezahlt – eine von Blake erfundene virtuelle Identität –, sind gut angelegt.

Siehst du, Cadwell, es kann auch nützlich sein, von Zeit zu Zeit den bösen Wolf zu füttern.

Aber Sophies Kiefermuskeln sind angespannt. In ein paar Minuten wird sie das Schloss des Fachs aufbrechen müssen, weil sich der Schlüssel in ihrer Handtasche befindet.

Es ist nicht das erste Mal, dass sie ein Schloss aufbrechen muss, aber normalerweise ist es mitten in der Nacht und sie ist allein. Oder aber Blake ist in der Nähe und gibt ihr Rückendeckung.

Aber jetzt, in Brooklyn, zur abendlichen Rushhour und ohne ihr Werkzeugset, das sich in dem Fach befindet … Das ist eine ganz andere Herausforderung.

Du bist verrückt, mein Mädchen.

Ja, ich weiß, Papa. Und du kennst nicht einmal ein Bruchteil dessen, was deine kleine Prinzessin schon alles gemacht hat.

Wenn er wüsste, wie oft sie schon das Gesetz gebrochen hat, um an ihr Ziel zu gelangen …

Der böse Wolf, Miss Lavallée.

Mund halten, Cadwell, das war alles für eine gute Sache. Immer.

Sie steht jetzt vor dem Gebäude.

Zum Glück ist Brooklyn nicht der Times Square. Auf der 65. Straße ist um diese Zeit nicht allzu viel los, abgesehen von den paar Kunden eines Lebensmittelladens, die sich zwischen den Obst- und Gemüseregalen tummeln.

Sophie geht unter dem Gerüst durch – die Fassade des graubeigen Gebäudes wird renoviert – und stößt eine blaue Tür auf. Die Eingangsglocke ertönt, und die Verkäuferin, eine mindestens siebzigjährige Frau, begrüßt sie mit einem überaus freundlichen »Guten Tag!«.

Ein heikler Moment. Aber wenn sie das Schloss aufkriegen will, muss sie zuerst Büroklammern kaufen.

Normalerweise etwas völlig Harmloses, aber selbst diese kleine Besorgung vermittelt ihr eine überaus reale Angst.

In der Nähe der Kassentheke hängen Bürobedarfsartikel an der

Wand: Kuverts, Kugelschreiber, Briefmarken, Büroklammern … genau das, was sie braucht.

Sophie nimmt eine Packung Briefumschläge, einen Kugelschreiber und eine Schachtel Büroklammern und legt alles vor die Verkäuferin auf den Tresen.

»So ein garstiges Wetter, was«, sagt die Frau.

Sophie überlegt, was sie antworten soll. Sie hat's eilig, will aber auch nicht durch Unhöflichkeit auffallen. »Ja, der Winter ist definitiv auf dem Vormarsch.«

»Ich glaube, er wird lang und kalt. Aber man muss auch die gute Seite sehen. Dann gibt es wenigstens weiße Weihnachten! Letztes Jahr habe ich den Schnee vermisst, Sie nicht auch?«

»Ja, das war nicht schön.«

Mist. Ich hoffe, sie erzählt mir jetzt nicht, welche Geschenke unter den Weihnachtsbaum kommen und welches Menü sie für Heiligabend geplant hat, denkt Sophie.

Sie legt einen Fünfdollarschein auf die Ladentheke.

»Meine Tochter wohnt in Fort Lauderdale … dort kann man sich weiße Weihnachten ja abschminken.«

Warum? Warum muss sie ausgerechnet mir das erzählen?, flucht Sophie innerlich. »Ja, in Florida ist es natürlich viel wärmer.« (*Was für eine kluge Bemerkung, also wirklich, Sophie.*) »Wie viel macht das?«

»Vier Dollar fünfzig.«

Uff. Bald hast du's geschafft! »Stimmt so. Schönes Wochenende!«

Ihr Herz schlägt wie wild. Wie kann eine so harmlose Unterhaltung mit einer alten Dame bloß so beängstigend sein?

Sophie geht weiter zu dem Raum, wo sich die Postfächer befinden, und steuert auf die Nummer 504 zu.

Sie blickt sich verstohlen um.

Niemand zu sehen.

Sie fischt zwei Büroklammern aus dem Schächtelchen. Eine davon biegt sie vollständig auf und drückt das eine Ende gegen die Mauer, um es zu einem Häkchen zu formen.

Dann verbiegt sie die zweite Klammer zu einem rechtwinkligen Hebel.

Sophie wischt sich die Schweißperlen von der Stirn. Unter der Kapuze und der Anspannung ist ihr heiß geworden.

Mit ihren zusammengebundenen Haaren ist es zu eng darunter. Am liebsten würde sie sich die Kapuze vom Kopf reißen und sich ausgiebig kratzen.

Später, sagt sie sich. Falls ihr Vorhaben gelingt.

Gut, sie ist jetzt bereit … und immer noch ist niemand zu sehen.

Sophie steckt die gebogene Büroklammer wie einen Schlüssel in das Vorhängeschloss und schiebt dann die andere mit dem zu einem Häkchen geformten Ende hinein.

Hoffentlich geht es nicht kaputt, denkt sie, während sie mit der feuchten, zitternden Hand mit dem kleinen Metallstück hantiert.

Du darfst dir jetzt keine Ungeschicklichkeit erlauben, Sophie.

Sie hält den Atem an und dreht die Hand sachte hin und her. Das Häkchen drückt jetzt auf die Stifte unten und …

… klick.

Fast!

Sie presst die Lippen zusammen, dreht vorsichtig den rechtwinkligen Spanner und …

… klack! Das Schloss springt auf.

Sophie unterdrückt einen Jubelschrei.

Gut. Beruhige dich. Du hast nichts mehr zu fürchten. Du bist einfach nur eine Kundin, die ihr Postfach geöffnet hat.

Sie nimmt den Kugelschreiber, den sie gerade gekauft hat, und kritzelt ein paar Worte auf ein Kuvert.

»Blake, ich muss für einige Zeit verschwinden. Ich bin in Gefahr. Falls du irgendwelche Gerüchte über mich hörst, sollst du wissen, dass ich unschuldig bin. Tut mir leid, aber ich kann dir nicht mehr verraten. Such nicht nach mir. PS: Sag bitte meinem Vater und

Charlie Bescheid, aber niemandem sonst! Andernfalls setzt du eure Leben aufs Spiel. Irgendwann erzähle ich dir alles, versprochen.«

Voilà. Das wäre geschafft.

Wenn Blake nächstes Mal zum Briefkasten kommt, wird er ihre Nachricht finden.

Und jetzt ihre Ausrüstung.

Das ist gefährlich, wenn sie dich damit erwischen.

Wenn sie mich erwischen, bin ich so oder so geliefert.

Sie öffnet ihren Rucksack und stopft alles hinein.

Dabei bemerkt sie einen an sie adressierten Umschlag.

Mit Blakes Handschrift.

Sie nimmt ihn, spürt eine Ausbuchtung.

Sie reißt ihn auf.

Ein USB-Stick mit einem Klebezettel und einer Nachricht darauf.

»Für den Fall, dass mir was zustößt.«

Schnell pappt sie den Klebezettel wieder darauf, als wäre er giftig.

Es war ein Fehler, zu versuchen, mich ausfindig zu machen.

Oh Blake … was hast du gemacht?, murmelt sie.

Sie macht das Vorhängeschloss wieder zu und bleibt mit gesenktem Kopf, die Hand an der Tür, noch einen Moment lang stehen.

Es ist riskant. Aber sie hat keine andere Wahl. Er ist in Gefahr, und ihre frühere Wohnung ist nur ein paar Schritte von hier entfernt.

›››

Die gelben Bänder sind das Erste, was ihr auffällt.

»Polizei-Absperrband, nicht darübertreten« steht auf den Bändern, die vor dem Eingang ihres früheren Wohnhauses gespannt sind.

Zwei weißblaue Ford Interceptor der New York State Police stehen auf der Straße und behindern den Verkehr.

Ein Beamter in einer Jacke mit der Aufschrift »NYPD Crime Scene Unit« hält die Schaulustigen, die sich hier versammelt haben, auf Abstand. Darunter sind ein paar Reporter mit Mikrofonen und Kameras in den Händen, die darauf warten, ein Foto zu schießen.

Sophie stockt der Atem, sie hat das Gefühl, den Boden unter den Füßen zu verlieren.

Das kann kein Zufall sein.

Obwohl sie weiß, dass es unklug ist, geht sie näher hin, wie von einer unsichtbaren Kraft angezogen.

Für den Fall, dass mir etwas zustößt.

Blake.

Es hat wieder zu schneien angefangen, aber jetzt sind es keine tanzenden Flocken mehr, sondern gefrorene Ascheteile, die vom grauen Himmel fallen.

Mit jeder Sekunde, die sie sich länger in der Nähe der Polizei aufhält, bringt sie sich mehr in Gefahr, aber Sophie braucht unbedingt Gewissheit.

Sie senkt die Augen und mischt sich unter die Menge. Sie spürt den unbändigen Drang, eines der Bänder zu zerreißen und in ihre ehemalige Wohnung hinaufzustürmen.

Ein Polizist dreht sich zu ihr um. Sophie beugt den Kopf und heftet den Blick zu Boden.

Plötzlich spürt sie eine Hand auf der Schulter.

Sie fährt zusammen und blickt sich keuchend um.

»Sophie?«

Es ist Madame Lim, die Concierge. Die Augen der alten Dame sind gerötet; sie breitet die Arme aus und drückt sie an sich.

»Es tut mir leid. Es ist so furchtbar, Sophie, so furchtbar.«

Sophie rührt sich nicht.

Was ist so furchtbar?

Mit einem Mal kommt Bewegung in die Menge, Blitzlichtgewitter setzt ein.

Bethany tritt aus dem Gebäude, von zwei Polizisten flankiert. Ihr

Gesicht sieht aus wie das eines Gespensts, ihr Körper seltsam leblos.

Warum trägt sie Handschellen? Warum hat man sie festgenommen?

Sophie dreht sich wieder zu Mrs Lim um und sucht in ihren von Falten umgebenen Augen nach einer Antwort.

Die alte Frau mit der pergamenten Haut schlingt Sophie erneut die Arme um den Hals und lässt den Kopf an ihre Brust sinken. »Armer Blake …«

Sophie erstarrt. Eine unendliche Traurigkeit, gepaart mit einem tiefen Gefühl der Schuld schnürt ihr die Kehle zu.

Es ist meine Schuld. Ich habe ihn umgebracht … Er hat mich gewarnt, aber ich habe nicht auf ihn gehört. Sag es ruhig, Cadwell, dass ich schuld bin, weil ich den falschen Wolf gefüttert hab!

Aber diesmal bleibt Stephen stumm.

Und während Mrs Lim sie noch fester an sich drückt, löst sich der Knoten in Sophies Kehle und die Tränen strömen ihr übers Gesicht.

DICKICHT

Rachel ist viel zu früh wieder gegangen und hat erneut der Einsamkeit Platz gemacht.

Noah erträgt es nicht mehr, allein zu sein. Die Stille ist nicht länger ein See, in den seine Seele eintauchen und Ruhe finden kann. Stattdessen ist sie zum Humus für seine düstersten Gedanken geworden. Noah hat Angst.

Angst, dass das Geschwulst in seinem Kopf langsam seinen Verstand auslöscht, Angst, die Menschen, die er liebt, zu verlieren, Angst vor den Gespenstern, die ihn verfolgen.

Maggie, Chloé Coté. Sind sie tatsächlich Erscheinungen der Wirklichkeit oder nichts weiter als Manifestationen, die sein Gehirn geschaffen hat?

Was seine Psychiaterin wohl zu dem wächsernen Gesicht, das er gesehen hat, sagen würde? Noah schlägt die Bettdecke zurück, greift zum Stock und geht zum Schrank. Mit der einen Hand schiebt er die Anzüge zur Seite und holt mit der anderen die Schuhschachtel heraus, die auf dem Regal darunter steht.

Er entfernt den Deckel, langt unter das Paar Schuhe und bringt das Tagebuch zum Vorschein.

Ob Chloé eine Manifestation des Anderen ist oder nicht, ist nicht von Wichtigkeit. Irgendetwas muss in diesem Tagebuch zu finden sein. Ein Hinweis, den er beim ersten Mal übersehen hat, oder eine Information, die bei seiner ersten Lektüre noch keinen Sinn ergab.

Noah nimmt sein Notizbuch zur Hand, setzt sich auf die Bettkante, knipst die Nachttischlampe an und taucht abermals in die Vergangenheit von Chloé ein. Nachdem er die Seiten aufmerksam gelesen hat, markiert er drei Seiten, die seine Aufmerksamkeit auf sich gezogen haben, mit Eselsohren. Dann liest er laut die einzelnen Einträge:

15. April 2014
Mama ist in Tränen aufgelöst nach Hause gekommen. Es ist nicht schwer zu erraten, dass der Arztbesuch nicht gut verlaufen ist. Ich habe gewartet, bis sie sich beruhigt hat, bevor ich zu ihr ging. Sie hat mir erklärt, dass die Einnahme von Clozapin zu einer akuten Herzmuskelentzündung geführt hat. Nur eine Herztransplantation kann sein Leben retten. Ich weiß, dass dieser Gedanke eigentlich furchtbar ist, aber ich hoffe, sie werden so schnell wie möglich ein Spenderherz finden, auch wenn das bedeutet, dass jemand anderes dafür sterben muss. Bin ich deswegen ein schlechter Mensch?

17. April 2014
Großvater ist zu uns gekommen. Zum ersten Mal seit einem Jahr. Und er war wütend. Mein Vater und er haben sich ins Büro zurückgezogen und die Tür hinter sich zugemacht. Zuerst habe ich nicht mitbekommen, worüber sie sprachen, aber mit der Zeit wurden ihre Stimmen immer lauter. Dann habe ich mehrmals den Namen meines Bruders gehört. Mein Großvater hat Papa Vorwürfe gemacht, irgendetwas in Zusammenhang mit der Clozapin-Behandlung. Er hatte ihm wohl einen anderen Ansatz vorgeschlagen, aber Papa hätte sich geweigert, Sylvains Schizophrenie nach dieser Methode behandeln zu lassen. Das ist ungeheuerlich, hat er hinzugefügt. Mein Bruder steht noch immer auf der Warteliste und kann jeden Moment sterben. Ich habe Angst.

23. Mail 2014
Sylvain ist wieder zu Hause. Er ist noch schwach und wird sein Leben lang Medikamente nehmen müssen. Aber das Schlimmste ist über-

standen, die Operation war erfolgreich. Ich finde es schade, dass ich ihn in der Zeit nach der OP nicht öfter besuchen durfte. Der Cousin von Élise hatte auch eine Herztransplantation, aber sie durfte ihn im Krankenhaus besuchen. Warum haben sie es mir verboten? Aber jetzt spielt es keine Rolle mehr, ich bin so froh, ihn wieder sehen zu dürfen. Mein Großvater hat erneut von dieser experimentellen Behandlung gesprochen, und diesmal scheint mein Vater einverstanden zu sein.

Noah klappt das Tagebuch zu und seufzt ausgiebig. Er ruft sich die Tatortszenerie in Lac-Beauport in Erinnerung. Der Mörder hat Yves Coté gezwungen, zwischen seinem Sohn und Enkel zu wählen. Der eine sollte schnell durch einen Schuss in den Mund sterben dürfen, während der andere zu einem Martyrium verdammt wurde.

Sylvains Herz war schwach. Noah kennt den rechtsmedizinischen Bericht nicht, aber es ist nicht unwahrscheinlich, dass Sylvains Herz der »Waterboarding«-Folter nicht lange standhielt. Deswegen hat sein Großvater ihn dafür bestimmt.

Bei seiner Inspektion des Tatorts hat Noah in der Nähe der Leichen Wut gespürt. Eine wütende Reaktion des Mörders? Hat diese letzte List des Richters sie ausgelöst?

Schon möglich. An den anderen Tatorten hat Noah nichts dergleichen wahrgenommen.

Wollte Chloé ihn darauf hinweisen?

Aber da muss es noch etwas anderes zwischen den Zeilen des Tagebuchs geben.

Das ist ungeheuerlich, hat ihr Vater gesagt.

Denk nach, Noah.

Es gibt zwei neue Elemente bei den Mordfällen.

Welche Verbindungen kannst du zu Yves Coté alias Harris McKenna herstellen?

Rebecca Law und ihre Besessenheit von dem roten Dreirad ist eine. Aber in diesem besonderen Fall scheint sie nicht zielführend zu sein.

Trevor Weinberger alias Belphegor ist eine weitere, jedenfalls vom Standpunkt des Mörders aus gesehen.

Er war Psychiater. Auf den ersten Blick scheint er nichts mit einer Herztransplantation zu tun gehabt zu haben. Aber die psychiatrische Behandlung vielleicht? Möglicherweise war er ein Freund von McKenna?

Das sind vorerst reine Vermutungen, jedenfalls wäre das eine Verbindung zwischen den Mordopfern.

Um mehr herauszufinden, braucht er Zugang zu Sylvains Krankenakte. Vielleicht wurde er ja von Weinberger behandelt?

Das Problem ist, dass die sich jenseits der Grenze befindet. Auf dem Territorium des Weißhaarigen. Alles andere übrigens auch: die Autopsieberichte, die Akten der Opfer. Es ist höchste Zeit, dass die beiden Teams richtig zusammenarbeiten und ihre Informationen austauschen.

Diese verdammte Politik. Dieser verdammte Egoismus.

Beide Parteien sind in Besitz einiger Puzzleteile, und weder Steve noch Tremblay schaffen es, sie abzugleichen.

Kann ihm in der Zwischenzeit vielleicht Clémence helfen? Noah öffnet den Mund ganz weit, um den Druck auf den Ohren zu vermindern. Der Tinnitus verstärkt sich, bis sein Schädel von einem grellen Pfeifen erfüllt ist.

Er lässt sich auf den Rücken fallen.

An nichts mehr denken. Warten, bis sich Leere einstellt.

Er presst die Zähne zusammen und trommelt mit den Handgelenken auf die Matratze.

Verdammtes Gehirn. Verdammte Ringe auf der Wasseroberfläche.

Noah schließt die Augen und konzentriert seine Gedanken auf Rachel.

Seinen Anker. Er klammert sich daran fest. Ruft sich ihre milchige Haut vor Augen, ihre vollen Lippen.

Der Sturm beruhigt sich, der Tinnitus lässt allmählich nach … und wird schließlich vom Klingeln des Telefons vertrieben.

Noah öffnet die Augen.

Er stemmt sich hoch und humpelt in die Küche, wo er seine Jacke liegen gelassen hat.

Zu spät.

Er fischt das Handy aus der Tasche.

Ein verpasster Anruf. Eine Sprachnachricht.

Clémence.

Noah hört die Voicemail ab.

»Guten Abend, Noah, ich bin gerade in Burlington angekommen, ich bin in einem Hotel abgestiegen. Ich habe neue Informationen. Ich glaube, sie werden Ihnen gefallen. Ich rufe Sie morgen wieder an.«

UNLOGISCH

Benedict verharrt noch einen Moment hinter dem Einwegspiegel. Er sucht nach einem Anzeichen in Beths Gesicht, nach irgendetwas, was den Tumult in seinem Kopf beruhigen könnte.

Wie konnte diese junge Frau, die die Liebenswürdigkeit in Person ist, ihrem besten Freund eine Kugel in den Kopf jagen?

Eine Frau, mit der er gelacht und bei einem Glas Wein geplaudert hat. Immer angenehm und hilfsbereit. Vielleicht der einzige Mensch unter Sophies Freunden, den er ertragen hat. Die Einzige, die sich nach der Demütigung durch Sophie bei ihm gemeldet hat.

Unmöglich.

Und doch hat man sie mit einer Glock in der Hand angetroffen, deren Seriennummer unkenntlich gemacht war, obwohl sie weder einen Waffenschein noch ein ersichtliches Motiv hat.

Folglich Vorsätzlichkeit. Entschlossenheit. Kaltblütigkeit. Und damit … Mord.

Aber das ergibt keinen Sinn.

Bethany ist immer voller Gefühlsüberschwang und Spontanität. Nicht der Typ, der lange plant.

Und selbst wenn er sich in ihr getäuscht haben sollte – was möglich ist, man kennt die Menschen seiner Umgebung nicht immer so gut, wie man meint –, warum hat sie dann in heller Panik die Polizei angerufen? Das stimmt nicht mit dem Profil eines Menschen überein, der ein Verbrechen geplant hat.

Die Polizisten haben sie völlig apathisch vorgefunden; ausgestreckt neben dem toten Blake. Verdammt, auf ihrer Kleidung klebten Spritzer seines Gehirns!

Und Blake, der arme Kerl. Sicher, er hat ihn immer verabscheut, mit seinem beschützerischen Großer-Bruder-Gehabe und seinem aufgesetzten Humor. Benedict hat ihn lange in Verdacht gehabt, Sophie einen Floh ins Ohr gesetzt und eine nicht unbedeutende Rolle bei ihrem brutalen Bruch mit ihm gespielt zu haben. Aber nachdem er die Fotos von ihm gesehen hat …

Du lieber Himmel. Das hat er nicht verdient.

Und die Polizei folgt einer falschen Fährte.

»Das ist eine Beziehungstragödie wie in neunzig Prozent der Fälle … Ein Verbrechen aus Leidenschaft. Oder besser gesagt, kaltblütige Rache, wenn man bedenkt, wie sie ihn regelrecht hingerichtet hat«, erklärte Lewis vor der Vernehmung.

Nur dass Blake schwul war.

Wobei Benedict ihm das nicht gesagt hat. Er wollte den Sergeant nicht beeinflussen. Obwohl er weiß, dass sie in die falsche Richtung ermitteln.

»Und wenn es nicht um Leidenschaft ging, dann um Geld«, hat der Sergeant hinzugefügt.

Nein, auch das passt nicht. Beth hat in einer WG in Brooklyn gewohnt und hat von der Hand in den Mund gelebt, wie so viele Möchtegernkünstler … jedenfalls schien es so. Denn im Notfall standen Papa und Mama bereit, um ihr unter die Arme zu greifen. Beth und Sophie halten sich beide etwas auf ihre Unabhängigkeit und Freiheit zugute, dabei sind sie zwei verwöhnte Töchter aus gutem Haus.

Benedict seufzt.

Er findet keinerlei Anhaltspunkte auf diesen verwüsteten Gesichtszügen. Nicht die Andeutung einer Antwort.

Er tritt von dem Einwegspiegel weg und lehnt sich an die Wand hinter ihm.

Und Sophie ist und bleibt verschwunden.

Was sie in den Augen aller zur Hauptverdächtigen macht.

Giovanni, Cadwell, Blake. Drei ominöse Morde, die sich ereignet haben, nachdem diese Idiotin ihn um einen Gefallen gebeten hat.

Und jetzt bereut er es, dass er sich darauf eingelassen, sich von seinem Ego, nein, seinem verletzten Stolz hat leiten lassen. Hätte er ihr doch nur eine Abfuhr erteilt!

Die Sache droht seiner Karriere gefährlich zu werden. Wenn rauskommt, dass sein Freund beim FBI ihm Napolitanos Adresse gegeben hat, wird es erst recht gefährlich für ihn.

Aber wie hätte er ahnen können, wohin das Ganze führt? Vor allem, dass dieses hintertriebene Miststück ihm ihren wahren Beweggrund verheimlicht hat, nämlich ihre Nachforschungen zu diesem Reporter, der in den Siebzigern verschwand.

Sophie eine Verdächtige, Sophie eine Mörderin?

Nein. Daran hat er keine Sekunde lang geglaubt.

Sophie in der Patsche?

Ja. Und zwar mehr, als er es ihr wünschen würde.

Sophie tot?

Er verscheucht diesen Gedanken, indem er sich bekreuzigt.

Sophie in Gefahr?

Ganz bestimmt. Das würde auch erklären, warum sie verschwunden ist. Sie ist auf der Flucht.

Aber wer verfolgt sie?

Derjenige, der Giovanni und Cadwell umgebracht hat? Und was ist mit Blake? Ein Zufall?

Benedict hämmert mit den Fäusten gegen die Wand.

Im selben Moment öffnet Sergeant Lewis die Tür und wischt sich den Schweiß von der Stirn.

»Da drin ist es wie in einem Backofen. Aber wenn Sie mich fragen, ist diese Kleine völlig übergeschnappt. Ich bin mir ziemlich sicher, dass sie nicht lügt … oder aber sie ist eine Psychopathin. Sie ist überzeugt von dem, was sie sagt. Sie kann sich an rein gar nichts erinnern, was passiert ist. Sie weiß nur, dass sie mit einer Waffe in der Hand wieder zu Bewusstsein gekommen ist. Sofern man davon sprechen kann. Aber verdammt, ich glaube ihr. Noch eine, die sich in einer psychiatrischen Klinik wiederfindet, wo man sie mit Pillen vollstopft, wenn Sie mich fragen.«

Ja. Benedict hat sie heulen und schreien gehört.

»Ich kann mich an nichts erinnern! Ich weiß nicht, wie diese Waffe in meine Hand gekommen ist. Ich hätte ihn niemals umgebracht … Er war doch mein Freund!«

Sie war sehr überzeugend. Sicher, Beth ist Schauspielerin, aber wohl eher eine mittelmäßige, ohne Talent. Hätte sie bei diesem Verhör geschauspielert, hätte sie einen Oscar verdient.

Insgeheim muss er Sergeant Lewis recht geben. Vielleicht ist es gut, dass sie verrückt geworden ist. Oder aber mit Drogen zugedröhnt … und dann hat sie Stimmen gehört. Das kommt oft vor bei diesen Möchtegernschauspielern, dass sie sich was spritzen oder irgendein gepanschtes Zeug rauchen.

Die Urin- und Blutanalysen werden ja Aufschluss darüber geben.

Aber ob sie nun ein Junkie ist oder nicht, erklärt das immer noch nicht den Rest. Die anderen Morde, Sophies Flucht.

»Und wenn …«

Er stößt ein kurzes, bitteres Lachen aus.

»Ist irgendetwas komisch, Mr Owen?«, fragt der Polizist.

»Nein, es sind einfach nur die Nerven, Sergeant Lewis.«

»Ich verstehe, ganz schöner Schlamassel, das.«

Nein, er hat wegen der Ironie der Situation gelacht.

Ihm ist klargeworden, dass er dieselbe Spur verfolgen muss wie Sophie, wenn er das Geflecht entwirren will.

Sophie zufolge gibt es zweifellos eine Verbindung zwischen dem Mafioso, dem ehemaligen Lehrer und dem verschwundenen Reporter, diesem Edgard Trout.

Er beschließt, sich die Akte nochmals gründlich vorzunehmen. Und statt sich einen Spaß daraus zu machen, seine Ex-Freundin in die juristische Mangel zu nehmen, wird er sich ab jetzt ganz auf seine eigentliche Arbeit konzentrieren. Schließlich ist er nicht umsonst in so jungen Jahren auf diesen verantwortungsvollen Posten gelangt.

Er wird es herausfinden. Er ist gut und er hat Kontakte.

Außerdem bringt es Vorteile mit sich, wenn man der Vizestaatsanwalt ist.

»Sergeant Lewis, ich stelle Ihnen einen Durchsuchungsbeschluss aus. Sie werden Sophie Lavallées Wohnung auf den Kopf stellen. Ich will, dass Sie mir alles bringen, was wichtig sein könnte, Notizen, Zeitungen, alles, worüber sie gerade recherchiert haben könnte. Außerdem leiten wir eine steckbriefliche Suche ein.«

Er überlegt kurz und fügt dann hinzu: »Und ich möchte, dass Sie das Haus von Stephen Cadwell durchsuchen sowie die Wohnungen von Giovanni Napolitano und diesem Blake. Auch von dort bringen Sie mir bitte sämtliche Notizen, Korrespondenz, Notizhefte, Fotos – alles, was wichtig sein könnte.«

Sergeant Lewis sieht ihn ungläubig an.

»Was ist? Warum sind Sie noch nicht unterwegs? Sie warten wohl auf Anweisungen Ihres Captains, stimmt's? Ich kürze das Prozedere nur ab, denn gleich gehe ich in sein Büro und werde ihm genau die gleichen Anweisungen erteilen wie Ihnen!«

Wenn sein Freund beim FBI, wie er vermutet, Zugang zu den Akten der nicht abgeschlossenen Fälle hat, kann er sich gegenüber Sophie einen Wissensvorsprung verschaffen.

Und sie in ihrer eigenen Disziplin zu schlagen ist doch auch ein Triumph, nicht wahr?

Vorausgesetzt natürlich, sie ist noch am Leben.

OBDURATION

Noah lächelt. Endlich kommt der Steve von früher wieder zum Vorschein, der Bulldozer, der sich durch nichts aufhalten lässt, der Pit Bull, der nicht mehr loslässt, wenn er sich in eine Sache verbissen hat.

Oh, und er weiß, worauf diese Spritztour durch das Bolton Valley hinauslaufen wird.

Bestimmt hat der Mörder Spuren für sie ausgelegt.

Noah hat nichts dazu gesagt, hat einfach nur beobachtet, wie sein Freund zu neuem Leben erwacht, als wäre die neue Information ein Schwall frischer Luft für seine verkümmerten Lungen.

Ohne irgendwelche Kommentare abzugeben, hat er Steve Geschwindigkeitsbegrenzungen übertreten und laut fluchen lassen, wenn ihm die Autofahrer vor ihm zu langsam waren.

Aber jetzt, da sie im Begriff sind, das allein stehende Haus zu betreten, das in dem an die Bolton Valley Access Road angrenzenden Wald steht, fühlt er sich bemüßigt, die tickende Zeitbombe in Gestalt von Steve Raymond zu entschärfen.

Denn wenn es sich um eine tote Spur handelt, wird sein Freund in die Luft gehen.

»Steve, bevor wir reingehen, würde ich dir gern einen Rat geben. Dieser Anruf wirkt zu sehr wie ein Geschenk des Himmels, also mach dir keine allzu großen Hoffnungen.«

Der Lieutenant wedelt mit dem Durchsuchungsbeschluss vor Noahs Nase herum. Mit seiner Pranke zerknittert er das Papier.

»Scheiße, Noah! Es ist zum Verzweifeln mit dir. Immerhin ist es eine Spur! Ein Zeuge, so was gibt es! Und Unachtsamkeit gibt es auch! Wir alle machen mal Fehler, oder nicht? Warum sollten Psychopathen eine Ausnahme von der Regel sein? Außerdem stellt dieses Chalet doch ein gutes Versteck dar, stimmt's?«

Noah nickt und legt seinem Freund beschwichtigend die Hand auf die Schulter.

Eine Nachlässigkeit?

Nein, daran hat er keine Sekunde geglaubt.

Ein Zeuge will gesehen haben, wie der Mörder sich am Flussufer mit dem Psychiater zu schaffen gemacht hat. Denkbar wäre das schon. Der Mörder stellt seine Opfer zur Schau, also geht er auch Risiken ein, sodass ihn durchaus jemand bemerkt haben könnte.

Aber was würde ein Zeuge normalerweise tun?

Er würde schnurstracks die Polizei rufen.

Er würde doch nicht warten, bis der Mörder fertig ist, und ihn dann in seinem Wagen verfolgen, um sich ein paar Tage später erst bei der Polizei zu melden und die Adresse des Chalets anzugeben.

Warum erst jetzt?

Zwei Polizeiwagen parken neben Raymonds SUV ein.

Steve winkt einen Officer mit einem Handzeichen herbei und wendet sich dann seinem Freund zu.

»Ich verfolgte jede noch so dürftige Spur. Ich weiß doch selbst, wie dubios dieser Anruf ist. Und ja, kann sein, dass das eine tote Spur ist. Aber du weißt, dass manche Typen den Kick suchen. Dem Zeugen macht es vielleicht Spaß, Detective zu spielen, wer weiß. Außerdem, glaubst du, ich kann den Hinweis einfach ignorieren, oder was? Was, wenn sich herausstellt, dass der Mörder in diesem Haus wohnt, und ich nicht versucht habe, ihn festzunehmen? Dann willst du nicht in meiner Haut stecken! Wie auch immer, jetzt sind wir hier, ich habe einen Durchsuchungsbeschluss, und noch schüttet es nicht aus diesem scheißgrauen Himmel und wir sind noch trocken. Also, auf geht's.«

Sergeant Ramirez ist zu ihnen getreten.

Noah mustert ihn kurz. Dieser Polizist ist das krasse Gegenteil von seinem Freund. Das beigefarbene Uniformhemd ist tadellos gebügelt, genauso wie seine khakifarbene Hose mit den gelben Streifen. Sein Gesicht ist glatt rasiert.

Sportlich und gesund, denkt Noah. Von der Sorte, die jeden Morgen joggen geht, bei Wind und Wetter, und in der Garage oder einem Fitnessstudio Gewichtheben betreibt.

»Tut mir leid, Mr Wallace«, sagt er. »Sie müssen sich vorerst zurückhalten. Das ist eine Polizeioperation, und es könnte gefährlich sein. Sie können dann im Anschluss, falls nötig, in Aktion treten.«

Steve nickt und zwinkert Noah zu.

Noah greift zu seinem Stock und entfernt sich ein paar Schritte vom Eingang.

»Im Wald sind ein paar Männer postiert, und die Hintertür wird ebenfalls bewacht«, fügt Sergeant Ramirez hinzu.

Steve hämmert an die Tür. »Vermont State Police! Aufmachen!« Er wartet.

»Da ist niemand, Ramirez«, schlussfolgert er. »Gehen wir hinein.« Steve legt die Hand auf den Türknauf. »Es ist nicht einmal abgeschlossen.«

Er zückt seine Smith & Wesson M&P40. Ramirez tut es ihm gleich.

Dann betreten die beiden Polizisten das Haus.

Noah lehnt sich an die Holzmauer und vertreibt sich die Zeit, indem er die abgestorbenen Blätter am Fuß der kahlen Bäume betrachtet, die im Wind rascheln. Der Winter lässt nicht mehr lange auf sich warten. Könnte gut sein, dass es zum Novemberende Schnee geben wird.

Das Handy vibriert in seiner Hosentasche. »Hallo, Noah, ich rufe wie angekündigt an. Hätten Sie Lust auf eine Spritztour durch den Staat New York? Ich könnte Sie gleich mit dem Wagen abholen.«

Noah klemmt das Handy zwischen Wange und Schulter und

humpelt in Richtung Wald. »Tut mir leid, Clémence, keine Zeit, ich bin gerade mit Steve bei einer Hausdurchsuchung, ich erzähle es Ihnen später.«

»Gut … aber hören Sie, ich glaube, ich habe da eine interessante Fährte bezüglich Rebecca Law. Eine ihrer früheren Freundinnen ist bereit, mit uns zu reden. Ich könnte auch ohne Sie hinfahren, aber …«

Steve tritt aus der Haustür. Er blickt sich nach Noah um.

»Nein, gehen Sie nicht allein, ich rufe Sie an.«

Er legt auf. Steve kommt mit großen Schritten auf ihn zu.

»Also ich muss schon sagen, dafür, dass du nicht gern telefonierst …«, sagt er, als er bei ihm ist.

»Das war Clémence Leduc.«

»Also im Ernst, du fängst doch nicht was mit dieser klapperdürren Frau an? Was findest du bloß an diesem arroganten Biest?«

»Reg dich ab, wir arbeiten einfach nur zusammen.«

»Ihr arbeitet zusammen? Verdammt, Noah, dann würde ich es vorziehen, wenn du mit ihr ins Bett gingst. Du fällst mir in den Rücken! Verdammt, das ist unser Fall! Wir haben zusammen angefangen und bringen ihn zusammen zu Ende! Und zwar ohne diese kanadischen Trottel! Also, komm mit. Das da drinnen ist die Höhle des Mörders.«

Steve ist wie elektrisiert, fällt Noah auf. Seine Augen sind wieder hellwach.

»Da ist nichts, kein einziges Möbelstück. Alles ist blitzblank, mit Javelwasser gescheuert. Mit einer Ausnahme.«

Noah geht hinein. Kaum hat er die Schwelle übertreten, hat er das Gefühl, als würde eine unsichtbare Hand ihn ins Innere ziehen. Er kennt diesen Ort. Die Wand zu seiner Linken ist kahl, doch mit einem Mal hat er das Bild eines ausgestopften Elchkopfs vor Augen. Steve eilt voraus und führt ihn in ein behelfsmäßiges Schlafzimmer, wo auf dem Boden ein Schlafsack liegt. An einer Wand sind ein paar Fotografien mit Reißzwecken befestigt.

Fotoabzüge von Jean-François und Élise Duval vor ihrer Ermordung. Ferner von der Familie Coté, einschließlich Mutter und Tochter. Die Aufnahmen wurden in Montréal und Québec gemacht.

Der Mörder hat wohl erwogen, sie ebenfalls umzubringen, sagt sich Noah. Offenbar war er frustriert. Auch Trevor Weinberger ist auf einem Foto zu erkennen.

»Er war hier, Noah, dieser Mistkerl war hier. Hey, wir sind jetzt ganz nah an ihm dran! Es ist unmöglich, dass dieser Bastard keine Spuren hinterlassen hat, im Schlafsack oder sonst irgendwo im Haus! Ich habe die Spurensicherung verständigt, damit sie es von unten bis oben durchkämmen. Ein Schamhaar genügt, und wir haben ihn!«

Ja, aber nur, wenn seine DNA in irgendeiner Datenbank erfasst ist, denkt Noah.

Nein, er hat all das absichtlich hier gelassen. Jede Kleinigkeit hat eine Bedeutung. Er wollte sie herlocken.

Aber warum?

»Ich überlasse dir jetzt das Zimmer, Noah.«

Dieses Haus …

»Zeig uns deine magischen Fähigkeiten, und lass uns diesen Kerl schnappen.«

… warum sagt es ihm etwas?

Du musst es tun.

Sein Wachtraum.

Den er im Krankenhaus hatte.

Noah geht ein paar Schritte zurück in Richtung der Tür, durch die er hereingekommen ist. Ja, hier war es.

Das werdet ihr mir büßen!

»Noah, was ist um Himmels willen mit dir los?«

Halte dich bereit … er kommt!

Noah schließt die Augen und hält sich am Türgriff fest.

Die Empfindungen stürmen auf ihn ein.

Der Mann kommt die Treppe heruntergerannt, die Holzstufen knarren unter seinen Schritten.

Er läuft auf die beiden Kinder zu.

Er stolpert über den gespannten Faden und stürzt.

Er brüllt vor Wut und stützt sich auf die Hände, um sich wieder hochzurappeln.

Los, mach schon! Schlag zu!

Das jüngste Kind schlägt ihm mit dem Hammer auf den Schädel. Ein dumpfes Geräusch ist zu hören.

Der Mann brüllt, fasst sich an den Kopf, Blut rinnt ihm zwischen den Fingern hervor.

Der Kleine schlägt abermals zu, zuerst auf die Hand, dann erneut auf den Kopf. Er weint, schlägt aber mit immer größerer Wut zu, während ihm Blutstropfen ins Gesicht spritzen. Erst als sein Freund ihm die Hand auf den Unterarm legt, hört er auf.

Gut gemacht, aber es reicht jetzt.

Ist er tot?, fragt das jüngste Kind.

Ja, und dieser Scheißkerl hat es verdient.

Noah öffnet die Augen. Er weicht zurück, stolpert und fällt mit dem Rücken zu Boden.

Steve stürzt herbei.

»Hey, alles okay? Hast du dir wehgetan? Hattest du wieder einen Anfall?«

Noah schüttelt den Kopf. »Ich glaube, der Mörder wollte mich herlocken. Er will mir etwas mitteilen.«

Steves Gesicht verdüstert sich. »Ja, es war ganz offensichtlich seine Absicht, uns hierherzulocken. Aber das spielt im Grunde keine Rolle. Dieses Haus wird uns handfeste Indizien liefern. Jetzt werden wir ihn finden.«

Noah hört ihm nicht mehr zu. Wieder spielt sich die Szene vor seinem geistigen Auge ab.

»Jemand ist hier gestorben, Steve, und er will, dass wir das wissen.«

AGELASTOS

Samantha Walker steht auf und zieht die schweren Vorhänge zu.

Das Wohnzimmer ist jetzt in Halbdunkel getaucht.

Sie setzt sich und verzieht dabei das Gesicht.

»Ich hoffe, es stört Sie nicht, aber die Sonne hat mich geblendet, und das kann ich nicht ertragen«, sagt sie mit herber Stimme.

Clémence legt zwei Gummibänder auf den runden Tisch, über den eine Baumwolldecke drapiert ist. »Überhaupt nicht, Mrs Walker. Die Hauptsache ist, Sie fühlen sich wohl.«

»Miss«, erwidert sie. »Ich war nie verheiratet. Zu meiner Zeit durften Homosexuelle nicht heiraten. Die Homo-Ehe gibt es im Staat New York erst seit fünf Jahren, aber ... es gibt sowieso niemanden. Ich habe mich damit abgefunden. Wer würde mich noch wollen, in meinem Alter ...«

Das Alter ist nicht das Problem, denkt Noah. Diese Frau ist in ihrer Verbitterung erstarrt: ihre straff nach hinten und zu einem Knoten geschlungenen Haare, die zusammengepressten Lippen, auf denen sich nie ein Lächeln abzeichnet, ihre stumpfen Augen. Sie ist fünfzig, wirkt aber zehn Jahre älter. Alles Licht in ihrem Herzen ist erloschen, es ist zu einem düsteren Ort geworden.

Noah kritzelt *Agelastos* in sein Notizheft – *jemand, der nie lacht.*

Samantha zieht den Aschenbecher von der Tischmitte zu sich heran. »Stört es Sie, wenn ich rauche?«

Und ohne eine Antwort abzuwarten, bringt sie ein Feuerzeug

und eine Packung Pall Mall zum Vorschein und steckt sich eine Zigarette an.

Clémence macht eine angewiderte Grimasse und zwinkert dann Noah zu.

Samantha nimmt einen tiefen Zug und lässt den Rauch durch die Nase entweichen.

»Wo soll ich beginnen? Denn es ist eine unsägliche Geschichte und sie zu erzählen, könnte etwas länger dauern.«

»Am besten ganz von vorn«, antwortet Clémence. »Erzählen Sie uns alles, was Ihnen im Zusammenhang mit Rebecca Law

wichtig erscheint.«

Samantha beugt sich vor, den einen Arm waagrecht auf dem Tisch, legt sie die Wange in die andere Hand, indem sie den Ellbogen aufstützt.

Dabei streift sie mit der glühenden Zigarettenspitze die Haare. Noah stellt sich vor, wie ihr Haarknoten Feuer fängt, und unterdrückt ein Lächeln.

»Gut. Wir waren beide einundzwanzig. Damals waren Rebecca und ich uns noch nicht besonders nah, wobei wir es um ehrlich zu sein, eigentlich nie waren. Ich war in Jenny Williams verliebt. Heimlich. Aber das konnte ich ihr natürlich nicht gestehen. Sie war ja Rebeccas Geliebte. Wir studierten alle an der Plattsburgh State University, oder SUNY Plattsburgh, wie auch immer. Wir belegten alle drei einen Kurs für moderne Literatur. Es war die schönste Zeit unseres Lebens. Wir waren auch in derselben Studentinnenverbindung, in der Alpha Phi.«

Noah fällt auf, dass sie selbst bei dieser schönen Erinnerung ihre verdrossene Miene beibehält.

»Rebecca Law war eine lebendige junge Frau. Sehr überschwänglich … vielleicht ein bisschen zu sehr. Ich glaube das ist auch der Grund, warum ich mich nicht in sie verliebt habe. Sie hatte diese unglaubliche Gabe, mit jedem Menschen warm zu werden, als wären sie die besten Freunde. Ich fand sie ziemlich frech, um nicht zu sagen unverschämt. Außerdem fluchte sie mir zu oft, das klang nicht besonders schön aus dem Mund einer jungen Frau. Aber ich habe nichts zu ihr gesagt. Auch nicht zu Jenny, vor allem nicht zu Jenny.«

Samantha führt mit zitternder Hand die Zigarette an die Lippen und zieht den Rauch tief ein, während sie die Augen schließt. Asche fällt auf den Tisch. Sie wischt sie mit der Hand weg.

»Aber trotzdem, die Arme, das was ihr zugestoßen ist, hat sie zerstört. Wen hätte das nicht zerstört? Das Leben eines Menschen auszulöschen. Was für eine schreckliche Vorstellung!« Ihr Blick ist in eine unbestimmte Ferne gerichtet.

»Meinen Sie Jennys Tod?«, fragt Clémence.

Samantha drückt die Zigarette im Aschenbecher aus. »Etwas, das viel früher geschah. Ich spreche von dem kleinen Jungen, den sie getötet hat. Es war ein Unfall, ein Moment der Unaufmerksamkeit. Sie kam von ihren Eltern zurück, die in Peru wohnten. Ich weiß nicht genau, wie es passierte, nur dass sie einen kleinen Jungen überfahren hat. Das hat sie in den Wahnsinn getrieben. Wen hätte das nicht wahnsinnig gemacht?«

Noah und Clémence tauschen einen verschwörerischen Blick.

»Wie auch immer, danach … es kam zu einem Gerichtsprozess, und sie wurde schuldig gesprochen. Jenny war am Boden zerstört, ich hätte sie gern getröstet, ihr zu verstehen gegeben, dass ich auch noch da war, aber sie hatte nur Rebecca im Kopf. Tja, pfff. Einen schönen Dank hat sie bekommen, von ihrer Rebecca.«

»In welchem Jahr war das?«, fragt Noah.

»Im August 1986. Einer meiner schlimmsten Sommer, glauben Sie mir.«

Samantha steht auf, geht in die Küche und kommt mit einer dampfenden Kaffeekanne, drei Tassen und einer Zuckerdose zurück.

»Wie trinken Sie Ihren Kaffee?«

»Für mich schwarz bitte«, erwidert Noah.

Clémence macht eine ablehnende Geste mit der Hand. Dann nimmt sie die beiden Gummibänder, die vor ihr auf dem Tisch liegen.

»Erinnern Sie sich zufällig, wie der Richter hieß?«, fragt Noah.

Seine Intuition hat ihm den Namen bereits eingeflüstert, aber er möchte ihn aus Samanthas Mund hören.

»Ja, wie könnte ich den vergessen. Im Gegensatz zu Rebecca benutzte Jenny eigentlich keine Schimpfwörter. Aber den Richter hat sie so oft verflucht, dass der Name selbst wie ein Schimpfwort klang. ›McKenna, dieses Arschloch‹, ›Verdammter McKenna‹ und was weiß ich nicht alles. Vor allem war Jenny überzeugt, dass dieser Richter parteiisch war, dass er irgendetwas verbarg. Und sie hatte sich in den Kopf gesetzt, das herauszufinden. Sie war wie besessen davon.«

Clémence lässt ein Gummiband flitschen. Ein breites Lächeln erscheint auf ihrem schmalen Gesicht.

»Aber Ihren Schilderungen zufolge scheint Rebecca tatsächlich schuldig gewesen zu sein. Warum haderte sie dann so sehr mit dem Richter?«, fragt Noah.

»Wegen der Strafe, die er verhängt hat. Sicher, Rebecca war depressiv, hat sogar versucht, sich das Leben zu nehmen. Aber der Richter hat sie in eine psychiatrische Einrichtung einweisen lassen, wo sie gefangen gehalten wurde wie eine Geisteskranke. Nun, im Rückblick hatte er nicht ganz unrecht. Ein bisschen neben der Spur war sie schon. Die arme Jenny!«

Samantha bekreuzigt sich und führt die dampfende Tasse an die Lippen. Sie verzieht das Gesicht, dann stellt sie sie wieder ab. »Vorsicht, der Kaffee ist noch heiß«, sagt sie.

Clémence streift sich die Gummibänder übers Handgelenk. »Sie kennen nicht zufällig die Namen der Ärzte, die sie behandelten?«

Samantha schüttelt den Kopf. »Nein, ich war nur einmal mit Jenny dort. Im Übrigen fand ich es ziemlich merkwürdig, dass sie in eine Einrichtung im Nachbarstaat eingewiesen wurde. Sie war im Vermont State Hospital in Waterbury untergebracht.«

Clémence sieht Noah an und nickt wissend.

Er weiß, was sie meint. Waterbury. Dort wurde Trevor Weinberger ermordet. Nicht weit von der psychiatrischen Klinik, die im Übrigen seit 2011 geschlossen ist. Die Verbindung ist jetzt klar. Rebecca Law war zweifelsohne Trevors Patientin.

Samantha steht auf. »Ich habe Fotos von Rebecca, Jenny und mir, falls sie Sie interessieren.«

»Sicher«, antwortet Noah.

Sie kommt mit einem dicken ledergebundenen Album zurück.

Auf dem Rücken klebt ein Etikett, auf dem die Jahreszahl 1986 steht.

Samantha hievt es auf den Tisch. Die Tassen klirren auf den Untertassen.

Noah steht auf, stützt sich auf den Stock und stellt sich neben Samantha.

Sie blättert ein paar Seiten um und zeigt dann auf ein Polaroid. Darauf sieht man drei junge Frauen vor einem Ahornbaum. Schon damals hat sie nicht gelächelt, fällt Noah auf.

»Das war kurz vor dem Unfall. Ein Passant hat das Foto gemacht. Lächerlich, wie wir damals ausgesehen haben, mit diesen Frisuren, den grellen Klamotten, und schauen Sie mal, diese Jacke mit den Schulterpolstern, die ich anhatte. Tja, das war die Mode der Achtziger! Ich trauere ihr nicht nach.«

Sie blättert ein paar Seiten weiter.

»Das war danach. Jenny und ich sind zu ihr gefahren, zum Haus ihrer Eltern in Peru, bei denen sie noch wohnte.«

Noahs Herz schlägt schneller. »Wer ist der Mann, der neben Ihnen steht?«, fragt er.

»Das ist Antonio Da Silva, ein Nachbar, ein netter Kerl, er hat sich nach dem Unfall um Rebecca gekümmert.«

Das ist er, denkt Noah.

Antonio Da Silva. Das dritte Opfer des Dämons von Vermont.

SYSTEMISCH

Geduld und Beharrlichkeit sind zwei Tugenden, an denen es Bernard Tremblay nicht mangelt.

Seit jeher hat er sich gegenüber seinen Kollegen darin hervorgetan und sich dieser Qualitäten bedient, um Beziehungen zu knüpfen, bei den Ermittlungen tiefer zu schürfen, unsichtbare Fäden zu entwirren und Hinweise zu entdecken, wo andere nicht danach suchten. Man braucht Visionen und ein Gespür für Zusammenhänge, hat er immer zu ihnen gesagt. Und Leidenschaft, Talent und Einsatzbereitschaft.

Um diesen komplexen Fall zu lösen, der sich vom Schema eines herkömmlichen Serienmords unterscheidet, muss man ihn betrachten wie dieses in Kartonteile zerstückelte Mosaik, das er seit nunmehr einer Woche im Begriff ist zusammenzusetzen.

Es in seiner Ganzheit zu erfassen, bedarf eines systemischen Ansatzes. Und der Organisation. Des sorgfältigen Vorgehens durch Sortieren, Analysieren und Ordnen, um dann die passenden Elemente zu isolieren. Noah Wallace, die Opfer, die potenziellen Verdächtigen, die Orte, Daten, die polizeilichen Institutionen … Das hier ist eine wichtige Etappe, in der es gilt, nicht mit unnützen Mutmaßungen oder kopflosem Kombinieren Zeit zu vertun.

Dann folgt die Interaktion. Eine heikle Phase. Hier geht es darum, Zusammenhänge zwischen den einzelnen Blöcken herzustellen und Synergien zu entwickeln, denn, um es mit den Worten Aristoteles' zu sagen, »das Ganze ist mehr als die Summe seiner Teile«.

Und zu guter Letzt die Gesamtheit.

Wenn er sich direkt vor so einem überdimensionalen unfertigen Puzzle wie diesem befindet, kann er nur ein paar Farben oder den Teil eines Gebäudes ausmachen. Sein eingeschränktes Blickfeld engt auch seine Wahrnehmung ein.

Aber er braucht nur ein paar Schritte zurückzugehen, um auch die Ränder und Konturen des Freskos auszumachen. Und die Teilansicht New Yorks von einem Fenster aus nimmt vor seinem geistigen Auge Gestalt an. Mehr noch, er kann das Bild sogar in den betreffenden Kontext einordnen. Ein schöner sonniger Morgen, eingefangen von einem begabten Fotografen.

Genau so verhält es sich mit seinem aktuellen Fall.

Von dem Moment an, da er begriffen hat, dass der Serienmörder nur die sichtbare Spitze des Eisbergs ist, hat er sich ein wenig entfernt, um eine ganzheitliche Perspektive einzunehmen.

Bernard lächelt.

Fast die Hälfte der Ansicht New Yorks hat er rekonstruiert. Den oberen Teil, den Himmel, das gesamte Empire State Building und sämtliche im Schatten liegende Gebäude auf der rechten Seite.

Der Rest wird einfach sein. Und das Gleiche gilt seines Erachtens auch für den Fall.

Er hält die Stoppuhr an und notiert: *2 Std. 35 Min. 12 Sek.* in seinem Heft.

Jetzt ist er schön aufgewärmt und kann sich dem anderen kniffligen Rätsel widmen.

Dem, das in seinem Büro auf ihn wartet.

Die zweiunddreißigtausend Puzzleteile sind nichts im Vergleich zu den Informationen, die sein Team in der vergangenen Woche zusammengetragen hat. Alles haben sie durchforstet: sämtliche Konten und persönliche Unterlagen – von Krankenakten bis zu Schulzeugnissen. Akribische Polizeiarbeit eben. Und immer wieder taucht ein Name auf, um den das Ganze kreist.

Noah Wallace.

Bernard verlässt die Garage und geht mit schnellen Schritten über den bereits gefrorenen Rasen, um schnell der beißenden Kälte und dem raureifbildenden Nebel zu entkommen.

Über die hintere Terrasse steuert er auf die Küchentür zu. Er hat das Gefühl, eine Sauna zu betreten, als ihm die zweiundzwanzig Grad warme Luft entgegenweht.

Josée steht an der Kücheninsel und schlägt Eier schaumig. Sie hebt den Kopf und lächelt ihn an. »Alles okay, Liebling?«

In Sachen Arbeit könnte er die Frage bejahen. Was die Gesundheit betrifft, sieht es anders aus. Aber wie soll er ihr das sagen?

»Wunderbar! Ich gehe nach oben und setze mich noch ein Stündchen an den Schreibtisch.«

»Gut, ich backe einen Apfelkuchen, bis dahin ist er fertig.«

Seine Frau ist ein Goldschatz. Eine Seele von Mensch.

Bernard seufzt und steigt die Treppe hinauf.

Nachdem er sich die Pfeife angezündet hat, betrachtet er das Mosaik, das auf der Pinnwand allmählich Form annimmt.

Noch fehlen ein paar Klebezettel, und zwar die entscheidenden.

Leopold Blackburn, das erste Opfer, vermutlich gefoltert. Er hütete ein Geheimnis, und zwar nicht irgendeines, er arbeitete nämlich für den CSIS, den kanadischen Geheimdienst. Mehr hat Bernard nicht herausgefunden, alles andere ist zu geheim. Aber das macht nichts. Den Rest kann man sich durch den Kontext zusammenreimen. Er schreibt *Neue Identität* auf ein Post-it und klebt es auf die Schnur, die Blackburn mit Yves Coté, alias McKenna, verbindet.

Jean-François Duval wiederum hat mit der CIA zusammengearbeitet. Nachdem er zunächst auf dem Gebiet der Phänomenologischen Psychologie forschte, gab er in den Neunzigerjahren seine wissenschaftliche Tätigkeit auf, um fortan unter dem Pseudonym Michel Ballard Krimis zu schreiben. Mit eher mäßigem Erfolg, und die geringen Auflagen ermöglichten ihm gewiss nicht seinen recht hohen Lebensstandard. Großes Haus, zweimal im Jahr Urlaub in einem mexikanischen Luxusresort, teurer Sportwagen. Offenbar ist die CIA nicht bereit, etwas über dessen Tätigkeit in der Organisation zu verraten.

Zwei involvierte Geheimdienste? Das ist kein Zufall.

Bernard klemmt die Pfeife zwischen die Backenzähne und schreibt paffend: *CSIS und CIA?* auf ein Post-it. Dann klebt er es auf die Schnur, die Duval und Blackburn verbindet.

Aber das ist längst nicht alles. Dank der gründlichen Recherchen seines Teams können weitere Fäden gezogen werden.

Trevor Weinberger und Jean-François Duval. Sie sind nur ein Jahr auseinander, aber das Interessante ist, dass sie 1965 an der McGill University in Montréal im selben Jahrgang waren. Beide studierten Psychiatrie, wobei Duval ein Jahr später das Fachgebiet wechselte. Es kommt noch besser: In den Siebzigerjahren arbeitete Trevor am Allan Memorial Institute, der psychiatrischen Fakultät der McGill University. Laut Clémence' Informationen entwickelte er eine experimentelle Krebstherapie, die auf Autosuggestion beruht.

Bernard pappt ein Post-it mit den Worten *Gemeinsames Projekt?* auf die Schnur, die zwischen Duval und Weinberger verläuft. Dann legt er die Pfeife in den Aschenbecher und stellt sich vor seine Collage.

Sein Blick fällt auf das Foto von dem Mann, der ihn am meisten beunruhigt.

Noah Wallace.

Allmählich lüftet sich der Schleier des Geheimnisses, der ihn umgibt. Vor allem der Teil, der seine Kindheit verhüllt.

Laut seinem Freund bewarb sich das Ehepaar Wallace in den Achtzigerjahren mehrmals um eine Adoption. Nachdem er noch ein bisschen weitergegraben hat, fand er heraus, dass Noah neun Jahre alt war, als sie für ihn das Sorgerecht bekamen. Es war seinem Freund indes unmöglich, zu erfahren, wo er davor war. Mehr noch, Noah Wallace hat keinerlei Erinnerung an seine ersten neun Lebensjahre. Und das Beste an der Geschichte ist, dass seine Amnesie behandelt wurde, erfolglos, und zwar am Vermont State Hospital. Nur dass sein Freund nicht an die Akte kommt. Jedenfalls arbeitete zu der Zeit ein gewisser Trevor Weinberger dort. Wie es der Zufall so will …

Bernard lächelt zufrieden. Er schreibt *Patient?* und klebt den Zettel auf die Schnur, die er zwischen Noah und Weinberger gespannt hat.

Dann tritt er ein paar Schritte zurück und betrachtet zufrieden seine Collage aus Fotos, Bindfäden und den auf Zettel gekritzelten Beobachtungen. Das Mosaik ist noch unvollständig, doch im Geiste füllt er die weißen Stellen aus. CIA, Mörder, Verhöre, wissenschaftliche Projekte.

Nein, das ist alles andere als ein gewöhnlicher Fall.

Ein schönes Puzzle.

Vielleicht sein bislang schönstes. Vorausgesetzt, er hält durch, bis es komplett ist.

»Der Kuchen ist fertig!«, ruft seine Frau aus der Küche.

Genau das, was er jetzt braucht.

Zum Teufel mit seiner Bauspeicheldrüse, die vom Krebs aufgefressen wird.

Dem Duft zufolge, der ihm in die Nase steigt, schmeckt dieser Apfelkuchen garantiert köstlich.

ABGEFEIMT

Es ist fünf Jahre her, seit Noah zuletzt im Muddy Waters war. Mit seinem nostalgisch-rustikalen Interieur erscheint es ihm jetzt als der ideale Ort, um einen Kaffee in Burlington zu trinken.

Es hat sich nicht verändert, das Lokal strahlt noch immer die Atmosphäre eines holzgetäfelten Saloons, gemischt mit der eines tropischen Regenwalds und einer alten Bibliothek aus.

Nachdem er es sich in einem Ledersessel bequem gemacht hat, vor sich einen Caffè Latte, sieht er zu, wie sich Steve am Eingang mit seinem Regenschirm abmüht.

Noah hebt die Hand, um ihm zu bedeuten, wo er sitzt. Steve nickt ihm zu und kommt dann an den Tisch.

Seiner Miene nach ist er mal wieder schlecht gelaunt.

»So ein Scheißwetter … Tut mir leid, dass ich zu spät komme, Noah.«

Dann lässt er sich in den gegenüberstehenden Sessel sinken, faltet seinen Trenchcoat zusammen und legt ihn über die Armlehne.

Steve sieht zum Fürchten aus.

Seine Augenringe sind noch tiefer geworden. Er hat ein nervöses Zucken im Gesicht und kann die Hände nicht stillhalten.

»Ich muss zugeben, dein Anruf hat mich überrascht, Steve. Ich hatte eigentlich erwartet, dass du mich abholen kommen willst, um zu einem neuen Tatort zu fahren.«

Steve lächelt freudlos. »Tja, genau das ist das Problem. Du liest meinen Namen auf deinem Handydisplay und dein erster Gedanke ist nicht: ›Ah, der gute alte Steve will mich zum Grillen einladen!‹ Stattdessen denkst du: ›Oh, auf geht's zu einer Spritztour zu einem neuen Ort des Grauens.‹ Und weißt du was? Ich habe dieses Scheißleben satt.«

»Wobei … dieses Ritual schon immer unsere Beziehung bestimmt hat, auch schon vor meinem Unfall. Fahrten zu den Tatorten, hin und wieder gemeinsam essen gehen. Außerdem hast du seit einer Woche nichts mehr von dir hören lassen. Es hätte mich also nicht gewundert, wenn der Mörder erneut zugeschlagen hätte. Im Übrigen warte ich immer noch auf die ausstehenden Akten. Ich finde es schon befremdlich, dass du Tremblay und seinem Team Informationen vorenthältst, aber dass du das Gleiche auch bei mir machst, das erstaunt mich doch sehr.«

Steves Gesicht verdüstert sich. »Scheiße, Noah! Glaubst du vielleicht, dass ich daran schuld bin? Siehst du nicht, wie mir das Ganze zusetzt? Ich will nichts lieber, als dass wir diesen verdammten Fall endlich abschließen können und dass wir nie wieder darüber reden … Du hast ja keine Ahnung, unter welchem Druck ich stehe!«

Doch. Noah sieht das sehr wohl und macht sich Sorgen deswegen. Die Anzeichen häufen sich.

Noah richtet sich im Sessel auf, doch als er zu einer Antwort ansetzt, erscheint eine Kellnerin am Tisch.

»Was darf ich Ihnen bringen?«

Noah hebt den Blick. Die junge Frau trägt eine Jeans, die ihre wohlgeformten langen Beine betont, und ein rotschwarz kariertes kanadisches Holzfällerhemd.

Sie ist auf natürliche Weise schön, denkt Noah.

Steve nimmt die Speisekarte, die auf dem Tisch liegt, und sagt dann: »Einen Bagel-Teller und doppelten Ristretto für mich, bitte.«

Noah deutet auf seine Caffè Latte. »Danke, für mich nichts zu essen.«

Die Kellnerin nickt und geht zum Tresen zurück.

»Steve, ich brauche aber die Akten, um weiterzukommen. Vertrau mir, ich bitte dich. Abgesehen von den fehlenden Unterlagen habe ich auch noch nichts darüber gehört, was bei der Untersuchung dieses Hauses rausgekommen ist. Hast du weitere Nachforschungen angestellt? Habt ihr eine weitere Leiche gefunden? Oder gibt es sonst was Neues?«

Steve schüttelt langsam den Kopf und blickt auf seine Füße, während er sich über den Schnurrbart streicht. Dann richtet er sich wieder auf.

»Hör zu, Noah. Ich wollte es dir nicht am Telefon sagen, sondern unter vier Augen, weil … scheiße, ich bin dir das schuldig. Deswegen wollte ich mit dir einen Kaffee trinken gehen. Ich habe dir die Akten und die neuesten Informationen über das Haus noch nicht gegeben, weil ich einen triftigen Grund habe. Ich darf es nicht.«

Steve presst die Faust auf die Armlehne seines Sessels. »Herrgott, es ist mir nicht mehr erlaubt, mit dir über diesen Fall zu reden. Befehl von allerhöchster Stelle. Sie haben mir das Beraterbudget gestrichen, und das FBI hat den Fall an sich gezogen. So sieht's aus, so mies das auch ist. Ich werde für eine gewisse Zeit das FBI unterstützen, und du …«

Noah sitzt unbeweglich da, zeigt keinerlei Reaktion. Steves Worte müssten ihm eigentlich den Boden unter den Füßen wegziehen, aber seine Miene bleibt reglos, er wirkt apathisch.

Von dem Fall abgezogen. Nun, da er sich der Lösung so nahe fühlt. Er hat damit gerechnet, wusste, dass es unvermeidlich ist. Aber nicht so bald. Liegt es daran, dass er auf eigene Faust zusammen mit Clémence Nachforschungen angestellt hat?

Steve redet noch immer, aber er hört ihn nicht mehr. Sein Mund öffnet sich, ohne dass ein Laut über seine Lippen kommt. Seine Gesichtszüge sind wutverzerrt, die Augen treten hervor.

Noah ist nicht mehr bei ihm.

Er spürt einen Druck auf den Schultern, eine Kraft, die ihn in die Erde drücken will. Gleichzeitig presst eine riesige Faust gegen seine Brust.

Er bekommt keine Luft mehr. Seine Lungen sind im Brustkorb eingezwängt.

Steve wird bleich. Sein eben noch rotes Gesicht ist jetzt ganz weiß. Seine Lippen färben sich blau, sein Blick erstarrt, die Augen werden glasig. Dann kommt aus einem seiner Nasenlöcher eine Fliege heraus und noch eine. Noah möchte schreien. Aber er bringt keinen Laut hervor. Jetzt wird Steves Gesicht schwarz, seine Lippen schrumpeln zusammen.

Plötzlich sind die Laute wieder da.

»… außerdem tut mir ein bisschen frische Luft gut. Ich werde meinen Vater zum Angeln mitnehmen. Du kannst auch mitkommen, wenn du willst.«

Noah reibt sich den Hinterkopf.

Der Tumor … er wird mir noch übel mitspielen.

Die Kellnerin kommt mit einem Tablett.

»So, die Bagels und der doppelte Ristretto«, verkündet sie.

Während sie sich zu Steve hinabbeugt, lässt Noah den Blick über ihre kurvenreiche Figur gleiten.

Wirklich ein hübsches Mädchen.

»Guten Appetit«, sagt sie.

Steve beißt in einen Bagel, legt ihn auf den Teller zurück und wischt sich mit dem Ärmel einen Sahneklecks vom Schnurrbart.

»Noah, ist was? Du bist ganz blass im Gesicht … Scheiße, was bin ich für ein Idiot! Hätte ich doch besser … Soll ich dich zu einem Arzt fahren?«

»Ich kann mich nicht aus dem Fall zurückziehen, nicht in diesem Stadium. Ich werde weitermachen, Steve, auch ohne Bezahlung, auch ohne dich.«

Steve zieht eine abfällige Miene. »Mit dieser magersüchtigen Person, hm?«, sagt er höhnisch.

»Oder allein. Denn dein Spruch ›wir haben zusammen angefangen, also bringen wir es auch zusammen zu Ende‹ scheint ja nicht mehr zu gelten, stimmt's?«

Steve lässt die Faust auf den Tisch sausen. Dann atmet er langsam aus.

»Der wurde vorerst von offizieller Seite kassiert«, sagt er.

»Aber nicht auf offiziellem Weg«, erwidert Noah.

Steve sieht ihn an wie ein Priester, dem gegenüber er etwas Gotteslästerliches gesagt hat.

»Ich glaub es nicht, du erhebst Vorwürfe gegen mich und erwartest gleichzeitig von mir, dich bei deinen privaten Nachforschungen zu unterstützen?«

Noah schüttelt den Kopf. »Ich möchte nur ein paar Informationen. Lass mich nicht im Stich, Steve. Dieser Fall hilft mir, durchzuhalten.«

Der Lieutenant runzelt die Stirn und heftet den Blick erneut auf den Boden. Noah kennt diese Gebärde an ihm gut. Er verheimlicht ihm etwas.

»Was ist das Problem, Steve?«

»Einer der Gründe, warum sie mich an den Rand drängen wollen, ist, dass man noch weitere Fotos in dem Haus gefunden hat. Dieser Scheißkerl hat mich fotografiert. Ich stehe auf seiner Liste. Und ...«

Wieder weicht er seinem Blick aus.

»Was, Steve?«

»... Rachel. Sie ist ebenfalls auf einem der Fotos. Der Typ hat unser Privatleben ins Visier genommen.«

Diesmal schluckt Noah schwer. Er ist angezählt, ein rechter Haken hat ihn zu Boden gestreckt. Die Welt hat sich in eine Spirale verwandelt. Als das Handy in seiner Tasche vibriert, nimmt er mechanisch ab, ohne sich dessen bewusst zu sein. »Noah Wallace.«

»Hallo, hier ist Bernard Tremblay. Wir müssen uns unbedingt unterhalten.«

KEINE SCHLAFENDEN …

In der ersten Nacht blieb Sophie nichts anderes übrig, als im Obdachlosenasyl in Burlington zu übernachten.

Die letzten vier Nächte konnte sie dank Brett Walker, einem exzentrischen Offizier im Ruhestand und Förderer des Asyls, eingemummt in einen Schlafsack in dessen Halbsouterrain verbringen, wo es feucht, aber einigermaßen warm ist. Gegen ein paar kleinere Arbeiten – Putzen, Geschirrspülen und auch ein bisschen Kochen – war Walker bereit, ihr das Zimmer unterzuvermieten. Er hat sie aufgenommen, ohne groß Fragen zu stellen, und angesichts der Sachen, die sie hier unten gefunden hat, war es nicht das erste Mal, dass er Schutzsuchende, Flüchtende oder Ausgegrenzte beherbergt hat. Für fünfzig Dollar darf Sophie sogar seinen alten Toyota benutzen, und er hat ihr auch sein WLAN-Passwort gegeben.

In diesen fünf Nächten hat sie kaum geschlafen. Mit geöffneten Augen, die Pistole unter dem Kopfkissen, lag sie da. Aufgrund der Angst, die sie ständig begleitet, und der Sorgen, die ihr im Kopf herumspuken, findet sie keine Ruhe. Blake, ihre Stütze, ihr Vertrauter, der hilfsbereiteste Mann, den sie gekannt hat, ist nicht mehr da.

Aber es kommt gar nicht in Frage, sich noch mehr gehen zu lassen. Sie ist eine Kämpfernatur.

Zum Teil verdankt sie das dem militärischen Training durch ihren Vater und auch dessen Prinzipien, die sie sich immer wieder wie Mantras vorgesagt hat. Von Kindesbeinen an wurde ihre Willenskraft gestählt. Sie ist stark, das hat sie schon immer gespürt. Und inzwischen weiß sie es auch.

Und sie wird bis zum Ende kämpfen. Für Blake, für Beth und auch für Cadwell.

Was ihre Nachforschungen betrifft, hat sie nur eine einzige Spur, die sie weiterverfolgen kann: Timothy Carter. Aber wie kann sie sich an Noah Wallace oder Steve Raymond wenden, wenn sie nicht sicher sein kann, sich damit nicht in die Höhle des Löwen zu begeben?

Auch muss sie in Erfahrung bringen, warum Blake ermordet wurde. Was hat er herausgefunden, was ihn zur Zielscheibe gemacht hat?

Sophie stellt den Laptop, den sie soeben gekauft hat, auf den Tisch, schaltet ihn ein und trinkt einen großen Schluck kalten Tee, während sie wartet, bis er hochgefahren ist.

Ihr MacBook fehlt ihr, aber es war sicherer, es zu verkaufen. Sie weiß zwar nicht genau warum – nur dass es mit der sogenannten »MAC-Adresse« zu tun hat, der Hardware-Adresse, mit der sie ihren Standort verraten könnte. Außerdem brauchte sie Geld. Allein für die Reise nach Burlington sind fast ihre ganzen Bargeldreserven draufgegangen.

Sie weiß ganz genau, was sie tun muss. Zuerst einen sicheren Browser installieren. Der Tor-Browser dürfte reichen. Sie darf auf keinen Fall riskieren, ihren Aufenthaltsort über die lokale IP-Adresse zu verraten. Wie oft hat Blake ihr damit in den Ohren gelegen! ›Nimm ein VPN für deine Torrents, Sophie!‹

Sie trinkt erneut einen großen Schluck Tee, steckt den USB-Stick, den Blake in ihrem Postfach für sie deponiert hat, in den Port und öffnet den Ordner namens »D. N. A.«.

Es ist nicht das erste Mal, dass sie sich damit beschäftigt. Nur weiß sie inzwischen, wie sie vorgehen muss.

Das Internet ist ein wahrer Fundus. Man kann dort alles lernen, selbst die Grundlagen des Programmierens. Ohne in die Tiefe gehen zu müssen, weiß sie inzwischen, dass sie diese Dokumente mit der Endung .log mit einem freien Texteditor wie zum Beispiel Notepad++ öffnen kann.

Und schon hat sie eine Liste mit IP-Adressen vor Augen, von denen eine durch eine Linie getrennt ist, hinter der *»Match Found«* steht.

Blake ist es also gelungen, die Quelle ausfindig zu machen. Er hat tatsächlich ihren mysteriösen Kontakt zurückverfolgt und eine Adresse erhalten.

Aber dabei muss er sich verraten haben, und das hat ihn das Leben gekostet.

Vielleicht sogar vergeblich? Denn im Moment steckt sie in einer Sackgasse. Diese IP-Adresse ist für sie Fachchinesisch. Aber das wird sich bald ändern.

Im Darknet findet man alles … einschließlich Piraten, die einem zur Hand gehen, allerdings in ziemlich dubiosen Foren. Und auch wenn die Mehrheit der *Hackers for hire* in Bitcoin bezahlt werden wollen, gibt es auch welche, die ihre Dienste kostenlos anbieten, einfach so zum Spaß, weil sie den Nervenkitzel lieben.

Sophie aktiviert den Hidden Service Hackerbay. Ihre neue Räuberhöhle.

Nachdem sie sich identifiziert hat, schickt sie eine private Nachricht an BlackSparrow, einen bekannten Kryptoanarchisten.

Sie lautet: »Kannst du den zu dieser IP-Adresse gehörenden Server für mich herausfinden?« Sie fügt die entsprechende Adresse ein.

Ein paar Sekunden, die ihr wie Minuten vorkommen, vergehen.

Dann antwortet BlackSparrow: »Sicher. Ich check sie gleich mal. Dürfte nicht lange dauern.«

Wieder wartet Sophie, diesmal muss sie sich mehrere Minuten gedulden.

»Bist du lebensmüde? Das ist ein verdammter CIA-Server!«

… HUNDE WECKEN

Sophie kurbelt das Fenster des alten Toyota halb herunter. Lieber lässt sie die kalte Luft dieses regnerischen Herbstabends hereinströmen, als dass sie noch eine Minute länger den schalen Zigarettengeruch erträgt, der sich in den Polstern eingenistet hat und dem weder die drei Duftbäume, die am Rückspiegel baumeln, noch gründliches Shampoonieren der Polster etwas anhaben konnten.

Das Warten kommt ihr diesmal besonders lang vor, weil ihre Abhöraktion bislang noch nichts erbracht hat. Ihr Arm ist taub, weil sie die ganze Zeit das Parabolspiegel-Mikrofon in Richtung des Fensters halten muss.

Nächstes Mal wird sie ein Stativ benutzen. Wenn es denn ein nächstes Mal gibt. Noch nie war das Ausspionieren so langweilig. In der Regel gibt es immer etwas Interessantes zu hören, mal einen Ehekrach, mal geräuschvollen Sex.

Aber jetzt passiert rein gar nichts. Die Stille in Noah Wallace' Wohnung ist fast schon beängstigend. Kein Fernseher, keine Musik. Kein Anruf, der die Monotonie ihrer Abhöraktion unterbricht.

Nur die Geräusche, die sie als das Scharren seines Stocks über dem Holzboden ausgemacht hat, und hie und da ein Husten. Dieser Typ ist noch keine vierzig und scheint wie ein alter Junggeselle zu leben.

Sophie unterdrückt ein Gähnen. Die Melodie des Regens, der auf die Windschutzscheibe und das Wagendach prasselt, hat zusammen mit dem langweiligen Warten eine einschläfernde Wirkung.

Sie kurbelt die Scheibe noch etwas mehr herunter, in der Hoffnung, dass die Kälte sie wachrüttelt. Sie legt das Richtmikrofon kurz auf den Beifahrersitz, trinkt den Rest ihres Kiwi-Banane-Smoothies aus, und isst den veganen Burrito auf. Dann zerknüllt sie das Papier und wirft es in die Papiertüte mit dem *Bueno-Y-Sano*-Logo.

Sano – gesund –, das vielleicht schon, aber *bueno* – gut –, darüber lässt sich streiten. Sie hat jedenfalls schon bessere gegessen; aber Burlington ist nun mal nicht New York.

Gut, pack deine Sachen zusammen, Sophie, du verschwendest bloß deine Zeit.

Was spricht im Übrigen gegen eine direktere Annäherung? Dieser Noah Wallace strahlt etwas Sanftes, Friedliches aus. Außerdem ist er kein Bulle. Vielleicht kann er ihr ja helfen?

Ja, oder aber er könnte die Polizei anrufen und dich festnehmen lassen.

Nein, sie muss zuerst mehr über ihn herausfinden, bevor sie sich aus der Deckung begibt.

Sophie kurbelt das Fenster hoch. Es ist ungemütlich kalt im Wagen geworden. Dann setzt sie seufzend die Kopfhörer auf und richtet seufzend den Parabolspiegel wieder auf die Wohnung aus.

Wer weiß … Vielleicht fängt er zur Abwechslung gleich an staubzusaugen?

Plötzlich setzt sie sich aufrecht hin.

Der Wagen, der in der Nähe einparkt, hat ihre Aufmerksamkeit erregt. Dem blauweißen Nummernschild zufolge ist er aus Québec. Sophie sinkt wieder tiefer in den Sitz und verfolgt aus dem Augenwinkel, wie zwei Personen aussteigen.

Ein Typ mit weißen Haaren, der aussieht, wie aus einem Detektivfilm entsprungen, und eine junge Frau, fast noch ein Mädchen, die auffallend mager ist und ein viel zu großes kanadisches Holzfällerhemd und eine Wollmütze trägt.

Wenn sie Glück hat, wollen sie zu Wallace.

Durch ihre Kopfhörer hört sie das Klingeln in der Wohnung. Sophie murmelt: *»Yes!«* und lächelt triumphierend.

Na also – es sei denn, die beiden sind Zeugen Jehovas!

»Guten Abend, Mr Wallace!«

»Monsieur Tremblay, Clémence, kommen Sie doch herein.«

Das folgende Gespräch ist fast nicht zu hören. Der Regen verursacht Störgeräusche.

Sophie rückt die Kopfhörer zurecht und richtet den Parabolspiegel neu aus.

»Tut mir leid, das zu hören, wobei es mich nicht weiter wundert. Ich habe immer noch nicht die Akten der früheren Fälle erhalten und glaube, den Grund zu kennen.« Ah, das ist die Stimme des weißhaarigen Mannes, bemerkt Sophie.

Das Scharren des Stocks ist wieder zu hören, Stühle werden gerückt.

»Ich habe beunruhigende Entdeckungen gemacht und muss Sie bitten, dass das, was ich Ihnen erzähle, unter uns bleibt.«

»Wobei ich von Clémence weiß, dass Sie mich verdächtigen.«

Das Knattern eines vorbeifahrenden Motorrads verschluckt die Antwort.

»Mist!«, flucht sie zwischen den Zähnen hindurch. »So ein verdammtes Pech!«

Sie dreht am Daumenrädchen.

»... in Ihrem Kopf. Und ich glaube, dass ich auch dazu eine Verbindung gefunden habe.«

»Ich muss gestehen, dass meine Sitzungen bei der Psychiaterin mich allmählich teuer zu stehen kommen, wenn Sie also nützliche Informationen haben sollten, bin ich ein dankbarer Abnehmer.«

»Wussten Sie, dass Sie im Vermont State Hospital behandelt wurden, Mr Wallace?«

»Ich ... nein ... An diese Zeitspanne kann ich mich nicht erinnern ... Worauf wollen Sie hinaus?«

»Sie wurden seit Ihrem neunten Lebensjahr wegen Ihrer Amnesie behandelt, und ich vermute, dass Weinberger einer Ihrer Therapeuten war. Wenn das stimmt, gibt es eine Verbindung zwischen diesem Fall und Ihnen.«

Weinberger? Sophie kritzelt den Namen in ihr Notizheft und kringelt ihn ein.

»Das ist noch nicht alles. Ich habe auch eine Verbindung zwischen Weinberger und Jean-François Duval gefunden. Beide haben an der McGill University studiert und promoviert. Und, noch interessanter, Duval hat für die CIA gearbeitet.«

Verdammt. Die CIA … schon wieder! Und welchen Zusammenhang könnte es zwischen Trout, Carter, dem Dämon von Vermont und … Noah Wallace geben? Sophie ist hergekommen, um Antworten zu erhalten, bekommt aber nur weitere Fragen.

»Heißt das, der Mörder kommt aus dem Dunstkreis der Geheimdienste? Dass die CIA darin verwickelt ist?«

»Das wäre die logische Schlussfolgerung. Das würde auch erklären, warum uns die Einsicht in bestimmte Akten verweigert wird und warum die kanadische Gendarmerie Royal Druck macht, um mir den Fall entziehen zu können.«

»Das ist faszinierend … und beängstigend.«

»Es kommt noch besser, Mr Wallace. Nachdem unsere Leute die Archive von McGill durchforstet haben und vor allem die Unterlagen des Jahrgangs 1965, habe ich entdeckt, dass zwei der Absolventen einem wissenschaftlichen Club angehörten, der von Esther Grady geleitet wurde. Sie machte sich vor allem durch ihre Forschung über das menschliche Gehirn einen Namen.«

Das Gespräch wird von einem Rauschen überlagert, und Sophie kann nichts mehr verstehen.

»Können Sie ihm Ihre Notizen zeigen? Ich glaube, mein Onkel kann Ihnen helfen«, sagt die junge Frau.

Sie stehen auf und gehen in ein anderes Zimmer.

Mist. Sie ist zu weit weg. Entweder sie steigt aus oder sie fährt näher ans Gebäude heran.

Doch als sie den Motor anlassen will, hält sie in der Bewegung inne.

Weiter vorn parkt ein Wagen mit einem Mann darin.

Noch merkwürdiger, er hat genauso ein Parabolspiegel-Mikrofon wie sie, das er auf Noah Wallace' Wohnung gerichtet hält.

Und plötzlich erstarrt Sophie.

Sie hat den Wagen wiedererkannt.

Das ist dasselbe Muscle-Car, das sie nach ihrem Besuch bei Cadwell auf der Straße überholt hat. Der Camaro.

Der Wagen des Mannes, der sie in der Obstplantage verfolgt hat.

GESCHICKT

Noah taucht die Hand in die Innentasche seines Jacketts, das über der Stuhllehne hängt, zögert jedoch noch.

Seit er von seinem Treffen mit Steve in die Wohnung zurückgekehrt ist, lässt sich lautstark eine Stimme aus den Tiefen seines Bewusstseins vernehmen. Er versteht kein Wort, nur ein ersticktes, entferntes Klagen, worin er jedoch eine tiefe Not zu erkennen meint, wie bei einem Hilferuf.

Ist das die Stimme des Anderen? Möchte er ihn warnen?

Noah ist überzeugt, dass der Weißhaarige und Clémence einen Schlüssel besitzen, mittels dessen er bestimmte verschlossene Türen in seinem Unterbewussten öffnen kann, fürchtet sich aber vor dem, was er dahinter finden könnte.

Hat er Angst, dass sich der Andere befreit?

»Noah?«, fragt Clémence mit besorgter Stimme. »Alles okay?«

Nein. Seine Brust fühlt sich eng an, Sterne tanzen ihm vor den Augen. Aber er versucht, es hinter einem gezwungenen Lächeln zu verbergen.

»Ich glaube, der Milchkaffee ist mir nicht bekommen«, sagt er.

Schließlich bringt er seine beiden Notizhefte zum Vorschein und hält sie gegen den Bauch. Er ist noch nicht so weit, sich davon zu trennen, handelt es sich doch quasi um eine Erweiterung seines Geistes.

Bernard Tremblay kommt mit ausgestreckter Hand auf ihn zu.

»Hören Sie, ich weiß, dass unsere Bekanntschaft nicht sonderlich gut begonnen hat. Aber ich bin überzeugt, dass sich das ab jetzt ändern wird. Ich verfolge das gleiche Ziel wie Sie. Ich möchte endlich Licht ins Dunkel bringen. Und wir wissen beide, dass es dabei nicht mehr nur darum geht, den Mörder zu finden, sondern auch herauszufinden, was sich genau hinter der Mordserie verbirgt. Hören Sie, wir können weiterermitteln. Momentan leite ich den Fall noch. Aber um voranzukommen, brauche ich Sie. Ich bin kurz davor, ein paar zentrale Abschnitte in diesem Puzzle zusammenzufügen, aber mir fehlen noch ein paar Teile, und zwar die, die irgendwo in Ihrem Kopf verborgen sind.«

Der Weißhaarige tippt sich mit dem Zeigefinger an die ergraute Schläfe.

»Und um sie zu finden, müssen wir in Ihrem Gedächtnis forschen.«

Noah lächelt. Clémence hatte die gleiche Idee. Die beiden sind aus demselben Holz geschnitzt.

»Gut«, antwortet er. »Aber nur unter einer Bedingung.«

Bernard Tremblay kneift seine Raubvogelaugen zusammen. »Und die wäre?«

»Ich möchte an den Ermittlungen teilnehmen und über sämtliche Fortschritte auf dem Laufenden gehalten werden. Keine halben Sachen. Ich möchte hundertprozentig einbezogen werden …«

»Natürlich, das versteht sich doch von selbst …«

»Ich bin noch nicht fertig. Das bedeutet auch, dass ich nicht mehr zu meinem Arbeitsplatz bei dieser Versicherungsgesellschaft zurückkehren muss, sondern dass mir ein Honorar zusteht. Kurzum, ich möchte, dass Sie mir ein Honorar bezahlen.«

Der Weißhaarige öffnet und schließt den Mund, offenbar völlig überrascht von Noahs Vorschlag.

»Herrgott, das hätte ich nicht erwartet, nicht von Ihnen. Geht es Ihnen nur ums Geld?«

»Nein, verstehen Sie mich nicht falsch, ich bin nicht käuflich, aber ich habe angefangen, mir eine neue Existenz aufzubauen. Ich habe eine Wohnung, eine Freundin, medizinische Ausgaben, die mich ruinieren, und gerade erst meine Arbeit verloren. Mein Ansinnen dürfte Ihnen doch einleuchten, nicht wahr?«

Tremblay nickt. »Ich werde sehen, was ich tun kann. Aber Sie sind kein Kanadier. Ich kann Sie nicht ohne Weiteres einstellen.«

Noah stützt sich auf den Stock und schwenkt den Zeigefinger hin und her. »Nein, ich brauche keinen Anstellungsvertrag.«

»Ich verstehe. Gut, das ist zwar nicht ganz legal, aber ich werde eine Lösung finden. Abgemacht.«

Noah hält ihm die beiden Notizhefte hin und humpelt zur Küchenzeile. »Ich koche uns Kaffee.«

»Sehr gern. Wir werden ihn bestimmt brauchen. Aber kommt Ihre Freundin heute nicht?«, fragt Tremblay.

Noah dreht den Wasserhahn auf und füllt die Kaffeekanne. »Wir wohnen noch nicht zusammen. Mal übernachtet sie hier, mal nicht. Aber das kommt uns beiden zupass. Heute Abend können wir open end arbeiten. Ich bestelle uns Pizza, okay?«

»Gut, auf meine Rechnung«, sagt Tremblay und zwinkert ihm zu.

Der Inspecteur hat ein Notizheft auf dem Tisch abgelegt und vertieft sich in die Lektüre des anderen. Es ist das Heft mit den schwierigen und ungewöhnlichen Wörtern, bemerkt Noah.

Clémence stellt sich schräg hinter ihren Onkel und liest über seine Schulter mit.

»Ich habe Nachforschungen über Jean-François Duval angestellt«, sagt der Weißhaarige. »Seine Forschungsarbeiten sind höchst interessant, und zwar weitaus mehr als seine Krimis.« Noah gießt Wasser in die Kaffeemaschine und schaltet sie ein.

»Nun, interessant ist stark untertrieben … Um ehrlich zu sein, hätte ich diese Sachen in einem anderen Zusammenhang gelesen, hätte ich gedacht, dass dieser Typ ein Irrer ist, und das Buch wieder zugeklappt.«

Tremblay lehnt sich auf seinem Stuhl zurück und deutet auf ein Wort. »*Der Weißhaarige*, Mr Wallace? Bin ich damit gemeint?«

Noah setzt sich zu ihm an den Tisch und nickt. »Na ja, ich dachte, das charakterisiert Sie doch ganz gut«, erwidert er mit amüsierter Miene.

Tremblay zieht eine Grimasse und blättert weiter.

»Aber ... die Lektüre von Duvals Schriften hat mir ermöglicht, die Morde aus einem anderen Blickwinkel zu betrachten.«

Noah holt die Vicodine-Dose aus seiner Tasche und stellt sie auf den Tisch.

»Die Myrrhe, zum Beispiel«, fährt Tremblay fort. »Wir sind ursprünglich davon ausgegangen, dass sie Bestandteil des Rituals des Mörders sind und dass sie eine religiöse Bedeutung hat. Was angesichts der makabren Inszenierungen ja auch naheliegend schien. Aber Duvals Schriften zufolge können bestimmte Gerüche als Trigger benutzt werden. Ein bisschen so wie bestimmte Worte bei der Hypnose.«

Tremblay schlägt das Notizheft zu und richtet seinen Eulenblick auf Noah. »Clémence hat mir von den Botschaften des Mörders an Sie erzählt und vor allem davon, wie Sie auf die Lektüre reagiert haben. Und von Ihrem merkwürdigen Verhalten, als Sie die Leichen an den Tatorten analysierten. In diesem Maislabyrinth habe ich Sie gar für einen Verrückten gehalten. Was ist Ihrer Meinung nach der Berührungspunkt zwischen den Briefen, die Sie erhalten haben, und den Tatortszenen?«

»Die Myrrhe«, stößt Noah murmelnd hervor.

Tremblay nickt. »Außerdem frage ich mich, ob die Inszenierungen nicht mehr sind als nur eine ikonografische Präsentation. Sie wissen schon, Belphegor, die Dämonen etc. Vielleicht will der Mörder damit bestimmte Reaktionen auslösen, zum Beispiel Erinnerungen wecken?«

Ich vertraue darauf, dass du zwischen den Zeilen liest.

»Sie meinen, der Mörder versucht, mir olfaktorische und visuelle Zeichen zu schicken, die bei mir etwas auslösen sollen? Aber warum?«

Um den Anderen zu erwecken?

»Er muss Zugang zu Ihren medizinischen Akten aus Ihrer Kindheit gehabt haben. Hören Sie, ich weiß, das klingt jetzt sehr ›pseudowissenschaftlich‹. Aber Duval spricht in seinen Schriften davon … und er hat auch darüber geforscht, im Auftrag der CIA. Deswegen nehme ich das auch sehr ernst. Und dann sind da diese Briefe, die Sie erhalten haben. Ich glaube, bestimmte Worte in Verbindung mit dem Myrrhegeruch haben Ihre Zusammenbrüche ausgelöst. Apropos Briefe – die müssen Sie mir ebenfalls zeigen.«

»Das ergibt doch keinen Sinn, Inspecteur. Das alles wegen mir?«

»Nein«, wirft Clémence ein. »Ich glaube, sein primäres Ziel ist, sich zu rächen. Wobei die Inszenierungen tatsächlich Ihnen gelten.«

Noah nickt schweigend. Dann steht er auf und geht zur Kaffeemaschine.

Und während er mit schmerzverzerrtem Gesicht zur dampfenden Kaffeemaschine greift, erstarrt er und unterdrückt ein Stöhnen.

Alles wird gut, Noah.

ALEA IACTA EST

Sophie schiebt sich die Kappe tiefer ins Gesicht und duckt sich auf den Beifahrersitz hinüber. Ihr Herzschlag hat sich wieder beruhigt, aber sie hat immer noch feuchte Hände und einen trockenen Hals. Die Panik, die sie plötzlich überfallen hat, ist verschwunden, aber die Angst ist geblieben.

Ihr Angreifer, der Mann, der ihren Unfall hervorrief und sie in der Obstplantage verfolgte, ist hier, in Burlington. In dem Wagen vor ihr.

Nur circa zwanzig Meter trennen sie von dem schwarzen Chevrolet Camaro.

Was für ein Glück, dass es regnet und der Mann sie nicht bemerkt hat. Besonders vorsichtig hat sie nicht mit dem Richtmikrofon hantiert, zu dem ein recht großer Parabolspiegel gehört. Ein einziger Blick in ihre Richtung hätte genügt, um ihre Gegenwart zu bemerken. Viel hätte es nicht dazu gebraucht.

Die Vorstellung, was hätte passieren können, wenn er sie erkannt hätte, lässt sie schaudern.

Sophie zögert noch, weiß nicht, ob sie versteckt in ihrem Wagen ausharren oder sich lieber von dem Typ entfernen soll.

Aber wenn sie jetzt wegfährt, macht sie ihn womöglich auf sich aufmerksam. Nein, besser sie lässt den Wagen stehen und entfernt sich zu Fuß in entgegengesetzter Richtung, und holt ihn später ab. Wenn sie bleibt, ist das Risiko entdeckt zu werden, höher, aber andererseits ergattert sie so noch ein paar wertvolle Informationen.

Außerdem ist die Gefahr, sich zu verraten, minimal. Es ist beinahe dunkel, regnerisch, und die entgegenkommenden Scheinwerfer erhellen nur einen Teil des Fahrersitzes.

Sophie, du weißt, welche Entscheidung die vernünftigste ist, nicht wahr? Du steigst jetzt aus und bringst dich vor diesem gefährlichen Verrückten in Sicherheit, nimmst ein Taxi und kehrst zu deinem Schlafplatz im Haus von Brett Walker zurück.

Nein, kein Taxi, Papa. Hast du die Survival-Regeln vergessen? Außerdem beweist die Anwesenheit dieses Mannes, dass ich auf der richtigen Spur bin. Wie hoch ist die Wahrscheinlichkeit, seinen Verfolger dabei zu erwischen, wie er einen der wichtigsten Akteure bei den Ermittlungen des Falls vom Dämon von Vermont ausspioniert, ohne dass es eine Verbindung zu ihren eigenen Nachforschungen gibt?

Gleich null.

Dieser Typ ist nicht von ungefähr hier. Er ist ein Profi.

Seinen Standort hat er gut gewählt, dort ist sein Wagen besser vor Licht geschützt als ihrer. Und seine Abhörausrüstung ist professioneller als ihre. Er hat ein langes Richtrohrmikrofon. Ein Modell, das eine größere Reichweite und bessere Auflösung besitzt. Außerdem ist sie mit einer kleinen Kamera ausgestattet, in die er in bestimmten Abständen einen Blick wirft. Bestimmt eine Wärmebildkamera. Aber welchen Sinn ergibt es, eine Mauer zu observieren?

Auf wen hat er es abgesehen? Noah Wallace? Diesen kanadischen Inspecteur? Oder gar beide?

Und für wen arbeitet er? Die CIA?

Sie muss unbedingt mehr herausfinden.

Sophie setzt die Kopfhörer wieder auf und hält vorsichtig die Parabolantenne auf die Umrisse in dem Wagen vor ihr.

Ein Knistern, dann ertönt die Stimme des weißhaarigen Mannes über ihre Kopfhörer.

»Kommt Ihre Freundin heute nicht?«

Gut, wenigstens kann sie die Stimmen jetzt wieder verstehen.

Während sie lauscht, lässt sie den Camaro nicht aus dem Blick.

»Wir wohnen noch nicht zusammen …«

Der Mann beobachtet mittels seiner Kamera die Wohnung.

»… ich bestelle uns Pizza.«

Er sitzt völlig reglos da. Wie eine Statue, denkt Sophie. Dieser Typ hat etwas Roboterhaftes.

»… bestimmte Gerüche als Trigger benutzt werden.«

Plötzlich hört der Mann auf, ins Objektiv seiner Kamera zu blicken, nimmt die Kopfhörer ab und hält sich ein Handy ans Ohr.

Dann wendet er den Kopf und sieht in ihre Richtung.

Schnell lässt sich Sophie auf dem Sitz hinabgleiten. Ihre Knie stoßen ans Handschuhfach.

Um ein Haar hätte er dich gesehen. Du musst vorsichtiger sein!

Dass sie vorsichtiger sein muss? Nein, das beunruhigt sie im Moment weniger.

Warum telefoniert er jetzt? Mit wem? Wegen dem, was er gehört hat?

O nein, meine Prinzessin … ich weiß, was du vorhast … tu das nicht.

Sophie Lavallée, geboren am 12. April 1992 im Sternzeichen Widder. Neugierig und … impulsiv.

Sie hebt erneut den Kopf und hält das Mikrofon in Richtung des schwarzen Camaro.

Die Spionin spioniert den Spion aus. Geschieht dir recht, Mistkerl.

»Dieser Inspecteur Tremblay macht Probleme. Er hat die Verbindung zwischen Duval und Weinberger entdeckt.«

Die Stimme des Mannes ist leicht verzerrt. Als hätte er kürzlich eine Luftröhrenentzündung gehabt. Vom Alter her schwer zu schätzen. Sein Ton ist eisig. Er nickt.

»Gut, verstanden. Ich mache einfach weiter.«

Er klemmt das Handy zwischen Ohr und Schulter, richtet das

Mikrofon erneut zu der Wohnung aus und setzt sich einen Kopfhörer aufs andere Ohr.

Sophie dreht das Richtmikrofon wieder zur Wohnung hin …

»… Ich glaube, dass bestimmte Wörter in Verbindung mit Myrrhe einen Anfall bei Ihnen ausgelöst haben.«

… dann wieder zu dem Mann.

»Ja, stimmt. Sie wissen bereits zu viel. Das ist gefährlich.«

Schweigen.

»Habe ich grünes Licht?«

Wieder Schweigen.

»Und Wallace? Was soll ich mit ihm machen?«

Nicken.

»Und wenn er sich weigert?«

»Gut, wird gemacht.«

Er beendet das Telefonat.

O Gott, das hört sich nicht gut an. Was genau hat er vor?, fragt sich Sophie.

Was meinst du? Ist doch klar, oder? Er wird sie alle umbringen, das wird er tun.

Nein. Er wird sich nicht an einem kanadischen Kriminalbeamten vergreifen. Das wäre doch zu offenkundig.

Sie werden wieder versuchen, die Tatsachen zu verfälschen. Der Überfall auf Giovanni, Cadwells angeblicher Selbstmord … Blakes Tod!

Der Mann platziert das Mikrofon und die Kamera auf den Beifahrersitz und beugt sich dann zum Rücksitz.

Er bereitet sich vor. Ja, genau. Er greift jetzt zu einer Waffe, um diese Menschen zu beseitigen. Das kannst du nicht zulassen.

Nein. Das ist nicht dein Problem, Sophie. Du musst deine eigene Haut retten. Außerdem ist ein Kriminalbeamter in dieser Wohnung, er ist garantiert bewaffnet, wird sich verteidigen können.

Das Zuschlagen der Autotür lässt sie aufschrecken.

Jetzt kann sie ihn besser erkennen, trotz des strömenden Regens. Jeans, Lederblouson. Groß, über eins achtzig. Kahl rasierter Schädel.

Er schaut in Richtung des Fensters.

Jetzt oder nie.

Welcher Wolf, Miss Lavallée? Jetzt müssen Sie sich entscheiden.

»Mist!«, stößt sie hervor.

Dann langt sie in geduckter Haltung hinter den Beifahrersitz und ergreift ihre Sporttasche.

Der Mann ist jetzt fast an der Haustür angekommen.

Sophie zieht den Reißverschluss auf und fasst in die Tasche. Mit den Fingern ertastet sie das kalte Metall der Glock.

Überleg es dir gut, Sophie … Ich flehe dich an.

Danke, dass du mir das Schießen beigebracht hast, Papa. Endlich wird es mir von Nutzen sein.

Sophie schließt die Augen und stößt mehrmals »*fuck, fuck, fuck*« aus. Dann öffnet sie die Beifahrertür, steigt aus, begibt sich in Hockstellung hinter den Wagen und zielt.

Der Mann hat die Haustür aufgemacht und betritt das Gebäude.

Sophie hält den Atem an und betätigt den Abzug.

IMBROGLIO

Für Bernard Tremblay sind die Wörter in Wallace' Aufzeichnungen wie Puzzleteile, die nur noch zusammengefügt werden müssen.

Gedankenfetzen einer in einem Labyrinth gefangenen Psyche. Kieselsteine, die der Kleine Däumling ausgestreut hat, damit er wieder zurückfindet.

Für Noah Wallace sind diese ritualisierten Notizen vielleicht nichts anderes als Markierungen, die seinem vernebelten Bewusstsein als Orientierung dienen. Aber Bernard erkennt dahinter etwas anderes. Einen Ausdruck seines Unbewussten, wie in den Schriften von Duval beschrieben.

Und wenn all diese Wörter einen geheimen Sinn haben? Und er sie mittels des passenden Schlüssels entziffern könnte?

Dafür braucht er die Briefe, die der Mörder an Wallace adressiert hat.

Wieder machen sich die Schmerzen in seinem Leib bemerkbar, und er schließt kurz die Augen.

Falls er durchhält, Herrgott, denkt er und presst die Hand auf den Bauch. Gib mir wenigstens noch so viel Zeit, um diesen Fall abzuschließen, dieses Puzzle fertigzustellen. Danach kannst du mit mir machen, was du willst.

Noah dreht sich, auf den Stock gestützt, um. »Der Kaffee ist fertig. Leider habe ich keinen Zucker, ich hoffe, das macht Ihnen nichts aus?«

Bernard schaut von dem Heft auf und will antworten.

Ein Pistolenschuss hindert ihn daran.

Das Küchenfenster zersplittert, und Glasscherben fliegen durch die Luft. Die Kugel dringt in die Decke ein, Putzstücke fliegen herunter.

Noah fährt zusammen und lässt die Kaffeekanne fallen. Clémence stößt einen schrillen Schrei aus.

»Auf den Boden!«, brüllt Tremblay.

Er duckt sich und legt die Arme um seine Nichte, um sie mit seinem Körper zu schützen.

Noah sinkt wie eine Stoffpuppe am Gasherd zu Boden. »Scheiße, das tut weh!«

Ein Adrenalinstoß jagt durch Bernards Adern … dann stößt er einen erleichterten Seufzer aus, als ihm klar wird, dass Wallace' Schmerzen von seinem Bein herrühren, über das sich der heiße Kaffee ergossen hat.

Draußen erklingt ein zweiter Schuss. Dann sind panische Schreie von der Straße zu hören.

»Ich schaue nach, was da los ist! Bleibt hier und ruft die Polizei. Und bleibt ja vom Fenster weg.«

»Ich kann mich ohnehin kaum rühren«, erwidert Noah mit schmerzverzerrtem Gesicht.

Er zeigt seinen blutenden Handballen, in dem eine Glasscherbe steckt.

»Clémence, versorg du Mr Wallace und ruf die 911 an.«

Seine Nichte legt ihm die Hand auf die Schulter. »Sei vorsichtig, Onkel Bernie«, flüstert sie ihm zu.

Onkel Bernie. Sie muss wirklich sehr besorgt um ihn sein, wenn sie ihn so nennt.

Er holt die Pistole aus dem Holster und geht geduckt zur Wohnungstür.

Ein dritter und gleich darauf ein vierter Schuss sorgen dafür, dass er sich gegen die Wand wirft.

Die beiden letzten Schüsse waren stärker.

Sie kamen nicht aus derselben Waffe. Es müssen zwei Schützen sein, schließt Bernard.

Verdammt, was geht da vor? In welche Sache mischst du dich da ein, Tremblay?

Mit gezogener Pistole hetzt er die Treppe hinab. Als er im Erdgeschoss ankommt, drückt er sich an die Mauer und wirft einen kurzen Blick nach draußen.

Nichts zu sehen. Nur strömender Regen, der auf den Asphalt prasselt.

Dann hört er Reifenquietschen und das Wummern eines großzylindrischen Motors.

Der Fahrer lässt ihn aufheulen. Tremblay streckt den Kopf durch den Türspalt und tritt dann auf den Bürgersteig hinaus. Ihm bleibt gerade noch so viel Zeit, das Gesicht mit dem Arm abzuschirmen, als ein schwarzer Camaro vorbeibraust und durch eine riesige Regenpfütze pflügt.

Das aufspritzende Wasser hat ihn fast völlig durchtränkt.

Er schüttelt die Beine aus, wringt den Stoff seiner Hose aus und bewegt sich, noch immer die Pistole im Anschlag, zur Straßenmitte.

Pulvergeruch hängt in der Luft.

Bernard taxiert mit einem kurzen Blick nach links und rechts die Lage.

Nirgendwo ist etwas Verdächtiges zu sehen.

Der Rennwagen muss einem der Schießwütigen gehört haben. Er ist geflohen, während sich der andere womöglich noch hier herumtreibt.

Verdammt, Tremblay. Vielleicht ist es einfach nur eine aus dem Ruder gelaufene Rauferei, was hast du noch hier auf der Straße zu suchen?

Ein paar neugierige Bewohner stehen an den Fenstern des roten Backsteingebäudes, in dem Wallace wohnt. Etwas weiter weg, an der Kreuzung College Street und Champlain Street, drückt ein Jogger seinen kleinen Hund, den er in seine Jacke gewickelt hat, an sich.

Tremblay fordert ihn mit einer Geste auf, zu verschwinden. Der Mann lässt sich nicht zweimal bitten und läuft weiter.

Tremblay stellt sich unter das Fenster, das zu Bruch gegangen ist.

Angesichts der Höhe kann es sich nicht um eine verirrte Kugel gehandelt haben, schlussfolgert er. Es sei denn, es war ein miserabler Schütze. Nein, er hat absichtlich auf das Fenster gezielt.

Und man muss kein Ballistiker sein, um abschätzen zu können, von wo der Schuss abgefeuert wurde.

Die Kugel traf über der Küchenzeile in die Decke.

Bernard berechnet im Geist den Winkel und weicht ein paar Schritte zurück.

Er bemerkt eine Hülse auf dem Boden. Sie liegt genau neben dem Reifen eines alten Toyota Corolla, 1990er-Modell.

Er kniet sich hin, nimmt sie zwischen Zeigefinger und Daumen. Sie ist noch warm.

Er erkennt das Kaliber, 9 mm. Das deckt sich mit dem Klang des ersten Schusses. Der Schütze muss sich folglich hinter dem Wagen befunden haben, als er ihn abgab.

Er kauert sich hinter den Kofferraum, streckt die Hand aus und tut so, als wollte er zielen.

Ja, das könnte hinkommen.

Dann bemerkt er eine zweite Hülse im Rinnstein.

Und eine Blutspur im aufgeweichten gelben Herbstlaub.

Bestimmt war noch mehr da, aber der Regen hat das meiste weggewaschen.

Tremblay richtet sich auf, erkennt noch mehr Blutspuren, zarte rote Lachen schwimmen auf den Pfützen.

Der Schütze ist verletzt. Wenn er sich beeilt, kann er ihn vielleicht stellen.

Aber er muss gar nicht weit gehen.

Ein dumpfes Geräusch erklingt, und er dreht sich um. Jemand klopft gegen die Heckscheibe des alten Corolla.

Eine junge Frau. Sie verzieht vor Schmerz das Gesicht und hält sich ein blutgetränktes Stück Stoff ans Ohr.

Bernard richtet die Pistole auf sie.

Die junge Frau zeigt ihm die andere Hand, um ihm zu demonstrieren, dass sie unbewaffnet ist, und legt dann den Zeigefinger an die Lippen.

Die Pistole noch immer ausgestreckt, geht er langsam zur Fahrerseite. Er bemerkt Blut am Türgriff.

Er nimmt ein Taschentuch aus der Innentasche seines Tweedjacketts und öffnet die Wagentür.

Kaum hat er sie aufgemacht, fällt die Frau ihm beinahe in die Arme. Die Panik steht ihr ins Gesicht geschrieben.

»Inspecteur Tremblay, Sie müssen mir helfen! Ich heiße Sophie Lavallée, ich kann Ihnen alles erklären! Aber Sie dürfen auf keinen Fall die Polizei hinzuziehen. Ich habe wertvolle Informationen für Sie!«

»Verdammt, woher kennen Sie meinen Namen? Und was für Informationen haben Sie?«

Blut läuft ihr am Hals hinab.

»Informationen, die Ihre Ermittlungen betreffen … und deswegen will man mich töten. Und Sie inzwischen auch. Ich habe aufs Fenster geschossen, um Sie zu warnen! Ein Typ, der hinter mir her ist, wollte Sie ermorden. Helfen Sie mir, dann erzähle ich Ihnen alles!«

›››

Noah zieht die Scherbe von der zerbrochenen Kaffeekanne aus seinem Handballen und stützt sich dann mit der anderen Hand ab, um sich hochzurappeln.

»Würden Sie mir bitte meinen Stock geben?«, fragt er Clémence.

Sie steckt ihr Handy weg, ergreift den Stock und eilt damit zu ihm.

»Die Polizei ist unterwegs, Noah. Soll ich auch einen Krankenwagen bestellen?«

»Nein, helfen Sie mir bitte einfach nur aufzustehen, danke. Wegen der vielen Schmerztabletten spüre ich fast gar nichts mehr. Außerdem habe ich mich nur an dem heißen Kaffee verbrüht.«

Als er sich wieder aufgerichtet hat, lehnt er sich an den Gasherd.

Das Handy in seiner Hosentasche vibriert. Noah fischt es heraus.

Steve.

Er nimmt ab.

»Noah? Alles okay? Habe gerade gehört, in deiner Straße soll es eine Schießerei gegeben haben. Ich bin in ein paar Minuten da, Kumpel!«

SCHLÄGE

Noah lehnt an der Wand gegenüber dem zerborstenen Küchenfenster.

Steve geht mit gesenktem Kopf hin und her, murmelt vor sich hin und kaut an den Fingernägeln. Er ist so rot im Gesicht, dass es Noah nicht wundern würde, wenn ihm heißer Dampf aus den Nasenlöchern und Ohren käme.

Und diesmal liegt es nicht an der Wut. Noah spürt, wie der Stress seinen Freund von innen zerfrisst wie ein gieriger Krebs. Die Angst verzehrt ihn, ihre Metastasen haben sich bereits in seinem Körper ausgebreitet.

Der Mann, den er vor sich sieht, ist nicht Lieutenant Steve Raymond, sondern jemand, den die Angst fest im Griff hat.

Sein Freund dreht sich zu ihm um.

»Denk noch mal nach. Bist du sicher, dass du nichts weiter bemerkt oder gehört hast? Man hat mir berichtet, dass eine junge Frau in der Straße gesehen wurde. Sie hatte ein Basecap auf. Zeugen haben beobachtet, wie sie geschossen hat.«

Warum beunruhigt ihn dieser Vorfall so?, fragt sich Noah.

»Seit wann begleitest du wegen einer einfachen Schießerei in einer Straße deine Männer, Steve? Ich verstehe das nicht.«

Die Frage hat die gleiche Wirkung wie ein Degenstich des Toreros in die Flanke eines verletzten Stiers.

»Verdammt, Noah, was faselst du denn da? Eine einfache Schießerei? In welcher Welt lebst du eigentlich? Was hättest du an meiner Stelle gemacht? Wenn du gehört hättest, dass vor der Wohnung deines Freundes ein Schusswechsel stattgefunden hat?«

Dann deutet er auf das Fenster und den Fußboden.

»Und offenbar ist meine Sorge berechtigt!«

Noah bewahrt die Ruhe angesichts dieses jederzeit zum Angriff bereiten Raubtiers. »Du hättest nur anzurufen brauchen. Und wie du siehst, geht es mir gut, ich habe nur eine kleine Wunde an der Hand. Im Übrigen hast du mir immer noch nicht erklärt, warum du mir all diese Fragen stellst.«

Steve öffnet den Mund, aber kein Wort kommt ihm über die Lippen. Stattdessen stößt er einen ausgiebigen Seufzer aus. Dann sagt er: »Hör zu, ich möchte dich nicht anlügen. Die haben mich auf dem Kieker, das weißt du. Deswegen bin ich auf hundert, und ich war außer mir vor Sorge, weil ich dachte, dass dir was zugestoßen ist.«

Nein. Das überzeugt Noah keineswegs.

»Der Steve, den ich gekannt habe, ist nicht so leicht ausgeflippt. Sag mir, was wirklich los ist.«

Er ist wegen diesen Fotos so außer sich, die der Mörder gemacht hat, wird Noah klar.

»Und der Noah, den ich gekannt habe, war nicht so herablassend und misstrauisch gegenüber seinen Freunden!«

»Weißt du was? Du nimmst dir alles zu sehr zu Herzen. Ich glaube, du brauchst dringend eine Verschnaufpause. Wenn du so weitermachst, gehst du drauf. Außerdem bin ich nicht misstrauisch, sondern mache mir Sorgen um dich. Ich sehe, wie es mit dir bergab geht, du stinkst nach Whisky, trägst immer dieselben Klamotten, ernährst dich von Junkfood. Du musst wieder gelassener werden, mein Alter!«

Steve weicht zwei Schritte zurück. Seine Gesichtsfarbe wechselt von Rot zu Weiß, und er starrt Noah an, als hätte er ihm einen Boxhieb in die Magengegend verpasst.

»Ich kann dich beruhigen, ich werde dir eine Verschnaufpause geben! Und ich weiß jetzt, warum du neuerdings diesen Ton mir gegenüber anschlägst! Du bist sauer auf mich, weil du nicht mehr im Ermittlungsteam bist. Als wäre das meine Schuld! Und scheiße, weißt du was? Du kannst mich mal! Ihr könnt mich alle mal!«

Steve haut die Faust gegen die Wand und stürmt aus der Wohnung, ohne sich noch einmal umzudrehen.

Noah versucht gar nicht erst, ihn zurückzuhalten. Er kennt ihn zu gut, um zu wissen, dass man diesen wild gewordenen Stier nicht aufhalten kann.

AB OVO

Sophie legt die Hand auf den Küchentisch. »So, jetzt wissen Sie alles. Danke, dass Sie mir zugehört und geholfen haben, und … wie gesagt, tut mir leid, dass ich Sie ausspioniert habe …«

Sie deutet auf die Decke, die notdürftig vor das Küchenfenster gespannt ist. »… und wegen des Fensters, aber ich wusste nicht, wie ich Sie sonst hätte warnen können … und auf einen Menschen schießen, das konnte ich einfach nicht. Das bringe ich nicht fertig.«

Schweigen breitet sich am Tisch aus.

Tremblay hat sich auf dem Stuhl zurückgelehnt und blickt nach oben. Noah kann beinahe die Verbindungsfäden sehen, die sein analytischer Verstand webt.

Clémence lächelt breit und stellt die Giraffe, die sie aus Büroklammern gebastelt hat, auf den Tisch. Das hilft ihr, sich zu fokussieren, wie er inzwischen weiß.

Was ihn betrifft, so hat ihn von all den Informationen, die die junge Journalistin ihnen soeben geliefert hat, besonders eine aufhorchen lassen.

Amy Williams, die Tochter des Mafioso, der Amy erwähnt hat. Amy, das ist der Name, den er in sein Heft geschrieben hat. Ist das Zufall? Und welche Verbindung besteht zwischen ihr und Timothy Carter?

Sophie verschränkt die Hände, streckt die Arme nach oben aus und unterbricht das Schweigen.

»Und, haben Sie nichts dazu zu sagen? Oder aber so viele Fragen, dass Sie nicht wissen, wo Sie anfangen sollen?«

»Du solltest deinen Verband wechseln«, antwortet Clémence. »Es hat wieder zu bluten angefangen. Und ich finde, du solltest dich in Behandlung begeben. Immerhin ist dein Ohrläppchen eingerissen.«

Noah reicht Sophie ein Stück Verbandmull. Sie wickelt es sich um den Kopf.

»Nein, das wäre zu gefährlich. Ich kann die Wunde allein versorgen, außerdem ist es, wie du sagst, ja nur das Ohrläppchen.«

»Aber mit diesem Verband fallen Sie auf«, wirft Tremblay ein, der aus seiner Trance erwacht ist.

»Ich weiß, doch darauf kommt es jetzt auch nicht mehr an. Wenn Sie mir zugehört haben, ist Ihnen inzwischen klar, dass wir allesamt in Gefahr sind. Eine Organisation, die mit der CIA zu tun hat, vielleicht sogar die CIA selbst, möchte unbedingt verhindern, dass Ihr Fall gelöst wird. Als Sie von Duvals Forschungen und seiner Verbindung zu Weinberger berichteten, hat dieser Typ sofort zum Handy gegriffen.«

Sophie zögert, ehe sie hinzufügt: »Und noch etwas beunruhigt mich. Im Zusammenhang mit Duval haben Sie von Hypnose gesprochen ...«

Tremblays Augen werden schmal, und seine Adlernase scheint länger zu werden, als er den Blick auf Sophie heftet. »Ich habe nichts dergleichen gesagt«, stößt er hervor.

Sophie ignoriert seinen Einwand.

»Mein Freund Blake wurde durch seine Mitbewohnerin getötet. Aber das ist völlig absurd. Da ist mir der Gedanke gekommen ...«

»Dass sie manipuliert wurde? Unter Hypnose? Meinen Sie das im Ernst?«

Tremblay heftet den Blick auf die Journalistin wie ein Falke auf eine Maus.

»Warum nicht?«, sagt Clémence. »Vielleicht haben sie das auch mit Rebecca Law gemacht. Sie hat ebenfalls ohne ersichtlichen Grund ihre Freundin getötet. Das ergibt immer mehr Sinn. Bei allem, was wir jetzt wissen, können wir nicht mehr von Zufall sprechen, Onkel.«

»O Gott!«, ruft Sophie aus. »Etwas Ähnliches ist also schon mal vorgekommen?« Dann schüttelt sie den Kopf und blickt zur Decke, während sie sich auf die Unterlippe beißt. »Nein … das ist … unmöglich. Das kann nicht sein …«

»Wissen Sie noch etwas?«, fragt Tremblay.

»Es ist nur eine Theorie. Aber trotzdem … alles passt zusammen. Damals haben die Geheimdienste ebenfalls … Es war ein Skandal, er wurde 1975, in Nixons Regierungszeit, aufgedeckt.«

Alle Augen sind auf Sophie gerichtet.

»Wovon reden Sie?«, fragt Noah.

»Vom MKUltra-Projekt.«

WILLE UND DISZIPLIN

Aus den Lautsprecherboxen erklingen die ersten Akkorde der Nocturne op. 9 Nr. 2 von Chopin, und Benedict beginnt, den Punchingball zu traktieren.

Noch mehr als sonst erinnert ihn jeder Hieb daran, dass auch sein Leben bislang ein einziger Kampf war.

Er stöhnt, führt zwei Haken aus und springt zurück.

Ein Kampf gegen die Genetik, den er gewonnen hat, sodass aus dem kränklichen Jungen ein eiserner Kämpfer hatte werden können.

Ein kraftvoller Roundhouse-Kick lässt die Kette in der Schiene, in der der Boxsack aufgehängt ist, heftig schwanken.

Ein Kampf gegen die Vorurteile dieser Idioten, die in ihm immer nur das Muttersöhnchen und den Erben eines New Yorker Immobilienimperiums gesehen haben.

Er schnauft, führt ein paar schnelle Aufwärtshaken aus und macht sich bereit für die nächste Runde, während er mit den Füßen in Bewegung bleibt.

Denn er selbst hat den Reichtum seiner Familie nie als Vorteil betrachtet, sondern als ein Handicap, das es zu überwinden gilt. Schon als Jugendlicher hat er begriffen, dass man kämpfen muss, um sich Respekt zu verschaffen und sich den Platz zu verdienen, der ihm, wie andere meinen, von Geburt an zustand.

Und jetzt muss er nur noch die Studiengebühren abbezahlen und die schöne Wohnung in Greenwich Village, die sein Vater ihm zur Verfügung gestellt hat, um endlich ganz frei und unabhängig zu sein.

Noch muss er eine gewisse Wegstrecke zurücklegen, um dieses Ziel zu erreichen, aber er weiß, dass er nunmehr das Rüstzeug besitzt, um sie zu bewältigen: den Willen und die nötige Disziplin.

Aus diesem Grund drescht er noch nachts um elf Uhr auf eine mit Textilresten gefüllte Lederwurst ein, während sich andere auf dem Sofa lümmeln und sich geisttötende Realityshows reinziehen.

Benedict stoppt den Boxsack und traktiert ihn dann abwechselnd mit den Knien und stößt zur Unterstützung Kampfgebrüll aus.

Er verzieht vor Anstrengung das Gesicht, und ihm läuft der Schweiß herunter, während sich andere Männer das hirnlose Geschwätz eines Moderators anhören, in der einen Hand eine Bierflasche, in der anderen eine Pizza.

Er stößt den Punchingball zurück und versetzt ihm zwei Jabs und einen Haken, gefolgt von einem Roundhouse-Kick.

Wille und Disziplin.

Genau das wird er die nächst Zeit brauchen, denn ihn erwartet eine andere Art von Kampf, und zwar gegen einen ebenso gefährlichen wie unsichtbaren Feind.

»Jab, Jab, Cross, Haken«, brüllt er, um seine letzten Hiebe zu unterstreichen.

Ein Gegner, der seinem Freund beim FBI anscheinend soviel Angst einjagt, dass der seine Nachforschungen eingestellt hat.

Benedict hält den Punchingball fest.

Aus den Lautsprechern erklingt jetzt nicht mehr Chopins Nocturne, sondern die erste der Ungarischen Rhapsodien von Franz Liszt.

Er greift nach dem weißen Handtuch, trocknet sich die Stirn und schaut auf die Smartwatch an seinem Handgelenk. Seine Herzfrequenz beträgt 140. Perfekt.

Es ist Viertel nach elf, das heißt, ihm bleiben fünf Minuten, um schnell einen Proteinshake zuzubereiten, ehe er mit dem Muskeltraining weitermacht.

Er entsichert die Halterung des Boxsacks, schiebt ihn an der Deckenschiene entlang nach hinten und befestigt ihn mittels eines Hakens an der Backsteinmauer.

Anders als sein Freund beim FBI wird er nicht gleich das Handtuch werfen. Trotz der Hindernisse gibt er sich nicht kampflos geschlagen, sondern versucht, sie zu überwinden.

Dieser Kampf wird schwer werden, das weiß er. Er wird vorsichtig vorgehen müssen, denn der Fall ist bis ins Herz der amerikanischen Institutionen hinein verästelt.

Aber bis in welche? Welche Organisationen konnten so viel Druck auf seinen Freund ausüben, dass er sofort seine Nachforschungen eingestellt hat?

Und Sophie … Bestimmt ist sie untergetaucht, weil genau diese Leute sie verfolgen lassen.

Benedict geht zur Kücheninsel, schüttet Molkepulver in den Mixer und fügt ein Ei, Milch und einen Löffel Kreatin hinzu.

Dann drückt er auf den Startknopf, und der Mixer lässt ein paar Sekunden lang die Melodie des österreichisch-ungarischen Komponisten verstummen.

Er sieht sich einem Dilemma gegenüber. Soll er die Informationen, die er erhalten hat, an die Polizei weiterleiten?

Aufgrund seiner Stellung ist er dazu verpflichtet; schließlich vertritt er die Staatsanwaltschaft und trägt somit Verantwortung in diesem Fall.

Andererseits hat er nichts in der Hand, was eine Verbindung zu den laufenden Ermittlungen beweisen würde. Welche Relevanz sollte es haben, dass ein früherer Reporter namens Trout in den Siebzigerjahren das FBI informierte, dass in einem Herrenhaus in Peru ein paar Kinder festgehalten wurden? Gewiss, diese Geschichte von Amy Williams, die eine Zeit lang bei den Cadwells lebte, könnte damit zusammenhängen, aber mehr als eine vage Vermutung ist es nicht.

Und auch diese alten IQ-Tests, die im Haus von Cadwell gefunden wurden. Auf jeder Seite prangt ein Logo in Gestalt eines Rabenkopfs. Dieser Spur muss er unbedingt nachgehen.

Benedict leert in einem Zug den Inhalt des Mixerbehälters und wischt sich den Schaum von der Oberlippe.

Komisch, dass es damals niemand für nötig befand, der Sache mit den Kindern nachzugehen.

Nein, irgendetwas stimmt da ganz offensichtlich nicht.

Je länger er darüber nachdenkt, desto weniger steht ihm der Sinn danach, seine Informationen an die Polizei weiterzugeben.

Vor allem nachdem ein psychiatrisch-medizinischer Bericht über Beth zuerst bescheinigte, sie habe den Verstand verloren, doch jetzt, drei Tage später, hat sie ihn auf wundersame Weise wiedergefunden …

Wie auch immer, Zeit mit dem Training weiterzumachen. Noch ein Durchgang im Kniebeugenständer, dann wird er im Bett weiter über die Sache grübeln. Guter Rat kommt über Nacht, und morgen wartet wieder ein vollgepackter Tag auf ihn.

Gerade als Benedict ins Wohnzimmer zurückgeht, ertönt die Klingel.

Er stellt die Musik leise, greift nach einem T-Shirt und streift es sich auf dem Weg zur Tür über.

Er späht durch den Türspion.

Ein Mann mit ernstem Gesicht und markantem Kiefer. Er wedelt mit seinem FBI-Ausweis vor dem Spion.

Merkwürdig, was will die Bundespolizei um diese Uhrzeit von ihm?

Er öffnet die Tür und will seinen Unmut kundtun.

Aber er kommt nicht mehr dazu. Der Mann hält ihm eine Pistole mit Schalldämpfer entgegen. Er drückt den Abzug, und Benedicts Wille und Disziplin werden in dem aufspritzenden Blut ausradiert.

MONARCH

Trotz der Hagelkörner, die auf die Windschutzscheibe prasseln, und der Windböen, die an dem Wagen rütteln, beschleunigt Clémence und schert aus, um den roten Chevrolet Silverado zu überholen, der auf dem Roosevelt Highway dahinzuckelt.

Der Motor des Nissan heult auf, während sie den protzigen Wagen genau in dem Moment überholt, als der Nachthimmel von Blitzen zerrissen wird.

Bei diesem Fahrstil wird sie uns noch verraten!

»Hey, hier ist Tempo sechzig!«, ruft Sophie. »Es wäre nicht schlecht, wenn wir nicht auffallen würden. Wenn sie uns anhalten, bin ich geliefert.«

»Der trödelt vor sich hin«, rechtfertigt sich die Fahrerin. »Außerdem finde ich mein Verhalten im Gegenteil unauffälliger. Niemand fährt brav hinter solchen Schnecken her, vor allem nicht, wenn die Straße so wie jetzt gähnend leer ist.«

»Du hast leicht reden, schließlich riskierst du ja nicht, hinter Gitter zu wandern«, erwidert Sophie. »Außerdem ist es bei diesem Wetter gefährlich, schnell zu fahren, ganz zu schweigen von den Straßenschäden … Man könnte meinen, wir sind in Québec.«

Im Rückspiegel sieht Sophie, dass sich Clémence einen weiteren Kommentar verkneift, sie kaut auf der Unterlippe und runzelt die Stirn.

Diese Frau hat genauso einen Dickkopf wie ich, denkt sie. Nicht mehr lange, und es kracht zwischen uns.

Noah dreht sich zum Rücksitz um. »Sagen Sie, Miss Lavallée, Sie scheinen sich gut mit dem MKUltra-Pojekt auszukennen, stimmt's?«

Sie muss grinsen. Die Frage ist ganz offensichtlich ein Ablenkungsmanöver. Aber sie beschließt dennoch, auf seinen Beschwichtigungsversuch einzugehen, um die angespannte Atmosphäre ein bisschen zu lockern.

»Ja, ich habe viel darüber recherchiert«, sagt sie. »Ich pflege einen Blog … oder besser gesagt, habe einen Blog gepflegt, dessen Inhalte manch einer als verschwörerisch bezeichnen würde. Aber das MKUltra-Projekt gab es wirklich. Übrigens stammt die Bezeichnung aus den Sechzigerjahren, wobei seine Ursprünge bis in die Fünfziger zurückreichen.«

»Apropos MKUltra, gab es da nicht eine Verbindung zu den Nazis?«, fragt Clémence.

»Auf gewisse Weise schon. 1945 wurde die Joint Intelligence Objectives Agency gegründet, um unter anderem die Operation Paperclip durchzuführen, ein Projekt des Nachrichtendienstes des Kriegsministeriums, mit dem man Naziwissenschaftler rekrutieren wollte, indem man sie der Verurteilung bei den Nürnberger Prozessen und dem Zugriff der Sowjetunion entzog.«

Clémence nickt zustimmend. »Ich habe auch schon davon gehört. Gerüchten zufolge soll sogar Josef Mengele dieser Zielgruppe angehört haben, was meines Erachtens an den Haaren herbeigezogen ist.«

»Wie bei all solchen Geheimprojekten ist es schwierig, die Wahrheit von der Legende zu unterscheiden«, erwidert Sophie. »Und genau darin unterscheiden sich Enthüllungsjournalisten von Sensationsbloggern, auch wenn diese noch so viele Klicks bekommen. Aber wie gesagt, die Paperclip- und die Artischocke-Operation, aus der später das MKUltra-Prokjekt wurde, die gab es tatsächlich. Als das öffentlich gemacht wurde und es zu einem Skandal kam, hat die amerikanische Regierung gar nicht erst versucht, es zu leugnen. Aber was Mengele betrifft, so gibt es keinerlei Beweise, dass er in den USA oder Kanada Unterschlupf gefunden hat.«

»In Kanada?«

Ja. Auch in Kanada, und auch in der Belle Province, deinem schönen Québec, Mademoiselle Leduc.

»Aber sicher. Übrigens hatte MKUltra auch einen kanadischen Ableger und zwar in Québec. Zum Beispiel war der berüchtigte Psychiater Cameron im Auftrag der CIA an der McGill University in Montréal tätig. Unter dem Vorwand, über Schizophrenie zu forschen, arbeitete er im Bereich der Bewusstseinskontrolle mittels Barbituraten, Elektroschocks und Gehirnwäsche durch Psychic driving. Das ist ein psychiatrisches Verfahren, bei dem die Probanden einer sich ständig wiederholenden Audio-Botschaft vom Tonband ausgesetzt werden.«

»Wie nett. Ich habe zufällig an der McGill studiert«, verkündet Clémence.

Der Nissan biegt rechts ab und verlässt den Theodore Roosevelt Highway in Richtung Bolton Valley Access Road.

Clémence sieht sie im Rückspiegel an und sagt: »Um ehrlich zu sein, habe ich dich, als du vom MKUltra-Projekt angefangen hast, zunächst für eine Fantastin gehalten. Aber je mehr du von dieser grotesken Geschichte erzählst, umso mehr Zusammenhänge sehe ich. Zum Beispiel waren mehrere der Mordopfer Geheimdienstmitarbeiter. Und auch die Forschungsarbeiten von Weinberger und Duval gehen in die gleiche Richtung.«

»Ich habe auch nicht gleich eine Verbindung hergestellt, das Projekt wurde ja 1988 offiziell eingestellt. Apropos Opfer – die Rolle des Mörders ist mir noch nicht klar.«

»Es geht um Rache«, sagt Clémence. »Und diese Rache hat irgendwie mit Noah zu tun. Warum wurde das Projekt beendet?«

»Wegen des Watergate-Skandals 1973. Die Affäre löste bei den entsprechenden Stellen Panik aus, und der damalige CIA-Chef, Richard Helms, ordnete die Vernichtung sämtlicher Akten an. Aber trotz dieser Verschleierungsbemühungen enthüllte 1974 die *New York Times* die Rolle der CIA, und ein Jahr später machte die Rockefeller-Kommission das geheime Forschungsprogramm öffentlich.«

»Und sie haben tatsächlich zwanzig Jahre Forschungsarbeit einfach so fallen lassen?«

»Wenn man den Bekenntnissen von Dr. Gottlieb, einem der Verantwortlichen des Projekts, glauben kann, ist es ihnen nicht gelungen, den perfekten Killer zu programmieren. Das bedeutete das Ende des Forschungsprogramms, das die Erschaffung eines menschlichen Roboters zum Ziel hatte, der auf eine einfache Anweisung, ein Schlüsselwort, hin, zum Mörder werden sollte. Ihre Hauptzielscheibe war seinerzeit übrigens Fidel Castro. Aber allem Anschein nach ist ihr Unterfangen nicht von Erfolg gekrönt.«

»Dennoch könnte man meinen, dass sie ihre Nachforschungen fortgesetzt haben, und zwar durchaus mit Erfolg, wenn man bedenkt, was mit Rebecca Law geschah und …« Clémence beendet den Satz nicht.

Sophie lehnt den Kopf gegen die kalte Fensterscheibe.

Und Blake. So verrückt es auch erscheinen mag, sie ist sich sicher, dass Beth konditioniert wurde, ihn zu töten. Und in Anbetracht des Hergangs sind sie offenbar in der Lage, einen Menschen binnen kürzester Zeit zu programmieren. Nicht weiter verwunderlich angesichts der Verzahnung von Technik und Wissenschaft, die in den letzten vierzig Jahren stattgefunden hat.

»Ich ärgere mich, dass ich nicht schon früher darauf gekommen bin. Als Cadwell mir die Geschichte von der kleinen Amy Williams erzählte, die von schwarz gekleideten Männern abgeholt wurde, hätten bei mir die Alarmglocken schrillen müssen. Mein erster Gedanke war, dass es sich um eine Art Pädophilen-Ring handelte. Und verdammt, wenn stimmt, was ich über das Monarch-Projekt gelesen habe … weiß ich nicht, was schlimmer ist.«

»Monarch? Können Sie mir mal auf die Sprünge helfen?«, wirft Noah ein, nachdem er die ganze Zeit nachdenklich geschwiegen hat.

»Ja, klar, tut mir leid, Mr Wallace. MKUltra umfasste mehrere Projekte. Monarch war eines davon. Kurz gesagt ging es dabei um Kinder, die in frühem Alter konditioniert wurden. Drogen, sensorische Deprivation, also Reizentzug ... ja sogar Vergewaltigung und erzwungene Tötung. Alles, was sich unter traumatischen Erlebnissen zusammenfassen lässt.«

»Das ist doch Schwachsinn!«, wirft Clémence ein. »Ich bin ja bereit zu glauben, dass sie mit LSD oder Hypnose experimentiert haben ... auch mit Elektroschocks. Aber mit Vergewaltigungen von Kindern?«

»Wenn man den zeitlichen Rahmen in Betracht zieht: Es war die Anfangszeit des Kalten Kriegs, und der Wettlauf der beiden Supermächte hatte begonnen; die Amerikaner wollten unbedingt neue Gehirnwäsche-Techniken erproben, ehe die Russen ihnen zuvorkamen, die bereits mit einem sogenannten Wahrheitsserum experimentierten. Bei den Kindern handelte es sich zweifelsohne um Waisen, um ...«

»Hör auf, das ist absolut widerlich!«, verkündet Clémence.

Sie steuert den Wagen einen unbefestigten Weg hinauf, und die Schweinwerfer erhellen ein alleinstehendes Haus.

»Ist es das?«, fragt Clémence.

»Ja«, erwidert Noah. »Wie könnte man das vergessen. Selbst nicht jemand, der unter Amnesie leidet«, erwidert Noah. »Ja, das ist das Haus, das dem Mörder als Unterschlupf gedient hat.«

»Und danke, Sophie, für Ihre hervorragenden Recherchen! Was Sie an einem einzigen Tag herausgefunden haben, ich muss schon sagen, Hut ab!«

»War nicht weiter schwer. Im Internet findet man fast alles heraus, wenn man weiß, wo man suchen muss, und ich habe Erfahrung darin.«

»Wobei mir jetzt nicht ganz klar ist, warum wir hierhergekommen sind«, sagt Sophie.

Clémence deutet auf Noah. »Als du den Namen des verstorbenen Besitzers herausgefunden hast, bin ich zusammengezuckt, aber er … er hatte regelrecht einen Flash.«

»Und wer war dieser Typ nochmal?«, fragt Sophie.

»Reverend Terrence McKenna. Der Bruder von Harris McKenna, einem der Mordopfer.«

SYNDROME

Bernard beißt von der Pastete ab und beginnt lustlos zu kauen. Schon seit einigen Wochen hat er keinen Appetit mehr, und abgesehen von etwas Süßem, worauf er gelegentlich Lust hat, muss er sich regelrecht zum Essen zwingen.

Und die neueste Anordnung, die Thierry Simard, dieser Ausbund von Dummheit, ihm soeben mitgeteilt hat, wird ihm den Appetit bestimmt auch nicht zurückgeben.

Die Gendarmerie Royale du Canada, die nationale Polizei Kanadas, übernimmt die Ermittlungen. Er wird die Kollegen dort noch ein paar Tage unterstützen, um eine reibungslose Übergabe zu gewährleisten, ehe ihm der Fall vollständig entzogen wird.

Wobei es nicht anders zu erwarten war, vor allem seit dieser Schießerei vor Noah Wallace' Wohnung in Burlington.

Angesichts der neuen Ereignisse ist es offensichtlich, dass die CIA die Sache unter den Tisch kehren will. Sie wollen mit aller Macht verhindern, dass eine Spürnase wie er auf Zusammenhänge stößt, die womöglich ein Schlaglicht auf ihre dubiosen Machenschaften werfen.

Weiß der Himmel, welchen Druck die Behörde auf die obersten Stellen auszuüben vermag, selbst in Kanada. Auf den hiesigen Geheimdienst CSIS, das Militär, die Führungsspitze der GRC?

Aber dafür ist es jetzt zu spät. Wenn sie ihn jetzt beiseitedrängen, nützt das auch nichts mehr. Notfalls macht er eben auf eigene Faust weiter.

Er legt die Gabel hin und greift zum Wasserglas, um den Bissen hinunterzuspülen.

Die Pastete ist ein bisschen zu trocken, er mag sie lieber mit reichlich Soße. Seiner Frau zuliebe nimmt er noch einen Happen. Ihm ist klar, dass sie sich wegen seiner Appetitlosigkeit Sorgen macht.

Er muss es ihr endlich sagen, weiß jedoch, dass sie die Nachricht kaum verkraften kann.

Josée sitzt ihm gegenüber, aber er sieht sie so gut wie nie an. In letzter Zeit führt sie bei den Mahlzeiten eine Art Monolog. Während sich seine Frau bemüht, seine Aufmerksamkeit zu erlangen, schottet er sich in Schweigen versunken in seiner eigenen Gedankenwelt ab.

»Hast du gesehen, Bernard, die Nachbarn haben schon ihre Zeltgarage für den Winter aufgestellt, wenn du nicht bald die Garage freimachst, werden wir auch eine aufstellen müssen. Und hast du an die Winterreifen gedacht?«

»Mhm.« Bernard nickt.

Nein, wenn diese Idioten von der GRC oder den Geheimdiensten meinen, er würde den Fall einfach so fallen lassen und brav auf der Ersatzbank Platz nehmen, täuschen sie sich gewaltig. Vor allem nachdem ihm diese junge Journalistin ein neues Puzzlestück geliefert hat.

»Du hast dein Essen kaum angerührt, Schatz! Wäre dir eine Wildpastete lieber gewesen?«

Bernard nickt gedankenversunken.

Er muss jetzt nur noch herausfinden, wer sie kontaktiert hat. Ihr zufolge ist die wahrscheinlichste These, dass es jemand von der CIA war, der die Machenschaften dieser Gruppe offenlegen möchte. Wobei …

Welcher vernünftige Mensch würde sich dafür ausgerechnet eine junge Journalistin, frisch von der Uni, aussuchen? Auch wenn die Kleine zugegebenermaßen auf Draht ist.

Oder aber ihr Informant traut den Journalisten der konventionellen Medien nicht. Was ebenso plausibel wie … beunruhigend ist.

»Aber merkwürdig ist es schon, Bernard: Die Frau von gegenüber läuft tatsächlich splitternackt im Garten herum, mit Rhabarberstauden in der Hand!«

Wieder nickt Bernard und nimmt abermals einen Schluck Wasser, um das Stück Pastete hinunterzuspülen, das ihm im Rachen klebt.

Und hätte jemand ihm von MKUltra und diesem anderen Topsecret-Projekt erzählt, bevor er tiefer in den Fall eingetaucht war, hätte er mit bissigem Sarkasmus geantwortet: »Das hier sind nicht die X-Files, sondern das richtige Leben!«

Aber jetzt glaubt er es. Und zwar haben sie es seines Erachtens mit folgendem Szenario zu tun:

Jemand – der Mörder – eliminiert die Mitglieder einer Organisation, die die Forschungen des MKUltra-Programms fortgeführt haben müssen. Vielleicht ein kleiner Zirkel innerhalb der CIA, der von mächtigen und reichen Personen unterstützt wird. Diese Gruppe hat Verbindungen zu kanadischen und amerikanischen Regierungsstellen. Der Mörder ist ein Profi, gehört vielleicht sogar einer Spezialeinheit an. Er ist intelligent und in der Lage, sich der Überwachung durch seine Feinde und die Polizei zu entziehen. Seine Triebfeder ist Rache, zugleich versucht er, mit Noah Wallace zu kommunizieren, ganz bestimmt um verschüttete Erinnerungen bei ihm wachzurufen.

Einer von beiden muss ein Opfer der Experimente der fraglichen Organisation gewesen sein, vielleicht sogar beide. Was erklären würde, warum ein großer Teil von Wallace' Kindheit im Dunkeln liegt.

»Ich weiß, dass du Krebs hast, Bernard.«

Er nickt …

Dann ist er einen Moment lang wie gelähmt. Schließlich legt er die Gabel auf den Teller und hebt den Kopf.

Seine Frau sieht ihn an, lächelt.

»Josée …«

Sie weiß es.

Natürlich weiß sie es. Sie ist nicht dumm.

»Schenkst du mir endlich deine Aufmerksamkeit? Ich weiß, dass du es vor mir verbergen wolltest, und ich verstehe, warum, aber ich habe Augen im Kopf. Deine gelbe Hautfarbe, deine Appetitlosigkeit, der Juckreiz … Ich bin deine Frau, glaubst du wirklich, ich hätte nichts bemerkt?«

Bernard gelingt es nicht, die Emotionen länger zu unterdrücken. Sein Körper gehorcht ihm nicht mehr, die Kehle schnürt sich ihm zu.

Josée hat es die ganze Zeit gewusst. Und nichts gesagt.

Was ist er nur für ein Trottel! Was für ein schäbiger Ehemann!

Er bricht in Schluchzen aus.

»Ich … ich bin … ich wollte dich nicht beunruhigen.«

Er langt nach der Serviette und trocknet sich die Augen.

»Es ist die Bauchspeicheldrüse, du weißt, dass …«

Er kann es nicht aussprechen, die Worte bleiben ihm im Hals stecken. Wie sagt man seiner Frau, dass einem nur noch ein paar wenige Monate zum Leben bleiben?

Duktales Adenokarzinom des Pankreas. Vier todbringende Worte.

»Ich weiß, Bernard. Hör zu. Das hatte ich mir schon gedacht. Aber ich habe auch mit Dr. Lagrange gesprochen. Er hat vergeblich versucht, dich zu erreichen, deswegen hat er schließlich mich angerufen. Er … er hätte mir bestimmt nichts gesagt, aber ich habe ihn angelogen, habe so getan, als wüsste ich Bescheid. Aufgrund der letzten Untersuchungen schlägt er einen chirurgischen Eingriff vor … eine Whipple-Operation, heißt es, glaube ich. Du kannst dir ja nicht vorstellen, wie mich das mitnimmt …«

Josée schlägt die Hände vors Gesicht und beginnt ihrerseits zu weinen.

Bernard sitzt schweigend da. Wozu das Ganze noch?

Mit einer Operation könnte ein Großteil des Tumors entfernt werden. Die Heilungschancen sind jedoch äußerst gering …

Hör auf, dich selbst zu bemitleiden, Bernard. Und sei nicht länger ein Feigling.

Es war feige von dir, es deiner Frau zu verheimlichen, feige, deinen Sohn im Stich zu lassen, nur weil er deine Erwartungen nicht erfüllt, feige, kapituliert zu haben, nur weil dein Chef …

Du lieber Himmel.

Und wenn …

»Hörst du mir überhaupt zu, Bernard?«

Nein. Er kann sie nicht mehr hören. Der Gedanke nimmt ihn ganz gefangen.

Bernard steht ruckartig auf, geht zu seiner Frau hinüber und küsst sie auf die Stirn.

»Josée, du bist die beste Frau auf der Welt. Ich liebe dich. Und Étienne auch, obwohl er ein Taugenichts ist.«

Er stürzt zur Haustür und reißt seine Jacke von der Garderobe.

»Wo gehst du hin, Bernard? Ich verstehe nicht … was ist denn los?«

»Ich muss kurz ins Büro. Eine Akte holen, die ich unbedingt brauche.«

Aber sicher.

Warum hat er denn nicht gleich den Zusammenhang erkannt?

UNAUSSPRECHLICH

Noah schließt die Augen.

Die Einrichtung hat sich verändert, aber er ist sich hundertprozentig sicher. Es war genau hier, in diesem Raum. Vor dreißig Jahren, und doch sind die Erinnerungen, die vor seinem geistigen Auge aufblitzen – ein Kaleidoskop von Bildern – untrüglich.

Wieder spürt er das Gleiche wie bei seinem Besuch im Krankenhaus mit Steve, und dann kurz darauf bei der Hausdurchsuchung.

Nur präziser, intensiver, düsterer.

Hier, wo früher eine Küche war, nahm das Drama seinen Lauf.

Ihr habt fünfzehn Minuten.

Die raue Stimme des Mannes hallt in seinem Kopf wider. Sein Ton ist autoritär, bedrohlich.

Noah atmet tief ein.

Das Pfeifen seines Tinnitus nimmt zu, die Laute werden verzerrter.

»Was macht er genau?«, fragt Sophie.

Noah wartet Clémence' Antwort nicht ab. Die Einrichtung verschwimmt vor seinen Augen. Die Geräusche werden dumpf, als sei sein Kopf unter Wasser und würden sie von dem schrillen Pulsieren in seinen Ohren verschluckt.

Dann kristallisiert die Zeit.

In dem kalten Zimmer, dessen Boden von einer Plane bedeckt ist, stehen abgesehen von ein paar Kartons nur ein runder Tisch, orangefarbene Plastikstühle und eine gleichfarbige Küchenzeile. Es riecht intensiv nach Instantkaffee.

»Versagen wird nicht geduldet«, verkündet die raue Stimme.

Noah befindet sich jetzt im Körper des kleinen Jungen, spürt seine Panik. Der Pastor jagt ihm schreckliche Angst ein. Sein Hals ist wie zugeschnürt, in seinen Eingeweiden rumort es. Er weiß, was ihm blüht, wenn er versagt.

Ein anderer Junge sitzt ihm gegenüber. Er ist nicht älter als zehn. Die Kälte und Intelligenz in seinem Blick beeindrucken ihn. Sein Wille ist noch nicht gebrochen, er wurde noch nicht so oft vom Pastor bestraft wie er selbst.

Genau wie er sitzt er über einem Blatt gebeugt, einen Bleistift in der Hand.

Es ist einer dieser Tests. Es ist nicht das erste Mal, dass er einen machen muss.

Immer die gleichen Blätter. Dieses Symbol oben in der Mitte, ein Rabenkopf.

»Mach, was ich dir sage, dann geht alles gut«, sagt der andere Junge zu ihm.

Wobei er es selbst nicht glaubt, es geht nie gut.

Diesmal muss er eine Reihe von Integralrechnungen ausführen. Sie sind viel zu schwer für ihn. Er ist erst sechs.

Der andere Junge dreht das Blatt so hin, dass er sehen kann, was er schreibt. Er will ihm helfen. Er bedeutet ihm, bei ihm abzuschreiben.

»Noch zehn Minuten. Ich dulde keinen einzigen Fehler. Jeder Fehler hat schwere Konsequenzen …«

Aber er zögert. Was passiert, wenn er erwischt wird? Nein, er will gar nicht daran denken.

»Nur noch fünf Minuten. Man hat mir gesagt, ihr seid zwei kleine Genies … Ich hoffe, ihr enttäuscht mich nicht.«

Er wird es nicht schaffen, ohne zu schummeln. Will Pater McKenna ihn dazu verleiten? Ist das der eigentliche Test?

Tränen kullern ihm aus den Augen.

»Wenn du die Aufgaben nicht löst … tut er mir weh. Schreib ab!«, wispert ihm der andere Junge zu.

Aber wenn er schummelt, wird der Pater ihn bestrafen. Und diesen Albtraum hält er nicht mehr aus.

Er schüttelt den Kopf, während ihm die Tränen über die geröteten Wangen rinnen.

Er spürt den Blick des Pastors auf sich. Er weiß, er steht ganz in der Nähe und lauert nur auf einen Fehler.

Der Junge sieht ihn vorwurfsvoll an. Noah würde ihm am liebsten sagen, dass er nichts dafür kann. Weil er so hartnäckig ist, hat er sogar beschlossen, abzuschreiben, aber das Klackern der Absätze kommt näher.

»Die Zeit ist abgelaufen!«

Es ist aus. Er pinkelt und merkt, wie ihm die warme Flüssigkeit das Bein hinabläuft.

»Ich bin enttäuscht, also werde ich durchgreifen müssen. Folge mir in den Keller hinab.«

Das Zimmer verschwimmt vor seinen Augen und verschwindet schließlich ganz.

Noah?

Clémence' Stimme klingt wie ein fernes Echo. Die Hand, die sie ihm auf die Schulter gelegt hat, holt ihn in die Wirklichkeit zurück.

»Alles okay?«, fragt Sophie.

Noah blinzelt und nickt. Die beiden jungen Frauen stehen vor ihm.

»Der Pastor hat die Kinder Tests machen lassen. Ich glaube …«

Er deutet auf die Tür, die in den Keller führt.

»… er hat sie dort unten bestraft. Ich gehe hinunter. Und ich glaube fast, dass ich es war, der …«

»Sie waren noch nicht geboren, als der Pastor starb. Sie können es nicht gewesen sein, Mr Wallace«, sagt Sophie.

Er nickt.

Fast wäre es ihm lieber, wenn es seine Erinnerungen wären. Wenn nicht, was haben diese Visionen dann zu bedeuten?

Noah greift nach seiner Taschenlampe und steigt die Holzstufen hinab.

Dieselben, die der Pastor vor vierzig Jahren hinuntergerannt war, bevor die beiden Jungen ihn töteten.

Stufe für Stufe humpelt er hinab und setzt den Stock bei jedem seiner Tritte auf.

Endlich kommt er unten an. Der Boden ist aus Beton.

Damals gab es nur festgetretene Erde, bemerkt Noah. Er muss irgendwann mit Betonplatten bedeckt worden sein.

»Alles okay, da unten?«, ruft Clémence hinab.

Der Pastor starb nur wenige Schritte von hier. Aber nicht deswegen ist Noah heruntergekommen. Er bemerkt etwas anderes.

Er lässt die Taschenlampe kreisen und sieht sich um. Der Lichtkegel lässt nur eine beängstigende gähnende Leere erkennen, kahle Mauern und offen liegende Rohre. Der Regen prasselt gegen das kleine Oberlicht, das auf den Hinterhof hinausgeht.

Noah schließt die Augen und überlässt sich den Schatten, die auf ihn zu wogen. Wieder ist er im Körper des kleinen Jungen.

»Du weißt, was du tun musst«, sagt der Pastor mit ruhiger Stimme.

Der Junge hält einen Hammer in der zitternden Hand. Er weiß, was das Monster McKenna von ihm erwartet.

Ein Mann ist an einen Pfosten gefesselt. Sein Gesicht ist in dem schwachen Lichtschein einer Lampe zu erkennen. Es ist ein Schwarzer, ungefähr Mitte vierzig. Seine Züge sind von Blutergüssen entstellt.

Von einem getöpferten Räucherstövchen, das auf einem Hocker steht, kräuselt Rauch auf. Noah kennt den Geruch.

»Wusstest du, dass Myrrhe die menschliche Natur Christi symbolisiert, Richard? Und die Wiederauferstehung.«

Der Pastor nimmt seine Hand und hält einen Nagel vor das Knie des Mannes.

»Jetzt bist du dran, Richard.«

Der Mann streckt flehend die Hand in seine Richtung aus. Ein Röcheln dringt aus seiner ausgedörrten Kehle.

»Du weißt, was passiert, wenn du es nicht tust, nicht wahr?«

Sein Blick begegnet dem des Mannes. Er hebt den Arm, seine Augen sind von Tränen verschleiert.

Er brüllt.

Und lässt den Hammer fallen.

»Gut, du hast deine Wahl getroffen, und jetzt musst du die Folgen ertragen.«

Der Pastor zerrt ihn am Arm über den Boden und fesselt ihn dann mit Handschellen an einen Heizkörper.

Dann öffnet er eine Zelle, in der ein Mädchen gefangen gehalten wird.

Sie ist so mager, sieht so kläglich aus, so … zerbrechlich.

Widerstandslos lässt sie sich vom Pastor zu einem an der Mauer angebrachten Halseisen führen und sich daran befestigen.

Und während er sie ansieht, lässt er die Hose hinunter.

»Du musst wissen, dass an dem hier einzig und allein du schuld bist!«

Noah schreit.

Er möchte sich aus diesem Albtraum befreien, fliehen, wieder an die Oberfläche tauchen, aber sein Blick bleibt auf die geschlossenen Augen des Pastors und sein verzerrtes Gesicht geheftet. Dieses Bild ist ihm in die Netzhaut eingebrannt, wie von einem Feuereisen.

… Wallace.

… Sie … gut …

Sophies und Clémence' Stimmen.

Lichter, die ihm in der Finsternis Orientierung bieten.

Aber das Grauen ist noch nicht vorbei, es drückt seinen Schädel weiterhin unter Wasser, hält ihn im Abgrund gefangen.

Die Bilder folgen blitzartig aufeinander. Im Geiste ist er jetzt an einem anderen Ort. In einem anderen Keller. Der Boden ist aus festgetretener Erde, zwischen den freiliegenden Deckenbalken sind Drähte gespannt. Werkzeuge – Hammer, Sägen, Scheren – liegen in einem Keramikwaschbecken, das an einer Backsteinmauer angebracht ist, die feuchte Erde ist von einer Plastikplane bedeckt. Von den Rohrleitungen tropft es.

Hier gibt es weder ein Halseisen noch eine Zelle, aber zwei Kinder sind aneinandergekettet. Andere Kinder, jünger als die beiden vorherigen. Sie kuscheln sich aneinander, scheinen zusammengeschweißt wie siamesische Zwillinge. Das eine, ein flachsblondes Mädchen mit dreckverschmiertem Gesicht, blickt ängstlich zur Treppe. Das andere Kind, ein braunhaariger Junge mit rasiertem Schädel, drückt die Wange gegen die feuchte Mauer, sein Gesicht ist angstverzerrt.

Ein verschwommener Strahlenkranz begrenzt Noahs Blickfeld, dann sieht er gar nichts mehr. In der Dunkelheit vernimmt er das Rasseln der Ketten in den Eisenringen, das Weinen und Stöhnen der Kinder. Dann flackern Neonröhren auf und tauchen den Keller in ein blasses Licht, in dem sich ein Schatten auf dem Boden abzeichnet.

Das kleine Mädchen klammert sich an den Jungen. Der Mann ist wegen ihr gekommen.

Die Angst bohrt sich Noah in die Eingeweide.

Neue flashartige Bilder, wieder eine Brandungswelle aus Bildern, wieder ein anderer Raum. Der Lärm einer Bohrmaschine vermischt sich mit erstickten Schreien, der Geruch nach verbranntem Fleisch, dann das Krachen eines Hammers, der Finger zerquetscht.

Blut tropft auf die Plane, aus den Augen rinnen Tränen.

Noahs Brustkorb zieht sich zusammen, zwängt sein Herz wie ein Schraubstock ein. Er verdreht die Augen. Er möchte sich dem Ganzen entziehen, aber eine unsichtbare Hand zerquetscht weiter seinen Brustkorb.

Erneut ein Flash. Anderer Keller.

Rote Backsteinmauern und Linoleumboden. Ein nackter Mann, der an eine Säule in der Mitte des Raums gefesselt ist, sein Körper ist von Schnittwunden und Narben übersät.

Noah kann in der Dunkelheit einen kleinen braunhaarigen Kopf ausmachen, der stumm den stöhnenden Mann betrachtet.

Eine autoritäre Stimme blafft einen Befehl.

»Los, tu es, oder ich reiß deinem Freund ein Auge aus.«

Eine kleine Hand mit einem Skalpell darin hebt sich.

Wieder ein Flash. Ein anderer Keller. Weitere Kinder.

... Noah!

Anderer Keller.

Noah!

Er taucht aus seiner Apnoe auf und öffnet die Augen. Er sitzt an eine feuchte Mauer gelehnt. Die beiden Frauen knien am Boden. Sophie reicht ihm seinen Stock. Clémence streicht ihm über die schweißbedeckte Stirn.

Er zittert am ganzen Körper. Er hat das Gefühl, dass sein Kopf gleich explodiert.

Wieder eine Katharsis, Dr. Hall?

Kommt das von dem Tumor, Dr. Henry?

»Sie glühen ja«, sagt Clémence.

Noah schöpft wieder Atem und schluckt den Kloß in seinem Hals herunter.

Langsam kehrt sein Bewusstsein zurück. Die Wasseroberfläche wird wieder glatt.

»Der Junge heißt Richard, und ich glaube, dass Amy hier war, ebenso wie Trout. Und, du lieber Himmel, es ist der reinste Horror ... es gibt weitere Kinder, weitere Orte wie diesen. Weitere Keller. Das Projekt wurde nie ganz eingestellt.«

IRONIE DES SCHICKSALS

Bernard macht die Tür zu und seufzt.
Dieses Büro wird ihm fehlen.

Seit fünf Jahren teilt er nun diesen dürftigen Raum mit dem peruanischen Kerzenkaktus, den seine Frau ihm anlässlich seiner Beförderung zum Inspecteur geschenkt hat.

Josée bestand darauf, den Kaktus in die Nähe seines Computers zu stellen.

»Du wirst jetzt weniger an der frischen Luft sein und mehr vor dem Bildschirm sitzen. Und es ist bekannt, dass Kakteen elektromagnetische Wellen absorbieren. Und die können die Gesundheit schädigen«, sagte sie und drückte ihm einen Kuss auf die Stirn.

Beim Gedanken daran lächelt er bitter.

Offenbar ist es dem Kaktus nicht gelungen, diese schädlichen Wellen abzuhalten.

Bernard lässt sich Zeit; es ist vielleicht das letzte Mal, dass er über den gewachsten Parkettboden geht und sich vor den Bildschirm mit den »todbringenden Wellen« setzt.

Bei dem, was er im Begriff ist zu tun, kann er froh sein, wenn er nicht ins Gefängnis kommt.

Ehe er auf dem ledernen Schreibtischstuhl Platz nimmt, streicht er kurz über den kleinen Glaswürfel auf dem Nussbaumschreibtisch.

Das Leben steckt voller Ironie.

Da stellt man ihm die Beförderung zum Hauptkommissar für das nächste Jahr in Aussicht, und ein paar Monate später bekommt er die Diagnose Krebs, und diese vermaledeite Erkrankung raubt ihm die Zukunft.

Bernard öffnet den Aktenschrank. Er holt die Bistrokanne und eine Packung Kaffee heraus.

Als dieser Fall auf seinem Schreibtisch landete, hat er darin zunächst eine gute Gelegenheit gesehen, einen guten Abgang hinzulegen. Dafür zu sorgen, dass der Name Bernard Tremblay in die Annalen der Sûreté du Québec eingeht.

Sich sozusagen in einem letzten Ehrengefecht hervortun.

Stattdessen ist er im Begriff, seiner Karriere wegen dieser Ermittlungen ein abruptes Ende zu bereiten.

Und das, obwohl er immer so stolz auf seine grüngelbe Uniform war und die beiden Flaggen, die in einer Ecke seines Büros hängen. Die der Sûreté und die von Québec.

Bernard schaltet den Wasserkocher ein und gibt zwei Löffel Kaffee in die Bistrokanne.

Zum ersten Mal in seinen dreißig Dienstjahren bei der Sûreté du Québec wird er sich einer Anordnung von oben widersetzen und das Gesetz brechen. Er wird die Behörde, seinen Arbeitgeber und seine Familie verraten.

Und wenn die Antikorruptionsbehörde ihren Aufgaben nachkommt, werden außer seinem noch ein paar weitere Köpfe rollen. Bei der Vorstellung, wie Simards rundes Gesicht bei seiner Festnahme bleich wird, muss er lächeln.

Bernard bückt sich, schaltet den Rechner ein und nimmt die Tic-Tac-Packung, die genau neben der mit den bunten Reißzwecken liegt, aus der obersten Schreibtischschublade.

Er schüttet sich zwei auf den Handteller und steckt sie in den Mund.

Ja … das Leben ist voller Ironie.

Die Lösung war direkt vor seiner Nase. Die ganze Zeit.

Wie eine kleine Mücke, die unbeweglich auf dem Bildschirm

sitzt, die man aber erst bemerkt, als man den Blick abwenden will.

Er war zu sehr auf Noah Wallace und die Tatsache, dass dieser vom Mörder verfolgt wird, fixiert, um den Zusammenhang zu erkennen.

Aber jetzt ist er ihm klar. Und als Sahnehäubchen wird er vielleicht sogar einen Schlussstrich unter einen alten ungelösten Fall ziehen können.

Zwei Fliegen mit einer Klappe schlagen, wie es so schön heißt.

Bernard zermalmt knirschend ein Tic Tac.

Vor zwei Jahren machte die GRC Druck, um ihn dazu zu bewegen, die Ermittlungen einzustellen. Damals entschied er sich dafür, loyal zu sein und die Anordnungen von Thierry Simard zu befolgen.

Noch so eine Ironie des Lebens.

Wenn seine Intuition ihn nicht getrogen hat, wird er eine Verbindung zwischen seinem früheren Fall und zu Trevor Weinberger herstellen können, und diesmal wird weder die CIA noch die GRC, noch dieser verdammte Schwachkopf Simard ihn daran hindern.

Und sobald die Festplatte des alten PCs endlich zu rattern aufhört und der Rechner hochgefahren ist, wird er den Beweis haben, mit dem er zuschlagen kann.

Ein kurzes Klacken sagt ihm, dass das Wasser kocht.

Weinberger, Duval, Simard, die GRC. Was, wenn all diese Herrschaften mit dem MKUltra-Projekt zu tun haben?

Bernard gießt das Wasser in die Bistrokanne, und schon erfüllt Kaffeeduft den Raum.

Wenn dem so ist, hat Sophie, diese junge Journalistin, recht mit ihrer These, dass das Projekt fortgeführt wird. Und dass die illegalen Aktivitäten durch einflussreiche Personen an Schaltstellen in den USA und Kanada gedeckt werden.

Und was ist die logische Schlussfolgerung? Dass Forschungsarbeiten aus über zwanzig Jahren auf verschiedenen Gebieten der

Medizin, selbst den umstrittensten, wegen eines durch die Medien angestoßenen Skandals einfach so über Bord geworfen wurden? Oder aber dass die Erkenntnisse gesichert, verkauft und anderweitig genutzt wurden?

Nein, Bernard zweifelt keine Sekunde mehr daran, dass es eine Verbindung zwischen seinem Fall und MKUltra gibt. Der Mörder hat ihm sogar einen subtilen Hinweis gegeben, auch wenn Bernard ihn damals unmöglich verstehen konnte: die Ansichtskarte von Château Frontenac. Eine Anspielung auf den Zweiten Weltkrieg und die Konferenzen, die 1943 und 1944 in Québec stattfanden und bei denen Churchill, Roosevelt und Mackenzie King zusammentrafen: die Lenker von drei Staaten, die Akteure eines von Naziwissenschaftlern ins Leben gerufenen Projekts waren.

Diese verfluchten Nazis.

Langsam presst Bernard das Sieb der Bistrokanne hinunter.

Gut. Sein vorsintflutlicher PC ist endlich soweit. Er hat eine lange Nacht vor sich.

Nie im Leben hätte er gedacht, dass dieses umfangreiche Dokument, das in seinem PC geschlummert hat, ihm ein paar Jahre später bei den Ermittlungen eines Serienmords hilfreich sein würde.

Bernard schenkt Kaffee in die Keramiktasse mit der gemalten Aufschrift »PAPA«. Die Tasse hat Étienne für ihn zum Vatertag getöpfert, bevor er zu diesem schlaffen Sofazombie mutierte.

Zeit, sich an die Arbeit zu machen, auch wenn das bedeutet, nach der sprichwörtlichen Nadel im Heuhaufen zu suchen. Zeugenaussagen, Geständnis des Schützen, psychiatrische Gutachten. Er wird alles durchkämmen, was er zusammengetragen hat, bevor ihm der Fall entzogen wurde.

Nun, aussortieren, finden, zusammenfügen … das sind die Dinge, die er am besten kann.

Und diesmal braucht er weder eine Stoppuhr noch ein Notizheft.

Nur Kaffee … viel Kaffee.

KATHARSIS

Vielleicht hätte Noah doch besser Clémence' Einladung annehmen sollen! Zwar hätte sie bestimmt wieder versucht, ihn zu verführen, aber wenigstens wäre er in guter Gesellschaft gewesen.

Sorgfältig macht er die Tür hinter sich zu und lässt die Hand noch einen Moment lang auf der Klinke ruhen.

Sie loszulassen heißt, sich seinen Ängsten zu stellen, denn er weiß, dass er in der Leere seiner Wohnung keine Geborgenheit finden wird.

Die Einsamkeit, dieser falsche Freund, lauert samt all der Fragen in der Dunkelheit. Ein Spiegel, in dem Noah mehr denn je fürchtet, sich wiederzuerkennen.

In Gesellschaft der anderen ist es ihm gelungen, nicht allzu tief in die Abgründe zu blicken, aber jetzt ist er wieder allein.

Die Kugel, die in der Decke steckt, der Mörder, der sich Zugang zu seiner Wohnung verschafft hat, und auch sein Freund Steve, der jederzeit einem Herzinfarkt erliegen kann. Aber all das ist nichts im Vergleich zu dem, was er in den dunklen Winkeln der Stille zu finden fürchtet.

Noah geht in Richtung Küche. Ein platschendes Geräusch reißt ihn aus seinen Gedanken. Dann wird ihm klar, dass es nass unter seinen Füßen ist. Das Fenster. Er bemerkt die feuchte Spur, die sich an der Mauer hinabzieht und auf dem Fußboden eine Lache bildet, die bis zur Spüle reicht. Sturm und Wind haben den Bodenbelag mit Wasser vollsaugen lassen und seine Küche in ein Schwimmbad verwandelt.

Noah hat nicht die Kraft, Eimer und Lappen zu holen, um alles aufzuwischen. Nicht nach diesem Abend. Nicht nach dem, was er in diesem Keller erblickt hat.

Er unterdrückt ein Gähnen und spürt, wie sich seine Kiefermuskeln und der Nacken verspannen.

Es ist höchste Zeit, ins Bett zu gehen, Noah. Und wer weiß, vielleicht wirst du heute Nacht ja schlafen können, ohne dass du von Gespenstern heimgesucht wirst.

Ohne das Licht anzumachen, geht er in Richtung Schlafzimmer, indem er sich an der Wand entlangtastet.

In Wahrheit hat er nicht so sehr vor den quälenden Fragen Angst als vielmehr davor, dass der Andere zunehmend sein Bewusstsein beherrscht.

Er ist lebendiger als je zuvor, seine Stimme wird zunehmend stärker. Noah weiß, dass nur eine hauchdünne Membran ihre beiden Welten trennt und es nur eine Frage der Zeit ist, bis er sich vollständig manifestiert.

Doch so sehr er sich die ganze Zeit gewünscht hat, dass der Mann, der er war, sich aus den Netzen seiner Psyche befreit, so sehr fürchtet er sich jetzt vor der Begegnung. Schlimmer noch, auch wenn er weiß, dass es unvermeidlich ist, hat er Angst vor der nackten, unverhohlenen Wahrheit. Angst vor sich selbst, vor dem, was er erlebt hat, was er womöglich getan hat, was er tun könnte.

Wer bist du, Noah Wallace?

Diese einfache Frage, die Clémence und der Weißhaarige ihm gestellt haben, ist der Schlüssel zu der unbekannten Welt. Einer Welt, wo ihm die Geheimnisse seiner Kindheit enthüllt werden.

Das, was er in dem Haus des Pastors mit einer solchen Heftigkeit empfand, hat ihn erschüttert und die wenigen Gewissheiten, die er besaß, zerschmettert.

Der Mörder hat ihn vor dem, was in seiner Vergangenheit modert, gewarnt, und davor, was sein Bestreben, es aufdecken zu wollen, zutage bringen würde: Das Grauen, das Unbeschreibliche, und sein Erlebnis in diesem Keller war nur ein Vorgeschmack darauf.

Ist das eine weitere Katharsis, Frau Doktor? Warum haben Sie nichts davon in meinem Unterbewussten gefunden? Haben Sie es überhaupt versucht? Warum haben Sie mich immer wieder den Unfall durchleben lassen, statt die Schrecken meiner Kindheit heraufzubeschwören?

»Abgesehen davon, mir Medikamente zu verschreiben, die mich dumpf machen, waren Sie mir bislang keine Hilfe, Dr. Hall«, murmelt er, während er nach dem Lichtschalter seines Schlafzimmers tastet.

Seine Kindheit, die Briefe des Mörders, seine Amnesie, die Tatsache, dass er in einer psychiatrischen Klinik das Versuchskaninchen von Trevor Weinberger war. Bald wird er Antworten auf seine Fragen bekommen, das spürt er. Bald wird die Kruste aus Lügen und vorgetäuschten falschen Tatsachen aufbrechen.

Noah knipst das Licht an. Die Glühbirne taucht das Zimmer kurz in helles Licht, dann zerspringt sie.

Er stößt einen Seufzer aus und geht zum Bett.

Er setzt sich auf den Rand der Matratze, bückt sich und tastet nach der Nachttischlampe.

Aber er hält mitten in der Bewegung inne … und schnuppert.

Myrrhegeruch.

Noah reibt sich die Augen und schüttelt den Kopf. Bestimmt wieder ein Gespinst seines kranken Hirns.

Aber der Geruch ist hartnäckig.

Er knipst die Nachttischlampe an und bemerkt den Briefumschlag, der aus der Schublade hervorragt.

Er ergreift ihn und reißt ihn auf.

Wie die vorhergehenden Briefe ist er mit einer Schreibmaschine getippt worden.

Noah,

das ist mein letzter Brief, und er ist kurz. Ich will Dir lediglich sagen, dass alles, was ich getan habe und noch tun werde, nur ein Ziel hat: Ein Versprechen einzulösen, das ich Dir vor langer Zeit gegeben habe. Ich glaube, Du konntest zwischen den Zeilen lesen und die Wahrheit erkennen, die wie eine Rose auf einer Müllhalde sprießt. Du zweifelst an Dir und fürchtest Dich davor, Deine Erinnerung zurückzuerlangen. Ich will Dich nicht belügen, diese Konfrontation mit Dir selbst wird in der Tat sehr schmerzhaft sein. Aber Du bist bereit dafür, und bald wirst Du an meiner Seite sein. Dann wird Dir alles klar werden. Ich durfte diese Begegnung nicht zu schnell herbeiführen, Noah. Du hättest dich nicht darauf eingelassen. Dein Bewusstsein war mit Vorhängeschlössern und Tretminen abgeriegelt. Sie zu öffnen und zu entfernen steht mir nicht zu, Du musst es selbst tun.

Bis bald.

Noah lässt den Brief sinken.

Wie kann der Mörder erahnen, was in seinem Kopf vorgeht? Seine Ängste, seine Zweifel? Und so leicht in seine Wohnung eindringen?

Und wenn …

Nein, Noah, das ist unmöglich … Mit deinem Stock, deiner Behinderung? Du könntest nicht einmal einer Fliege etwas zuleide tun.

Der Andere könnte sehr wohl seine Schmerzen ignorieren! Wer weiß, was Weinberger mir angetan hat, dieser Spezialist für dissoziative Identitätsstörungen? Wie viele Persönlichkeiten leben eigentlich in meinem Kopf? Bin ich verrückt?

Noah drückt die Stirn gegen die Handballen.

Ein plötzlicher Lärm aus der Kopf, der klingt, als wäre ein Topf im Spülbecken verrutscht, lässt ihn hochschrecken.

Jemand muss in seiner Wohnung sein.

»Ist da wer?«, schreit er mit erstickter Stimme.

Keine Antwort.

Noah rappelt sich vom Bett hoch und geht auf Fußspitzen zur Schlafzimmertür.

Er humpelt auf den Flur hinaus und ruft nochmals vorsichtig: »Ist da wer?«

Als er die Küche betritt, macht er im Halbdunkel die Umrisse einer Gestalt in der Nähe der Spüle aus.

Einer vertrauten Gestalt.

»Rachel? Bist du das?«

Sie dreht sich um. »Tut mir leid, ich wollte dich nicht erschrecken. Aber ich hatte Sehnsucht nach dir.«

Ihr Gesichtsausdruck ist ernst, bemerkt Noah.

»Ich habe dich nicht hereinkommen hören, es ist schon so spät … und ich hatte dich ja nicht erwartet.«

Rachel lächelt. »Du bist schön. Du wirst mir fehlen.«

Noah schnürt es die Kehle zu. Was meint sie damit, er wird ihr fehlen?

»Wovon redest du, Rachel? Warum werde ich dir fehlen? Ich verstehe das nicht. Du machst mir Angst.«

Sie kommt auf ihn zu. »Es tut mir schrecklich leid, Noah. Du musst mir verzeihen, und du sollst wissen, dass ich dich wirklich liebe.«

Noah schwankt, eine unsichtbare Hand drückt seine Eingeweide zusammen.

Sie verlässt ihn.

Warum?

Das ergibt keinen Sinn …

Rachel sieht ihn an, wieder lächelt sie. »Alles wird gut, Noah.«

Er öffnet den Mund, aber der Schrei bleibt ihm im Hals stecken.

Denn er erinnert sich wieder, dass er den Wohnungsschlüssel von innen stecken lassen hat.

Und Rachel hat auch keine Fußabdrücke auf dem klatschnassen Küchenboden hinterlassen.

Noah lehnt sich an die Wand und lässt sich, die Augen unverwandt auf die Frauengestalt gerichtet, die Hand zu ihr ausgestreckt, auf die Fersen sinken.

Nein. Nicht sie.

Nein. Nicht Rachel.

Nein.

Und während sie sich vor seinen Augen in Luft auflöst und das Entsetzen ihn lähmt, hört er nicht, wie sein Handy in seiner Jackentasche klingelt.

GAMBIT

Er hat schon vor fünf Minuten eingeparkt, aber Bernard ist immer noch nicht ausgestiegen. Er betrachtet die fallenden Schneeflocken und wie sich auf dem Rasen und der gekiesten Einfahrt vor seinem Haus eine Schneeschicht bildet.

Seine Frau hatte recht, er hätte die Zeltgarage aufstellen und seine Werkstatt anrufen sollen, um einen Termin für den Reifenwechsel zu vereinbaren. Ohne Vorwarnung ist der Winter eingekehrt, während er die Nacht an seinem Arbeitsplatz verbracht hat, vor dem Gerät mit den »todbringenden Wellen«.

Sein Blick gleitet zu dem Holzstoß unter der blauen Plastikplane, der neben der Garage aufgeschichtet ist.

Er lächelt.

Josée liebt es, wenn im offenen Kamin im Wohnzimmer ein Feuer brennt. Ein Buch in der Hand, kann sie Stunden auf der Chaiselongue vor dem Kamin verbringen, während die Landschaft draußen unter einer Schneedecke versinkt, eingetaucht in eine Stille, die nur das gelegentliche Knacken von Holz unterbricht. Und dann dieser Geruch …

Er hätte das auch öfter genießen sollen, aber er hatte nie die Zeit dazu. Oder besser gesagt, nahm er sich nie die Zeit.

Die Arbeit. Seine Karriere. Seine Puzzles.

All das hat er immer vorgezogen. Seiner Frau und auch seinem Sohn.

Er hat kaum mitbekommen, wie Étienne groß wurde. Nur in der

ersten Zeit, da war er ab und zu noch anwesend, sicher. Diese völlig neue Situation, der Stolz, seine Gene an die nächste Generation weitergegeben zu haben. Noch als Étienne ein Baby war, stellte er sich ihn als talentierte Spürnase und Schachchampion vor, doch das Kleinkind wurde zu einem lauten, schwierigen Jungen und schließlich zu dem Jugendlichen, der noch unter dem elterlichen Dach wohnt. Bernard war zu nachlässig, das weiß er. Als ihm klar wurde, dass Étienne nicht über … diese funkelnde Intelligenz verfügt, hat er sich von ihm abgewandt. Er war eine Enttäuschung für ihn. Und das bereut er, aber jetzt ist es zu spät.

Vielleicht ist es seine Schuld, wenn Étienne wie ein Einsiedler im Keller haust, sich den Bauch mit ungesundem Zeug vollschlägt und sich ihre Kommunikation auf eine gemurmelte Begrüßung beschränkt, wenn sie einander morgens begegnen.

Was für eine Art Vater war er für ihn? Ein Phantom, das von der Jagd nach Monstern besessen ist, ein zynischer, überdrüssiger Verstandesmensch, der sich lieber mit unlösbaren Rätseln beschäftigt als mit seinem Sohn. Nur gut, dass Josée immer für ihn da war, ihm ihre Liebe entgegenbringt. Ihm eine wunderbare Mutter ist.

Bernards Blick wandert zum Beifahrersitz, zu der Keramiktasse auf dem Stapel Unterlagen, die er aus dem Büro mitgenommen hat.

Wird Étienne seiner Aufgabe gewachsen sein, wird er sich um das Haus und seine Mutter kümmern? Er hofft es von ganzem Herzen.

Er wischt sich über die Augen, trinkt den letzten Rest Kaffee aus und stellt die Thermoskanne weg. Dann nimmt er die Tasse, den Aktenstapel und macht den Motor aus.

Es ist halb acht Uhr morgens. Bestimmt schläft sein Sohn noch tief und fest, und Josée wartet in der Küche auf ihn. Er weiß, sie hat die ganze Nacht kein Auge zugetan.

Bernard steigt aus und überquert den schneebedeckten Vorplatz. Er sinkt bereits bis zu den Knöcheln ein und spürt die weiche, feuchte Konsistenz des Schnees unter den Schuhsohlen.

Sein Blick fällt auf den Stechpalmenkranz an der Tür. Josée muss ihn erst heute Morgen aufgehängt haben. Im Vergleich zu dem Weihnachtsschmuck der Nachbarn, die sich wie jedes Jahr einen regelrechten Kitschwettbewerb liefern, nimmt er sich bescheiden aus. Wer in ihrer Straße wird ihn dieses Jahr wohl gewinnen? Bestimmt wieder die Larouches. Mit ihren girlandenbehängten überdimensionalen Schneemännern, den lebensgroßen Hirschen mit Schlitten und einer Beleuchtung, die ihre Elektrizitätsrechnung in den vierstelligen Bereich treiben wird, schießen sie auch dieses Jahr wieder den Vogel ab.

Danke, Josée, dass du dich mit einem einfachen Stechpalmenkranz begnügst. Der ist perfekt.

Bernard öffnet die Haustür. Der Duft von frisch aufgebackenem Baguette und Pfannkuchen weht ihm entgegen. Seine Frau stürzt im Morgenmantel aus der Küche.

»Bernard, bist du das? Ich habe mir solche Sorgen gemacht! Du hättest mir sagen sollen, dass du die Nacht im Büro verbringst! Ich habe kein Auge zugetan!«

Ihre Augen sind gerötet. Sie hat geweint, bemerkt Bernard.

Was bist du nur für ein dummer Egoist, Tremblay …

»Tut mir leid, Liebling, ich war so in die Arbeit vertieft und … hör zu …«

Seine Frau schüttelt den Kopf. Er kennt diesen Blick und die verschlossene Miene: Josée will nicht hören, was er ihr zu sagen hat. Sie will ihren Kokon aus Gewissheiten nicht verlassen, steckt den Kopf in den Sand.

»Nun komm erst mal frühstücken, Bernard, leiste mir Gesellschaft. Bei diesem Wetter willst du doch hoffentlich nicht schon wieder weg? Lass es uns im Wohnzimmer gemütlich machen. Bleib wenigstens einmal bei deiner Frau. Ich habe …«

Sie beginnt zu schluchzen. Es gelingt ihr nicht mehr, so zu tun, als wäre alles in Ordnung.

Bernards Miene verdüstert sich. Er hasst es, sie so zu sehen. Und das Schlimmste ist, dass er noch nie zuvor einen solchen Drang verspürt hat, bei ihr zu bleiben. Aber seine Gedanken sind dennoch woanders, und er kennt sich zu gut. Selbst wenn er sich jetzt neben sie setzt und ihr zuhört, wenn sie ihm von den Nachbarn erzählt, von ihrer Schwester oder von was auch immer, wird er nicht wirklich anwesend sein. Ein Teil von ihm ist im Büro geblieben, bei dem, was er über das Monarch-Projekt und die barbarischen Experimente gelesen hat, die mit Zustimmung von Regierungskreisen mit Kindern gemacht wurden. Der Regierung seines Landes. Des Militärs seines Landes. Experimente, die von den verfluchten Nazis begonnen wurden …

Daher … nein, er kann nicht bleiben. Er kann jetzt nicht über die Larouches und ihre Weihnachtsdekoration plaudern, ebenso wenig wie über seine Schwägerin, die unter einem Burnout leidet, oder über ihren gichtgeplagten Mann. Soll er halt Sport treiben, der Fettwanst, und aufhören, sich mit Fast Food vollzustopfen.

Verdammt, Bernard, deine Frau ist traurig. Und es ist gut möglich, dass du sie nie wiedersiehst. Also gib dir einen Ruck.

Das bist du ihr schuldig, bei dem, was du vorhast. Nimm dir deine Nichte zum Vorbild … Spiel deiner Frau was vor … Mach gute Miene zum bösen Spiel. Wenigstens heute. Ihr zuliebe.

Er stellt seine Sachen ab, nimmt Josée in die Arme und küsst sie auf die Stirn.

»Ist noch Erdnussbutter da? Ich habe einen Bärenhunger.«

Josée lächelt breit. Seit Langem hat sie ihn nicht mehr so angelächelt. Wieder zieht er sie in die Arme.

Sie schmiegt die Wange an seine Brust und fährt ihm mit der Hand durch die Haare. Sie hat Tränen in den Augen.

»Mama? Papa? Stimmt was nicht?«

Étienne steht im Pyjama am unteren Fuß der Treppe. Sein Blick ist verschlafen, sein Haar zerzaust.

Bernard schnieft und wischt sich mit dem Handrücken über die Augen.

»Guten Morgen, nein … Ich bin einfach nur froh, zu Hause zu sein, hatte eine anstrengende Nacht. Und weißt du was, ich war im Büro und habe …« Er bückt sich nach der Tasse.

»Ich habe diese Tasse wiedergefunden, ich dachte, du würdest … Ach, einfach nur ein Anflug von Nostalgie, weißt du. Du trinkst doch Kaffee, oder nicht?«

Étienne grinst schief, zieht eine Grimasse, die für einen verlegenen Pubertierenden typisch ist.

»Also Papa … im Ernst, wo lebst du eigentlich? Ich bin kein kleiner Junge mehr, hast du das noch nicht mitbekommen?«

Bernard ignoriert die Bemerkung. Einen Moment lang hat er wieder das Kind mit den Sommersprossen und den Zahnlücken vor Augen.

»Du warst acht, als du sie getöpfert hast … Du warst so ein süßer Junge. Du hast wie Ron Howards ausgesehen.«

Ihm wird klar, dass sein Sohn vermutlich keine Ahnung hat, wovon er redet.

Étienne zuckt die Schultern und verdreht die Augen. »Na gut …«, murmelt er. Und geht in Richtung Küche.

Bernard folgt ihm und legt ihm die Hand auf die Schulter. »Verzeih mir, Étienne, wegen allem. Ich war nicht oft für dich da …«

»Wovon redest du, Papa? Ist schon gut, so schlimm warst du auch nicht. Du warst nie gewalttätig, nie gemein und lästig auch nicht … einfach nur nie da.«

Bernard lässt sich nicht beirren. »Kein schlechter Vater zu sein bedeutet nicht, dass man ein guter ist.«

»Na und? Warum bist du nur so deprimiert heute Morgen?«

»Nein, nicht deprimiert, einfach nur ein bisschen wehmütig.«

Bernard drückt seinen Sohn an die Brust und zerzaust ihm die Haare.

Josée sieht ihn an wie einen Fremden, dann huscht ein Schatten über ihr Gesicht.

Trotz der Müdigkeit genießt Bernard das familiäre Zusammensein, kostet jeden Moment aus und langt zu, als wäre es seine letzte Mahlzeit.

»Noch ein bisschen Ahornsirup. Die Pfannkuchen sind ein Gedicht, Josée.«

Étienne sieht seinen Vater mit großen Augen an, während dieser Ahornsirup über seine Pfannkuchen träufelt.

»Wow, ich weiß nicht, wann ich dich zuletzt mit solch einem Appetit essen sehen hab … Hey, das reicht jetzt. Du machst ja die ganze Flasche leer.«

Étienne lacht.

Was für eine Wohltat dieser Ausbruch von guter Laune ist!

Aber Josée wirkt nicht glücklich. Seine Frau wirft ihm während des Frühstücks die ganze Zeit verstohlene Blicke aus dem Augenwinkel zu. Sie versucht, schlau aus ihm zu werden, herauszufinden, was er ihr verheimlicht. Bernard ist es nicht entgangen. Seine Frau lässt sich nicht hinters Licht führen.

»Gut, ich muss mich jetzt fertigmachen. In fünfzehn Minuten kommt der Bus. Dann bis später. Ah, was ich dir noch sagen wollte, Papa, ich habe im Schachclub in der Schule angefangen … Ich bin nicht besonders gut, deshalb dachte ich, ob …«

Bernard wird es weh ums Herz.

»Das freut mich, prima. Klar, du kannst mich jederzeit um Rat fragen.«

»Ich wusste, dass du dich freuen wirst.«

Es freut ihn nicht nur, es macht ihn stolz.

»Ach, Étienne, darf ich dich um einen Gefallen bitten? Das Puzzle in der Garage … es sind jetzt keine tausend Teile mehr, die noch fehlen. Es würde mich freuen, wenn du es fertigstellen würdest.«

Sein Sohn zieht ein schiefes Gesicht und kratzt sich am Hinterkopf. »Also Schach, das finde ich cool, aber ein Puzzle …«

»Nur dieses eine Mal. Bitte. Der schwierigste Teil ist schon fertig.«

Étienne nickt. »Okay. Jedenfalls werde ich's versuchen.«

Dann steht er auf, räumt den Tisch ab und rennt zwei Stufen auf einmal nehmend die Treppe hinauf.

Josée schüttelt bedächtig den Kopf und sieht ihn fragend an.

»Was ist? Habe ich einen Sirupfleck im Gesicht? Oder Krümel?«

»Was los ist? Dasselbe möchte ich dich fragen, Bernard. Die Sache mit der Tasse, das was du gesagt hast, das Frühstück, und jetzt auch noch dein Puzzle? Du verhältst dich mit einem Mal ganz anders. Du verbirgst schon wieder etwas vor mir.«

Bernard wischt sich mit der Serviette die Lippen ab. »Ich muss wegen einer wichtigen Sache in die USA reisen. Ich gehe jetzt unter die Dusche, lege mich ein, zwei Stunden aufs Ohr, dann werde ich dich schon wieder allein lassen müssen. Es ist meine verdammte Pflicht, Josée. Ich muss es tun, verstehst du? Das Leben einiger Menschen hängt davon ab.«

»Ist es gefährlich?«

»Nein«, sagt er, noch eine Lüge. »Aber ich werde vielleicht ein paar Tage weg sein.«

»Gut, Bernard, ich glaube dir.«

Ebenfalls eine Lüge, das sagt Bernard ihr ausweichender Blick und freudloses Lächeln. Wie so oft steckt Josée den Kopf in den Sand.

»Gut, dann geh ich jetzt duschen.«

Aber sie hört ihm schon nicht mehr zu, ist bereits zur Spüle gegangen und lässt Wasser einlaufen.

Bernard seufzt und steigt die Treppe hinauf. Alles ist vorbereitet, jedenfalls fast. In ein paar Stunden wird er in Richtung Burlington unterwegs sein.

Zum letzten Mal vielleicht.

Aber ein paar wenige Kleinigkeiten bleiben noch zu tun.

Zuallererst eine Nachricht sowie die Scans einiger wichtiger Dokumente auf das private Webforum im Darknet stellen, das Sophie Lavallée eingerichtet hat. Ihre Aufgabe wird es dann sein, die Affäre publik zu machen.

Als Nächstes wird er das Dossier an die UPAC schicken. In der Hoffnung, dass die kanadische Antikorruptionsbehörde ihrer Aufgabe nachkommt.

Das Puzzle ist so gut wie fertig, jetzt ist Schach an der Reihe. Die Partie nähert sich dem Ende, und er muss nur noch ein paar kluge Züge machen.

Aber egal ob er gewinnt oder verliert, er weiß, seine Chancen, sie heil zu überstehen, sind gering.

Entweder die CIA oder der Krebs werden ihn drankriegen.

MATT

Noah geht im harten Schein einer flackernden Neonröhre durch einen langen unterirdischen Gang. Das Geräusch seines Stocks auf den Fliesen bildet den Takt dazu und hallt von den leblosen Mauern des Leichenschauhauses wider.

Steve steht reglos am Eingang und wartet auf ihn.

Noah beißt die Zähne zusammen, während er trotz des stechenden Schmerzes in seinem Bein die Schritte beschleunigt.

Bei seinem Freund angekommen, stützt er sich auf den Stock.

Noch nie ist Steve ihm so schwach erschienen wie heute. Der stiernäckige Ausbund an Kraft von einst gleicht jetzt einem verletzten Tier.

Seine Augen sind gerötet. Sein Gesicht ist von Müdigkeit gezeichnet. Der Lebensüberdruss und der Schmerz haben tiefe Furchen hineingekerbt.

Aber Noah empfindet kein Mitleid mit ihm. Seit er ins Taxi gestiegen ist, wütet eine dumpfe Wut in ihm. Er hadert mit Steve. Zwar hatte er ihm von den Fotos erzählt, die die Polizei in dem Unterschlupf des Mörders gefunden hat – darunter eins von Rachel –, aber nicht, dass eine Zielscheibe darauf gemalt war: Steve hätte sie beschützen, sie unter Polizeischutz stellen müssen. Wenn sie sie schon nicht aus dem Fall heraushalten konnten, so hätte er selbst vielleicht etwas tun können, um die Tragödie zu verhindern.

Noah steht noch immer reglos da. Seine Augen glitzern.

Steve hebt die Arme, macht Anstalten, ihn zu umarmen.

Aber Noah bleibt auf Distanz, signalisiert Ablehnung. Also lässt Steve die Arme wieder sinken und macht wieder einen Schritt zurück.

»Hallo Noah. Es tut mir unendlich leid, Alter, ich …«

Das schlechte Gewissen steht ihm ins Gesicht geschrieben, er weicht Noahs Blick aus, seine Kiefermuskeln zucken nervös.

»Wann ist es passiert, Steve?«, stößt Noah mit erstickter Stimme hervor.

Steve reibt sich die Wange, als könnte er seine Scham beruhigen wie einen Juckreiz.

»Verdammt, ich habe schon länger versucht, dich zu erreichen, Noah, mehrmals … Aber du bist einfach nicht rangegangen!«

Schon möglich. Auf Sophies Rat hin hatte er sein Handy zu Hause gelassen, um sich nicht zu verraten und niemanden auf ihre kleine Exkursion aufmerksam zu machen.

»Wann, Steve?«, wiederholt er.

Steve streicht sich über den Schnurrbart. »Nach vorläufiger Einschätzung durch den Coroner wurden sie gestern Abend ermordet.«

Dann war Rachel bereits in den Fängen des Mörders, als er im Haus des Pastors den Horror dieser Kinder nacherlebte.

»Er hat sie vor einer Grundschule abgelegt, der Edmunds Elementary School in der Main Street. Eine Gruppe Jugendlicher hat sie gefunden.«

Eine Schule. Warum ausgerechnet vor einer Schule?

»Ich muss sie sehen, Steve. Jetzt.«

Steve legt die Hand auf den Türknauf und hält dann inne.

»Ich weiß, was dich hinter dieser Tür erwartet. Es ist kein schöner Anblick, Noah. Du wirst hier unten bestimmt keine Antworten finden … es wird deinen Schmerz nur vergrößern. Wenn du deine Rachel als hübsche junge Frau in Erinnerung behalten willst, geh da nicht rein. Bist du dir sicher, dass du dir das antun willst?«

Ja, er ist sich sicher. Noah will es wissen, will es verstehen. Denn Sinn dahinter begreifen.

Er wirft Steve einen eisigen Blick zu. »Es ist nicht logisch, dass er Rachel umgebracht hat, ebenso wenig wie diese andere Frau. Was für eine Verbindung sollte es zwischen ihnen und …«

Er unterbricht sich, sein Freund ist nicht auf dem Laufenden, was seine jüngsten Erkenntnisse betrifft, ganz zu schweigen von seinen heimlichen Recherchen.

»Was für eine Verbindung zu was?«

Noah kann es ihm eigentlich sagen. Mehr noch, er hat Lust, es zu tun. Steve ist ein guter Bulle. Was hält ihn dann davon ab?

Der flüchtige Ausdruck, der in seinen Augen aufgeschienen ist. Keine Neugier, sondern Misstrauen. Nein, Angst fast. Steve verheimlicht ihm etwas.

»Den anderen Opfern. Würdest du bitte die Tür öffnen?«

Steve nickt. »Gut, dann lass ich dich allein. Ich gebe dir zehn Minuten, eigentlich dürfte ich dich gar nicht reinlassen, aber du hast Glück, dass der Rechtsmediziner dich mag. Der Assistent hat Handschuhe und Atemschutzmasken hingelegt. Und, das muss ich ja nicht erst betonen, bitte nichts anfassen. Scheiße, wenn das FBI erfährt, dass du hier warst … Du willst wirklich allein sein?«

Noah sieht ihn mit einem freudlosen Lächeln an. Allein? Das ist er bereits, und wird es für immer sein.

Er hat gerade seinen einzigen Lichtblick im Leben verloren. Seinen Leuchtturm, und jetzt ist er dazu verdammt, sich allein im Dunst zurechtzufinden, ein Blinder in der Dunkelheit. Ja, er ist vollends zu einem Nachtgeschöpf geworden, wie diese Kreaturen der Tiefsee, wo es auf immer und ewig dunkel ist.

Was das FBI betrifft, so sind ihm die möglichen Folgen reichlich egal. Was hat er jetzt noch zu befürchten? Was soll's, er ist bereits ein Gefangener: seines eigenen Körpers. Betonmauern und Metallstäbe würden keinen Unterschied mehr machen.

»Ja, ich muss allein sein, um mich konzentrieren zu können, Steve, nimm es bitte nicht persönlich«, antwortet er nach langem Schweigen.

Was zur Hälfte sogar stimmt.

Die Tür fällt hinter ihm ins Schloss und lässt ihn allein mit dem Tod, in einem Raum, den er in der Zeit vor seinem Unfall Dutzende Male aufgesucht hat. Die Räumlichkeiten haben sich verändert, wurden anscheinend renoviert.

Die alten Keramikseziertische wurden durch moderne Modelle aus rostfreiem Stahl ersetzt.

Das Licht ist heller, härter, mit einem leichten Stich ins Bläuliche.

Aber er spürt das Gleiche wie damals, die Kälte, den Geruch von Javelwasser und anderen Desinfektionsmitteln, das Summen der Kühlfächer. Und er hat auch jetzt wieder das Gefühl, ein Eindringling zu sein, ein Lebender, der dem Vorhof des Jenseits einen Besuch abstattet. Der die Ruhe der Toten stört.

Ausgestreckt auf stählernen Seziertischen, von weißen Tüchern bedeckt, liegen zwei Leichen, die noch nicht durch die Instrumente des Rechtsmediziners geschändet wurden, wohl aber von dem, was ihr Mörder ihnen angetan hat.

Rachels sterbliche Überreste erkennt er als Erstes. Zwei lange rote Strähnen mit kupfernem Schimmer ragen unter dem Tuch hervor.

Haare, die er zwischen seinen Fingern durchgleiten hat lassen, die er sich genüsslich an die Nase hielt und die ihm aufs Gesicht fielen, wenn sie beim Liebesakt oben war.

Auf dem benachbarten Seziertisch liegt die Leiche von Elizabeth Hall, der Psychiaterin.

Noah ballt die Fäuste.

Der Mörder wird dafür bezahlen. Das Mitgefühl, das er ihm gegenüber empfand, hat sich in Luft aufgelöst. Ja, er wollte sich für all die Scheußlichkeiten rächen, die die Akteure des MKUltra-Projekts ihren Opfern antaten. Und ganz bestimmt ist er eines davon. Aber warum musste nun auch Rachel dran glauben? Diese sanfte, freundliche Frau.

Rachel … seine Rachel.

Für immer ist er ihres Lächelns beim Erwachen beraubt, des beruhigenden Gefühls ihrer Hände auf seinen Schultern. Ihres schönen Lachens.

Und schlimmer noch: Demnächst wird sie nichts weiter als eine fleischliches Untersuchungsobjekt in den Händen des Rechtsmediziners sein.

Die Vorstellung, wie Rachel im Licht einer Operationsleuchte seziert wird, wie ihr mit einer Rippenschere der Brustkorb geöffnet wird, ihre Organe entnommen und auf eine Waage gelegt werden, jagt ihm einen Schauder über den Rücken. Wie sich ein Skalpell in ihr Fleisch gräbt, Scheren …

Stopp.

Er muss sich unbedingt wieder fangen, das weiß er. Er muss jetzt dem professionellen Profiler die Bühne überlassen, der Mann mit dem gebrochenen Herzen muss zurücktreten, hinter den Vorhang, er würde nur stören.

Unter diesem weißen Tuch finden sich die Antworten auf einige seiner Fragen.

Noah greift nach dem Mundschutz, streift sich die Latexhandschuhe über, die ein schnappendes Geräusch von sich geben, und nähert sich dem Stahltisch.

Er legt seine zitternde Hand auf das Tuch, zögert einen Moment und legt dann das Gesicht frei.

Der Bruchteil einer Sekunde genügt, und der grauenhafte Anblick hat sich ihm in die Netzhaut eingebrannt.

Während er die leeren Augenhöhlen ansieht, erscheint das Bild einer strahlenden Rachel vor seinem geistigen Auge, als wollte es die Parodie dieses Gesichts wettmachen.

Ihre schönen grünen mandelförmigen Augen, die sich zusammenzogen, wenn sie lächelte …

Welche Bedeutung hat dieser barbarische Akt? Er schließt die Lider, möchte in Kontakt mit ihr treten, damit sie ihm wieder als Vision erscheint wie in der vergangenen Nacht in seiner Wohnung.

Er möchte so gern verstehen, warum ihr der Mörder das angetan hat. Aber nichts passiert, nichts unterbricht die Grabesstille in dem Autopsieraum.

Noah umklammert den Griff seines Stocks und setzt seine Analyse fort.

Er fährt mit dem von dem Latex geschützten Zeigefinger über die bläuliche Haut der Wangen und hält am Mund inne.

Die Lippen sind mit einem schwarzen Nylonfaden zusammengenäht worden.

... ihr Lächeln, ihre weißen Zähne, ihr fröhliches Lachen ...

Was will er ihm sagen?

Nichts Böses ist je über ihre Lippen gekommen. Nichts Boshaftes, keine wütenden Worte. Nur Trost. Welchen Sinn hat diese Bestrafung?

Und warum diese Abweichung von seinem üblichen Vorgehen? Keine Myrrhe, keine Botschaft. Hat der Mörder vielleicht einen Sinneswandel vollzogen? Will er ihm plötzlich Böses?

In seinen Briefen hat er sich als sein Freund ausgegeben. Er hat ihn gerettet, als er einen Schlaganfall hatte, er ...

Denk nach, Noah. Was genau hast du erwartet? Skrupel oder Mitleid? Vielleicht hat er sich an früheren Missetätern gerächt, aber was können deren Kinder dafür? Der Sohn und Enkel McKennas? Élise? Iris und Lucas? Er manipuliert dich, und du lässt es zu.

Seine Beine verkrampfen, er kämpft gegen ein Schluchzen an.

Alles wird gut, Noah.

Nein. Nichts wird wieder gut. Erst Maggie, und jetzt Rachel. Das Schicksal hat sich an ihm festgebissen, er ist eine Maus in den Fängen einer grausamen Katze.

Noah schlägt das Tuch noch etwas weiter zurück, sodass Brust und Bauch entblößt sind.

Rachels Körper wurde geschändet. Die Klinge eines Messers hat ihre milchige Haut zerrissen, hat ihr vom Bauchnabel bis zum Brustbein Symbole ins Fleisch geritzt.

... diese zarte Haut ... die so sensibel auf seine Liebkosungen reagierte ...

Noah neigt den Kopf zur Seite. Sofort formen sich die rosa Schwellungen und karmesinroten Einritzungen in seinem Geist zu einem Wort.

בליעל

»Belial«, murmelt er in die drückende Stille hinein.

Der Klang seiner Stimme fühlt sich wie ein Peitschenhieb an.

Warum kann er diese Lettern einer fremden Sprache lesen? Tritt der Andere wieder in Erscheinung?

Belial.

Noah weicht von Rachels Leiche zurück wie vor einer giftigen Schlange.

Belial.

Ein weiterer Dämon.

Und diese Sprache ... Garantiert ist es eine biblische Anspielung.

Überleg, Noah. Die Bibel wurde auf Hebräisch, Aramäisch und Griechisch verfasst.

Noah holt das Handy hervor. Er hat nur einen schwachen Empfang, aber es reicht.

Er streift sich den Latexhandschuh ab, öffnet die Übersetzer-App, gibt »Belial« ein und wählt Hebräisch als Zielsprache.

Als das Übersetzungsprogramm ihm dieselben Zeichen, בליעל, präsentiert, überläuft ihn ein eisiger Schauder.

Wer bist du, Noah Wallace?

Dann gibt er »Belial« in die Suchmaschine ein.

Eine Liste mit Suchergebnissen erscheint, und Noah klickt ein, zwei Links an.

Er erfährt, dass der Begriff in der Bibel »Nichtsnutz« bedeutet und sich auf Götzendiener bezieht; aber Belial heißt auch der Dämon der Lüge.

Kurz setzt Noahs Herzschlag aus.

Ein mit der Lüge assoziierter Dämon.

Lüge.

… Tut mir leid, Noah, du musst mir verzeihen …

Was kann Rachel getan haben? Inwiefern und warum soll sie ihn belogen haben?

Er wendet sich der zweiten Leiche zu. Der von Elizabeth Hall.

Lüge.

Und wenn …

Noah humpelt zum Seziertisch und legt die Hand auf das Leichentuch; er ist sich beinahe sicher, was er darunter entdecken wird.

Er enthüllt das Gesicht der Toten.

Seiner Psychiaterin widerfuhr dieselbe Behandlung. Die Augen wurden aus den Höhlen entfernt, die Lippen zugenäht.

Die gleichen Lettern wurden ihr in den Bauch geritzt.

Dann hat ihn seine Psychiaterin dem Mörder zufolge ebenfalls angelogen? Wozu?

Eine Woge von Fragen schlägt über ihm zusammen und lässt ihn schwanken. Die Wörter prallen in den Nebelschwaden seines Bewusstseins aufeinander.

Dann verblasst seine Vision, er spürt, wie seine Hände feucht werden und die Beine unter ihm nachzugeben drohen; seine Kehle ist staubtrocken.

Er muss sich an dem Metalltisch festhalten, um das Gleichgewicht wiederzufinden.

Während mit einem schrillen Pfeifen der vertraute Tinnitus einsetzt und das Pochen seines Herzens als Pulsieren im Kopf widerhallt, erschaudert Noah.

Der Andere will ausbrechen …

Der Andere muss es wissen … er will es ihm begreiflich machen.

Bilder tauchen flashartig vor seinem Auge auf.

Ein Buch. Illustrationen von Dämonen. Belial, Belphegor, Beelzebub.

Eine Gruppe von Menschen in Kutten, versammelt um einen

Mann, der an einem umgedrehten Kreuz befestigt ist. Er schreit, während ein Kind ihm einen Haken in den After stößt.

Noah klammert sich am Rand des Metalltischs fest.

Der Tinnitus ist jetzt so laut, dass er körperlich schmerzt, in seinem Kopf herrscht ein unbeschreiblicher Druck, und er hat das Gefühl, sein Gehirn könnte jeden Moment die Schädeldecke sprengen. Vor dem linken Auge wird ihm schwarz. Er keucht und reißt den obersten Hemdknopf auf.

Seine Haut ist brennend heiß. Sein Puls rast. Sein Gesicht zuckt krampfartig.

Noah stürzt zu Boden und rollt sich auf den kalten Fliesen zusammen.

Wie aus dem Nichts steigt ihm plötzlich Myrrhegeruch in die Nase.

Dann folgen die Töne, stärker, realer.

Laute des Todeskampfs. Orgiastisches Stöhnen. Aus etlichen Mündern.

Ins Ohr geflüsterte Worte. Komplizierte Worte, in verschiedenen Sprachen, mathematische Formeln.

Er verdreht die Augen, und plötzlich ist er woanders.

Die Leichenhalle verschwindet, wird von einem leuchtenden Kaleidoskop erfasst.

Noah öffnet die Augen, seine Wange drückt gegen das Heckfenster eines Wagens, der gerade die Straße verlässt und in einen Schotterweg abbiegt. Er erblickt ein großes viktorianisches Haus inmitten einer weiten gepflegten Rasenfläche.

Ein flüchtiger Blick in den Rückspiegel, und er erkennt den Fahrer. Es ist der junge Antonio Da Silva.

Der Beifahrer beugt sich zum Autoradio vor, lässt das Gerät eine Kassette auswerfen und dreht sie um.

Auch ihn erkennt Noah. Timothy Carter, ebenfalls in jüngeren Jahren.

Elektronische Musik erklingt, die ihm vertraut ist.

Timothy dreht sich zu ihm um.

»So, da wären wir, Junge, das da ist deine neue Schule.«

»Just a steel town on a Saturday night …«

Er kennt den Titel des Lieds.

… Noah …

»Maniac«. Ein Hit aus den Achtzigern.

… Noah …

Zitternd kommt er wieder zu sich.

»Noah, alles okay? Ich habe dich schreien hören!«

Noah schüttelt den Kopf. »Es ist einfach zu viel für mich. Du hattest recht, Steve, ich hätte nicht herkommen sollen.«

Sein Freund braucht es nicht zu wissen.

Dass er einen Teil seines Gedächtnisses wiedererlangt hat.

Und dass er sich wieder an das Institut in Peru erinnert.

SCHOCK

Auch wenn sie sonst vehement gegen Wasserverschwendung kämpft, jetzt träumt Sophie von einem ausgiebigen Bad. Nach zwei weiteren Tagen, die sie in ihrem feuchten Versteck zugebracht hat, ist sie dieses unbequeme Leben allmählich leid. Und die Müdigkeit. Sie kann einfach nicht schlafen, außerdem muss sie noch so viel recherchieren. Vor allem seit Tremblay seine Informationen auf ihr privates Webforum im Darknet hochgeladen hat.

Und das, was sie gelesen hat, macht sie nicht nur fassungslos, sondern hat sie noch misstrauischer werden lassen.

Aber jetzt muss sie unbedingt eine Pause machen, der Hunger setzt ihrem Gehirn zu, und sie kann keinen klaren Gedanken mehr fassen. Sie will gerade aufstehen, als die Kellertür quietschend aufgeht.

Reflexartig klappt sie den Laptop zu und legt die Hand auf die Pistole, die sie neben sich deponiert hat.

Jemand kommt die Treppe herunter. Schnelle, leichte Schritte.

Sophie umfasst den Griff und krümmt den Zeigefinger um den Abzug.

Eine schmale Gestalt schält sich aus der Dunkelheit, und Clémence' Gesicht erscheint im schwachen Lichtschein der Glühbirne.

Sophie seufzt und legt die Pistole wieder hin.

»Alles klar? Man könnte meinen, du hast ein Gespenst erblickt!«

»Es ist wegen … Dieser Keller, meine Nerven liegen allmählich blank … und ich habe dich nicht so schnell erwartet, um ehrlich zu sein.«

Clémence zieht die Haare nach hinten und bindet sie mit einem Gummiband zusammen.

»So früh? Es ist bestimmt schon elf!«

Dann schnuppert sie und sagt: »Täusch ich mich, oder riecht es hier verbrannt?«

Sophie nickt zustimmend. »Das ist dieser vorsintflutliche Heizkörper. Ich könnte ihn auch als Toaster benutzen. Aber ohne ihn wäre ich längst zu Eis erstarrt. Darf ich dich fragen, warum du hierherkommen wolltest?«

»Ich muss unbedingt mit dir sprechen. Ich glaube, ich habe etwas im Zusammenhang mit diesem Symbol herausgefunden, das Noah auf den IQ-Test-Bögen erkannt hat. Ich wollte ihn deswegen anrufen, erreiche ihn aber nicht. Kann ich ein bisschen hierbleiben, damit wir uns darüber unterhalten? Keine Angst, es ist mir niemand gefolgt.«

Wie könnte sie etwas gegen ein wenig Gesellschaft haben! Allein mit ihrem Laptop hier unten zu hausen treibt sie langsam in den Wahnsinn. Wenn sie noch ein paar Tage hier ausharren muss, wird sie das Gerät mit »Toshiba« ansprechen und anfangen, mit ihm Zwiegespräche zu führen.

Und Grumpy ist auch nicht da, um sich auf ihrem Schoß einzurollen oder schnurrend um ihre Waden zu streichen.

»Nein, im Gegenteil, du kommst wie gerufen. Ich muss dir ebenfalls was zeigen, etwas äußerst Dubioses.«

Sophie deutet auf einen Campingstuhl.

Clémence zieht ihn an der Rückenlehne über den Betonboden und nimmt neben ihr Platz.

»Kommst du klar hier? Und überhaupt damit, auf der Flucht zu sein?«

»Nun, luxuriös ist anders, wie du sehen kannst. Ein wackliger Campingtisch, ein paar Stühle, ein Heizkörper aus den Fünfzigern, bei dem man Angst haben muss, dass er die Heizungsrohre zum Platzen bringt, ein feuchter Keller, und es wäre gelogen, wenn ich sagen würde, dass ich mich nicht nach einer Dusche sehne. Aber ich will mich nicht beklagen, und danke für deine Unterstützung.«

Sophie deutet zu der alten, staubigen Anrichte, auf der einige Behältnisse mit Salaten und Tofugerichten stehen.

Clémence zuckt die Schultern. »Gern geschehen. Darf ich ehrlich sein, welchen Eindruck ich anfangs von dir hatte?«, fragt sie dann.

Sophie nickt.

»Auf den ersten Blick wirkst du wie ein Töchterchen aus gutem Haus, Papas Liebling, du weißt schon. Von der Sorte junger Frauen, die ein bisschen rebellieren, aber mit einem Fallschirm ausgestattet sind, der ihnen immer eine weiche Landung garantiert. Aber je mehr ich mit dir zu tun habe, umso weniger passt dieses Bild, du hast echt Mut. Wenn ich dir in deiner Situation helfe, dann weil du mir sympathisch bist und ich glaube, dass du uns nützlich sein kannst.«

Sophie verharrt in Schweigen. Noch jemand, der sie in diese Schublade gesteckt hat, nur weil man ihr ihre großbürgerliche Herkunft anmerkt und ihr Vater ein General ist. Dabei wissen sie nichts über sie, von ihrer Kindheit, von dem, was sie mit ihrem Bruder mitgemacht hat. Aber sie freut sich über Clémence' Offenheit.

»Wie du siehst, hat sich mein Sicherheitsfallschirm nicht geöffnet und ich wäre beinahe abgestürzt.«

Clémence quittiert ihre Antwort mit einem schiefen Lächeln. »Gut, wer beginnt?«, sagt sie dann.

Sophie klappt den Laptop wieder auf.

»Fang du ruhig an. Die Sache mit diesem Symbol interessiert mich. Ich habe ebenfalls ein paar Nachforschungen angestellt und bin neugierig, was du herausgefunden hast.«

Clémence zieht ein Gummiband aus ihrer Jeanstasche hervor.

»Okay, also ich bin von der Symbolik des Logos auf den IQ-Test-

Blättern ausgegangen. Dem Raben. Der Rabe symbolisiert Magie und Macht, aber auch Intelligenz. Es gibt einige Firmen, die einen Raben in ihrem Logo haben. Raven Software oder Raven Industries, zum Beispiel. Um eine Verbindung zu den IQ-Tests herzustellen, musste ich ein bisschen tiefer schürfen und bin dabei auf eine Institution gestoßen, die sich auf die Früherkennung und die Begleitung von hochbegabten Kindern spezialisiert hatte: die Raven School. Sie bot neben deren Förderung auch eine psychologische Betreuung für die betroffenen Eltern an. Damit hätte ich mich zufriedengeben können, aber ich habe noch ein bisschen tiefer geschürft. Und jetzt halt dich fest: Die Raven School wurde Anfang der Siebzigerjahre von Esther Grady gegründet.«

»Der Professorin von Duval und Weinberger an der McGill University!«, ruft Sophie aus.

Dann fügt sie hinzu: »Stephen Cadwell vermutete, dass Amy Williams hochbegabt war. Und laut Noah muss sie im Keller dieses Pastors gewesen sein. Vielleicht handelte es sich genau um diese Tests, die sie im Haus der Cadwells ausfüllen musste.«

Clémence nickt und lässt das Gummiband flitschen. »Ja, das könnte durchaus sein. Das Mädchen hat die Tests bestanden und wurde dann aufgrund ihrer Ergebnisse abgeholt …«

»Und zusammen mit anderen Kindern zu dem Pastor gebracht, um diesem Projekt unterzogen zu werden«, schließt Sophie.

»Aber eine Sache macht mich stutzig«, erwidert Clémence. »Ich bin zwar keine Spezialistin auf diesem Gebiet, aber das Monarch-Projekt zielte doch auf leicht manipulierbare Erwachsene ab. Und nicht auf Kinder mit einem überdurchschnittlich hohen IQ, die in eine Art Roboter verwandelt werden sollten, oder?«

»Darauf habe ich auch keine Antwort. Vielleicht handelt es sich ja um ein anderes Projekt. Es ist schwer zu sagen, wie viele Unterprojekte es im Rahmen von MKUltra gab, weil die meisten Unterlagen von der CIA vernichtet wurden. Laut meinen Recherchen waren es mehr als hundertfünfzig. Apropos, du hast wohl die

Nachricht, die dein Onkel auf unserem privaten Webforum hinterlassen hat, noch nicht gelesen?«

Der Ausdruck, mit dem Clémence sie ansieht, bestätigt Sophies Vermutung.

Mit ein paar Klicks loggt sich Clémence auf der Seite ein.

Bernard Tremblay hat hunderte Seiten sowie eine Liste mit Namen und Fotos hochgeladen.

»Schau mal, dein Onkel verdächtigt seine Vorgesetzten, in eine Sache verwickelt zu sein, die seines Erachtens auch mit MKUltra zu tun hat. In diesem Dossier hat er sämtliche Informationen zusammengefasst. Und schau mal dieses Foto hier. Ein Passant hat es in Québec aufgenommen, in dem Moment, als eine kanadische Journalistin umgebracht wurde.«

Sophie klickt auf das Foto. Darauf sieht man einen Mann in einer Menschenmenge, der mit einer Pistole auf eine andere Ansammlung zielt.

»Sieh mal, dort. In der Menschenmenge.«

Ein Mann in einem Anzug beobachtet das Geschehen.

Clémence reißt die Augen auf. »Scheiße!«, entfährt es ihr.

ABSCHEU

Noah hat noch nie auf jemanden geschossen.

Er verabscheut jegliche Form von Gewalt, versteht sie aber durchaus.

Wie könnte es auch anders sein? Er ist in seiner beruflichen Laufbahn schon so oft mit Gewalt in Berührung gekommen und hat gesehen, wie sie entsteht. Es gehört zu seinem Alltag, die Symptome von Gewalt zu analysieren, sie anhand der Verletzungen zu entziffern, sie auf den Gesichtern abzulesen, in den Blicken.

Und doch ist sie ihm fremd geblieben wie eine Nachbarin, der er tagtäglich begegnet, deren Gewohnheiten und Schrullen er kennt, aber an die er noch nie das Wort gerichtet hat. Daher hat er sich schon immer gefragt, was in Steve vorgeht, wenn er auf eine schlichte Bemerkung hin einen Wutausbruch bekommt. Was in seinem Körper passiert, wenn er mit der Faust auf den Tisch haut und die Tassen zum Hüpfen bringt, oder wenn er wieder einmal eine Coladose in der Hand zerquetscht und sie über eine Mauer schleudert. Woher rührt diese unbändige Wut, dieser Gefühlstsunami, der von einem Moment auf den anderen all das, was die Vernunft hervorgebracht hat, unter sich begräbt?

Abgesehen von den Anfällen, die Noah auf seine Medikamente oder auch seinen Tumor zurückführt, hat er seine Emotionen stets unter Kontrolle gehabt.

Keine Ausbrüche. Keine Hassbekundungen.

Bis auf heute.

Seine Psyche ist jetzt alles andere als ein ruhiger See, und die Oberfläche ist nicht nur gekräuselt. Da brodelt es, und in den Tiefen tut sich ein Graben auf, und ein Vulkan droht auszubrechen.

Warum gerade jetzt? Woher rührt diese Lust, zu töten? Diese dumpfe Wut, die ihn ganz allmählich auffrisst, dieser Rachedurst? Das Einzige, was ihm jetzt Befriedigung schenken könnte, wäre, dieses Monster zu töten. Ihn dafür büßen zu lassen, dass er ihm zum zweiten Mal das Licht, das er zum Leben braucht, geraubt hat.

Ist es der Andere, der ihn antreibt? Wird er sich aus seinem Kokon befreien, indem er ihn gewaltsam zerreißt?

Und musste ihm erst die einzige Lichtquelle genommen werden, um sich aus der Dunkelheit zu befreien?

Noah holt die Waffe aus dem Holster auf dem Küchentisch.

Nein, er hat noch nie auf jemanden geschossen.

Nicht einmal auf eine Zielscheibe mit menschlichen Umrissen.

Und doch ist er dank der Flexibilität der Gesetze des Bundesstaats Vermont in Besitz einer Pistole, einer Berretta. Und er ist fest entschlossen, sie zu gebrauchen.

Ein zuverlässiges Modell, hat ihm der Verkäufer versichert, ein großer Kerl in einem Tarnanzug und khakifarbigen ärmellosen Shirt, der seinen Körper garantiert mit Steroiden vollpumpt.

»Viele schwören ja auf die Glock. Aber ich rate Ihnen zur 92FS«, fügte er mit einem verschwörerischen Augenzwinkern hinzu.

Gut möglich, dass dieser Typ schon mal getötet hat. Tiere ganz bestimmt, wenn nicht sogar einen Menschen, von dem er sich bedroht fühlte.

Noah greift nach einer Handvoll Patronen und schiebt sie der Reihe nach ins Magazin. Als es voll ist, lässt er es in den Schlitten gleiten und schließt ihn mit einem kurzen Druck mit dem Handballen.

Er richtet die Pistole auf die Eingangstür. Seine Hand zittert, aber mithilfe der anderen Hand gelingt es ihm, sie zu stabilisieren.

Noah wiederholt diese Bewegung noch zwei Mal, dann steckt er die geladene Pistole wieder ins Holster.

Was erhoffst du dir, Noah? Dass du den Mörder erschießen kannst? In deinem Zustand?

Aus der Distanz nicht. Aber aus nächster Entfernung schon.

Er muss sich ihm nur bis auf wenige Meter nähern. Und ihn überraschen.

Du behauptest, mein Freund zu sein? Du behauptest, mich zu kennen? Wir werden sehen, du Mistkerl.

Ein letztes Mal blickt Noah auf das Display seines Handys, um sich die Adresse einzuprägen.

Howard Drive Nr. 15, Peru.

Das ehemalige Institut – oder das, was davon noch übrig ist – ist circa anderthalb Stunden entfernt.

Und es gibt keinen Grund, warum er die Botschaft des Mörders ignorieren sollte.

Lüge.

Er weiß nicht, was ihn dort erwartet. Er weiß nur, dass er allein hingehen muss.

Diesmal wird er niemanden mitnehmen. Er vertraut niemandem mehr.

Es spielt keine Rolle, was mit ihm passiert.

Er hat nichts mehr zu verlieren.

Noah wählt die Nummer der Taxizentrale.

BEGEGNUNGEN

Bernard geht über den festgefrorenen Sand, während die Sterne an dem tintenschwarzen Himmel funkeln und sich in dem vom Wind aufgewühlten See spiegeln.

Der eisige Wind peitscht ihm ins Gesicht.

Steve wartet auf ihn. Der Koloss von einem Bullen sitzt auf einem roten Bademeisterstuhl. Gegen den Wind ankämpfend versucht er, sich mit dem Feuerzeug eine Zigarette anzustecken.

Als sich Bernard dem Ufer nähert, bemerkt er ihn und macht mit einer kurzen Handbewegung auf sich aufmerksam.

Bernard lächelt.

Die Geste hätte er sich sparen können, denkt er. Der Amerikaner zählt nicht zu den Menschen, die man leicht übersehen kann, selbst mitten in der Nacht.

»Ah, Inspecteur Tremblay, Sie sind pünktlich auf die Minute.«

»Guten Abend, Lieutenant Raymond. Könnten Sie mir vielleicht erklären, warum Sie ausgerechnet diesen Ort als Treffpunkt gewählt haben?«

Steve signalisiert ihm mit dem erhobenen Zeigefinger, sich etwas zu gedulden, ehe er nochmals mit seinem Feuerzeug kämpft. Er schirmt die Zigarette mit der Hand ab, dreht noch einige Male das Funkenrädchen, um schließlich aufzugeben.

»Kein Gas mehr. Hätte besser das Sturmfeuerzeug mitnehmen sollen, aber verdammt, ich hatte nicht gedacht, dass ich rauchen will.«

Bernard steht reglos da, während er seinen Gesprächspartner betrachtet. Immer wieder sieht Raymond sich verstohlen um, er kann seine Füße nicht stillhalten, seine Gesten sind abgehackt.

Warum ist er so nervös?

»Warum hier, am Ufer eines Sees? Warum nicht in Ihrem Büro oder in einer Bar?«

»Oh, aber das hier ist nicht einfach nur ein See. Das ist der Lake Champlain. Ich habe meine ganze Kindheit hier verbracht.«

Er deutet auf die Baumreihe zwischen dem Ufer und dem Parkplatz. »Sehen Sie, dort hatte ich zum ersten Mal Sex. Tracy Manson hieß sie. Nichts, worauf ich stolz bin, sie hatte Feuer im Hintern und bereits den meisten meiner Kumpel die Unschuld geraubt, und sie war damals mit meinem besten Freund zusammen. Tja, aber nach ein paar Bierchen war das kein Hinderungsgrund mehr. Und verdammt, wie sollte ich es vergessen? Das war mein erstes Mal, und wegen meiner mangelnden Erfahrung bin ich viel zu früh gekommen. Vielleicht war sie ja auch nicht feucht genug oder vielleicht war ein Sandkorn im Getriebe. Aber scheiße, ich erinnere mich noch daran, als wäre es gestern gewesen, ich bewegte mich ein paar Mal hin und her, und schon spürte ich was Feuchtes. Sie hätten mal die Enttäuschung in ihrem Gesicht sehen sollen, sie dachte, ich hätte Erfahrung. Als ich mich zurückzog, tropfte Blut auf den Sand, und auch ihr T-Shirt bekam was davon ab. Das reinste Blutbad, und Tracy hat vor lauter Schreck geschrien. Verdammt, sie hat geglaubt, ein Stück von meinem Schwanz steckt noch in ihrer Möse.«

Steve lacht und klemmt die Zigarette in den Mundwinkel.

Weil er nicht unhöflich sein will, bringt Bernard ein Lächeln zustande und kramt sein Pfeifenfeuerzeug hervor.

Steve beugt sich mit der Zigarette vor und kneift die Augen zusammen. »Danke.«

Triumphierend betrachtet er das Objekt seiner Begierde, dann nimmt er einen tiefen Zug, indem er den Kopf in den Nacken legt und die Augen schließt, ehe er den Rauch durch die Nase entweichen lässt.

»Verdammt, es ist jetzt fünf Jahre her, dass ich mit dem Rauchen aufgehört habe. Ich wusste gar nicht mehr, wie scheußlich der erste Zug schmeckt. Und das Schlimmste ist, dass mein Vater ein Loch im Hals hat, das müsste mich doch eigentlich abschrecken, aber Pustekuchen. Das liegt am Stress, Tremblay. Dieser verdammte Stress. Ich bin noch keine fünfzig und kurz vorm Schlappmachen.«

Er ist aufgewühlt, nervös. Warum schüttet Steve gerade ihm sein Herz aus?

»Ich weiß, wie es ist, Lieutenant Raymond. Aber Sie haben meine Frage noch nicht beantwortet. Warum hier?«

Steve zuckt mit den Schultern. »Eine Vorsichtsmaßnahme, Tremblay. Um ungestört zu sein. Damit wir uns unter vier Augen unterhalten können. Ihre Nachricht, Ihr Ton … Sie haben mir Angst mit Ihren Geschichten gemacht. Und hier können wir uns in aller Ruhe unterhalten, finden Sie nicht auch?«

In aller Ruhe? Nicht wirklich. Unter vier Augen, das schon.

»Verdammt, Sie haben schließlich gesagt, ich solle ja mit niemandem darüber reden, nicht mal mit der Polizei. Verdammt, ich bin die Polizei, Tremblay. Was, glauben Sie, habe ich da gedacht? Dass es undichte Stellen gibt? Nun gut, hier können Sie mir alles sagen, sie können mich sogar anschreien, wenn Ihnen danach ist. Zu dieser Jahreszeit gibt es hier nicht mal mehr eine Möwe, die uns hören könnte, und die jungen Leute von heute sind viel zu empfindlich, um bei dieser Witterung eine Strandparty abzuhalten.«

Bernard schiebt die Hände in die Taschen seines Blousons. Mit der rechten umfasst er den Griff seiner Glock, mit der linken das Handy.

»Gut, ich will Sie nicht lange aufhalten, und stimmt, ich bin misstrauisch und wollte nicht übers Telefon reden. Glauben Sie mir, ich hätte herzlich gern auf dieses nächtliche Treffen verzichtet. Lassen Sie uns nichts vormachen, Sie und ich schätzen einander nicht besonders. Aber auch wenn unsere Bekanntschaft nicht gerade unter einem guten Stern begonnen hat, so verfolgen wir beide doch dasselbe Ziel. Wir wollen diesen verdammten Fall lösen. Den Mörder finden – und diejenigen, die arme Menschen wie Marionetten manipulieren, hinter Gitter bringen. Ich weiß, dass man Sie zurückgedrängt und dass das FBI das Ruder übernommen hat, und mir ist genau das Gleiche passiert, die GRC hat mir die Ermittlungen aus der Hand genommen. Aber ich habe nicht einfach aufgegeben, diesmal nicht. Und siehe da, es ist mir gelungen, eine Verbindung zu einem meiner alten, ungelösten Fälle herzustellen, den man mir damals ebenfalls weggenommen hat.«

Steve nimmt einen tiefen Zug und stößt hustend den Rauch aus. »Und was hat das mit mir zu tun?«

Bernard zögert kurz. Er muss jetzt höllisch aufpassen. Raymond weiß vermutlich nichts über MKUltra und erst recht nicht von Noahs »Abtrünnigkeit«.

»Vor acht Jahren hatte ich mit einem Mordfall zu tun. Ein junger Journalist aus Ottawa wurde von einem bewaffneten Verrückten mitten in der idyllischen Québecer Altstadt erschossen, an einem Sommertag, als das Viertel voller Touristen war. Zuerst sah es wie ein herkömmlicher Mord aus, aber die Sache war komplizierter. Erstens war der Mörder ein amerikanischer Tourist aus Vermont. Außerdem hat er sich von der Tat distanziert, behauptete unerschütterlich, er hätte keine Ahnung, warum er geschossen habe, er besitze nicht einmal eine Waffe. Womit er sich ziemlich lächerlich machte, weil es jede Menge Zeugen gab, seine Fingerabdrücke auf der Tatwaffe und Fotos, die Passanten gemacht hatten.«

»Verdammt, ich erinnere mich an den Fall, der Kerl wurde bei uns verurteilt, er sitzt immer noch hinter Gittern, wenn ich mich nicht täusche.«

Bernard nickt zustimmend. Der Wind ist noch stärker geworden, und er muss lauter reden, als er fortfährt. »Während das Auslieferungsverfahren lief, habe ich weiter ermittelt. Der Mann hatte eine psychiatrische Vorgeschichte, wurde 2007 im Vermont State Hospital behandelt. Und dann war da das Opfer, Michael Briggs, ein investigativer Journalist und nicht bekannt dafür, sich den Mund verbieten zu lassen. Ich stellte weitere Nachforschungen zu Briggs an, über seine Kontakte, die Drohungen, die er womöglich erhalten hatte. Doch dann hat man mir den Fall entzogen. Die GRC und SQ haben Druck ausgeübt. Damals habe ich klein beigegeben. Meiner Karriere zuliebe.«

»Okay, tut mir leid für Sie, aber nochmals, was hat das verdammt noch mal mit unserem Serienmordfall zu tun, für den, falls Sie es vergessen haben sollten, wir gar nicht mehr zuständig sind?«

Das Handy klingelt in seiner Jackentasche.

»Wollen Sie nicht rangehen?«

Bernard ignoriert sowohl die Frage als auch das hartnäckige Klingeln. »Ich muss wissen, wer auf amerikanischer Seite den Fall übernommen hat, wer involviert sein könnte, wer …«

»Halt, Tremblay. Warum sollte ich das tun? Ich wiederhole, auch wenn Sie es offenbar nicht hören wollen: Was hat dieser verdammte Fall mit unseren Ermittlungen zu tun?«

Bernard lächelt. Raymonds Reaktion war vorhersehbar, er hat nichts anderes erwartet.

Er holt die Kopie des Fotos, die er ausgedruckt hat, hervor und hält sie ihm hin.

Steve ergreift das Blatt und nimmt einen tiefen Zug von seiner Zigarette. Im glimmenden Schein der Glut verändert sich seine Miene schlagartig.

»Scheiße«, stößt er hervor.

Wieder klingelt das Handy.

Diesmal geht Tremblay ran.

ENTHÜLLUNGEN

Sophie wartet darauf, dass Clémence endlich etwas sagt, aber ihr Blick bleibt starr auf das Foto gerichtet, sie kann beinahe hören, wie es in ihrem Kopf arbeitet. Ihre mageren Finger spielen mit den beiden Gummibändern, und sie zieht die Oberlippe ein.

»Noah Wallace«, murmelt sie schließlich.

Sophie nickt langsam. »Stimmt, das ist er, jünger, mit verschlossenem Gesicht, anderer Haarschnitt, doch das ist er zweifellos.«

»Aber wie kann das sein?«, stößt Clémence flüsternd hervor. Die Frage ist mehr an sie selbst gerichtet. Noch immer starrt sie das Foto an. Sie lässt die Hände mehrmals in der Luft kreisen, ihre Wangenmuskeln sind angespannt.

»Das frage ich mich auch«, erwidert Sophie. »Das kann kein Zufall sein. Wenn man bedenkt, was wir über ihn wissen, und dass es eine Verbindung zwischen ihm und dem Mörder gibt.«

»Ich sehe nur zwei Möglichkeiten. Die erste ist, dass Noah uns eine einzige große Lüge aufgetischt hat: In Wahrheit arbeitet er mit der CIA zusammen und ist einer der Akteure des MKUltra-Projekts. Die zweite und für mich wahrscheinlichere ist, dass er manipuliert wird, unter fremder Kontrolle steht. Nur dass das nicht mit der Szene auf dem Foto übereinstimmt, denn er ist ja nicht der Schütze. Es muss einen logischen Zusammenhang geben, und um den zu verstehen, müssen wir uns sorgfältig das Dossier anschauen, das mein Onkel hochgeladen hat.«

»Genau damit habe ich die letzten Stunden zugebracht, Clémence. Das Dossier deines Onkels ist sehr aufschlussreich. Es lässt sich ohne Weiteres eine Verbindung zu MKUltra herstellen. Wieder geht es um einen armen Kerl, der als Mörder missbraucht wurde. Als Sündenbock. Laut den Informationen in diesem Dossier war der Schütze ein amerikanischer Tourist, der unter Schizophrenie leidet. Deinem Onkel wurde der Fall aus der Hand genommen, aber es ist ihm trotzdem gelungen, einige Informationen zusammenzutragen. Und eine der beunruhigendsten ist, dass dieser Mann 2007 ins Vermont State Hospital eingewiesen wurde. Und, noch besser, zu diesem Zeitpunkt praktizierte Weinberger noch dort.«

»Also wieder die gleiche Bande. Weinberger, Duval. Und wer war das Opfer? Sie mussten ja einen Grund gehabt haben, diesen Mann zu eliminieren.«

»Auch dazu hat dein Onkel recherchiert. Aber bislang sind es nur Hypothesen. Ich habe noch nicht alles gelesen, ich weiß nur so viel, dass das Opfer in Ottawa lebte und am Vorabend seiner Ermordung in seine Wohnung eingebrochen wurde. Vermutlich hatte er brisante Informationen.«

»Ein Schizophrener, der manipuliert wurde. Das Opfer ein Journalist. Und welche Rolle konnte Noah dabei gespielt haben?«

»Tja, das ist die große Frage. Ich habe bereits Nachforschungen zu ihm angestellt, bevor ich untertauchen musste. Außer banalen Informationen findet man nichts über ihn. Mit zweiundzwanzig Promotion, Lehrtätigkeit an der Universität von Pennsylvania, er hat ein paar Profiling-Bücher veröffentlicht, aber das war's auch schon. Kein einziges Foto, auch nicht in irgendeinem Fotobuch einer Organisation, geschweige denn auf Facebook oder Twitter. Aber ich habe mich dennoch nicht geschlagen gegeben. Ich habe einen anderen Namen recherchiert: Margaret Connelly. Und jetzt wird's interessant.«

Clémence wendet den Blick von dem Foto ab. Ihre Augen werden schmal, und ein Lächeln erscheint auf ihren zarten Lippen.

Sophie hat es geschafft, ihre Aufmerksamkeit von dem Bild abzulenken.

»Erste beunruhigende Entdeckung: Maggie war Krankenschwester im Vermont State Hospital. Aber als Noah seinen Unfall hatte, arbeitete sie nicht mehr dort. Sie war drei Jahre zuvor entlassen worden. Nirgendwo ist etwas über ihre Heirat zu finden, sie war also nur seine Lebensgefährtin, nicht aber seine Frau. Auch nicht darüber, wie lange sie ein Paar waren, konnte ich etwas finden, Maggies Facebook-Account wurde gesperrt. Ich bin allerdings auf ein paar Freundinnen von ihr gestoßen und habe mir ihre Profile in den sozialen Netzwerken angesehen. Dort gibt es ein paar Andeutungen ihrer Bekanntschaft mit Noah und auch einige Kondolenzbekundungen nach dem Unfall. Um mehr in Erfahrung zu bringen, müsste man sich an ihre Familie oder nahe Freunde wenden. Ich habe eine Liste erstellt, könntest du das vielleicht übernehmen?«

Clémence hat den Blick zwar auf sie gerichtet, sieht sie jedoch nicht an. Einige Sekunden lang verharrt sie schweigend, während sie ein Gummiband flitschen lässt. Dann legt sie es auf den Campingtisch.

»Wenn Noah manipuliert wird, kann ich mir nicht vorstellen, dass er ein normales Leben geführt hat. Bestimmt wurde er überwacht, beschattet. Übrigens glaubt er ja selbst, dass er jemand anderes ist als derjenige, der er angeblich vor seinem Unfall war. Er nennt ihn ›den Anderen‹.«

»Genau, dann lass uns über den Unfall reden«, erwidert Sophie.

Das Lächeln in Clémence' Gesicht wird noch breiter. »Wenn du vorhattest, mich zu beeindrucken, dann ist es dir, glaube ich, gelungen. Hast du etwas Brisantes gefunden?«

»Ich weiß nicht so recht, was ich davon halten soll. Und zwar betrifft es Steve Raymond. Du kennst ihn ja, mit seiner stämmigen Gestalt, fast ein wenig korpulent, dem runden Kopf mit dem rötlichen Gesicht. Aber vor fünf Jahren, vor dem Unfall, hatte er eher eine athletische Figur. Wobei er auch damals schon diesen Stiernacken und Büffelkopf hatte, aber er sah eher wie ein Bodybuilder als wie ein Sumoringer aus.«

Clémence zuckt mit den Schultern. »Hm. Ich finde das nicht weiter verwunderlich. Sein Freund, der nach dem Unfall wie ein wandelnder Toter wirkt, das setzt ihm bestimmt zu. Wer deprimiert ist, nimmt gern mal ein paar Kilo zu.«

»Stimmt, aber ich glaube in seinem Fall hat es eher mit seinen eigenen Unfallfolgen zu tun, denn er hat offensichtlich auch was abbekommen.«

»Warte, jetzt stehe ich auf dem Schlauch. Wir sprechen schon noch von Steve Raymond?«

»Ja, von dem Unfall. Steve Raymond und Noah waren die einzigen Überlebenden und …«

Clémence hält den Zeigefinger hoch und schwenkt ihn hin und her. »Nein, nein, nein. Raymond war nicht bei dem Unfall dabei. Das stimmt nicht.«

»Wie kommst du darauf?«

»Bei einem unserer Treffen, in Lac-Beauport, hat Noah uns von dem Unfall erzählt. Er erinnert sich nur noch, wie der Mörder seine Frau – also Maggie – in den Wagen stieß und wie er selbst dann die Verfolgung aufnahm. Und bei der Verfolgungsjagd sind ihm zufolge seine Frau und der Mörder ums Leben gekommen, während er schwer verletzt überlebt hat. Sein Freund Steve kam in seiner Erzählung überhaupt nicht vor. Übrigens war er dabei und hat keinerlei Einwand erhoben. Warum sollte er lügen?«

»Sieh mal.« Sophie bewegt den Cursor zu einem Dokument, einem Zeitungsartikel, klickt es an und deutet auf eine Stelle. »Hier zum Beispiel ist von vier Personen die Rede. Zwei Tote und zwei Überlebende. Und warte, das ist noch nicht alles.«

Sie führt ein paar weitere Mausklicks aus, dann öffnet sich die Facebook-Seite eines Kollegen von Raymond. Sie scrollt zurück bis ins Jahr 2011.

»›Gute Besserung, Kumpel! Alles Gute, du fehlst uns‹, und so weiter … Na ja, das ist eine der wenigen Seiten, die ich finden konnte, und es wundert mich auch, dass Regionalzeitungen wie die *Vermont Daily News* oder die *Burlington Free Press* nicht mehr darüber berichtet haben. Überall ist nur die Rede davon, dass der Dämon von Vermont bei einer Verfolgungsjagd ums Leben kam, ohne dass Details des Unfalls genannt werden.«

»Es ist tatsächlich merkwürdig, dass in den Zeitungsarchiven nichts zu finden ist, es sei denn …«

»… jemand will die wahren Umstände verheimlichen. Aber warum? Ich meine, was kann die Tatsache, dass Raymond …«

Die beiden Frauen sehen einander schweigend an.

»Und wenn …«, stößt Clémence hervor.

»… sie Noah in einem Lügengespinst gefangen halten wollen, um zu verhindern, dass er sich an die Geschehnisse an jenem Abend erinnert? Das würde sich doch mit der Hypothese, dass man ihn kontrolliert, decken, nicht wahr?«

Sophie nickt. »Wenn das zutrifft, bedeutet es auch, dass Raymond mit ihnen unter einer Decke steckt. Warum sollte er ihm sonst die Wahrheit verheimlichen?«

Sophie wird blass, sie reißt die Augen auf.

»Was hast du?«, fragt Clémence.

»Dein Onkel. Er ist mit ihm verabredet. Er hat eine Nachricht auf unserem Forum hinterlassen, dass er mit Raymond sprechen und sich anschließend mit uns treffen will. Hast du das nicht mitbekommen?«

»Ich habe mein Handy im Auto vergessen, und das steht eine gute Viertelstunde von hier. Wenn das stimmt, müssen wir ihn sofort warnen.«

Sophie überlegt, welche Möglichkeiten sie haben. Sie hat zwar ein neues Handy, aber wenn Bernard Tremblay überwacht wird, könnte sie ihre Verfolger mit einem Anruf womöglich auf ihr neues Gerät aufmerksam machen.

Welchen Wolf werden Sie füttern, Miss Lavallée?

Scheiße, Cadwell, können Sie endlich aufhören, mir eine Moralpredigt zu halten?

»Clémence, du kennst die Telefonnummer deines Onkels doch bestimmt auswendig, oder?«

MAGGIE

Bernard beendet das Gespräch und steckt das Handy weg.

Der Moment der Wahrheit ist gekommen, seine Partie mit Steve kann beginnen.

Er spannt die Kiefermuskeln an und taucht die rechte Hand in die Jackentasche, wo er den Griff seiner Pistole umfasst.

Er weiß, bei einem unberechenbaren Typ wie diesem Raymond kann jeden Moment die Stimmung kippen.

Der Amerikaner steht ein paar Meter von ihm entfernt und starrt noch immer auf das Foto. Er hält es auf Armeslänge von sich weg. Das Blatt, auf dem er es ausgedruckt hat, knattert im Wind. Bernard kann nichts von seinem Gesicht ablesen, weder Überraschung noch Wut. Keinerlei Emotion.

Er geht zu dem Lieutenant zurück, der ihm das Blatt hinhält.

»Was haben Sie damit vor, Inspecteur Tremblay?«, fragt er.

»Das muss ich Sie fragen. Wir sind hier in Vermont, Sie sind hier zuständig, nicht ich. Und es ist Ihr Kollege, den man auf dem Foto sieht, nicht meiner.«

Die Züge in Steves von Couperose bedecktem Gesicht geraten in Bewegung. Die ganze Zeit ist er völlig ruhig geblieben, aber jetzt bemerkt Bernard, wie Wut in ihm aufsteigt.

»Was genau wollen Sie von mir, Tremblay? Sie kommen her, um mich um Hilfe zu bitten, und halten mir ein Foto mit Noah Wallace darauf unter die Nase. Und wie alt ist Ihr Fall? Acht Jahre? Also war das 2008. Ich kannte Noah damals noch gar nicht.«

»Und es wundert Sie kein bisschen, dass Ihr früherer Kollege am Tatort war, als einem Journalisten eine Kugel in den Kopf geschossen wurde, von einem Kerl, den man der Gehirnwäsche unterzogen hatte?«

Steve hält ihm immer noch das Blatt hin.

Aber Bernard schien nicht die Absicht zu haben, das Blatt zu nehmen. Mit der rechten Hand umfasst er nach wie vor den Griff seiner Pistole.

Es ist der richtige Zeitpunkt, um seine Stellung ein wenig auszubauen, denkt er. »Sie wissen ja, Noah glaubt, ein anderer zu sein, dass sich eine zweite Persönlichkeit in seinem Bewusstsein eingenistet hat. Er nennt ihn ›den Anderen‹.«

Steves Augen werden größer, er presst den Mund zusammen. »Er war fast ein Jahr lang im Krankenhaus. Als ich ihn das erste Mal wiedergesehen hab, konnte er nur stammeln, mit Mühe Wörter hervorstoßen, unzusammenhängendes Zeug; er hat in eine Bettpfanne gepisst und vor sich hin geschrien und gebrabbelt, Scheiße Mann! Sein Hirn war mehr oder weniger Matsch! Natürlich ist er nicht mehr er selbst. Aber verdammt, ich habe auch gesehen, wie er wieder auf die Füße gekommen ist, und auch wenn er nicht mehr der ist, den ich kannte, ist er immer noch brillant. Brillanter als ich … und auch als Sie!«

Bald hat er ihn weichgekocht. Es dauert nicht mehr lang. Bernard schüttelt den Kopf. »Ich hatte neulich die Gelegenheit, mit ihm zu sprechen, müssen Sie wissen. Nach und nach kommt seine Erinnerung zurück; er weiß, dass er in seiner Kindheit von Dr. Weinberger behandelt wurde. Sie erinnern sich, Weinberger, eines der Mordopfer?«

»Trevor Weinberger? Den der Dämon von Vermont umgebracht hat? Ehrlich gesagt, weiß ich nicht, wovon Sie reden, Tremblay. Sie scheinen mehr über Noah zu wissen, als ich.«

Er wirkte ehrlich auf Bernard. Aber seine Anspannung ist noch größer geworden.

Vielleicht ist das der richtige Moment, um zu bluffen und das einzuwerfen, was Sophie ihm vorhin am Handy erzählt hat.

»Und er weiß auch über den Unfall Bescheid. Die Sache mit Maggie. Und … Ihnen.«

Steve öffnet den Mund, ein Anflug von Zweifel huscht über seine Züge.

Er lässt das Blatt fallen. Der Wind trägt es davon.

Dann lacht er. Hämisch und nervös.

»Sie halten mich wohl für einen Trottel, Tremblay. Oh, Sie brauchen es gar nicht zu leugnen, ich sehe es an Ihrem Blick. Ich kann mir gut vorstellen, was Sie über mich denken. Ein Choleriker, Sturkopf, Trottel … und bestimmt fragen Sie sich, wie ich es zum Lieutenant gebracht habe.«

Bernard schweigt. Er beobachtet ihn, versucht, in seinem Gesicht zu lesen, seine Reaktionen vorwegzunehmen.

»Und da haben Sie sich gesagt: Dann behandle ich diesen Steve eben auch wie einen Trottel. Noch dazu ist er Amerikaner, und die sind ja bekanntlich der Inbegriff dieser Spezies. Bestimmt schlägt er sich den Bauch mit Hamburgern und Pizza voll, während er trottelige Zeichentrickserien wie die *Simpsons* oder *American Dad* guckt. Einer von der Sorte, die morgens Budweiser trinkt und abends seinen Frust in billigem Bourbon ertränkt. Und so neben der Kappe, dass er einsam und verlassen heiße Tränen vergießt, weil so ein fettes Schwein bestimmt keine Frau abgekriegt hat. Sie verdammter eingebildeter Kanadier!«

Bernard wartet noch immer reglos ab. Soll er sich ruhig richtig auskotzen.

»Aber wissen Sie was: Sie sind der Idiot, Tremblay. Glauben Sie etwa, ich habe nicht gesehen, dass Sie die Hand an Ihrer Knarre hatten, als Sie hier angekommen sind? Und dieses ganze Palaver, nur um mich aus der Reserve zu locken. Sie sind nicht der einzige Polizist hier, wissen Sie. Nicht der Einzige, der nachdenken kann. Und beobachten. Sie halten sich für intelligent, das sind Sie bestimmt auch, aber Sie sind auch ein offenes Buch. Was genau wollen Sie von mir hören? Warum stellen Sie mir Ihre Fragen nicht einfach? Statt mich mental in einen Kung-Fu-Griff zu nehmen und mich dabei mit Ihrem Raubvogelblick anzusehen. Sie Heuchler!«

»Ich will einfach nur herausfinden, was hier gespielt wird, Raymond. Und Sie irren, ich halte Sie nicht für einen Trottel, auch wenn Sie zugegebenermaßen bei unserer ersten Begegnung diesen Eindruck auf mich gemacht haben. Nein, ich denke vielmehr, dass Sie dieses Image pflegen, um Ihrer Umgebung Sand in die Augen zu streuen. Und ja, vollkommen richtig, aus diesem Grund halte ich die ganze Zeit meine Waffe auf Sie gerichtet. Weil ich Ihnen nicht vertraue.«

»Überlegen Sie doch mal, Tremblay. Ich bin Lieutenant bei der Polizei. Sie bedrohen mich. Sie …«

Bernard unterbricht ihn. »Ich habe nichts mehr zu verlieren. Sie haben doch Augen im Kopf, oder? Ich bin reif fürs Wachsfigurenkabinett. Auch wenn meine Frau hofft, dass mich eine OP wie durch ein Wunder noch retten kann, stehe ich mit einem Fuß im Grab. Und da ich glaube, dass Sie irgendwie in dieser Sache mit drinstecken, habe ich auch keinerlei Skrupel, zu schießen. Und das ist kein Bluff.«

Die Wut weicht allmählich aus Steves Gesicht und macht einem bitteren Ausdruck Platz.

»Tut mir leid, das zu hören, Inspecteur. Krebs, nehme ich an? Scheiß Krankheit … Denken Sie über mich, was Sie wollen, aber ich bin nicht der Schurke, für den Sie mich halten. Alles, was ich getan habe … das habe ich wegen meinem Vater getan. Ihm verdanke ich alles, er hat uns allein großgezogen und mehrere Jobs gleichzeitig gehabt, um uns satt zu kriegen, mich und meinen undankbaren Bruder. Auch mein Vater wurde von diesem verdammten Krebs angegriffen, hat jahrelang gegen ihn gekämpft und ihn besiegt, und zwar mit Hilfe des guten alten Steve, der sich wegen der Behandlungskosten finanziell ruiniert und ihm den Kopf gehalten hat, wenn er sich wegen der Chemo in die Kloschüssel übergeben musste, während sein Bruder sein schmutzig verdientes Geld für Koks und Nutten rausgeworfen hat. Und dann ist der Krebs wiedergekommen, hat sich diesmal in seinem Kehlkopf eingenistet. Nur dass ich keinen Cent mehr hatte. Als mich dann ein Typ von der CIA kontaktiert hat, um mir einen Deal vorzuschlagen, habe ich darin einen Wink des Schicksals gesehen und bin darauf eingegangen, ohne zu wissen, dass …« Steve hält ein paar Sekunden inne, ehe er weitersprechen kann. »… ohne mir bewusst zu sein, dass ich dafür einen Preis zahlen muss.«

Aha, wir wären also soweit. Seine Zunge hat sich gelöst.

»Was für einen Deal, Steve? Ich sehe doch, dass Sie kein schlechter Kerl sind. Erleichtern Sie Ihr Gewissen, befreien Sie sich von dieser Last.«

Der Lieutenant hört ihm gar nicht mehr zu. Seine geschwollenen Augen schimmern feucht, während er auf den gefrorenen Sand starrt.

»Ich wusste von Anfang an, dass Wallace anders war. Sie haben ihn in meine Einheit platziert, und mein Kontakt von der CIA hat mich angewiesen, ihm über sämtliche seiner Aktivitäten und von der Jagd nach dem Dämon von Vermont zu berichten. Aber das war nicht das einzig Ungewöhnliche an ihm. In seiner Gegenwart hat man sich irgendwie klein gefühlt, um nicht zu sagen erbärmlich. Ich hatte das Gefühl, es mit einem Außerirdischen zu tun zu haben, der alles entschlüsseln konnte. Und ich habe gesehen, wie er sich bei jedem weiteren Mord veränderte, wie er zu verzweifeln und zusammenzubrechen drohte. Je länger die Ermittlungen andauerten, desto mehr setzte ihm das, was er an den Tatorten sah, zu, es erschütterte ihn immer mehr. Natürlich habe ich all das in meinen Berichten an die CIA erwähnt. Im Rückblick weiß ich, dass ich besser die Klappe gehalten hätte. Gleichzeitig habe ich Freundschaft mit Noah geschlossen. Von seiner roboterhaften Seite mal abgesehen, war er ein witziger Typ, voller Humor. Wir hatten viel

Spaß miteinander. Der letzte Mord kippte das Ganze dann. Nach der Analyse des Tatorts hat sich Noah abgekapselt und aufgehört, mit uns zu kooperieren. Ich habe gesehen, wie etwas in ihm erlosch, etwas muss an diesem Tag in ihm gestorben sein. Ein paar Tage danach sagte mir mein Kontakt, er wäre zu gefährlich geworden und dass man seine Frau vor ihm schützen müsste. Sie wiesen mich an, sie abzuholen. Anfangs habe ich die Augen vor der Wahrheit verschlossen. Ich wusste, dass irgendwas faul war, aber verdammt, man legt sich nicht mit der CIA an, oder?«

»Sie sprechen von dem Abend des Unfalls, nicht wahr?«

Steve Raymond nickt und wischt sich mit dem Ärmel über die Augen. »Vieles ist mir noch immer schleierhaft. Ich habe Maggie mitgenommen, sie war in Panik aufgelöst, und ich musste sie zu meinem Wagen ziehen, aber richtig gewehrt hat sie sich nicht. Ich glaube, auch sie hat gespürt, dass etwas Merkwürdiges in Gang war. Der Rest …«

Steve klopft sich eine weitere Zigarette aus der Packung und bittet Bernard mit einer Kopfbewegung um Feuer.

Bernard zögert, dann lässt er die Waffe los und reicht ihm sein Feuerzeug.

Raymond nimmt einen Zug.

»Noah hat gesehen, wie ich Maggie in den Wagen bugsierte. Mir ist zunächst nicht aufgefallen, dass jemand bei ihm im Wagen war. Verdammt, ich hätte … anhalten müssen. Aber ich habe einfach die Anweisungen befolgt. Ich bin mit dem Wagen geflüchtet. Der Unfall … ich muss die Kontrolle über den Wagen verloren haben. Es ist ein Wunder, dass ich überlebt habe. Ich war schwer verletzt, hatte unzählige Knochenbrüche, Blutungen, man musste mich aus dem Wagen befreien. Maggie war auf der Stelle tot. Erst später erfuhr ich, dass Noah ebenfalls einen Unfall hatte, durch meinen hervorgerufen, und dass er nicht allein in dem Wagen war. Der Mörder war bei ihm. Ich habe keine Ahnung, was sich da genau abgespielt hat. In den folgenden Jahren habe ich mir immer wieder gesagt, dass er von diesem Geisteskranken bedroht worden sein musste. Aber inzwischen bin ich mir da nicht mehr so sicher.«

»Ich nehme an, die CIA hat die Beweismittel verschwinden lassen.«

Steve nickt und lässt den Rauch durch die Nase entweichen. »Die Identität des Mörders wurde nie enthüllt. Der Autopsiebericht war gefälscht. Ich wurde zum Lieutenant befördert, weil es mir gelungen war, den Dämon von Vermont dingfest zu machen. Einige Monate lang war ich in der Reha.«

»Warum haben Sie Noah nicht die Wahrheit gesagt, sondern Ihren Unfall vor ihm verborgen?«

Steve öffnet den Mund, setzt zu einer Antwort an und reißt dann die Augen auf. »Los, auf den Boden, Tremblay!«, brüllt er.

Dann wirft er sich selbst in den Sand.

Bernard runzelt die Stirn, reagiert nicht sofort.

Doch als ihn eine Kugel ins linke Schulterblatt trifft, wirbelt er herum.

Der Schmerz, wahnsinnig scharf, erreicht erst eine halbe Sekunde später sein Gehirn.

Er hat das Gefühl, ein Stromstoß fährt ihm in den Arm und seine Haut steht in Flammen.

Mit der anderen Hand zückt er seine Pistole, dreht sich um und sucht mit den Augen nach seinem Angreifer. Eine zweite Kugel trifft ihn seitlich in den Bauch.

Er taumelt einen Schritt zurück.

Sein Herzschlag beschleunigt sich.

Er begreift, er ist schon wieder getroffen worden. Diesmal vielleicht tödlich.

Bevor er auf die Knie sinkt, nimmt er eine Gestalt bei den Bäumen wahr.

Schalldämpfer, denkt er.

Er fasst sich an die Seite und hält dann die Hand vor die Augen. Sie ist blutig.

Verdammt, warum spüre ich nichts? Das Adrenalin … der Schock.

Bernard lächelt, zum ersten Mal in seiner fast dreißigjährigen Laufbahn ist er getroffen worden.

Vor seinen Augen dreht sich alles. Sein Blick wird trüb. Der Klang seines Herzschlags hallt in seinem Schädel wider.

Ducken Sie sich, Tremblay …

Steves Stimme klingt wie aus der Ferne. Wie ein Echo.

Wenige Zentimeter neben ihm schlägt eine Kugel in den Sand. Körner fliegen ihm in Augen und Mund, er muss blinzeln.

Und jetzt kommt auch der Schmerz, scharf und heftig, er breitet sich im Bauch aus, als stächen ihm Tausende Klingen in die Eingeweide.

Fuck … ich bin tot … ich bin …

Auf den Boden ducken, Tremblay, verdammt!

Steve liegt ausgestreckt im Sand; er streckt die Hand aus, zielt in Richtung der Bäume und feuert zwei Schüsse ab.

Bernard ist wie erstarrt, spürt, wie die Energie aus seinem Körper weicht, er taumelt und fällt mit dem Gesicht nach vorn. Seine Nase bohrt sich in den feuchten, halb gefrorenen Sand.

Nein … er muss …

Das Handy. Die Audio-Aufnahme. Er will es hervorholen, aber sein linker Arm gehorcht ihm nicht.

Der Schmerz breitet sich vom Schulterblatt in den ganzen Körper aus.

»Robben Sie in Richtung Stuhl«, brüllt Steve.

Der Lieutenant kriecht flach auf den Boden gedrückt rückwärts, wie eine fettleibige Schlange, und schießt erneut. Eine Kugel saust direkt an seinem Ohr vorbei und lässt Sand aufwirbeln.

Tremblay dreht sich ächzend um, stützt sich auf den rechten Ellbogen und versucht, sich in Steves Richtung zu ziehen. Sein Gesicht ist schmerzverzerrt.

Vermassele jetzt nicht alles …

Steve hat es bis zum Stuhl geschafft, aber die Metallbeine bieten kaum Deckung. Er duckt sich dahinter, während er mit der Waffe erneut sein Ziel sucht. Er schwenkt den Arm hin und her.

»Wo bist du, du Scheißkerl?«

Endlich gelingt es Bernard, sein Handy herauszuziehen. Er muss die Aufnahme hochladen. Koste es, was es wolle. Er tippt das Red-Onion-Icon an, um sich in dem privaten Forum einzuloggen.

Eine Kugel trifft ihn in den Oberschenkel, zerreißt das Muskelgewebe.

Er stößt ein unterdrücktes Heulen aus.

Los, Bernard, gleich hast du's.

Kalter Schweiß bedeckt seine Stirn. Sein Herz rast.

Ich verblute. Gleich krepiere ich.

Steve schießt nochmals.

Tremblay lädt die Aufnahme in das Forum hoch. Ein Schweißtropfen fällt auf das Handy.

Dann zieht er sich unter Einsatz seiner Ellbogen und mit Schaum vor dem Mund in Steves Richtung. Unmöglich, sich aufzurichten, der Schmerz ist viel zu intensiv. Eine Kugel trifft den Stuhl. Funken fliegen in der Dunkelheit auf, das Klirren von Metall hallt durch die Nacht.

Ein weiteres Projektil wird abgefeuert, aber diesmal ist nur ein dumpfes, ersticktes Geräusch zu hören, als es einschlägt.

Bernard hebt den Kopf und sieht, wie Steve seine Pistole fallenlässt und sich mit beiden Händen an den Hals fasst, ein Gurgeln ist zu hören, dann quillt Blut zwischen seinen Fingern und aus dem Mund hervor. Steve sieht ihn ungläubig an, ehe er zusammenbricht.

Bernard blickt auf das Handy. Die Aufnahme ist hochgeladen.

Gut.

Er mobilisiert seine letzten Kräfte und schleudert das Handy in den See.

Dann bricht auch er zusammen. Sein Ohr drückt gegen den kalten Sand. Er spürt, wie er ruhig wird, wie kurz vor dem Einschlafen. Nichts tut mehr weh.

Die Erde erbebt. Er nimmt leichte Erschütterungen wahr. Jemand läuft auf ihn zu.

Die Schritte werden schneller.

Während sich Bernard entfernt.

Bilder ziehen vorbei. Flashartig.

Josée, die ihn anlächelt, während sie ein Stück Kuchen schneidet.

Étienne, der ihm lächelnd verspricht, das Puzzle für ihn zu beenden.

Clémence, die ihn beunruhigt ansieht, und ihn ›Onkel Bernie‹ nennt. Und selbst seine Schwester, als sie elf war und ihn vor dem Ertrinken rettete.

Der Schütze ist jetzt da. Bernard müsste nur den Kopf umdrehen, um zu erfahren, wie sein Angreifer aussieht. Dem Sensenmann ins Gesicht blicken, aber er ist zu müde, und die Lider fallen ihm allmählich zu. Seine Sicht wird trüb.

Und dann breitet sich zum letzten Mal ein Lächeln auf seinen Lippen aus, als sein Blick auf Steve fällt, der ausgestreckt auf dem Boden liegt, das pausbäckige Gesicht seitlich in den Sand gedrückt, den Blick ins Leere gerichtet.

Aber nicht dieser Anblick lässt ihn lächeln, merkwürdigerweise sieht er den Lieutenant als Jugendlichen, der ratlos sein Glied anstarrt, von dem Blut auf das T-Shirt eines Mädchens tropft.

Er schluchzt, dann bleibt sein Mund offen stehen.

Er spürt einen Druck auf dem Rücken. Und hört, wie der Abzug einer Pistole betätigt wird.

Aber er stirbt, noch ehe der Mörder abgedrückt hat.

VERLASSENHEIT

Das Taxi, das ihn hergebracht hat, ist vor einigen Minuten wieder losgefahren.

Noah beobachtet reglos die Umgebung. Er versucht, das, was er sieht, mit seinen Visionen und flashartigen Bildern, die ihn in der vergangenen Nacht heimgesucht haben, abzugleichen.

Und tatsächlich, das ist zweifellos der Ort, den er in seiner Vision im Leichenschauhaus erblickt hat.

Das Anwesen hat in all den Jahren seine frühere Pracht eingebüßt. Die schwere schwarze Gittertür und die Schilder mit der Aufschrift »Raven Institute« sind verschwunden, die Mauer, die das Grundstück umgab, wurde abgerissen. Auch deutet nichts mehr auf die gekieste Allee hin, die sich ungefähr auf einer Länge von fünfzig Metern serpentinenartig bis zu der zweiflügeligen Tür mit dem auf Säulen ruhenden Portal hinaufzog. Der gestutzte Rasen und das mit Blumen bepflanzte Gartenparterre sind einem hohen Dickicht aus Unkraut gewichen. Die Schaukeln, Sandkästen und Drehrondells wurden aus ihren Verankerungen gerissen und sind nur noch eine ferne Erinnerung.

Die Ahornbäume gibt es noch immer, und die winterkahle Trauerweide erinnert an eine ausgemergelte Hydra.

Das Gebäude selbst, ein riesiges viktorianisches Herrenhaus aus Holz, thront noch immer auf dem vernachlässigten Grundstück, aber die Fassade ist verwittert, die Fenster sind mit Brettern vernagelt.

Das ehemalige Internat ist jetzt eine verlassene Ruine. Doch als er jetzt in ihrem Schatten steht, spürt er wieder ihre düstere Aura.

Von der Seite weht ein garstiger Wind. Feucht und eisig dringt er mühelos durch seine Kleidung.

Noah fröstelt und bereut, nicht etwas Wärmeres angezogen zu haben; seine imprägnierte Jacke mit dem hochgestellten Kragen und sein Baumwollpulli bieten nur wenig Schutz vor der winterlichen Kälte.

Es sind um die null Grad, das gefrorene Gras schimmert im Schein des Mondes, der beinahe voll ist.

Noah bewegt die taube linke Hand, macht eine Faust und hält sie vor den Mund. Er bläst dreimal darauf, um sich ein bisschen warm zu machen. Die andere Hand hat er in die Jackentasche getaucht, wo es ein bisschen wärmer ist.

Dann stützt er sich auf seinen Stock und geht auf das Gebäude zu.

Er weiß, dass der Mörder ihn dort drinnen erwartet.

Außerdem zieht sich eine Schneise durchs Unkraut.

Jemand muss sich einen Weg gebahnt haben.

Während sich Noah dem Eingang nähert, ziehen Erinnerungsbruchstücke vor seinem geistigen Auge vorbei.

Kinderlachen auf dem Spielplatz, das Bimmeln der Glocke, die das Pausenende markiert, der Geruch von gemähtem Gras.

Und auch Weinen. Das Schluchzen der isolierten Kinder.

Das Institut war ein Monster mit zwei Köpfen. Er spürt sowohl die Freude als auch den Schmerz.

Immer mehr Bilder und Geräusche strömen auf ihn ein, einige Erinnerungsfragmente drängen an die Oberfläche.

Vor dem Eingang angekommen, spürt er eine Beklemmung in der Brust.

Was ist mir dort drinnen zugestoßen?

Warum hat er das Gefühl, von einer abgrundtiefen Schwärze verschluckt zu werden?

Die Tür ist nur angelehnt, zugehalten von einer schweren Kette, die um beide Griffe gewickelt ist.

Aber das Vorhängeschloss daran ist geöffnet.

In der Nähe stehen ein paar feuchte Kartons, Bierkästen und leere Chipstüten liegen verstreut herum.

Offenbar wurde das Haus eine Zeit lang von Hausbesetzern in Beschlag genommen, wird Noah klar. Wie lange es wohl schon verlassen ist?

Noah wickelt die Kette ab, die mit einem metallischen Geräusch zu Boden fällt, stößt die beiden Flügel auf und betritt das Innere des Gebäudes.

Die Angeln quietschen.

Ein starker Geruch nach vermoderten Holz und Schimmel dringt ihm in die Nase.

Noah holt die Stabtaschenlampe aus seiner Jackentasche und leuchtet die Eingangshalle aus.

Neue Erinnerungen tauchen auf.

Früher war dieser Raum luxuriös ausgestattet. Heute wirkt er wie skelettiert, die Wände wurden der Wandteppiche und Gemälde beraubt, der Kristalllüster hängt zwar noch an der Decke, aber sämtliche Glühbirnen fehlen, und die Enden der Kabel ragen hervor.

Der Parkettboden ist beschädigt, Verpackungen und mit Essensresten verschmierte Dosen liegen herum.

Dies war ein Durchgangsort, hier herrschte ein Kommen und Gehen, wenn die Kinder auf dem Weg zu den Klassenzimmern waren.

Die ausladende T-Treppe wirkt baufällig, bestimmt ist es gefährlich, sie zu benutzen. Das war es übrigens seinerzeit auch schon, kommt ihm in den Sinn. Der rote Läufer, der die Stufen bedeckte, konnte, wenn man es eilig hatte, zur Stolperfalle werden.

Noah geht ein paar Schritte durch die leere Eingangshalle und schiebt immer wieder mit dem Stock Abfall beiseite. Die Glasscherben, mit denen der Boden übersät ist, knirschen unter seinen Sohlen.

Zur Rechten geht ein Flur ab, der, wie er sich erinnert, zu den Klassenzimmern führte.

Nach ein paar Schritten bleibt er stehen. Der Lichtkegel der Taschenlampe erfasst etwas, was seine Aufmerksamkeit erregt.

Noah blinzelt und nähert sich dann dem roten Pfeil, der gut sichtbar an die Wand gemalt ist.

Er weist auf die Tür weiter vorn. Die Farbe ist zwar trocken, aber …

Er beugt sich vor.

Der Farbgeruch ist noch gut wahrnehmbar.

Der Pfeil muss erst kürzlich angebracht worden sein. Für ihn? Ganz offensichtlich.

Er spielt mit dir, Noah … Lass dich nicht darauf ein.

Aber was soll er sonst tun?

Kommt gar nicht in Frage, wieder den Rückzug anzutreten. Er ist hergekommen, um die Sache zu Ende zu bringen.

Er fasst in die Jackentasche, um sich zu vergewissern, dass sich die Pistole noch darin befindet, ehe er weitergeht. Bei jedem weiteren roten Pfeil hält er nur ganz kurz inne.

Der Weg führt ihn in die Venen und Arterien des Instituts, in die gespenstischen Korridore im tiefsten Innern seiner Verlassenheit. Wieder stürmen die Erinnerungen auf ihn ein, Echos und Stimmen vermischen sich mit dem Pfeifen des Winds, der durch die Flure weht, und mit dem Knarren des Parketts. Der Salon, ein offener Kamin, die Kantine, alles kommt ihm bekannt vor.

Der Lichtstrahl der Taschenlampe erfasst einen letzten Pfeil.

Er weist zum Ende des Flurs. Jenseits der Türöffnung lässt ein flackernder gelblicher Schein Schatten auf den Mauern tanzen.

Noah schluckt.

Jemand ist da. Das ist für ihn inszeniert.

Er richtet den Lichtstrahl auf die Türöffnung und geht langsam weiter, wobei er darauf achtet, den Stock nicht auf dem Parkettboden aufzusetzen.

Der Gang mündet in einen kleinen Raum, er betritt ihn. Die Lichtquelle bilden ein paar Kerzen auf einem Campingtisch.

Er hat auf mich gewartet. Er muss hier irgendwo sein, er beobachtet mich, spioniert mich aus. Das hat er für mich arrangiert.

Neben einem Karton verströmt eine Duftlampe einen eigentümlichen Geruch.

Ein Aroma, das er nur allzu gut kennt.

Myrrhe.

Auf dem Deckel des Kartons ist ein Etikett angebracht, auf dem steht:

»Noah.«

GEHEIMNISSE

Sophie dreht zum letzten Mal die Büroklammer im Schloss. Ein metallisches Klicken, und die Tür öffnet sich.

Clémence legt ihr eine Hand auf die Schulter. »Wow, gut gemacht! Das hätte ich dir wirklich nicht zugetraut, als ich dich zum ersten Mal gesehen habe«, sagt sie.

Immerzu reitet sie darauf herum …

»Ja, wie du siehst, kann man mit Büroklammern mehr anstellen, als sie zu Tierfiguren zusammenzustecken.«

Clémence geht nicht darauf ein, sondern rückt gleichmütig ihre Mütze gerade.

Sophie drückt sachte die Tür auf und späht vorsichtig hinein.

»Seine Jacke und sein Stock hängen nicht an der Garderobe«, sagt sie. »Entweder ist er weggegangen oder …«

»Was erklärt, warum er uns nicht aufgemacht hat, weshalb wir gezwungen waren, bei ihm einzubrechen«, erwidert Clémence ironisch.

Die beiden Frauen gehen hinein, und Sophie schließt leise die Tür hinter ihnen.

Die Wohnung ist in Dunkelheit getaucht, das Licht von den Straßenlaternen wird von der Decke abgeschirmt, die vor dem Küchenfenster hängt, nur ein schmaler Lichtstreifen erhellt den Boden.

Als Clémence das Licht anknipsen will, legt Sophie ihr die Hand auf den Unterarm. Sie schüttelt den Kopf und murmelt: »Wir sollten jetzt keine Aufmerksamkeit auf uns lenken, bestimmt gibt es irgendwo eine Nachttischlampe oder eine andere weniger helle Lichtquelle.«

»Ich hab's«, erwidert Clémence. Sie geht in die Küche und öffnet die Tür des großen Kühlschranks.

Das Licht fällt auf den Tisch, auf dem ein Teller mit halb aufgegessenen Nudeln steht.

»Viel ist da nicht drin, ein paar Eier und eine Flasche Rotwein. Möchtest du ein Glas?«

Sophie schüttelt den Kopf. »Nein, ich möchte das hier so schnell wie möglich hinter mich bringen. Ich weiß nicht, ob es eine gute Idee war, herzukommen.«

Clémence holt den Wein heraus, nimmt ein Glas vom Abtropfgestell und schenkt sich großzügig ein.

»Ich für meinen Teil möchte unbedingt Klarheit. Du bist nicht mehr die Einzige, die bis zum Hals in der Scheiße steckt. Und ich …« Clémence unterbricht sich und nimmt einen Schluck Rotwein.

Sophie macht das Licht im Bad an und kommt dann zurück.

»Wolltest du nicht noch etwas sagen?«

»Nichts Wichtiges.« Clémence stellt das Weinglas auf den Tisch.

»Gut, dann nehme ich mir das Schlafzimmer vor. Den Rest überlasse ich dir, okay?«, schlägt Sophie vor.

»Ich durchsuche als Erstes das Zimmer dort, sein Arbeitszimmer, dort war ich schon mal.«

Sophie öffnet die Schlafzimmertür. Wie der Rest der Wohnung ist es in Halbdunkel getaucht. Sophie knipst die Nachttischlampe an.

Noahs nächtliches Universum wird in ein durch den Lampenschirm gedämpftes Licht getaucht.

Das Bett ist ungemacht.

Die Laken fühlen sich feucht an, das untere ist nicht straff über die Matratze gezogen, die Decke liegt halb auf dem Boden.

Er schwitzt stark, bestimmt hat er einen unruhigen Schlaf, schlussfolgert sie.

Das Zimmer ist nur spärlich möbliert.

Schrank, Kommode und ein paar Kartons.

Noah lebt ziemlich bescheiden. Die Suche wird nicht lange dauern.

Sophie beginnt beim Nachttisch, ein konventionelles Modell mit schwarzem Holzfurnier.

Sie zieht die Schublade hervor, darin befinden sich ein Stoß Blätter und Bücher.

Sophie holt eines heraus und hält es ins Licht. *Du côté de chez Swann* von Marcel Proust. Kann Noah Französisch?, fragt sie sich. Warum nicht? Ich ja auch.

Na klar, du hast ja auch in Québec gelebt, meine Prinzessin.

Sie legt das Buch zurück und nimmt ein anderes heraus.

Ein ganz anderes Genre: *Der dunkle Schirm* von Philip K. Dick. Sie kennt diesen Autor, jedenfalls hat sie schon Filme gesehen, die auf seinen Büchern basieren, wobei sie diesen Roman nicht kennt.

Als Sophie den Klappentext liest, lächelt sie bitter. Es geht um einen Mann, der gegen sich selbst ermittelt, eine Geschichte über Drogen, die die Identität zerstören.

Makabre Parallele, denkt sie.

Als sie sich den Umschlag des dritten Buchs besieht, runzelt sie erneut die Stirn.

Das Parfum. Die Geschichte eines Mörders von Patrick Süskind.

Deutsch kann er auch? Wie viele Sprachen spricht dieser Mann eigentlich?

Sophie nimmt sich den Rest des Zimmers vor; sie beginnt bei der Kommode. In einer Schublade befinden sich ausnahmslos graue Socken, in einer anderen lauter schwarze Boxershorts.

Noah ist ungefähr genauso farbenfroh wie ein Bibeleinband. Fantasie scheint nicht sein Ding zu sein.

Zum Schluss durchsucht sie den Kleiderschrank.

Schwarze Hosen, weiße Hemden, dunkle Jacketts.

Sie schiebt die Bügel mit den Kleidungsstücken darauf zur Seite und späht in die Schuhschachteln. Nichts.

Gerade, als sie die Tür wieder zuschieben will, hält sie in der Bewegung inne.

An einem Hemdenstapel bemerkt sie eine Ausbuchtung, sie schiebt die Hand darunter und bringt ein Buch zum Vorschein.

Auf dem Einband klebt ein Etikett: »Chloé«. Ein Tagebuch.

Warum hat Noah es versteckt?

»Sophie, du musst mal kommen!«, ruft Clémence.

Sophie runzelt die Stirn: Könnte sie nicht ein bisschen leiser sein?

Sophie geht mit dem Tagebuch in der Hand ins Arbeitszimmer. Clémence sitzt vor dem Laptop.

Daneben klebt ein maschinenbeschriebener Zettel. Clémence reicht ihn ihr.

»Es ist traurig, einen Freund zu verlieren.

Nicht jeder hat einen Freund gehabt.«

Sophie erstarrt.

Sie hat diese Worte schon einmal gelesen oder gehört. Aber wo? Und wann?

»Ich habe nachgeschaut. Es ist ein Zitat aus *Der kleine Prinz* von Saint-Exupéry. Ich vermute, dieser Zettel stammt vom Mörder. Außerdem habe ich mir seinen Browserverlauf angesehen, und ich glaube zu wissen, wo er hingegangen ist. Vorhin in deinem Versteck habe ich dir doch von der Raven School erzählt, erinnerst du dich?«

»Natürlich, ich bin ja noch nicht senil.«

Clémence übergeht ihre Bemerkung und fährt ungerührt fort. »Noah hat die Adresse Howard Drive, Nr. 15 in Peru auf Google Maps recherchiert. Offenbar befand sich dort früher ein Institut für hochbegabte Kinder, das 1986 geschlossen wurde. Mehr habe ich nicht darüber herausgefunden, aber es würde mich nicht wundern, wenn es mit der Raven School und den IQ-Tests zu tun gehabt hätte. Zufall ist es jedenfalls nicht. Ach ja, und ich weiß zwar nicht, was Noah vorhat, aber jedenfalls ist er bewaffnet.«

Clémence deutet auf die Munitionsschachtel auf dem Schreibtisch.

Sophie nickt, sie kennt diese Packung, die gleichen Patronen benutzten ihr Vater und sie früher, wenn sie zusammen auf dem Schießstand trainierten. »Neun Millimeter. Er muss sich wohl eine Pistole zugelegt haben.«

»Ja, das ist bei euch ja genauso einfach, wie einen Hamburger zu kaufen.«

»Es hängt vom Bundesstaat ab, aber stimmt, in Vermont ist es ziemlich einfach, sich eine Waffe zu besorgen. Was glaubst du, hat er vor?«

Clémence dreht sich zu ihr um. »Den Kreis zu schließen. Ich glaube, er ist dort hingefahren, um den Mörder zu treffen. 1986 war übrigens auch das Jahr, in dem Rebecca Law einen kleinen Jungen auf einem Dreirad überfahren hat.«

»Was ist das für eine Geschichte?«

»Das erzähle ich dir unterwegs. Es sei denn, du willst nicht mitkommen, aber ich glaube, so wie ich dich inzwischen einschätze …«

Sophie grinst. »Klar komme ich mit.«

Sie nimmt ein paar Patronen aus der Munitionspackung und lässt sie in die Jackentasche gleiten.

Clémence klappt den Laptop zu. »Und du, hast du im Schlafzimmer was gefunden?«

»Ein paar Bücher in Originalsprache. Noah beherrscht offenbar mehrere Fremdsprachen. Französisch, Deutsch … Und ich habe das hier gefunden.«

Sie hält ihr das Tagebuch hin.

»›Chloé‹. Das ist … Merkwürdig! Er muss es im Haus der Cotés gefunden haben, ohne mir etwas zu sagen. Warum hat er es vor mir verborgen?«

Sophie zuckt mit den Schultern. »Du kennst ihn besser als ich.«

»Schön wär's. Aber in Wahrheit kennt er sich nicht einmal selbst.«

Sophie nickt nachdenklich. »Deswegen ist er nach Peru gefahren.«

»Und deswegen werden wir ihn dort antreffen«, schlussfolgert Clémence.

ERFUNDEN

Noah löst den Deckel vom Karton und legt ihn vorsichtig daneben.

Er wiegt den Karton in der Hand.

Er ist leicht und schwer zugleich.

Er nimmt die Schnellhefter aus dem Karton, die Fotos, ein paar lose Blätter. Und legt alles auf den Tisch.

Im Schein der flackernden Kerzen verschafft er sich einen Überblick über den Inhalt. Tätigkeitsberichte, Berichte über medizinische Untersuchungen, militärische Akten. Ein Teil seines Lebens ist zum Greifen nah, der Teil, an den er keinerlei Erinnerungen hat.

Noah zögert. Er hat jetzt die Möglichkeit, das Geheimnis seiner Identität zu lüften, und seine Neugier drängt ihn, die Seiten zu überfliegen, sich auf die Spur seiner Vergangenheit zu begeben, aber ein Teil von ihm sträubt sich dagegen und klammert sich an die scheinbare Wirklichkeit, in der er sich verankert, sich neu erfunden hat.

Hat der Mörder deswegen Rachel getötet? Um ihm jede Möglichkeit, sich abzuschotten, zu rauben? Damit er nicht in Versuchung kommt, von seiner Suche nach der Wahrheit abzulassen?

»Das ist dir gelungen«, murmelt er und nimmt den Stapel Fotos zur Hand.

Das erste ist sehr alt, und die Farben sind verblichen. Es zeigt einen Jungen, ungefähr fünf, in Schuluniform. Die großen grünen Augen wirken verloren in dem verschlossenen Gesicht.

Neben ihm steht ein circa dreizehnjähriges Mädchen und ein noch etwas älterer Junge mit roten Haaren und Sommersprossen.

Er erkennt die beiden Kinder wieder. Er hat sie in seiner Vision im Haus des Pastors erblickt. Auf den Fotos sind sie ein paar Jahre älter, aber er ist sich hundertprozentig sicher. Ihre Gesichter sind in sein Bewusstsein eingebrannt.

Der Junge mit den großen grünen Augen ist er selbst. Zweifellos.

Er dreht das Foto um.

Es ist mit blauer Tinte beschriftet: Richard, Amy, Liam, Noah. 1985. Raven Institute, Peru.

Projekt: MK-Prodigy.

Daneben ein Stempel mit dem Vermerk: »Top secret«.

Ich war also tatsächlich hier, es sind meine eigenen Erinnerungen. Ich habe Amy Williams gekannt.

Wie ist der Mörder an das Foto gekommen?

Ein eiskalter Luftzug lässt die Kerzenflammen aufflackern, aber sie gehen nicht aus.

Er besieht sich ein anderes Foto.

Ein junger Mann in einem Kampfanzug im Dschungel, ein M16-Gewehr in der Hand, ein Fuß auf einem Baumstumpf aufgesetzt.

Auch das ist er, aber er hat sich nicht auf Anhieb wiedererkannt. Der Gesichtsausdruck passt nicht zu ihm. Der Mann sieht verächtlich in die Kamera, seine Miene ist todernst.

Bin ich das auch?

Fieberhaft und immer schneller schaut er die anderen Fotos durch. Alle zeigen Noah zu verschiedenen Zeiten und in verschiedener Aufmachung. Als Soldat in der Arabischen Wüste im Irak, im Smoking bei einem mondänen Empfang irgendwo in Osteuropa. Jedes Mal mit anderer Frisur, hin und wieder mit Bart. Auf manchen Fotos mit fröhlicher Miene. Auf anderen wiederum ist sein Ausdruck furchteinflößend.

Noahs Hände zittern. Die Aufnahmen, die durch seine Finger

gleiten, haben eine hypnotische Wirkung auf ihn und sind zugleich beängstigend. Er hat keinerlei Erinnerungen an die Bilder, die vor seinen Augen vorbeiziehen. Die dort eingefangenen Momente sind nicht seine. Es ist, als würde er die Momentaufnahmen des Lebens eines völlig fremden Menschen betrachten – nur dass dieser Mensch sein Gesicht hat.

Ihm wird immer beklommener zumute.

Wer bist du, Noah Wallace?

Wer ist der Andere?

Nein.

Wer sind diese Anderen?

Noah legt die Fotos wieder in den Karton zurück und wischt sich den Schweiß von der Stirn.

Dann greift er zu einem kleinen Stapel Blätter. Es sind Berichte. Das Erste, was er bemerkt, ist die vertraute Unterschrift. Dieselbe, die sich auch auf jedem seiner Rezepte befand.

Die seiner Psychiaterin, Dr. Elizabeth Hall.

Lüge.

Jede seiner Sitzungen hat sie minutiös beschrieben.

Noah fährt mit dem Zeigefinger die Zeilen nach. Was er liest, lässt ihm das Blut in den Adern gefrieren.

»... die Erinnerungen an den Unfall sind sicher begraben. Die Einnahme von Nembutal in Kombination mit den anderen Medikamenten scheint sehr effektiv zu verlaufen, der Patient hat sein Gedächtnis nicht wiedergefunden ...«

Was meint sie damit? Den gesichtslosen Mörder?

»... immer wieder kommt er auf Maggie zu sprechen – der Patient hat immer noch keine Ahnung, was sich an diesem Abend wirklich abgespielt hat. Bei jeder Sitzung lässt er die Ereignisse Revue passieren, aber seinen Beifahrer hat er noch nie erwähnt. Ich kann bekräftigen, dass der Patient unter Kontrolle ist ...«

Er blättert um und liest weiter.

Was für ein Beifahrer? Noah forscht wieder in seinem Gedächtnis, kann aber nur die immer gleichen Erinnerungen heraufbeschwören. Der Mörder ist nach wie vor nur ein verschwommener Umriss.

»... Heute hat der Patient von beunruhigenden Vorgängen gesprochen. Maggie ist ihm in einer Art Vision erschienen. Er hält es für eine paranormale Manifestation oder dergleichen. Ich habe so gut wie möglich versucht, ihm eine Erklärung zu liefern, wobei ich mir keinen Reim darauf machen kann. Vielleicht sollte ich die Dosierung überprüfen ...«

Sagten Sie nicht, es könnte eine Katharsis gewesen sein? Dabei glauben Sie selbst nicht daran, Dr. Hall.

»... wie Dr. Weinberger bemerkt hat, sind das muskuläre Gedächtnis des Patienten und die kognitiven Fähigkeiten wie die Sprache intakt. Nur seine Gehbehinderung ist geblieben. Die Tests, die unter dem Deckmantel der Routineuntersuchungen durchgeführt wurden, waren jedenfalls überzeugend ...«

Deshalb war ich also imstande, dieses hebräische Wort zu lesen ... Was kann ich noch alles verstehen?

»Nach mehreren Sitzungen kann ich jetzt zweifellos bestätigen, dass die durch den Unfall hervorgerufenen Läsionen eine Rekonditionierung und den Einsatz weiterer Gehirnimplantate verhindern. Der Patient wird folglich auf die Persönlichkeit Noah Wallace konfiguriert bleiben. Im Übrigen hat Dr. Henry Kontakt mit mir aufgenommen. Er scheint im Moment jedoch kein Problem darzustellen, er wollte mich lediglich informieren, dass es eventuell eine Möglichkeit gibt, den Tumor des Patienten zu behandeln. Er ist nicht gerade begeistert von der Behandlung mit Barbituraten, hat aber keine expliziten Einwände gegen meine Medikation erhoben. Sollte sich herausstellen, dass er Probleme macht, werde ich Sie informieren.«

Rekonditionierung. Implantate. Konfiguriert.

Die Blätter fühlen sich mit einem Mal schwer in seinen Händen an.

Das heißt, ich bin … wer? Eine fleischliche Hülle? Ein Versuchskaninchen in den Händen der CIA?

Noah presst die Zähne zusammen. Wobei Tremblay es ihm ja gesagt hat: Er war Weinbergers Patient.

Multiple Persönlichkeiten …

Wie viele Andere gibt es eigentlich im Labyrinth seines Cortex? Wer ist der wahre Noah Wallace?

Er legt die Blätter in den Karton zurück, schiebt sie unter die Fotos.

Die Schmerzen in seinem Bein melden sich zurück, und er hat kein Vicodine eingenommen. Er weiß, dass sie sich sukzessive verstärken werden.

Jetzt sind nur noch ein paar Blätter in einer Klarsichthülle übrig, die er noch nicht gelesen hat.

E-Mail-Ausdrucke.

»… inzwischen konnte ich mit Noah Kontakt aufnehmen. Er wirkt kühl und distanziert, aber ich glaube dennoch, dass es mir gelingen wird, ihn zu verführen. Das sagen mir die Blicke, mit denen er mich ansieht. Ich will ihn nicht überrumpeln, sondern ihm das Gefühl geben, dass es sich einfach so ergeben hat. Ich halte Sie über die weiteren Entwicklungen auf dem Laufenden …«

Ein Stich durchfährt ihn.

Rachel, du auch?

Dutzende Mails, alle an die E-Mail-Adresse KarlBarns@gmail.com gerichtet.

Bestimmt eine Tarnadresse von einem Typ der CIA.

Als er die folgenden Zeilen liest, hat er das Gefühl, als stächen glühende Nadeln in sein Herz.

»… es ist mir gelungen, mich ihm anzunähern. Wir sind jetzt ein Liebespaar …«

Die Erinnerungen an ihre intimen Momente zucken vor seinem geistigen Auge auf wie die Lichtblitze eines Stroboskops. Ihr Lächeln, die Art, wie sie die Unterlippe einzog.

Hat sie alles nur vorgetäuscht? Wie viel haben sie ihr dafür bezahlt?

Er umklammert den Griff seines Stocks.

Belial.

»… Noah ist instabil. Er steht nachts auf, kritzelt wie ein Nachtwandler in sein Notizheft. Er spricht im Traum, manchmal in Sprachen, die ich nicht verstehe …«

Tut mir leid, Noah, du musst mir verzeihen, und du sollst wissen, dass meine Liebe aufrichtig war.

»… er hat sich mit einer jungen Kanadierin angefreundet. Ich glaube nicht, dass sie eine Gefahr darstellt. Noah steht ganz in meinem Bann …«

Und offen gesagt, sollten Sie sich keinen Illusionen hingeben – Sie sind viel zu unangepasst für eine dauerhafte Beziehung.

Clémence hatte recht. Er hat sich Sand in die Augen streuen lassen.

Rachel war nie der Leuchtturm, der ihm Orientierung bot.

Sie war wie er, von Anfang an ein Wesen, das in der Finsternis herumirrt. Ihr Leuchten war wie das eines dieser Tiefseefische. Ein Täuschungsmanöver, um ihn in die Falle zu locken.

Traf das auch auf Maggie zu?

Wie kann er sich jetzt noch sicher sein?

Noah fährt sich mit der Hand übers Gesicht, lehnt sich mit dem Rücken an die Wand und lässt sich zu Boden gleiten.

Wer bist du, Noah Wallace?

Er stößt ein nervöses Lachen aus.

»Wer bist du?«, schreit er mit tränenverschleierten Augen.

Der Wind, der durch die Mauerritzen pfeift, antwortet ihm.

Ein Lufthauch, stimmt, nichts weiter als ein Lufthauch.

Er könnte hierbleiben. Sich aufgeben, sich der Kälte überlassen. Einfach einschlafen.

Genau das möchte er.

Ein für alle Mal die Geister zum Schweigen bringen.

Noah ist im Begriff, die Augen zu schließen, doch plötzlich richtet sich der Strahl einer Taschenlampe auf ihn.

Der Mörder. Er ist da.

Der Lichtstrahl schwenkt zur Seite.

Noah kann die Umrisse einer Gestalt erkennen. Einen Schatten in der Dunkelheit.

Unbeweglich steht er da und wartet auf ihn.

Mit schmerzverzerrtem Gesicht rappelt sich Noah hoch, in seinem Schenkel tobt der Schmerz.

Er hält inne. Die Gestalt ist höchstens zehn Meter entfernt. Steht mitten in einem breiten Gang, ihm schutzlos ausgeliefert.

Er bräuchte nur zu schießen. Er muss nur die Pistole heben und abdrücken. Dem Ganzen ein Ende bereiten und dann, warum nicht, die Waffe gegen sich selbst richten.

Er weiß, er könnte ihn treffen.

… sein muskuläres Gedächtnis ist intakt.

Wenn das zutrifft, wäre es für den Soldaten, der er früher einmal war, doch ein Kinderspiel, oder nicht? Er müsste nur die Hand mit der Pistole heben und schießen. Wie viele Male hat sein Arm diese Bewegung schon ausgeführt? Wie viele Male hat sein Zeigefinger den Abzug einer solchen Pistole oder einer noch viel mörderischeren Waffe betätigt, obwohl er Gewalt doch schon immer verabscheut hat?

Warum tut er es nicht auch jetzt?

Weil er es verstehen will. Er möchte noch mehr Antworten.

Also beschließt er, ihm gegenüberzutreten.

DER KLEINE PRINZ

Es ist traurig, einen Freund zu verlieren.

Die Scheinwerfer verschlingen die Straße, und der Wagen bleibt trotz der Windböen, die ihn von der Seite erfassen, in der Spur. Clémence konzentriert sich ganz auf das Fahren und hat, seitdem sie aufgebrochen sind, noch kein Wort gesagt.

Sophie schüttelt schweigend den Kopf, während sie mit dem Zeigefinger die Zeilen in Chloés Tagebuch nachfährt.

Sie ist nur halb bei der Sache, denn während sie liest, sucht sie gleichzeitig nach Antworten.

Der Satz, der auf einem Zettel für Noah hinterlassen wurde – bestimmt vom Mörder –, spukt ihr die ganze Zeit im Kopf herum. Wo hat sie ihn schon mal gehört?

Sie hat *Der kleine Prinz* gelesen, aber das war vor vielen Jahren, als sie noch ein Kind war.

Nein, es ist noch nicht so lange her.

Clémence bricht das Schweigen. »Sag es mir, wenn du was Interessantes in dem Tagebuch findest, alles, was nicht banal klingt. Liebe, Wutausbruch und dergleichen.«

Sie hat recht. Noah hätte das Tagebuch nicht ohne triftigen Grund vor ihr versteckt, sie muss weitersuchen.

Der Wagen macht einen Schlenker. Sophie schreit auf.

»Keine Angst, ich verlier schon nicht die Kontrolle.«

Sophie lächelt gequält und vertieft sich dann wieder in das Tagebuch.

»Ah, da ist, glaube ich, was. Sie hat herausgefunden, dass ihr Großvater in Wirklichkeit Harris McKenna war. Glaubst du, Noah wollte das verbergen?«

Clémence lehnt sich ruckartig auf dem Sitz zurück, als hätte sie einen Schlag abbekommen. »Im Ernst? Also wusste Noah es! Er hat mich in dem Glauben gelassen, ich hätte das herausgefunden. Aber warum? Das ergibt doch keinen Sinn.«

»Es sei denn, er hatte einen Grund, es nicht zu enthüllen.« Sophie rechnet damit, dass Clémence gleich fragt: Was für einen Grund?

Aber sie bleibt stumm.

Sophie unterdrückt ein Gähnen und blinzelt ein paar Mal. Bei Dunkelheit in einem fahrenden Wagen zu lesen, das Hin und Her der Scheibenwischer, das Brummen des Motors, die leere Straße: All das hat eine einschläfernde Wirkung.

Laut den Zeitungsberichten, die sie gelesen hat, organisierte McKenna also sein Untertauchen.

Das beweist, dass er die nötigen Kontakte hatte. In den Vereinigten Staaten die CIA, auf der anderen Seite der Grenze den CSIS. Gewiss halfen sie ihm, sich eine kanadische Identität zu beschaffen.

Aber warum erst 1992, als die Mordserie bereits seit fünf Jahren andauerte? Was konnte ihn dazu bewogen haben?

Clémence schaltet die Heizung aus und lässt das Fenster herunter.

Eiskalte Luft strömt herein, und Sophie beginnt zu schlottern.

»Ja, das ist unangenehm. Aber ich mach es, damit du wach bleibst, denn ich bin mir ziemlich sicher, dass der Dämon von Vermont in diesem Haus ist, und ich bezweifle, dass er erfreut ist, wenn wir ihre Zusammenkunft stören.«

Sophie schlägt das Tagebuch zu und legt es sich in den Schoß.

»Noch was«, fährt Clémence fort, »könntest du versuchen, meinen Onkel anzurufen? Es wäre nicht schlecht, wenn er dazukäme.«

Sophie holt das Handy hervor und wählt die Nummer, die sie im Keller eingegeben hat.

»Nur die Mailbox.«

Clémence' Miene verdüstert sich. »Ich hoffe, bei ihm ist alles in Ordnung.«

Sophie schweigt. Sie könnte etwas Beschwichtigendes sagen, weiß jedoch, dass es vergeblich wäre. Außerdem wäre es unehrlich.

Nicht alle haben einen Freund gehabt.

»Kannst du schießen?«

»Wie bitte?«

»Ich frage nur, weil du letztes Mal ein Fenster getroffen hast … während dein Verfolger seelenruhig in seinem Camaro weggefahren ist.«

»Ich habe schon mit dem Schießen angefangen, kaum konnte ich ein Gewehr halten, und erst mit dem Training aufgehört, als ich mein Studium begann. Aber es ist wie mit dem Radfahren, man verlernt es nicht mehr. Und dass der Typ wegfahren konnte, liegt daran, dass ich es zugelassen habe. Tut mir leid, aber ich kann einfach kein Menschenleben auslöschen.«

Clémence wendet kurz den Kopf und sieht sie eisig an. »Auch nicht, wenn jemand auf dich schießt? Du kannst von Glück sagen, dass er nur dein Ohr gestreift hat, es fehlten nur ein paar Zentimeter und du wärst tot gewesen. Ich hoffe wirklich, dass dein Altruismus nicht den Tod eines Menschen zur Folge haben wird, den ich liebe.«

Sophie würde ihr gern erwidern, dass ihr Verfolger mit dem Rücken zu ihr stand, als sie auf ihn zielte, aber Clémence würde es nicht verstehen.

Es ist nicht immer leicht, den guten vom bösen Wolf zu unterscheiden, Miss Lavallée.

Ja, wie auch?

Muss man manchmal Böses tun, um Gutes zu bewirken? Hätte sie ihre Prinzipien verraten sollen?

Was meinen Sie, Cadwell? Sie sind doch der Spezialist.

Es ist traurig, einen Freund zu verlieren. Nicht jeder hat einen Freund gehabt.

Stimmt.

Endlich ist ihr wieder eingefallen, wo sie diesen Satz schon mal gehört hat.

Und das kann kein Zufall sein.

Im Gegenteil, es ist ein Beweis.

»Yes!«, ruft sie aus.

»Schön, dass wenigstens eine von uns gute Laune hat. Darf ich den Grund erfahren?«

Sophie lächelt.

»Ich weiß, wer der Mörder ist«, verkündet sie. »Ich weiß, wer der Dämon von Vermont ist.«

HELOTISMUS

Noah hat noch nichts gesagt.

Während er umstandslos der Gestalt gefolgt ist, war er die ganze Zeit in seiner Blase des Schweigens gefangen.

Dabei hatte er die Hand unentwegt in der Tasche, um notfalls von der Pistole Gebrauch zu machen.

Auch der Mörder hat noch nicht gesprochen. Er ist einfach nur weitergegangen, ohne ihn anzugreifen oder sich seinerseits zu schützen.

Er hat ihn mit dem Schein seiner Taschenlampe tiefer in das Gebäude des ehemaligen Instituts geführt und schließlich ins Untergeschoss hinab, wo Noahs Erinnerungen zunehmend klarer werden, lebendiger und schmerzlicher.

Und während der Mörder jetzt im Abstand von einem Meter auf dem unebenen Boden vor ihm hergeht, steigen Bilder und Szenen vor seinem Auge auf.

Dieses düstere Betonlabyrinth, durch das sie gehen, wo sich auf dem Boden Regenwasser gesammelt hat, war früher ein Labor; es befand sich direkt unter der Schule.

Hier, wo kein Tageslicht hereindringt, hat er die meiste Zeit verbracht. Zusammen mit Ärzten in weißen Kitteln und anderen Kindern.

Der Mörder bleibt mitten in einer Wasserlache stehen und leuchtet mit der Taschenlampe den großen leeren Raum aus. Auf dem rissigen Boden sind noch die Abdrücke von früheren Trennwänden zu erkennen.

»Von dem ehemaligen Raum ist nichts mehr zu sehen, die Mauern wurden eingerissen, aber hier sind wir uns zum ersten Mal begegnet, Noah. Du warst gerade erst angekommen, warst fünf Jahre alt. Erinnerst du dich jetzt wieder?«

Noah ist zusammengezuckt.

Das ist eine Frau. Um die fünfzig, ihrer leicht rauchigen Stimme zufolge. Ihr Ton ist autoritär, bestimmt; sie ist jemand, der nicht an sich zweifelt.

Ja. Er erinnert sich wieder. Ein Bild formt sich vor seinem geistigen Auge, das von drei Kindern und einer Ärztin in weißem Kittel, mit zusammengekniffenen Lippen, die grauen Haare zu einem Knoten geschlungen.

Jetzt weiß er auch wieder, wem diese Stimme gehört. Und er hat jetzt nicht mehr eine erwachsene Gestalt vor Augen, sondern ein Mädchen. Dasselbe, das er im Keller des Pastors und auf dem Foto erblickt hat.

Er starrt sie einen Moment lang an und blinzelt, um sich aus seiner Benommenheit zu reißen.

»Amy?«

Die Gestalt dreht sich zu ihm um. »Ja, genau.«

Amy Williams.

Die Fragen überschlagen sich in seinem Kopf, alle wollen gleichzeitig hervorsprudeln, aber seine Lippen bleiben verschlossen.

Einen Moment lang verharrt er schweigend, unschlüssig, welche er zuerst stellen soll.

Und alles, was er sagen kann, ist: »Warum?«

Amy richtet den Lichtstrahl auf ihn, auf sein Gesicht.

Er schirmt die Augen mit der Hand ab.

»Ich erkläre dir alles, von Anfang an. Komm mit.«

Als sie die Taschenlampe wieder herumschwenkt, erhascht Noah einen kurzen Blick auf ihr Gesicht.

Und sieht ihre großen, irren Augen, die allzu lange dem Grauen zugesehen haben. Zwei Glutherde, unaufhörlich vom Hass geschürt.

Sie ist verrückt, wird ihm klar. Die Wut hat ihren Verstand verzehrt.

Noah tastet nach seiner Pistole.

»Ein paar Jahre bevor du in das MK-Prodigy-Projekt aufgenommen wurdest, waren Liam, Richard und ich bereits schon mal einer Hölle entkommen, dem Keller des Pastors, nur um in eine andere gestoßen zu werden, die noch schlimmer war. Nie im Leben hätte ich mir vorstellen können, dass es noch niederträchtigere Menschen geben könnte als den Pastor ... aber so war's.«

Wieder schiebt sich das Bild des mit einem Halseisen an die Wand geketteten Mädchens vor seine Augen.

Schnell wendet er den Kopf, um sich vor dem Ansturm weiterer Bilder zu schützen.

Amy geht ein paar Schritte weiter und deutet auf eine Mauer, dann dreht sie sich zu ihm um.

»Die Tatsache, dass wir den Pastor getötet haben, hat ihr Interesse an uns nur noch vergrößert, aber bald darauf kamst du dazu, und das war gut für uns, aber schlecht für dich – denn du wurdest zu ihrem Lieblingsversuchsobjekt. Dich hatten sie noch öfter in der Mangel als uns. Dort an der Mauer befanden sich die Isolationstanks. Ich habe immer noch den Salzgeruch in der Nase, wobei die ersten Male gar nicht mal unangenehm waren. Wusstest du, dass diese Methode, heute nennt man es Floating, noch immer benutzt wird, um Stress und Anspannung abzubauen oder die kognitiven Fähigkeiten zu verbessern? Und entwickelt hat sie in den Fünfzigerjahren John Cunningham Lilly. Aber damals, hier in diesem Versuchslabor, wurden sie ganz anders angewendet, für uns war es eine Tortur. Wir mussten stundenlang darin ausharren, ohne Essen, mit Drogen vollgepumpt, vor allem LSD.«

Weitere Erinnerungen tauchen auf.

Die Angst, der Kontrollverlust, das Gefühl der Verlassenheit. Und auch die Laute, die Worte, die zigmal wiederholt wurden.

Mathematische und physikalische Formeln, fremdsprachige Sätze, komplizierte Fremdwörter.

Amy richtet die Taschenlampe auf ihn, als hätte sie seine Gedanken erraten, und erklärt ihm: »Sie haben sich dieser Methode bedient, um uns der Gehirnwäsche zu unterziehen und uns stark zu machen, eine recht eigenartige Vorstellung von Erziehung, die nichts zu tun hatte mit dem schützenden Kokon, den viele Eltern heute um ihre Kinder spinnen und der sie zu egoistischen Konsumschafen der Generation Y werden lässt.«

Amy kniet sich hin und tut, als würde sie einem imaginären Kind einen Kuss auf die Stirn geben: »Oh, du bist etwas ganz Besonderes, mein Liebling, du bist zu etwas ganz Großem bestimmt, du wirst die Welt verändern, mein angebeteter Millennial.«

Sie lacht, das Echo ihrer verrückten Stimme hallt von den Mauern wider. Dann steht sie wieder auf und wendet sich erneut an Noah.

»Ja, auch wir waren zu etwas Besonderem bestimmt, wir auch … wenngleich sie unsere Seele zermalmten und unsere Kindheit für ihre Ziele opferten. Übrigens sind die Isolationstanks, die Drogen, das Wissen, mit dem sie uns vollstopften, harmlos im Vergleich zu dem, was sie uns antaten, um unseren Willen zu brechen. Wir sind dir also zu tiefstem Dank verpflichtet, weißt du. Was wäre ohne dich wohl aus uns geworden?«

Uns?

Noah beendet sein Schweigen. »Ich verstehe nicht, wovon du sprichst. Ich erinnere mich vage an diese Tanks, an Tonaufnahmen, an bestimmte Laute, an binaurale Beats, glaube ich.«

Er schließt die Augen, um die Erinnerungen heraufzubeschwören, die im dichten Nebel seines Unterbewussten umher wabern.

Er sieht sich einem Mann gegenüber. Er erkennt ihn, es ist Trevor Weinberger. Er hat es sich zur Aufgabe gemacht, ihn das gesamte

Wörterbuch auswendig lernen zu lassen, und fragt die Bedeutung einzelner Wörter ab.

Bei jedem Fehler schlägt er ihm mit einem Metalllineal auf die Finger. Aus dem Raum nebenan hört er Kinder schreien und weinen. Die Ärztin mit dem Haarknoten, die hinter ihm an der weiß gestrichenen Wand lehnt, macht sich mit verkniffenem Mund Notizen. Noah öffnet wieder die Augen.

»Ich erinnere mich an Weinberger und eine Frau, älter als er.«

Amy verzieht wütend das Gesicht. »Grady, dieses Miststück. Wir hatten sie, kurz bevor …« Sie unterbricht sich und fährt dann fort: »Nach und nach wirst du dich an alles erinnern, Noah. Ich weiß nicht genau, was sie dir in all den Jahren angetan haben. Aber ich weiß, es gibt dich noch, irgendwo gefangen in deinem Kopf; tief schlafend unter einer dichten Schicht aus Lügen. Aber vor fünf Jahren hattest du dich befreit. Wir haben es geschafft.«

Wir.

»Was meinst du mit … wir?«

Amy sieht ihn ein paar Sekunden lang schweigend an. »Darauf komme ich noch. Aber erst will ich dir etwas zeigen. Wappne dich, denn was dich erwartet, könnte sehr schmerzhaft für dich sein. Diese Erinnerungen schlummern ganz tief in dir, in einem Vorhof des Unterbewussten.«

Noah weiß instinktiv, wovon sie spricht. Die Bilder, die wellenartig auf ihn eingestürmt sind, diese flashartigen Erinnerungen. Die Männer in Kutten, das umgedrehte Kreuz. Die geopferte Kindheit, die pervertierte Kindheit.

Umso mehr fürchtet er das, was sein Gedächtnis gleich hochspülen wird.

›››

»Amy Williams? Die aus Noahs Visionen? Über die du recherchiert hast?«

Sophie nickt. »Ja, der Zettel, den du neben Noahs PC gefunden hast, hat mich auf die Idee gebracht. Dieses Zitat aus *Der kleine Prinz*, das habe ich schon mal gehört, aber ich wusste nicht mehr, wo. Aber jetzt ist es mir wieder eingefallen. Es war bei Stephen Cadwell, als ich ihn interviewte. Er erzählte mir, dass die kleine Amy ein Bücherwurm war. Und die Worte auf dem Zettel auf Noahs Schreibtisch sind eins zu eins identisch mit dem, was Cadwell mir gesagt hat an diesem Abend, bevor die Schergen der CIA ihn umgebracht haben.«

Clémence nickt. »Es ist in der Tat sehr unwahrscheinlich, dass er zufällig dasselbe Zitat neben seinem Laptop liegen hat. Das heißt also, dass die kleine Amy die Hölle in diesem Keller überlebt hat. Noah hat von zwei Jungen erzählt, die Pastor McKenna töteten. Amy muss auch dabei gewesen sein. Ich frage mich, was anschließend geschah.«

»Der zeitliche Rahmen würde passen. 1977 wird sie von den Cadwells weggeholt. Damals war sie fünf Jahre alt. Der Pastor ist 1980 gestorben. Gut möglich, dass sie diese drei Jahre bei ihm verbrachte.«

»Ich kann mir dennoch schwer vorstellen, dass drei Kinder einen Mann töten, ihnen die Flucht gelingt und, vor allem, wie sie anschließend auf sich gestellt überleben. Und dann gibt es auch diese Verbindung zu dem Institut. Nein, diese Geschichte ist nicht rund, irgendetwas hakt da.«

»Ja, es fehlen noch ein paar Puzzleteile. Aber der Rest stimmt. Amy Williams rächt sich.«

Clémence schüttelt den Kopf. »Und welche Verbindung gibt es zu Noah? Sie sind einige Jahre auseinander. Amy muss heute … wie alt ungefähr sein? Und dann ist da auch der Unfall, bei dem der Dämon von Vermont angeblich ums Leben kam. Und warum hat sie so lange gewartet, um Rache zu nehmen?«

Sophie unterbricht sie. »Okay, okay, ich weiß, ich kenne auch nicht alle Antworten.«

Denk nach, Sophie …

»So, gleich sind wir in Peru. Bald ist der Moment der Wahrheit gekommen, wer weiß?«

Sophie antwortet nicht, sie hat sich wieder in die Lektüre des Tagebuchs vertieft.

SCHÄBIG

Noah möchte, dass es aufhört.

Aber die Schleusen seiner Erinnerung sind geöffnet, und er kann den Strom der Bilder und Geräusche, der sein Bewusstsein überschwemmt, nicht mehr aufhalten.

Die Kapelle.

Die Rituale.

Das Grauen.

Er erinnert sich wieder an alles.

Amy steht in der Mitte des Raums. Genau dort, wo die unbeschreiblichen Abscheulichkeiten mehrmals pro Woche stattfanden.

Noah kann sie kaum mehr ausmachen. Dieser Mahlstrom an Erinnerungen reißt ihn mit sich fort; die feuchte Erde und die bröckligen Mauern sind gedämpftem Licht gewichen, Kerzen und karmesinroten Wandbehängen. Er sieht das Kreuz, das für die Zeremonie aufgestellt wurde. Und er riecht den aromatischen Rauch aus den Gefäßen, in denen Myrrheharz verbrannt wird.

Auch kann er den Sprechgesang der »Jünger« in ihren roten und schwarzen Kutten hören, dieser Wölfe in Schafpelzen, die der Lasterhaftigkeit huldigen.

Hier ist der Ort, wo die Kindheit geschändet wurde. Hier ist es, wo ihm so früh die Unschuld geraubt wurde.

Amys Stimme holt ihn in die Wirklichkeit des feuchten Untergeschosses zurück.

»Die Kapelle. Hier wurden wir zu Henkern gemacht, um dann diesen Perversen zum Fraß vorgeworfen zu werden, die an uns kleinen Kindern ihren sexuellen Appetit stillten. Einige haben bereits dafür gebüßt, andere stehen noch auf meiner Liste. Timothy Carter war der Erste, vor fünf Jahren. Du erinnerst dich an ihn, das weiß ich; er war Stammkunde. Dieser Scheißkerl hat sich nicht damit begnügt, Waisenheime und Krankenhäuser oder sozial benachteiligte Familien abzuklappern, auf der Suche nach neuen Opfern für Grady und Weinberger. Nein, er nahm auch an diesen Ritualen teil, das Gesicht verborgen hinter seiner Maske, der einzige Gesichtslose unter den roten und schwarzen Kutten. Aber vor mir konnte er sich nicht verbergen. Wie hätte ich ihn auch vergessen können: Wegen ihm bin ich hier gelandet, als Vollstreckerin, Peinigerin und kindliches Lustobjekt, hilflos ausgeliefert den Gelüsten dieser Monster. Der Geruch seines Aftershaves und sein Keuchen direkt an meinem Ohr sind für immer in mein Gedächtnis eingebrannt.«

Sie hämmert sich mit dem Handballen an den Kopf, als könnte sie so diese Erinnerungen aus ihrem Schädel entfernen.

Dann redet sie weiter, aber ihre Stimme verklingt, während Noah wieder in den Strom seiner eigenen Erinnerungen eintaucht.

Um ihn herum hat sich ein Kreis gebildet. Wieder sieht er Männer in Kutten, die ihn anfeuern, während ihn der Zeremonienmeister dazu zwingt, einem Mann mit flehendem Blick die Kehle durchzuschneiden, und später einen anderen mit einer Machete zu massakrieren.

Er erinnert sich, dass die Namen bestimmter Dämonen ausgerufen wurden, während sie ihn dazu antrieben, die an das Kreuz gefesselten Opfer zu foltern. Und je mehr er schrie, desto mehr schwoll das Psalmodieren um ihn herum an.

Und wenn das jeweilige Opfer dann vom Kreuz genommen wurde und der Boden noch von dessen Blut befleckt war, begannen die Orgien, und das rituelle Gemurmel und die Gesänge wichen lüsternem Grunzen und Stöhnen.

Wieder spürt Noah die Hände, die seine Hüften packen, und wie sein Körper zu einem Spielzeug wird, einer schlaffen Puppe …

»Nein!«, schreit er.

Seine Beine zittern, Galle steigt ihm die Speiseröhre hinauf. Schlimmer noch ist die Distanziertheit, seine schwindende Willenskraft, die nach und nach aus seinem Körper weicht, während sich seine kindliche Seele an das Grauen gewöhnt wie die Augen an die plötzliche Dunkelheit.

Wieder hört er Amys Stimme.

»… Er hat dafür bezahlt. Möge deine Seele in der Hölle schmoren … Ich habe ihm das Glied abgeschnitten und ihn gezwungen, es aufzuessen, und Richard hat ihn zum Reden gebracht. So haben wir Namen und Adressen bekommen … damit wir weitere finden konnten. Alles andere weißt du. Der Dämon von Vermont, wie sie uns nannten. Die Dämonen waren sie, nicht wir.«

Richard? Der Junge aus dem Keller? Der, der sich weigerte, Trout zu foltern? Der Junge auf dem Foto? Also waren sie zu zweit.

»Antonio Da Silva zu finden war kein Problem. Das war der Chauffeur und Gärtner des Instituts. Ein paar Tage in der Woche arbeitete er in der nahegelegenen Fabrik, zur Tarnung. Und er nahm genau wie Carter an den Zeremonien teil.«

Noah verzieht angewidert das Gesicht, als er sich an Antonios dröhnendes Lachen erinnert und wie er ihm immer die Schulter drückte und mit der Hand durch sein Haar fuhr.

»Aber wir haben ihn verwandelt und der Welt seine wahre Dämonennatur offenbart, und wir haben vor seinen Augen seinen Sohn getötet, bevor wir ihn in die Hölle schickten, dorthin, wo er herkam.«

Da Silva. Seine zweite Ermittlung in dem Fall. Aber wie kann er sich jetzt noch einer Sache sicher sein?

War das seine wahre Identität, war er tatsächlich Profiler, oder war alles erfunden und erlogen?

»Aber verdammt, an Harrington heranzukommen ist uns leider nicht mehr gelungen. Dieses Monster lag bereits im Sterben. Dieser brave Nachbar mit unbekannter Vorgeschichte, immer zu Diensten … und ein Pädophiler der schlimmsten Sorte.«

Als Noah diesen Namen hört, durchläuft ihn ein eisiger Schauder.

Dieser Typ genoss es, einem Schmerzen zuzufügen, zu schlagen, einem die Arme zu verrenken. Weinen und Tränen turnten ihn an.

»Iris und Lucas zu töten, hat mir keinen Spaß gemacht, musst du wissen«, fährt Amy fort. »Aber es war notwendig, damit er richtig leiden musste, ehe er in die Hölle fuhr.«

Die Hölle?, denkt er. Die ist hier. Noah muss sich auf den Stock stützen, um nicht das Gleichgewicht zu verlieren. Er hat das Gefühl, ersticken zu müssen.

Amy nähert sich ihm. Sie ist jetzt nur noch einen knappen Meter von ihm entfernt.

Ihr Gesicht ist leblos, nur ihre Augen sind wie zwei leuchtende Murmeln. Der Hass hält sie aufrecht, gibt ihrem Leben noch einen Sinn.

Ich könnte sie jetzt erschießen, denkt er. Trotz allem, was sie mitgemacht hat, muss ihrem Tun zweifellos ein Ende bereitet werden.

Auf gewisse Weise kann er sie verstehen. Die Verantwortlichen ausfindig machen, sie büßen lassen, ja … aber deren Kinder? Sie waren unschuldig und haben es nicht verdient, zu sterben.

Und seine Psychiaterin … und Rachel. Waren sie so tief in die Sache verwickelt, um diese Strafe verdient zu haben?

»Tja, und ich hoffe, Noah, dass du verstanden hast, genau wie vor fünf Jahren. Vielleicht hätten wir die Isolationstanks, die Experimente und die Drogen ja verzeihen können. Aber nicht das, was in der Kapelle passierte. Sie haben uns zerstört, haben uns die Seele aus dem Körper gerissen, um gehorsame Soldaten aus uns zu machen. Wir sollten fähig sein, verschiedene Rollen zu spielen, damit sie uns nach Belieben irgendwo infiltrieren konnten, um die geheimen Missionen, die sie sich ausgedacht hatten, auszuführen und dann wie gehorsame Hunde zu ihnen zurückzukehren … bereit für neue Aufgaben.«

Amy geht ein paar Schritte zurück und stößt ein freudloses Lachen aus.

»Und das Schlimmste ist, dass es funktioniert hat. In wenigen Jahren habe ich mehr als ein Dutzend Sprachen gelernt, war ich mit den verschiedensten Verhörtechniken vertraut, war ich in der Lage, mit einem Präzisionsgewehr zu schießen. Wir wurden wegen unserer außergewöhnlichen Begabung ausgewählt, und sie haben sie gesteigert, indem sie uns unsere Menschlichkeit raubten. Kurz vor dem Vorfall wurde ich auf eine Probemission geschickt, um einen einflussreichen Geschäftsmann zu töten. Wer ahnt bei einem dreizehnjährigen Mädchen schon etwas Böses? Ich erinnere mich noch genau an den überraschten Ausdruck in seinen Augen, als ich das Ende des Schalldämpfers auf seine Stirn pflanzte.«

Eine Tötungsmaschine. Ein perfekter Killer. Deswegen wusste sie, wie sie die Überwachungskameras ausschalten und die Polizei überlisten konnte. Trifft das Gleiche auch auf mich zu? Wie viele Leben habe ich ausgelöscht?

»Und zweifellos wären wir immer noch in ihren Diensten, wenn du nicht interveniert hättest. Wir stehen tief in deiner Schuld, Noah.«

Amy kommt wieder zu ihm und berührt ihn zum ersten Mal, indem sie ihm die Hand auf die Schulter legt.

Er versucht nicht, sich ihr zu entziehen.

»Dir haben wir es zu verdanken, dass wir dort rauskamen. Dank deiner Entdeckung. Dank unseres kleinen Geheimnisses.«

Das ist ein Geheimnis. Das ist ein Geheimnis.

Das Gemurmel der Kinderstimmen, die er in dem Maislabyrinth vernommen hat, das rote Dreirad.

Jetzt ergibt für Noah alles einen Sinn.

›››

Sophie klappt das Tagebuch wieder zu und verharrt einen Moment lang reglos.

»Geht es dir gut?«, fragt Clémence. »Ich habe das Gefühl, eine Statue sitzt neben mir.«

»Es ist wegen dem, was ich gerade gelesen habe, auf der Seite, wo das Tagebuch endet. Sie hat ihn gesehen.«

»Wen?«

»Den Schützen im Camaro. Sie hat geschrieben, sie sei an ›einem ungefähr fünfzigjährigen Mann mit Verbrechervisage vorbeigekommen, der nur wenige Meter von dem Haus entfernt parkte, am Steuer eines schwarzen Camaro‹, dann sei sie schnell weitergegangen.«

»Und das Datum des Eintrags?«

»Der 3. November 2016.«

»Das war einen Tag, bevor wir uns im Haus der Cotés umgeschaut haben. Er muss sie in der Nacht umgebracht haben.«

»Noch ein Opfer. Wobei sie ihm mit etwas Glück hätte entkommen können. Dieser Kerl muss ein Auftragskiller sein.«

»So, gleich sind wir da, da vorn ist dieses Herrenhaus«, verkündet Clémence. »Bist du noch immer entschlossen, die Heldin zu spielen?«

Sophie wirft den Kopf in den Nacken. »O ja, das ist mir ein persönliches Anliegen. Aber du kannst gern im Wagen warten.«

»Bist du verrückt! Glaubst du vielleicht, ich würde mir das Ende der Geschichte entgehen lassen? Außerdem kann ich mich sehr gut nützlich machen, du kennst mich nur noch nicht.«

»Ah ja, kannst du mit einer Waffe umgehen?«

Clémence lächelt gequält. »Ich habe schon einmal mit einer Pistole geschossen, ja. Aber ich glaube, das überlasse ich doch besser dir, und zwar weil ich sehen möchte, ob du tatsächlich mehr als nur ein Fenster treffen kannst. Ich verfüge aber über allerhand andere nützliche Fähigkeiten, das bringt eine überdurchschnittlich hohe Intelligenz halt so mit sich.« Sie zwinkert ihr zu.

Diese Frau strotzt nicht gerade vor Bescheidenheit.

»Irre ich mich, oder machst du dich über mich lustig?«

Clémence antwortet nicht, lächelt nur schief und beschleunigt den Wagen.

ANTHYLLIS

Das Geheimnis.

Eine Gabe? Eine Fähigkeit?

Noah erinnert sich mit erstaunlicher Intensität daran, wie sie sich zum ersten Mal manifestierte, fast als wäre es gestern gewesen. Dabei ist es fast dreißig Jahre her, 1986.

Er war sechs und brachte beinahe schon ein Jahr in der unterirdischen Hölle des Instituts zu.

An diesem Tag kam er gerade aus dem Isolationstank, und Dr. Grady unterzog ihn einer Reihe von Tests.

Während sie sich in dem winzigen, abgeschotteten Raum Notizen machte und er einen Multiple-Choice-Test ausfüllen musste, sah er ihr mit einem Mal direkt in die Augen und sagte in unbeteiligtem Ton:

»Sie werden bald sterben, Doktor, ich habe es gesehen, als ich in diesem Tank lag.«

Nachdem sich kurz Überraschung auf ihrem Gesicht gespiegelt hatte, nahm sie bald wieder den für sie typischen undurchdringlichen Ausdruck an; ohne ihn nach weiteren Details auszufragen, richtete sie wieder ihren Reptilienblick auf ihn. Bestimmt schob sie seine Bemerkung auf seinen sechsstündigen Aufenthalt in der Epsom-Badelauge und den Einfluss des LSD, das sie ihm verabreicht hatte. Ein Delirium, das unter psychotropen Substanzen hervorgerufen wurde.

Eine Woche später befanden sich die Kinder, die an diesem Projekt teilnahmen, in dem Raum, wo sie sich beschäftigen durften, womit sie wollten. Er war fensterlos und maß drei mal fünf Meter, hatte weiße Wände und wurde von Neonlicht beleuchtet. Hier konnten sie zeichnen, bildhauern oder aber knifflige Aufgaben lösen. An diesem Ort verbrachten sie die unbeschwertesten Stunden, wenn sie einmal nicht in den verhassten Tanks ausharren und Dinge lernen mussten, die sie nicht lernen wollten, oder für den Kampfeinsatz trainieren mussten.

Was diese Riten in der Kapelle betraf, so fanden sie nur noch sporadisch statt. Und bei einigen, wie etwa Liam, waren sie einfach nicht mehr notwendig.

Bis auf Noah waren alle bereits zu willenlosen menschlichen Hüllen geworden, Knetmasse in den Händen der Projektverantwortlichen.

Und auch wenn sie in diesem Raum vereint waren, lösten sie sich nur selten aus ihrer Apathie; sie saßen an ihren Schreibtischen, und ihre Interaktionen beschränkten sich in der Regel auf das ein oder andere Handzeichen oder geflüsterte Wort.

Aber an besagtem Tag, erinnert er sich jetzt wieder – er beschäftigte sich mit Zeichnen –, hatte er plötzlich unerklärliche Sinneseindrücke. Es war eine Art von Vision, er hörte Stimmen, nahm Gerüche wahr. Es war, als könnte er Bruchstücke von Gedanken hören. Und zwar die von Richard.

Noah erinnert sich, wie er aufstand und langsam zu ihm ging. Und während Richard mit einem Puzzle beschäftigt war, legte er ihm die Hand auf die Schulter.

Dieser schlichte Körperkontakt war eine Offenbarung. In diesem Moment sah er zum ersten Mal Pastor McKenna, und zwar durch Richards Gedanken. Liam, der ihn aufforderte, bei ihm abzuschreiben, Trout, der an den Pfosten gefesselt war, und Amy, die in Ketten gelegt war und anschließend missbraucht wurde.

Einen Augenblick lang konnte er eine Verbindung zu den anderen knüpfen und die Emotionen eines anderen Kindes spüren. Er hatte ein Fenster zu seiner Vergangenheit geöffnet und blickte hindurch.

Und Richard spürte das. Und die so lange gefangen gehaltenen Tränen quollen hervor und strömten ihm über die Wangen.

Noah öffnet die Augen. Er ist wieder in der Gegenwart, zusammen mit Amy. Die Füße im Wasser, in der Dunkelheit des Kellers.

»Richard …«, murmelt er.

Amy nickt.

»Von dem Tag an, als du ihn berührtest, änderte sich die Atmosphäre im Institut. Du hattest eine Bresche geschlagen, durch die Licht in unsere Dunkelheit drang. Du hast den Weg in die Tiefen unserer Psyche gefunden und unsere Herzen von dem schwarzen Knäuel befreit, das sie umgab. Und je öfter wir im Spielzimmer kommunizierten, desto größer wurde die Bresche, sodass die bittere Galle aus unseren Herzen entweichen konnte. Einen Monat lang tauschten wir uns aus. In diesem Zimmer hast du unsere jeweiligen Geschichten erfahren, von unserem Leben, das wir führten, bevor wir dort hinkamen. Die Briefe, die du erhalten hast, spiegeln einige Passagen wider. Für uns waren das … magische Momente. Vor allem für Richard und mich. Liam war verschlossener. Er begnügte sich damit, zu beobachten. Er war, wenn man so will, schon verloren.«

Ja, Liam war der Älteste, und Noah entsinnt sich, dass er nicht zu ihm durchdrang.

»Wir schworen, niemandem ein Wort zu sagen. Auch Liam musste es schwören, auch wenn er sich immer abseits hielt. Es war zu unserem Geheimnis geworden.«

Amy unterbricht sich, und ihre Züge verdüstern sich. »Aber das Untergeschoss des Instituts war kein Ort des Lichts. Die Finsternis machte bald wieder ihre Rechte geltend.«

Stimmt, als sie herausfanden, welche Fähigkeiten er besaß, wurde alles noch viel schlimmer. Jetzt war Noah nicht mehr nur ein programmierbarer Killer für die CIA. Er war … noch mehr. Eine Anomalie, die es zu untersuchen galt, wieder und wieder. Die Ärzte wollten es unbedingt verstehen. Woher kamen diese Fähigkeiten? Hatte das Phänomen mit dem Floating unter LSD-Einfluss zu tun? Spezialisten aus unterschiedlichsten Fachgebieten kamen und untersuchten ihn. Seher, Medien, Neurologen …

Für Noah hingegen war es viel einfacher: In seinem kindlichen Bewusstsein war auf einem Müllhaufen eine weiße Rose erblüht.

»Die Séancen in der Kapelle fanden wieder öfter statt. Nur Liam musste nicht mehr teilnehmen. Ich glaube, er hat uns verraten. Die Institutsleitung war beunruhigt, weil sie sahen, dass wir ihnen zu entgleiten drohten. Einen Monat lang durchlebten wir die Hölle. Erinnerst du dich, was im August geschah, an dem Tag, als alles aus den Fugen geriet?«

»Ja«, antwortet Noah. »Ich erinnere mich.«

ERSCHÖPFT

Noahs Weissagung wurde tatsächlich wahr, eines Augustmorgens 1986 starb Esther Grady.

Plötzlich erinnert er sich wieder an die Umstände ihres Todes und an die Kette der Ereignisse, die er auslöste.

Und während er die Szene von damals erneut vor Augen hat, als die Wachen ihn brutal aus dem Isolationstank und in Richtung Spielzimmer zerrten, fragt er sich, welches Schicksal ihm bestimmt gewesen wäre, wenn Liam nicht auf eine Mission geschickt worden und stattdessen anwesend gewesen wäre und Amy nicht interveniert hätte, oder wenn Grady von vornherein nicht seine Bestrafung angeordnet hätte.

Wobei sie, wird ihm im Rückblick klar, in gewissem Sinn gar keine andere Möglichkeit hatte. In ihrer Funktion als Verantwortliche für das MK-Prodigy-Projekt war sie ihren Vorgesetzten Rechenschaft schuldig. Und Noah war und blieb nicht nur ein unlösbares Rätsel, sondern stellte auch eine Gefahr hinsichtlich der anderen Kinder des Projekts dar.

Also musste sie reagieren.

In diesem Punkt sind seine Erinnerungen bruchstückhaft, konfus. Er stand noch unter der Wirkung der Droge, und seine optische und akustische Wahrnehmung war verschwommen.

Aber der Satz, den die Ärztin aussprach, während zwei Wachen ihn festhielten, indem sie seinen Kopf auf den Tisch drückten und seine Arme nach hinten bogen, hallt in seinem Bewusstsein nach.

»Schneide ihm einen Finger ab, den kleinen zuerst«, verkündete sie mit monotoner Stimme.

Er entsinnt sich, dass er etwas brummte und den Blick hob. Zwischen ihm und der Ärztin stand Amy, ein riesiges Messer in der Hand. Tränen strömten ihr übers Gesicht, in dem ihr die Verzweiflung geschrieben stand. Hinter Grady, in der Nähe der Tür, wurde Richard von zwei schwarz gekleideten Männern festgehalten. Einer der Schergen drückte ihm eine Pistole an die Schläfe.

»Wenn du es nicht tust, wird Richard sterben, und du bist schuld daran«, fügte die Ärztin mit der gleichen monotonen Stimme hinzu.

Natürlich bluffte sie, wird ihm jetzt klar, aber damals konnte Noah es nicht wissen. Ebenso wenig wie Amy, die ihr glaubte.

Noah öffnet die Augen. Jemand spricht mit lauter Stimme mit ihm. Amy fasst ihn immer noch an der Schulter. Ihr Griff ist fest.

»Ich erinnere mich«, sagt er, »wie du mir in diesem Moment direkt in die Augen gesehen hast. Du hast mir zugezwinkert und im Flüsterton zu mir gesagt …«

»… alles wird gut, Noah«, vervollständigt sie den Satz.

Was für Esther Grady nicht zutraf.

In den darauffolgenden Sekunden musste sie auf brutale Weise erfahren, dass eine Waffe sprichwörtlich nach hinten losgehen kann. Denn die Verantwortlichen des Instituts hatten zwar Killermaschinen geschaffen, aber nicht bedacht, dass sie sich auch gegen sie wenden könnten.

Amy machte einen Schritt auf Noah zu, dann drehte sie sich blitzschnell zur Ärztin um und stieß ihr das Messer zuerst in den Bauch, dann in den Hals.

Gleichzeitig nutzte Richard den Überraschungsmoment, um sich aus dem Griff der beiden Männer zu befreien und dem einen die Waffe zu entwinden. Zwei Schüsse ertönten, und die beiden Schergen gingen zu Boden.

Gewiss nicht auf eine solche Situation vorbereitet, verharrten die beiden Wachen, die Noah festhielten, einen Moment lang in Schockstarre. Und als sie schließlich nach ihren Waffen greifen wollten, hatte Richard beiden bereits eine Kugel in die Stirn gejagt.

Noahs Sicht war noch immer beeinträchtigt, und er nahm die Geräusche verzerrt wahr, manchmal waren sie schrill, dann wieder dumpf und erstickt, als wären seine Ohren immer noch unter Wasser. Aber er sah, wie Amy, ein dreizehnjähriges Mädchen, auf eine Frau in weißer Bluse, die bereits am Boden lag, einstach. Immer wieder ging ihr Arm hoch und stieß wieder hinab, und Blut spritzte auf.

Amy nimmt die Hand von seiner Schulter und wischt ihm eine Träne von der Wange.

»Danach ging alles sehr schnell«, sagt sie. »Die Alarmanlage schaltete sich ein, und wir mussten weitere Menschen töten, um uns einen Weg durch das Kellergeschoss zu bahnen. Und du warst noch so schwach. Du hattest kaum etwas gegessen und standest noch unter der Wirkung von LSD. Wir mussten dich mitziehen; vielleicht wärst du, wenn du bei Kräften gewesen wärst …«

Nur vage und verschwommen erinnert er sich an Schüsse und Schreie.

»Es gelang uns, den Haupteingang zu erreichen«, fährt Amy fort. »Draußen herrschte Chaos. Schüler liefen durch den Garten in Richtung des Gittertors, das offen stand. Einige rannten neben uns her, ohne uns zu bemerken.«

Wieder unterbricht sich Amy und befeuchtet sich die Lippen.

»Mit einem Mal schoss jemand auf mich. Ich wurde in der Schulter getroffen, genau hier. Eine oberflächliche Verletzung, aber dennoch schmerzhaft, sodass ich dich losließ und du hinfielst. Du rolltest bis zum unteren Fuß der Treppe und sprangst dann, wie von der Tarantel gestochen, auf und ranntest, ohne dich auch nur einmal umzusehen, weiter.«

Ja, er kann wieder Amys Stimme hören und weitere Schüsse und

Richard, der brüllt: »Amy, lauf weiter … Wir kommen zurück, ihn holen, aber wir müssen uns zuerst selbst retten.«

»Das war das letzte Mal, dass ich dich gesehen habe«, fährt sie fort. »Wir haben dich nicht gefunden. Wir mussten dreißig Jahre warten, bis sich unsere Wege erneut kreuzten.«

Trotz der Kälte und der Feuchtigkeit ist Noah heiß, der Kragen seines Hemds liegt wie eine Schlinge um seinen Hals. Sein Unterbewusstsein entledigt sich einer riesigen Last, aber sein Körper rebelliert gegen das Aufsteigen der Erinnerungen.

Er macht ein paar Schritte in Richtung der Mauer und bleibt abrupt stehen.

Die Szene, die so lange in den hintersten Winkeln seines Bewusstseins eingesperrt war, befreit sich auf einen Schlag. Die Bilder prasseln auf seine Netzhaut ein, die Geräusche auf seine Ohren.

Er rennt zwischen den Schaukeln und Sandkästen weiter. Niemand beachtet ihn. Normalerweise wäre ein sechsjähriger Junge, der nackt durch den Garten der Schule sprintet, nicht unbemerkt geblieben, aber es herrscht die reinste Panik.

Die Augustsonne brennt herab, obwohl es noch früher Morgen ist. Er spürt schon die drückende Hitze auf der Stirn.

Schüsse sind zu hören, während er rennt und rennt.

Weiter vorn, ein paar Meter vom Toreingang entfernt, bemerkt er zwei Dreiräder; sie stehen neben einer der Bänke, die die Allee säumen.

Noah rennt noch schneller, springt auf das erste und steuert auf das Tor zu.

Mit seinen Kinderbeinen tritt er so schnell er kann in die Pedale, die Umgebung rast an ihm vorbei, die Sonne blendet ihn, er ist völlig außer Atem.

Egal, er will nur eins: diese Hölle verlassen, den Monstern in der Kapelle entkommen, und er hat nur diese eine Chance. Er mobilisiert seine letzten Kräfte, beißt die Zähne zusammen und tritt in die Pedale.

Er fährt den Howard Drive hinab, an den großen Häusern vorbei, die automatischen Rasensprenger drehen sich schon, ihre hohen Fontänen bewässern den Rasen.

Er konzentriert sich ganz auf die Straße. Seine Wahrnehmung beschränkt sich jetzt auf die Sonnenstrahlen, die hier und da durch das Blätterdach dringen und immer wieder sein Gesicht streifen, und das Knirschen der Plastikräder auf dem Asphalt.

Inzwischen braust er durch die Haynes Terrace, wo das Dreirad Fahrt aufnimmt, denn die Straße wird immer abschüssiger, und er muss nicht mehr in die Pedale treten.

Noah ist an seinen Grenzen angelangt, er ist kurz vor einer Ohnmacht und hat Mühe, das Rad zu kontrollieren, es schwankt heftig. Seine kleinen Hände umklammern den Lenker, aber sein Griff lockert sich immer mehr, er hat die Augen halb geschlossen. Sein Kopf ist zur Seite geneigt.

Die Straße macht eine Biegung und …

Der Lärm von berstendem Blech. Quietschenden Reifen. Das Gefühl, von der Erde hochgehoben zu werden, der Schock, mit dem er wieder auf den Asphalt knallt, das Krachen seiner Zähne, die auf dem Boden aufprallen, der Schmerz, der sich in seiner Brust ausbreitet, der metallische Geschmack von Blut in seinem Mund.

Er sieht, wie Blut aus seinem Körper spritzt. Hört das Geräusch einer zuschlagenden Tür. Dann den Schrei einer jungen Frau. Ihr »O mein Gott, o mein Gott« scheint sich wie ein Echo um ihn herum zu vervielfältigen, ehe es allmählich verklingt.

Dann nichts mehr. Nur noch Schwärze.

Noah geht zur Wand und stützt sich mit der Hand ab. Er sinkt auf die Knie und wischt einen Speichelfaden weg, der ihm aus dem Mund tropft.

Das rote Dreirad …

»Wir dachten, du wärst tot. Das hat die Lokalpresse geschrieben. ›Ein tragischer Unfall kostet einem kleinen Kind das Leben‹. Wir hätten uns denken können, dass sie diese Meldung fingiert hatten, um uns glauben zu machen, dass du gestorben bist. Diese Monster waren noch nicht mit dir fertig, du warst einfach zu kostbar für sie. Was unsere Flucht betrifft und das Chaos, das sie auslöste, so sagten sie, eine der Wachen sei ausgerastet und hätte auf seine Kollegen geschossen, bevor er sich selbst umbrachte. Ende der Geschichte. Das Raven Institute musste seine Tore schließen, ohne dass es eine Untersuchung der Geschehnisse gegeben hätte.«

Ich war das Kind auf dem roten Dreirad ... das Kind, das Rebecca Law überfahren hat.

»Richard und ich sind geflohen. Normale Kinder hätten eine solche Flucht nie und nimmer überleben können, jedenfalls nicht, ohne aufzufallen, ohne Fragen aufzuwerfen. Aber wir waren ja alles andere als normal. Wir waren trainiert, außerdem kannten wir eine Adresse, einen Zufluchtsort, den Trout uns im Keller des Pastors zugeflüstert hatte, bevor er starb. Ich hatte mit niemandem darüber gesprochen. Warum auch, wie hoch waren die Chancen, dass wir je hätten fliehen können? Wie auch immer, Richard und ich haben versucht, ein neues Leben zu beginnen. Ein normales Leben. All das Grauen hinter uns zu lassen. All das hat uns zusammengeschweißt, und wir wurden ein Liebespaar. Wir versuchten, so gut es ging, uns einen Platz in der Gesellschaft zu erobern. Einerseits war es leicht, wir verfügten ja über allerlei Fähigkeiten und Wissen, aber andererseits war unsere Gefühlswelt verkümmert. Wie soll man sich integrieren, wenn man nicht weiß, wann man lachen oder Mitleid haben soll? Wir lernten, Gefühle vorzutäuschen. Und natürlich konnte ich keine Kinder bekommen. Diese Ungeheuer in der Kapelle haben mich auch in dieser Hinsicht zerstört.«

Und ich? Was ist mit mir in all diesen Jahren passiert?

»Wir hätten ebenso gut im Glauben, dass du tot bist, irgendwann eines natürlichen Todes in unserem Haus in Ohio sterben können. Aber eines Tages haben wir dich gesehen. Es war 2009, auf einem Foto in den *Vermont Daily News*, gemeinsam mit Jim Douglas, dem damaligen Gouverneur. Richard hat dich wiedererkannt. Zuerst sagte ich zu ihm, dass er sich täuscht, du warst doch schon seit vielen Jahren tot. Aber er war aus unerfindlichem Grund davon besessen, dass du es seist. Wir konnten uns natürlich nicht in Vermont niederlassen, aber wir haben uns ein Hotelzimmer genommen. Und Richard hatte recht. Nach wenigen Tagen haben wir dich ausfindig gemacht, und es brauchte nicht viel, um alles zu begreifen. Das Programm war fortgeführt worden, und du bliebst ihr wichtigstes Versuchskaninchen. Richard hatte damals geschworen, zurückzukommen, um dich zu befreien, und dreißig Jahre später war es an der Zeit, unsere Schuld zu begleichen und mit den Tätern abzurechnen. Wir sagten uns, wenn sie spüren, dass es gefährlich wird, werden sie ihren besten Mann in Stellung bringen: dich. Und genau so war's. Wir haben bei Timothy Carter angefangen, und den Rest kennst du ja.«

Nur zum Teil, wird Noah klar. Die letzten fünf Jahre sind ihm weitaus verschwommener präsent als all die wieder aufgetauchten Erinnerungen an seine Kindheit.

»Wir haben einen nach dem anderen exekutiert, und du hast uns verfolgt; dabei versuchten wir, dich zu deprogrammieren: die Myrrhe, die Dämonen aus der Kapelle. Wir lasen die wissenschaftlichen Veröffentlichungen von Weinberger und Duval, nahmen sogar an einigen ihrer Konferenzen teil. Und wenn man einen überdurchschnittlichen IQ und ein fotografisches Gedächtnis hat, ist man in der Lage, sich schnell neue Kenntnisse anzueignen. Unser Vorhaben gelang, du bist aus deiner Amnesie erwacht, genau wie jetzt. Und wir haben dich wiedergefunden.«

»Ich erinnere mich nicht daran«, sagt Noah.

Ohne auf seinen Einwand einzugehen, fährt Amy fort. »Du hast uns erzählt, du würdest überwacht werden, und hast darauf bestanden, deine Freundin zu Hause abzuholen … Maggie.«

»Meine Frau«, sagt Noah. »Sie war meine Frau.«

»Richard ist mit dir gefahren. An diesem Tag habe ich alles verloren. Richard, dich … plötzlich war ich ganz allein.«

Nein.

Unmöglich.

»Nein ... Richard hatte Maggie entführt ... Ich sehe sie noch vor mir ...«

»Richard saß mit dir in deinem Wagen. Erinnerst du dich wirklich nicht mehr?«

Noah fährt sich mit der Hand übers Gesicht. Er schließt die Augen und versucht, die Erinnerungen an jenen Abend heraufzubeschwören.

Vergeblich.

Dieser Teil seines Gedächtnisses bleibt ihm unzugänglich.

Die männliche Gestalt bleibt nach wie vor gesichtslos. Nur seine Frau, die ihn anfleht, sie loszulassen, zeichnet sich deutlich vor ihm ab.

Amy sieht ihn forschend an, ihre Augen glitzern.

»Nach Richards Tod konnte ich nicht aufhören. Ich war verrückt vor Kummer. Am liebsten hätte ich die ganze Welt auf einmal in Flammen gesteckt.«

Wahnsinn ...

»Aber ich übte mich in Geduld«, fährt sie mit ruhigerer Stimme fort. »Und ich begann, wieder nachzuforschen. Der Dämon von Vermont war offiziell ausgeschaltet, konnte also keinen Schaden mehr anrichten, daher war mir weder die Bundespolizei noch die CIA mehr auf den Fersen. Dank Blackburn gelang es mir, diesen Abschaum von McKenna, Duval und Weinberger aufzuspüren, aber damit war die Arbeit längst noch nicht getan und ...«

Amy legt ihm die Hand auf den Rücken und flüstert ihm ins Ohr: »Komm mit, wir sind nicht allein.«

BRANDFACKELN

Sophie starrt ungläubig den schwarzen Camaro an, der auf dem Grünstreifen parkt.

»Gut, kleine Planänderung«, verkündet Clémence. »Scheint, als wäre der Fahrer des Muscle-Cars dir untreu geworden.«

Sophie sieht sie ungläubig an.

Wie kann Clémence in dieser Lage Scherze machen? Ihre Augen funkeln schelmisch, und sie hat die Lippen spöttisch verzogen.

»Ich vermute, er ist Noah gefolgt«, fährt Clémence fort. »Das heißt, dass unser Freund gerade von zwei Irren in die Zange genommen wird. Wir können nur hoffen, dass wir nicht zu spät kommen.«

Sophie erwidert nichts, sondern geht noch schneller auf das ehemalige Herrenhaus zu.

Sei vorsichtig, Prinzessin. Diese Leute sind sehr gefährlich … und kampferprobt.

Ich habe nicht vor, ins offene Messer zu laufen, Papa, hört sie sich im Geiste antworten.

Beide Hände um die Glock gelegt, schiebt Sophie mit dem Knie die angelehnte Eingangstür auf. Clémence folgt ihr mit der Taschenlampe in der Hand.

»Ich hoffe, du zögerst diesmal nicht, wenn es darauf ankommt.«

Sie antwortet nicht. Die Vorstellung, jemanden zu töten, stößt sie ab. Nur, wenn es nicht anders geht, wird sie von der Pistole Gebrauch machen.

Sie hofft, dass es nicht soweit kommt.

»Die da drinnen werden keine Sekunde zögern«, fügt Clémence hinzu.

›››

Noah folgt Amy so gut er kann. Aber um Schritt mir ihr halten zu können, stützt er sich mit der Hand auf ihrer Schulter ab, um sein rechtes Bein nicht übermäßig zu belasten. So bewegen sie sich in der Dunkelheit voran, ohne dass er die geringste Ahnung hat, wohin.

»Bestimmt hat dich jemand verfolgt. Das war vorauszusehen, die CIA hat dich im Visier. In ihren Augen bleibst du ihr bester Trumpf, mit dem sie mich ködern können. Deswegen habe ich im Gebäude Sensoren installiert, die mit meinem Handy verbunden sind. Und vorhin hat einer Alarm geschlagen. Jemand ist im Untergeschoss. Wir müssen uns beeilen.«

Noah wünschte, er könnte schneller gehen, aber bei jedem Auftreten mit dem rechten Fuß jagen Stromstöße durch seinen Körper.

Amy legt ihm den Arm um den Rücken und fasst ihn unter der Achsel. Ihr Griff ist fest. Auf diese Weise kann sie ihn besser mitziehen, und sie kommen schneller voran. Er fühlt sich wie eine leblose Puppe an ihrer Seite.

Ist das Leben eine Schleife, die unweigerlich zum Ausgangspunkt zurückführt?

Hier sind sie wieder, nach dreißig Jahren, in derselben Situation. Er, vor Schmerzen gelähmt, und Amy, die, eine Pistole in der Hand, versucht, ihn aus den Eingeweiden des Gebäudes hinauszuziehen.

Nur, dass ihr diesmal niemand dabei hilft, dass ihnen ein geübter Schütze auf den Fersen ist und sie sich in vollkommener Finsternis zurechtfinden müssen.

»Keine Angst, Noah, ich kenne mich hier bestens aus. Es gibt mehrere Eingänge, aber wir müssen zuerst ins Erdgeschoss hinaufgelangen. Verlass dich ganz auf mich und folge mir einfach.«

Hat er eine andere Möglichkeit? Die Taschenlampe anzuknipsen hieße, sich zur Zielscheibe zu machen, und ohne sie hat er nicht den Hauch einer Chance, hier herauszukommen. Aber wie kann er sich sicher sein, dass sie tatsächlich verfolgt werden? Er bemüht sich, irgendwelche Geräusche auszumachen und sich ganz auf sein Gehör zu konzentrieren. Aber er nimmt nur ihr Atmen wahr, das Klatschen ihrer Füße in den Pfützen und das Klacken seines Stocks auf dem Betonboden.

Also lässt er sich von Amy führen und beißt vor Schmerzen die Zähne zusammen.

Nachdem sie ihn einige Minuten durch dieses Labyrinth gezogen hat, bleibt Amy stehen und drückt ihn sachte gegen eine Mauer, wo er sich anlehnen kann.

In der Decke kann Noah eine schwache Lichtquelle erkennen.

»Da befand sich früher ein Lastenaufzug, er führte ins Warenlager des Instituts. Dort bewahrten sie Lebensmittelvorräte und medizinisches Material für das Labor auf. Ich habe im Erdgeschoss ein Seil angebracht. Warte kurz hier unten, ich bin gleich wieder da.«

Noah massiert sich das schmerzende Bein.

Ein Seil … Wie soll ich an einem Seil hinaufklettern?

Ein paar Minuten später steigt Amy an dem Seil wieder herab.

»Die Luft ist rein«, sagt sie im Flüsterton. »Gib mir deinen Stock und klammere dich an dem Seil fest. Kannst du dich wenigstens mit einem Fuß an der Mauer abstützen?«

»Keine Ahnung, muss es versuchen.«

»Leg deine Oberschenkel auf meine Schultern, dann schieb ich dich von unten an. Du schaffst das, Noah.«

Der Soldat Wallace, den er auf den Fotos gesehen hat, der sich überall zurechtfindet, ob im Dschungel oder in der Wüste, bestimmt. Aber Noah der Krüppel?

»Keine Sorge, das Seil ist stark. Also stütze dich jetzt mit den Beinen auf meinen Schultern ab.«

Noah umklammert mit beiden Händen das Nylonseil, stemmt den rechten Fuß gegen die Mauer und zieht sich hoch.

Gleichzeitig schiebt Amy von unten. Er rutscht mit dem Fuß an der feuchten Mauer ab, aber es gelingt ihm, wieder Halt zu finden. Er schnauft vor Anstrengung.

»Weiter so, bald haben wir's geschafft, du wirst sehen«, sagt Amy, ebenfalls schwer keuchend.

Noah stöhnt, das Gesicht vor Anstrengung verzerrt. Aber mit Amys Hilfe schafft er es unter großer Mühe, sich bis zur Deckenöffnung hinaufzuziehen. Er stützt sich mit dem Ellbogen auf den Rand und schafft es mit allerletzter Kraft, sich aus dem Aufzugsschacht hinauszuhieven. Er kriecht auf dem Boden weiter zur nächsten Wand und lehnt sich völlig außer Atem daran.

Amy klettert hinter ihm heraus und kniet sich neben ihn.

In diesem Halbdunkel kann er sie besser erkennen.

Ihr Gesicht ist ausgemergelt und von Falten durchzogen, ihre spartanische Erscheinung wird noch unterstrichen von dem Kampfanzug und dem beinahe kahl rasierten Schädel. Eine Soldatin, eine Killermaschine.

Sie reicht ihm seinen Stock.

»Los, Noah, wir haben's noch nicht geschafft, wir müssen so schnell wie möglich von hier verschwinden.«

Und danach? Erwartet sie, dass er mit ihr mitkommt? Dass er ihren wahnwitzigen Kreuzzug mit ihr zu Ende bringt? Und er, wird er auf sie schießen, um ihren mörderischen Wahnsinn zu beenden?

Rachel … Sie hat es nicht verdient, zu sterben. Auch wenn sie ihn hintergangen hat.

Amy ist verrückt, ja. Aber auf sie kann ich mich hundertprozentig verlassen. Vielleicht ist sie der einzige Mensch, dem wirklich etwas an mir liegt, der treu zu mir hält?

Noah nimmt den Stock und ergreift die Hand, die sie ihm hinhält, um ihm aufzuhelfen.

Wieder auf den Füßen nickt er ihr zu, um ihr zu bedeuten, dass sie weitergehen können.

Und in diesem Moment bemerkt er den roten Lichtpunkt auf Amys Stirn.

›››

Sophie hält inne.

»Mach die Taschenlampe aus«, sagt sie im Flüsterton.

»Wieso, was ist los?«

»Da vorn, am Ende des Gangs, war jemand. Ich bin mir sicher, da vorn war jemand, er ist links abgebogen. Hast du ihn nicht bemerkt?«

Clémence hat die Lampe ausgeknipst und schließt auf Zehenspitzen zu ihr auf. »Nein, ich war damit beschäftigt, mir den Weg und die Topografie einzuprägen. Ich habe nichts bemerkt.«

»Wie bitte, was hast du gemacht?«

»Denk mal nach. Wir sind hier im Dunkeln ohne jegliche Lichtquelle, das ist das reinste Labyrinth. Also versuche ich mir, so viele Anhaltspunkte wie möglich einzuprägen.«

Sie tippt sich mit dem Zeigefinger an die Stirn.

»Ich habe mir sogar die Pfützen gemerkt, und die Blätterhaufen ... nur für den Fall, dass ...«

»Wow.«

Ist das möglich, fragt sich Sophie. Zu Hause, am Computer, würde sie so etwas im Unterordner »Freaks und Fachidioten« ihres E-Mail-Accounts abspeichern. Wenn Clémence nicht so arrogant wäre, hätte sie Blake garantiert gefallen.

Beim Gedanken an ihren Freund verstärkt sie den Griff um die Pistole.

»Wenn ich mich nicht getäuscht habe, und da vorn ist tatsächlich jemand abgebogen, müssen wir ohne Licht weitergehen und so leise wie möglich sein.«

»Und äußerst vorsichtig. Denn wenn der Typ seine Lampe nicht eingeschaltet hat, dann findet er sich hier auch in der Dunkelheit zurecht.«

»Ja, das Gleiche habe ich auch gerade gedacht.«

NÖTIGUNG

Amy nickt bedächtig. Sie hätte auch ohne den Laserpointer, der auf ihre Stirn gerichtet ist, die Lage erfasst. Dennoch verfällt sie nicht in Panik, ihr Gesicht bleibt unbewegt. Noah will irgendwie reagieren, aber er spürt ihre Hand auf dem Unterarm.

»Lass, wenn er uns umbringen wollte, wären wir bereits tot.« Dann flüstert sie ihm ins Ohr: »Wir warten eine passende Gelegenheit ab.«

Noah bewegt die Hand möglichst unauffällig nach oben und greift in die Jackentasche.

Die Pistole ist noch da.

Eine raue Stimme erschallt aus der Dunkelheit. Sie ist nur wenige Meter entfernt, in seinem Rücken.

»Also Amy, hast du wirklich geglaubt, du kannst mich hier abschütteln?«

Amys dunkle Augen weiten sich, und sie gibt einen überraschten Laut von sich.

Sie kennt ihn …

»Und du, Noah, keine abrupten Bewegungen, es sei denn, du willst, dass dir das Gehirn deiner Freundin ins Gesicht spritzt. Also nimm schön die Hand aus der Tasche, damit ich sie sehen kann.«

Der rote Lichtpunkt hat sich nicht von der Stelle bewegt. Er zielt die ganze Zeit auf Amy.

»Liam«, murmelt Amy.

Und ihr Gesicht verdüstert sich.

»Schade, dass Richard nicht mehr unter uns weilt. Hätte mir gefallen – die vier Wunderkinder nach dreißig Jahren wieder hier vereint«, sagt Liam ohne Sarkasmus. Er klingt monoton, wie ein Roboter.

Wut breitet sich auf Amys Zügen aus. Sie presst die Lippen zusammen, um sich zu beherrschen, aber Noah sieht, wie ihre Augen lodern.

Liam kommt noch etwas näher, jetzt ist er nur noch einen knappen Meter von ihm entfernt.

»Gut. Wir haben nicht viel Zeit. Ich werde euch erklären, was in den nächsten Minuten geschieht. Amy, du gibst mir deinen Arm. Bevor du stirbst, brauche ich ein paar Antworten von dir, und da ich nicht so grausam bin wie du, werde ich mich mit einer ordentlichen Dosis Thiopental begnügen. Solltest du jedoch versuchen, irgendeine Dummheit zu machen, jag ich unserem Freund eine Kugel in den Kopf.«

»Hör nicht auf ihn«, antwortet Noah. »Mich hält sowieso nichts mehr auf dieser Welt.«

Statt ihm zu antworten, stellt sich Liam links neben ihn. Er streckt beide Arme aus und zielt weiterhin auf Amys Kopf; das Ende des Schalldämpfers ist jetzt nur noch wenige Zentimeter von ihrer Stirn entfernt. In dem schwachen Mondschein, der durch die Bretterritzen der zugenagelten Fenster dringt, zeichnet sich Liams Profil ab, aber Noah kann nur seinen kantigen Kiefer erkennen, die obere Gesichtshälfte ist von den Infrarotkopfhörern verborgen, die er aufhat.

»Der Ball ist in deinem Feld, Amy. Wenn du auf Noah hörst, erschieß ich dich auf der Stelle und ihn gleich darauf, es sei denn, du kooperierst. Ich werde ihn nur im Notfall töten. Du weißt, dass ich Interesse daran habe, ihn mitzunehmen. Für dich ist es zu spät, das weißt du auch.«

Amy sieht ihn hasserfüllt an. »Wie kannst du nur? Nach dem, was sie uns alles angetan haben? Nach allem, was …«

Liam pflanzt das Schalldämpferende auf ihre Stirn.

»Pst. Los, deinen Arm. Ich bin nicht hier, um mit dir über Gut und Böse zu diskutieren. Und sehe ich so aus, als wäre ich manipulierbar? Wir waren die Elite, Amy, wir waren für höchste Aufgaben bestimmt. Nicht, um Zombies zu werden wie die armen Teufel vom Monarch-Projekt. Ich habe überall auf der Welt gearbeitet, habe ein fettes Bankkonto und bin ein Strippenzieher, keine Marionette.«

Amy streckt den Arm aus und sieht ihn herausfordernd an. »Und diese Scheißkerle in der Kapelle, du lässt die ungeschoren davonkommen, du …«

Liam schneidet ihr das Wort ab. »Sie waren ein notwendiges Übel. Wir haben das Schlimmste erlebt, was einem Kind zustoßen kann, sie haben uns gebrochen, uns die Unschuld und unser Mitgefühl geraubt. Aber diese Trennwände mussten eingerissen werden, wie bei einem Gebäude, um es sehr viel besser wieder aufzubauen. Außerdem musste das Projekt ja irgendwie finanziert werden. Glaubt ihr vielleicht, die CIA als Organisation stand dahinter? Nein. Es war eine geheime Operation, die gänzlich privat finanziert wurde. Ein paar reiche Geschäftsleute und einflussreiche Politiker haben Geld dafür gegeben, dafür durften sie ihre niedrigen Instinkte befriedigen. Eine Win-win-Situation, wenn man so will. Aber genug davon. Du verstehst nichts von den Spielen der Mächtigen und den Einsätzen, die auf höchster Ebene getätigt werden. Wir befinden uns immer noch im Kalten Krieg, und du denkst nur egoistisch an die tragische Geschichte von ein paar Straßenkindern, die höchstwahrscheinlich auf die schiefe Bahn geraten wären. Sieh dich doch an. Was hat dir deine Flucht gebracht? Ein Wolf wird sich nie in eine Schafherde integrieren können. Du hast ein Leben an der Außenlinie geführt, dabei hättest du mitten auf dem Spielfeld stehen und unvorstellbar reich werden können, hättest deinem Land dienen und das tun können, wofür du ausgebildet wurdest … Was für eine Vergeudung.«

Liam bringt eine Spritze zum Vorschein und injiziert den Inhalt in Amys Arm. Sie zuckt nicht mit der Wimper, als er die Nadel in ihre Vene sticht. Sie hat den Blick unverwandt auf ihn gerichtet.

Tu was, Noah. Du kannst ihn nicht einfach gewähren lassen. Du darfst sie nicht gewinnen lassen.

Er muss abwarten. Auf eine Gelegenheit lauern.

Liam zieht die Spritze zurück und verstaut sie in einer Tasche seines Kampfanzugs. »Gut. Und du Noah, holst jetzt die Waffe aus deiner Tasche und schiebst sie mir auf dem Boden zu. Amy, du machst das Gleiche mit deiner Pistole und lehnst dich an die Mauer.«

Noah könnte schießen, Liam hat die Waffe noch immer auf Amy gerichtet. Eine blitzschnelle Handbewegung, und Liam wäre erledigt.

Sein muskuläres Gedächtnis ist intakt.

Nein. Zu riskant. Dieser Typ ist wie Amy, wenn nicht noch gefährlicher. Ein Veteran. Ein kaltblütiger Killer. Wie viele Menschen er wohl schon umgebracht hat?

Noah nimmt die Pistole aus der Tasche und schiebt sie ihm mit dem Fuß auf dem Boden hinüber. Amy folgt ebenfalls Liams Befehl und lässt sich mit dem Rücken an der Mauer zu Boden gleiten.

Liam wendet sich Noah zu, er hat seine Pistole sinken lassen, hält sie aber immer noch in der ausgestreckten Hand.

»Gleich wird das Serum wirken, dann kann ich mein Verhör beginnen. Du brauchst nicht eifersüchtig zu sein, Noah, auch für dich habe ich was.«

»Nicht die Pfoten, rühr ihn nicht an … ich flehe dich an … ich flehe dich an …«, murmelt Amy.

Sie driftet ab, merkt Noah. Die Droge zeigt Wirkung.

»Siehst du. Hätte sie mit dem Projekt weitergemacht, könnte sie gegen dieses Mittel Widerstand leisten. Auf gewisse Weise bist du daran schuld, dass sie schwach geworden ist.«

Liam bringt eine weitere Spritze zum Vorschein und hält sie sich vor die Nase.

»Dieses kleine Wundermittel ist die Frucht jahrelanger Forschung. Nachdem ich es dir injiziert habe, werde ich mit dir sprechen und du wirst dich an den Klang meiner Stimme gewöhnen. Man nennt das Kalibrieren. Danach werde ich dir eine Reihe von Anweisungen geben, jede mit einem bestimmten Wort verknüpft. Sobald ich es ausspreche, wirst du den Befehl ausführen, egal, was ich verlange. Und das Komische daran ist, dass sie die Entwicklung dieses Wundermittels zum Teil dir verdanken.«

»Ich werde dich töten«, erwidert Noah. »Du kommst nicht davon. Das verspreche ich dir.«

Liam verzieht die schmalen Lippen zu einem schiefen Lächeln. »Jemand wird von deiner Hand sterben, stimmt, aber nicht ich.«

Er dreht den Kopf in Amys Richtung, in deren Mundwinkeln sich Speichelschaum gebildet hat.

»Sobald ich mit ihr fertig bin, wirst du sie in meinem Auftrag töten. Ein perfektes Ende für den Dämon von Vermont und seinen Verfolger. Denn du wirst in eine psychiatrische Klinik eingeliefert, in dieselbe, in der auch Rebecca Law ihr Dasein fristet.«

Noah könnte versuchen, Widerstand zu leisten. Sich irgendwie Liams Befehlen zu verweigern. Was hat er zu verlieren? Dennoch streckt er den Arm aus und sieht Liam direkt in die Augen, ein triumphierendes Lächeln auf den Lippen.

›››

»Da sind drei Menschen. Es ist schwierig, sie zu erkennen, der Raum ist fast dunkel, nur ein schmaler Lichtstreifen dringt herein. Sie stehen neben einem Lastenaufzug, siehst du sie? Einer davon ist garantiert Noah, aber wie können wir herausfinden, welcher es ist?«

Sophie dreht sich zu Clémence um und kann gerade noch einen überraschten Aufschrei unterdrücken.

Die Kanadierin hat ein kleines Richtmikrofon aus einem Stift zum Vorschein gebracht; sie schraubt es auf und schließt es an ihr Handy an.

»Was ist … Warum hast du so was? Da komme ich mir ja fast wie eine Amateurin vor.«

»Ich habe dir doch gesagt, dass ich zu allerlei zu gebrauchen bin, stimmt's? Und willst du nun hören, worüber die sprechen, oder nicht? Meinst du nicht auch, wir sollten das aufnehmen?«

Natürlich. Aber irgendetwas hat sie stutzig werden lassen. Diese Geräte sind nicht auf dem freien Markt erhältlich.

Diese Frau ist nicht die, die sie zu sein vorgibt, sei vorsichtig, Sophie.

»Okay, aber später müssen wir ein paar Dinge klären.«

Wenn wir heil hier herauskommen, fügt sie im Geiste hinzu.

»Einverstanden. Aber nur, weil ich dich mag. Und jetzt möchte ich, dass du dich konzentrierst. Halte deine Pistole im Anschlag und mach, falls nötig, Gebrauch von ihr.«

›››

Die Welt hat sich in ein Karussell verwandelt.

Noah ist woanders, in einem Vorzimmer seiner Gedanken, wo die Zeit langsam durch eine unsichtbare Sanduhr rinnt. Seine Wirklichkeit hat sich bereits aufgelöst und ist nur noch ein kaum mehr wahrnehmbarer Schatten am Rand seiner Iris. Wortfetzen und gemurmelte Worte stoßen in seinem Kopf gegeneinander.

Liams Stimme scheint gleichzeitig aus allen möglichen Richtungen zu kommen. Flüstern, Gebrüll, spitze Schreie, feierliche Anweisungen. Die Laute überlagern sich, während sich sein Kopf mit immer weiteren Worten füllt. Jede Silbe ist betont und wird skandiert und brennt sich ihm ins Bewusstsein ein. Er spürt die Schwingungen im ganzen Körper.

Bilder defilieren blitzartig vor seinem Auge vorbei, im Takt mit den Worten, die der Mörder ausspricht.

Amy, die sich an Rachels Augen zu schaffen macht, wieder und wieder. Er, der eine Pistole zieht und schießt, wieder und wieder. Die Sequenzen wiederholen sich endlos.

»Töte Amy.« »Räche Rachels Tod.«

Aber inmitten dieser Flutwelle tauchen auch blitzartig andere Bilder auf. Unterschwellige Zeichen, die er versteht.

Er sieht Steve, der Maggie in den Wagen zerrt. Später kann er kaum mehr etwas erkennen, und Richard, der neben ihm sitzt, fordert ihn auf, ruhig zu bleiben, während er aufs Gaspedal drückt und sich zwischen den anderen Wagen hindurchschlängelt. Er erkennt Maggie, die Hände an der Heckscheibe, spürt das Grauen wieder, als Steves SUV umkippt und gegen die Böschung knallt. Die Zeit bleibt stehen, und sein Herz setzt kurz aus, ein Moment der Unaufmerksamkeit, der dem Getöse vorausgeht, dem Krachen von Blech und dem Dunkel.

Szenenwechsel. Er sieht sich an einem Sommertag in den überfüllten Straßen der Altstadt von Québec. Es herrscht dichtes Gedränge. Er hört sich einem Mann die Anweisung erteilen, einen anderen zu erschießen. Der tödliche Schuss, die Schreckensschreie, die ausbrechende Panik.

Dutzende andere Szenen rauschen flashartig vorbei. Im Dschungel, in der Wüste, in orientalischen Städten. Echos seiner Vergangenheit.

Es ist zu viel für sein Gehirn.

Der Tinnitus setzt mit einem leichten Pfeifen ein und schwillt zu einer Kakophonie von Geräuschen in seinen Ohren an. Er brüllt, aber kein Laut kommt über seine Lippen, seine Stirn droht zu zerspringen. Dann, nichts mehr.

Er ist wieder in dem alten Herrenhaus, seine Glieder sind steif, die Angst lähmt ihn. Das Stimmenkarussell in seinem Kopf dreht sich erneut endlos. Liam steht vor Amy.

Noah will sprechen, aber seine Kiefermuskeln gehorchen ihm nicht.

»Es geht ganz schnell«, sagt Liam. »Ich muss mich nur noch einer Sache vergewissern.«

»Bist du im Besitz von Unterlagen, die unsere Aktivitäten dokumentieren?«

»Ja«, sagt Amy.

»Wo?«

»Hier, in diesem Gebäude.«

»In den Kartons, die du Noah mitgebracht hast?«

Amy nickt. »Ja.«

»Bist du, abgesehen von Noah, noch mit anderen Personen in Kontakt getreten, mit denen du über das Institut und das MK-Prodigy-Programm gesprochen hast?«

»Nein.«

»Letzte Frage: Hast du vor, weitere Menschen, die in irgendeiner Weise mit den Aktivitäten des Instituts oder dem Projekt zu tun hatten, aufzuspüren und zu töten?«

»Ja.« Amy stößt ein abgehacktes Lachen aus. »Mehr denn je.«

Liam hält ein paar Sekunden lang schweigend inne, dann richtet er sich wieder auf und wendet sich Noah zu.

»Gut. Jetzt trittst du in Aktion.«

›››

Clémence neigt das Mikrofon und sieht Sophie an. »Los, drück ab, jetzt ist der richtige Moment.«

»Das ist zu gefährlich, ich sehe nichts, ich könnte auch Noah treffen. Du musst ein bisschen Licht machen.«

Clémence zögert, dann schüttelt sie den Kopf. »Nein, er steht mit dem Rücken zu uns, er wird den Lichtstrahl orten können. Tu, was du am besten kannst, schieß in die Luft und mach dich bereit, auf mein Zeichen hin nochmals einen Schuss abzugeben.«

Sophie richtet die Pistole in Richtung Decke und drückt ab.

SPRACHLOS

Der Schuss fällt, sein Echo multipliziert sich in dem Warenlager und hält die Flut an Wörtern in Noahs Kopf auf.

Liam wirft sich herum, lässt sich zu Boden fallen, streckt die Arme aus und zielt.

Im selben Moment zerreißt ein greller Lichtstrahl die Dunkelheit und richtet sich auf Liam und blendet ihn. Er stößt einen wütenden Schrei aus und schirmt mit einer Hand die Augen ab.

Gut gemacht … seine Kopfhörer werden ihm zum Verhängnis.

»Jetzt!«, brüllt eine Stimme, die Noah kennt.

Clémence … und Sophie … sie haben ihn gefunden.

Ein zweiter Schuss fällt, und Noah sieht in einem flüchtigen Lichtstrahl Sophies Gesicht aufleuchten.

Die Kugel schlägt mit einem metallischen Geräusch ein und lässt Liam vor Schmerz aufschreien. Er rollt zur Seite, um sich hinter einen Ziegelsteinpfeiler zu ducken. Nachdem er sich aufgerichtet hat, lehnt er sich mit dem Rücken dagegen und reißt sich die beschädigte Maske herunter. Er tut es mit einer Hand, die andere scheint verletzt zu sein.

Er hat seine Pistole weggelegt, das ist deine Chance.

Noah versucht aufzustehen, aber die Beine gehorchen ihm nicht. Mit schmerzverzerrtem Gesicht stützt er sich auf die Hände, fällt wieder zu Boden.

Der Lichtstrahl tastet ruckartig den Raum ab.

Sie verändern ihre Position … Wie klug von ihnen.

Wieder geht eine Taschenlampe an …

Noah sieht, wie Amy zu den auf dem Boden liegenden Waffen kriecht.

… und erlischt.

Noah stützt sich erneut auf die Hände. Endlich gehorchen ihm die Muskeln wieder, es gelingt ihm, sich ein paar Zentimeter hochzustemmen.

Die Lampe wird erneut angeknipst …

Liam hat bereits seine Waffe in der Hand und gibt einen Schuss in Richtung der Lichtquelle ab. Kein lauter Knall, nur ein kurzer Laut, der vom Schalldämpfer erstickt wird … gefolgt von einem Aufheulen.

Ein Schmerzensschrei, eine der beiden Frauen ist getroffen worden.

Die Taschenlampe fällt auf den Boden, rollt einige Zentimeter weit, und der Lichtstrahl lässt Schatten tanzen. Auf die Dreiergruppe gerichtet, bleibt sie liegen.

Im Lichtkegel sieht er, wie sich Amys Hand um eine Pistole schließt und dann Richtung Liam schwenkt.

Noah kauert jetzt auf dem Boden, macht sich bereit, aufzuspringen, beißt die Zähne gegen die Schmerzen zusammen, die durch sein Bein jagen.

Sophie drückt ab, der Schuss lässt Ziegelsteinteile über Liams Kopf aufspritzen. Staub rieselt auf Noahs Stirn und Haar.

Amy zielt mit zitternder Hand auf Liam.

Zu langsam …

Liam hat bereits seine Waffe auf sie gerichtet und gibt drei Schüsse ab.

Drei kurze erstickte Laute.

Piu. Piu. Piu.

Dreimal geht ein Zucken durch Amys Körper. Dann stürzt sie mit dem Gesicht voraus zu Boden und lässt die Pistole fallen.

»Nein!«, schreit Noah.

Er wirft sich nach vorn und streckt die Hand nach der anderen Pistole aus.

Muskuläres Gedächtnis …

Liam drückt erneut ab.

Die Kugel trifft ihn in die Pobacke, durchdringt seine Muskeln. Ein brutaler Schmerz durchfährt ihn.

Die Pistole in der Hand, rollt sich Noah zur Seite.

Muskuläres Gedächtnis …

Liam feuert einen weiteren Schuss ab.

Die zweite Kugel trifft ihn links in den Bauch.

Jetzt drückt Sophie ab und trifft Liams Hand. Die Pistole fliegt durch die Luft und kracht gegen die Mauer.

Noah zielt.

Scheißkerl …

Noah schießt.

›››

Clémence stöhnt auf. »Komm, lass uns nachschauen, was da los ist«, murmelt sie.

»Ich rufe einen Krankenwagen«, erwidert Sophie. »Hältst du durch?«

»Ist nur ein Streifschuss am Arm«, sagt sie. »Ich rufe selbst den Notarzt an, sieh du zu, ob du ihnen helfen kannst. Ich bin momentan nicht dazu in der Lage.«

Während Clémence zu ihrem Handy greift, stürzt Sophie zu Noah.

Pulvergeruch erfüllt die Lagerhalle. Die Szenerie ist im Lichtkegel der am Boden liegenden Taschenlampe in weißes, hartes Licht getaucht.

Zunächst bemerkt Sophie eine auf dem Bauch liegende Gestalt, reglos in einer Blutlache, die sich auf dem Boden ausbreitet.

Das muss Amy sein.

Und sie erkennt den Mann wieder, der schlaff auf dem Boden sitzt, den Rücken an einen Pfeiler gelehnt, den Kopf zur Seite geneigt; sein offen stehender kantiger Unterkiefer ruht auf der Brust, seine großen Augen sind ausdruckslos. Auf der Stirn prangt ein Loch. Seine nach oben gedrehten Hände liegen auf dem Boden.

Dann nimmt sie Noah wahr.

Er liegt auf dem Rücken. Hält sich mit der Hand die Seite. Sein Bauch hebt und senkt sich im Rhythmus seines abgehackten Atems.

Sie kniet sich neben ihn.

Trotz der Schmerzen, die seine Züge verzerren, hat er die Augen offen und lächelt sie an.

»Ich habe eine Kugel in den Hintern abgekriegt. Ich hätte nie gedacht, dass das so wehtut.«

Sophie lächelt ebenfalls. »Es ist jetzt vorbei. Halten Sie durch, der Krankenwagen ist unterwegs.«

Sie befühlt mit Zeige- und Mittelfinger seine Halsschlagader.

Der Puls ist hoch und kalter Schweiß steht ihm auf der Stirn.

Starker Blutverlust, soweit sie es beurteilen kann. Kein gutes Zeichen.

Clémence erscheint im Lichtkegel. Ihre linke Hand ist blutverschmiert.

Sie reicht Sophie das Handy. »Hier, nimm, darauf befindet sich die Audioaufnahme von heute Abend … und anderes mehr. Falls mein Onkel noch am Leben sein sollte … sag ihm, dass es mir leidtut.«

»Was hast du denn plötzlich? Warum sagst du ihm das nicht selbst?«

»Lange Geschichte. Ich arbeite seit zwei Jahren für den CSIS. Sie haben mich in Bernards Team platziert, damit ich ihnen über die Ermittlungen berichte. Über Noah, den Mörder. Der kanadische Geheimdienst ist sehr an dieser Sache interessiert, und um ehrlich zu sein, will ich nichts mehr damit zu schaffen haben. Das, was ich hier tue, ist Hochverrat, aber ich bereue es nicht. Im Gegenzug habe ich nur eine Bitte an dich. Lass die Köpfe rollen. Zerre diese Schweinereien ans Licht der Öffentlichkeit. Und sobald der Krankenwagen da ist, geh raus und durchsuche den Camaro, meines Erachtens wirst du dort noch mal richtig fündig.«

»Ich kann dir helfen … zu verschwinden«, antwortet Sophie.

»Ich weiß.«

Noah lässt ein Stöhnen vernehmen.

Clémence kniet sich neben ihn und ergreift seine Hand. »Tut mir leid, dass ich Sie angelogen habe. Hätte ich gewusst …«

»Nein, Sie müssen sich nicht entschuldigen …«, sagt Noah, aber der Rest des Satzes geht in unverständlichem Geflüster unter.

Ihm fallen die Lider zu, und seine Hand wird schlaff.

»Alles wird gut, Clémence …«

EPILOG

Das Licht blendet ihn.

Noah legt die Hand über die Augen, um sie gegen die Sonnenstrahlen abzuschirmen, die sich durch die Baumwipfel einen Weg bahnen.

Einen Moment lang versenkt er seinen Geist in das Blättergewölbe über ihm, ehe ein Kinderlachen seine Meditation beendet. Er senkt den in den Nacken gelegten Kopf und erblickt ein kleines Mädchen mit roten Locken, das ein T-Shirt mit der Aufschrift »Dora, die Forscherin« trägt. Sie sieht ihn lächelnd an.

Noah grüßt sie mit einem Kopfnicken und blickt ihr dann nach, während sie die breite, von amerikanischen Ulmen gesäumte Fußgängerallee entlangläuft.

Sophie setzt sich neben ihn und hält ihm eine Tüte Pommes frites hin, aber er schüttelt den Kopf.

»Es scheint dir besser zu gehen«, sagt sie. »Mir ist aufgefallen, dass du beim Bücken nicht mehr das Gesicht verziehst.«

»Die Schmerzmittel wirken Wunder, und die Ärzte meinen, eine Weile kann ich sie noch einnehmen, ohne die Nieren zu schädigen. Aber was anderes: Hattest du Gelegenheit, deinen geheimnisvollen Kontakt zu treffen?«

Sophie fischt ein Kartoffelstäbchen aus der Tüte und beißt vorsichtig ein Stück ab. Den Rest legt sie zurück und wischt sich die Finger an einer Papierserviette ab.

»Puh, sind die heiß … Ja, wir haben uns gestern getroffen. Es war sehr bewegend, sie ist in Tränen ausgebrochen, als ich ihr unsere Geschichte erzählt habe.«

»Sie?«

»Ja, Trouts Tochter. Sie wollte nur die Wahrheit über das Verschwinden ihres Vaters herausfinden. Von Kindern zu Tode gefoltert. Ich glaube, sie hat mit allem gerechnet, nur nicht damit. Sie arbeitet übrigens für die CIA. Offenbar wurde sie argwöhnisch, als sie auf eine Geheimoperation stieß, die noch immer aktiv ist, aber …«

»Aber?«

»Sie konnte nichts unternehmen, ohne zu riskieren, aufzufliegen.«

Sophie nimmt wieder ein Kartoffelstäbchen aus der Tüte, pustet darauf und steckt es sich in den Mund.

»Also hat sie mich in die Höhle des Löwen gestoßen … Bist du dir wirklich sicher, dass du keinen Hunger hast? Die Portion reicht locker für zwei.«

Noah lächelt und fischt dann ein Stäbchen heraus.

»Und, hast du was von Clémence gehört?«, fragt er.

»Ja, ich musste ohnehin nach Fort Lauderdale und habe sie bei der Gelegenheit besucht. Einerseits verstehe ich sie ja, wenn man schon untertauchen muss, dann am besten an einem Ort, wo immer die Sonne scheint. Ach ja, sie hat mir übrigens was für dich mitgegeben.«

Sophie greift in die Innentasche ihrer Jeansjacke und bringt einen kleinen metallischen Gegenstand zum Vorschein, einen aus Büroklammern gebastelten Vogel.

Noah setzt ihn sich auf den Handrücken, und ein breites Lächeln erhellt sein Gesicht.

»Der scheint dir was zu sagen, stimmt's?«

»Ja, er hat zwei intakte Flügel. Das ist ihre Art, mir zu sagen, dass ich jetzt geheilt bin.«

Sophie zuckt mit den Achseln. »Sie kann sich immer noch nicht mit dem Tod ihres Onkels abfinden.«

»Ich bin nach Québec gefahren«, erwidert Noah. »Und hab seine Familie besucht; sein Sohn sieht ihm ähnlich. Übrigens hat er sich erkundigt, ob ich etwas von seiner Cousine gehört habe. Wenn du das nächste Mal mit Clémence sprichst, sag ihr, dass er das Puzzle fertiggestellt hat und dass er gern Schach mit ihr spielen möchte.«

»Es ist so ungerecht. Sie kann nicht einmal ihre Familie sehen. Sie ist auf der Flucht, während wir …«

»Ja. Ich bin der Profiler, der den Fall des Dämons von Vermont gelöst hat, und du bist die couragierte Journalistin, die das Komplott aufgedeckt hat. Und sie? Sie ist eine Flüchtige, die wegen Hochverrats gesucht wird. Währenddessen lassen die wahren Schuldigen, die sich hinter ihren hohen Funktionen verschanzen, irgendwelche Bauernopfer für ihre Verbrechen büßen und spielen weiterhin die braven Ordnungshüter.«

»Genau deswegen wollte ich dich treffen.«

»Ach ja? Ich muss zugeben, ich bin ein bisschen enttäuscht, dachte ich doch, du hättest mich nach New York eingeladen, um mir die Stadt zu zeigen.«

»Nein, im Ernst. Ich brauche dich, ich bin noch nicht fertig mit meiner Arbeit, bei Weitem nicht. Trotz der Festnahmen auf beiden Seiten der Grenze haben wir gerade einmal an der Oberfläche gekratzt. Tremblays Akte, seine Audioaufnahme und die von Clémence, der Inhalt der Kartons und das, was wir im Camaro gefunden haben, all das hat nicht gereicht, um die Verantwortlichen dranzukriegen.«

»Du hast wahrlich genug getan«, sagt Noah. »Und du hast großartige Arbeit geleistet. Ich habe deinen jüngsten Artikel gelesen, den über Richter McKennas Vergangenheit.«

»Ja, es ist mir gelungen, herauszufinden, warum er aus den Vereinigten Staaten geflohen ist und seinen Tod vortäuschte. Gegen diesen Mistkerl liefen mehrere Klagen wegen Pädophilie. Er hat seine Kontakte spielen lassen, um der Justiz zu entkommen und sich in Kanada eine neue Identität aufzubauen. Es gibt noch sehr viel mehr, was ans Licht der Öffentlichkeit gezerrt werden muss: Weinbergers ›Wunderbehandlungen‹, noch andere Keller und, ganz gewiss, weitere Institute!«

Noah fischt noch ein paar Kartoffelstäbchen aus der Tüte. »Du hast dir viele Feinde gemacht, Sophie. Ich glaube, du solltest jetzt besser loslassen. Nimm dir eine Auszeit, mach mal was ganz anderes. Um ehrlich zu sein, kannst du von Glück sagen, heil aus der Sache rausgekommen zu sein … Fordere das Schicksal nicht schon wieder heraus.«

»Ich kann nicht einfach aufhören. Ich weiß, es ist gefährlich und dass mein Vater über kurz oder lang einen Herzinfarkt bekommt, wenn er sich schon wieder Sorgen machen muss, aber ich habe keine andere Wahl. Zuerst Blake, dann Benedict … und all die anderen, Bernard Tremblay nicht zu vergessen.«

»Maggie, Rachel … Ja. Die Liste ist lang. Direkte und indirekte Opfer. Fehlte nur noch Sophie, um die Liste zu vervollständigen. Außerdem gibt es außer deinem Vater noch andere, an die du denken musst. Charlie … und, ja, auch Grumpy.«

Sie lässt den Blick nachdenklich den Poet's Walk entlangschweifen. »Mein Kater war so lange bei meiner Nachbarin, dass er beinahe eingeschnappt war, als ich ihn abgeholt habe. Ich vermute, das liegt nicht zuletzt an der Tatsache, dass er bei ihr richtige Fleischhappen bekommt und nicht nur Trockenfutter wie bei mir. Und Charlie … Ich weiß nicht. Er ist ein prima Kerl … aber inzwischen ist so viel passiert … Ich muss bald nach L. A. und ich nehme an, dann wird sich herausstellen, ob …«

Noah hört ihr gar nicht mehr richtig zu. Sophies Stimme ist nur noch ein Hintergrundgeräusch, ein Geplapper, das im allgemeinen Geräuschpegel des Central Parks aufgeht. Eine andere Szene hat seine Aufmerksamkeit auf sich gezogen: ein kleiner Junge mit blauem Basecap, in weißem T-Shirt und Jeanslatzhose. Sein Vater, ein großer blonder Mann in einem tadellosen grauen Anzug, fährt auf einem Tretroller voraus. Der Junge, er schätzt ihn auf drei, vier, radelt hinter ihm her, auf einem roten Dreirad.

Während Noah zusieht, wie er im Zickzack dahinradelt, breitet sich ein Lächeln in seinem Gesicht aus. Er legt den Kopf in den Nacken, schließt die Augen, lässt sich die Lider von den Sonnenstrahlen wärmen und stellt sich das Leben dieses kleinen Jungen vor.

Er sieht ihn in einem Park einen Hang hinunterrodeln und in einem Sandkasten spielen, unter den wachsamen Augen seines Vaters eine komplizierte Legokonstruktion errichten, hört sein fröhliches Kinderlachen, stellt sich vor, wie er Freundschaften schließt und Fragen stellt, wie er zum ersten Mal ausgeht, die ersten Zärtlichkeiten und Beziehungen. Er sieht, wie er mit seiner kleinen Hand liebevoll das stopplige Gesicht seines Vaters streichelt, wie er staunend die großen Augen mit den langen Wimpern aufsperrt. Die Schokoladenflecken auf seinen Wangen, seine Milchzähne, wenn er lacht.

Noah erblickt eine Kindheit, eingebettet in die Liebe, die man dem Jungen entgegenbringt, und die sich zwischen den festen Säulen seines Elternhauses frei entfalten kann. Eine Mutter, ein Vater, die diese Kindheit unter Einsatz ihres Lebens beschützen würden, um ihr Wertvollstes, die Unschuld, zu bewahren.

Dieser Schatz, dieses strahlende Juwel, das die Kraft hat, wie ein Leuchtturm Orientierung zu bieten, aber auch jene magnetisch anzieht, die ihn verloren haben und nach ihm trachten.

Er klammert sich an diese Bilder des Glücks, möchte sie sich so lange wie möglich bewahren, wenigstens eine Ahnung davon, möchte dieses warme Licht in seiner Brust konservieren, aber in dem Moment, als sich Wolken vor die Sonne schieben und die Wärme von seinen geschlossenen Lidern weicht, sind sie auch schon wieder erloschen.

Und seine Gedanken verdüstern sich.

Wieder sieht er das kleine Kind mit den traurigen Augen in einem Isolationstank, spürt erneut die Angst, als die Flügeltür aufgeht und er das Kreuz in der Mitte der Kapelle erblickt. Von neuem durchlebt er den Schmerz und die Schreie, während die gierigen Schatten, die danach trachten, immer tiefere Abgründe auszuloten, ihm das Wertvollste, das er besitzt, entreißen.

Amy, Richard, er und, ja, auch Liam. Vier Lebensbahnen, vier zerbrochene Schicksale.

Noah öffnet die Augen.

Sophie spricht noch immer, sie bewegt die Lippen, gestikuliert mit den Händen, die Leidenschaft, mit der sie diese Sache verfolgt, spiegelt sich auf ihren Gesichtszügen.

Sie ist eine mutige Frau. Und stark. Trotz des Grauens, das sie kennengelernt hat, ist es ihr gelungen, sich ihren Enthusiasmus zu bewahren.

»Welchen Wolf willst du füttern, Noah?«, hat sie ihn gefragt, nachdem sie ihm diese indianische Parabel von den beiden Wölfen erzählt hatte.

Gern würde er sagen, den guten natürlich.

Aber wenn er ehrlich ist, müsste er antworten:

Den, der Hunger hat.

Und, o ja, Noah hat Hunger, und zwar nach Gerechtigkeit und Wahrheit.

Es gibt noch weitere Kinder, die Opfer sind, aber wo findet man sie? Wer sind die Drahtzieher des Projekts, das nach wie vor weitergeführt wird?

Unter all den Fragen gibt es eine, die für ihn nicht mehr relevant ist, nachdem er die letzten Monate besessen von ihr gewesen war.

Wer bist du, Noah Wallace?

Die Antwort ist einfach: Derjenige, der er beschließt sein zu wollen.

Sophie hat ihren Monolog beendet.

Sie steht auf und streckt ihm einladend die Hand hin.

Er zögert kurz, nickt dann, ergreift ihre Hand und steht auf, fast ganz ohne Schmerzen.

Ja, er wird ihr helfen.

Der Kampf ist längst noch nicht zu Ende. Genau wie sie brennt er darauf, die Verantwortlichen zur Rechenschaft zu ziehen.

Aus diesem einzigen Grund hat er den Vorschlag von Professor Henry abgelehnt, seinen Tumor operativ zu entfernen.

Seit seinem Krankenhausaufenthalt wegen seiner Schussverletzungen ist seine Gabe, Dinge vorauszuahnen, nicht mehr in Erscheinung getreten. Und er hat Angst, dass die Operation jede Hoffnung, seine früheren Fähigkeiten wiedererlangen zu können, zunichtemachen wird.

Es werden immer noch Kinder festgehalten. Er darf sie auf keinen Fall im Stich lassen.

Die Wolken sind dichter geworden, die Sonne ist verschwunden, und der Poet's Walk ist in verschiedene Schattierungen von Grau getaucht.

Noah geht neben Sophie her, die weiterredet, ohne dass er ihr richtig zuhört. Er denkt an Wölfe und an die Monster, die sich in irgendwelchen Winkeln jeder menschlichen Psyche verstecken. Er fragt sich, welche Faktoren einen Menschen zu einem Carter, Harrington oder Da Silva werden lassen. Ist es in den Genen festgeschrieben? Und in welchem Moment offenbart es sich?

Während er derlei Gedanken nachhängt, kommen sie an dem grünweißen Imbisswagen mit der Aufschrift »Central Park Snack Stop« vorbei.

Und weil er im Geiste woanders ist, in seiner dichten Gedankenblase, sieht er nicht, wie der Vater des Jungen mit dem Dreirad einen Geldschein aus seinem Portemonnaie zieht und auf etwas auf der gelben Tafel zeigt. Ebenso wenig sieht er das Lächeln auf dem Gesicht des Jungen, als der Verkäufer, ein alter Mann, ihm eine Eistüte hinhält.

Und während er Sophie mechanisch zustimmt, ohne ihre Worte

bewusst wahrzunehmen, bemerkt er auch nicht den Aushang an dem Wagen, auf dem steht: »Gesucht: Lisa Clark, 5, seit dem 11.01. 2016 als vermisst gemeldet«.

Hätte er ihn bemerkt, hätte er das kleine Mädchen auf dem Foto wiedererkannt.

Die Kleine, die ihm vor ein paar Minuten zugelächelt hat, bevor sie im Sonnenlicht wieder vor seinen Augen verschwamm.

Dieses Mädchen, das für alle unsichtbar ist, außer für ihn.

DANK

Meiner Frau Anne-Sophie für ihre Liebe, ihre unerschütterliche Unterstützung und ihre Ermunterungen im täglichen Einerlei.

Meinen beiden Kindern, Clément und Noah, die meinem Leben einen Sinn geben.

Meiner Mutter, der ich meine Leidenschaft fürs Lesen und die Entdeckung von Stephen King verdanke.

Meiner Cousine Sophie Leduc für ihre kritische Lektüre.

Den Jurymitgliedern des Preises für den besten französischen Thriller und insbesondere Michel Bussi für das Vertrauen, das er mir entgegengebracht hat, indem er meinen Text auswählte.

Meinem Verleger, Bertrand Pirel, für den sowohl herzlichen als auch professionellen Austausch.

Allen Leserinnen und Lesern, die mir von der ersten Stunde an auf Fyctia gefolgt sind, mich ermutigt und mir Feedback gegeben haben.